Tschingis Aitmatow
Liebesgeschichten

Tschingis Aitmatow

Liebesgeschichten

Aus dem Russischen von
Hartmut Herboth und Juri Elperin

Unionsverlag

Auf Internet
Aktuelle Informationen
Dokumente über Autorinnen und Autoren
Materialien zu Büchern
Besuchen Sie uns:
http://www.unionsverlag.ch

Übernahme der Übersetzung von Hartmut Herboth mit
freundlicher Genehmigung des Verlags Volk und Welt, Berlin.

Übernahme der Übersetzung von Juri Elperin mit
freundlicher Genehmigung des Verlags Volk und Welt, Berlin.

Übernahme der Übersetzung von Hartmut Herboth mit
freundlicher Genehmigung des Verlags Volk und Welt, Berlin.

Rieterstrasse 18, CH-8059 Zürich
Telefon 0041-1-281 14 00, Fax 0041-1-281 14 40

Umschlaggestaltung: Heinz Unternährer, Zürich
Druck und Bindung: Ebner Ulm
ISBN 3-293-00255-2

Dshamilja

Da stehe ich nun wieder vor dem kleinen Bild mit dem schlichten Rahmen. Morgen früh muß ich in den Ail fahren – ich betrachte es lange und unverwandt, als könnte es mir ein gutes Geleit geben.

Ich habe dieses Bild noch nie auf einer Ausstellung gezeigt, ja, ich verberge es, wenn Verwandte aus dem Ail zu mir kommen. Es stellt nichts Anstößiges dar, aber es ist alles andere als ein Kunstwerk. Schlicht und einfach ist es wie die Landschaft, die es wiedergibt.

Den Hintergrund bildet der sich neigende fahle Herbsthimmel. Der Wind treibt rasch dahineilende scheckige Wölkchen über eine ferne Gebirgskette. Davor wogt die mit Wermut bewachsene rotbraune Steppe. Eine Straße, noch schwarz und feucht vom letzten Regen, durchzieht sie. Zu ihren Seiten liegt in dichten Büscheln verdorrtes umgeknicktes Steppengras. Der ausgewaschenen Räderspur folgen, je weiter, desto verschwommener, die Fußstapfen zweier Wanderer. Die beiden Fußgänger selbst scheinen nur noch einen Schritt machen zu müssen, um hinter dem Rahmen zu verschwinden. Der eine von ihnen ... Doch ich greife vor.

Es war in meiner frühen Jugend. Der Krieg tobte das dritte Jahr. An den fernen Fronten irgendwo bei Kursk und Orjol kämpften unsere Väter und Brüder, und wir Halbwüchsigen, etwa fünfzehn Jahre alt, arbeiteten im Kolchos. Die schwere Arbeit der Männer lastete auf unseren noch nicht erstarkten Schultern. Das spürten wir besonders in der Erntezeit. Wochenlang kamen wir nicht nach Hause; Tag und Nacht waren wir auf dem Feld, dem Dreschplatz oder unterwegs zur Eisenbahnstation, wo das Korn verladen wurde.

An einem dieser heißen Tage, die Sicheln glühten vom Ernten, kehrte ich mit dem leeren Wagen vom Bahnhof zurück und beschloß, zu Hause einzukehren.

Nahe der Furt, dort, wo die Straße endete, lagen auf einer Anhöhe zwei Höfe, umgeben von einer Mauer aus Saman. Um das Anwesen herum ragten Pappeln empor. Das waren unsere Häuser. Seit langer Zeit lebten hier unsere beiden Familien in enger Nachbarschaft. Ich selbst gehörte in das Große Haus. Meine Brüder, beide älter als ich, beide unverheiratet, standen an der Front, und wir hatten schon lange keine Nachricht von ihnen.

Mein Vater, ein alter Zimmermann, pflegte im Morgengrauen den Namas zu verrichten und dann zum gemeinsamen Werkhof in die Tischlerei zu gehen. Erst spät am Abend kam er zurück.

Daheim blieben die Mutter und mein Schwesterchen.

Im Nachbarhaus oder dem Kleinen Haus, wie man es im Ail nannte, wohnten unsere nächsten Verwandten. Leibliche Brüder waren zwar nur unsere Urgroßväter, wenn nicht gar Ururgroßväter gewesen, doch ich nenne sie unsere nächsten Verwandten, weil wir als Familie zusammenlebten. Dergleichen war schon zu der Zeit üblich gewesen, als unsere Großväter noch gemeinsam die Nomadenlager aufschlugen und das Vieh hüteten.

Diese Tradition hatten wir gewahrt. Als die Kollektivierung in unseren Ail kam, ließen sich unsere Väter nebeneinander nieder.

Aber nicht nur wir gehörten zusammen; alle Siedler an der Araler Straße, die durch den Ail bis ins Zwischenstromland führte, waren unsere Stammesgenossen, sie alle entstammten einem Geschlecht.

Bald nach der Kollektivierung starb der Familienvater im Kleinen Haus. Seine Frau blieb mit zwei kleinen Söhnen zurück. Nach dem alten Adat, an das man sich damals im Ail noch hielt, durfte man die Witwe mit ihren Söhnen nicht im Stich lassen, und so verheirateten unsere Stammesgenossen sie mit meinem Vater. Das forderten die Geister der Ahnen, denn er war ja der nächste Verwandte des Verstorbenen.

So kamen wir zu einer zweiten Familie. Das Kleine Haus galt zwar als selbständige Wirtschaft, es hatte einen eigenen Hof und eigenes Vieh, tatsächlich aber lebten wir zusammen. Auch das Kleine Haus schickte zwei Söhne in die Armee. Der älteste, Sadyk, ging bald nach seiner Hochzeit fort. Von beiden erhielten wir Briefe, wenn auch in großen Abständen.

Nun wohnten dort noch die Mutter, die ich Kitschi-apa, jüngere Mutter, nannte, und ihre Schwiegertochter, Sadyks Frau. Beide arbeiteten von früh bis spät im Kolchos. Die Kitschi-apa, eine gutmütige, nachgiebige Frau, die niemand etwas zuleide tat, stand den Jungen in der Arbeit nicht nach, weder beim Ausheben der Aryks, unserer Bewässerungsgräben, noch bei anderen Aufgaben. Mit einem Wort, sie konnte tüchtig zupacken. Das Schicksal schickte ihr gleichsam als Belohnung für ihren Fleiß eine arbeitsame Schwiegertochter. Dshamilja arbeitete genauso unermüdlich und geschickt wie sie, doch war sie von anderer Art.

Ich liebte Dshamilja heiß, und auch sie hatte mich lieb. Wir hielten gute Freundschaft, doch wir wagten nicht, uns beim Namen zu nennen. Wären wir aus verschiedenen Familien gewesen, dann hätte ich sie natürlich Dshamilja genannt; so aber sagte ich Dshene zu ihr, Schwägerin, und sie nannte mich Kitschine-bala, Kleiner, obwohl ich durchaus nicht klein und der Altersunterschied zwischen uns beiden gering war. Aber so forderte es der Brauch in den Ails: Die Schwiegertöchter nannten die jüngeren Brüder des Mannes Kitschine-bala oder Kajyn.

Die Hauswirtschaft beider Höfe besorgte meine leibliche Mutter. Meine kleine Schwester, ein putziges Mädchen mit Fädchen in den Rattenschwanzzöpfen, half ihr dabei. Nie werde ich vergessen, mit welchem Eifer die Kleine in dieser schweren Zeit ihren Pflichten nachkam. Mal hütete sie hinter den Gemüsegärten die Lämmchen und Kälber der beiden Höfe, mal sammelte sie Kamelmist und Reisig, damit immer etwas zum Heizen im Haus war. Sie brachte Freude in die Einsamkeit der Mutter, mein liebes stupsnasiges Schwesterchen, und lenkte sie mit ihren Zärtlichkeiten von den traurigen Gedanken an die vermißten Söhne ab.

Das gute Einvernehmen und den Wohlstand im Haus verdankte die große Familie meiner Mutter. Sie war die unumschränkte Herrin beider Höfe, die Hüterin des häuslichen Herdes. Als blutjunges Mädchen war sie in die Sippe unserer nomadisierenden Großväter aufgenommen worden; sie hielt ihr Andenken heilig und lenkte die Familie nach Recht und Sitte. Im Ail galt sie als die achtbarste, lauterste und klügste Hausfrau. Sie gebot über alle im Haus. Offen gestanden, erkannte man im Ail den Vater nicht als Familienoberhaupt an. Oft konnte ich bei der einen oder anderen Gelegenheit jemand sagen hören: »Weißt du, geh lieber nicht zum Ustak«, so nennt man bei uns die Handwerker, »der kennt doch nur sein Beil. Bei denen hat die ältere Mutter zu bestimmen, sprich gleich mit ihr, da erreichst du mehr.«

Es sei noch erwähnt, daß auch ich mich trotz meiner Jugend häufig in häusliche Angelegenheiten einmischte. Das konnte ich mir nur erlauben, weil die älteren Brüder im Krieg waren. Man nannte mich deshalb, zuweilen scherzhaft, zuweilen aber auch im Ernst, den Dshigiten zweier Familien, den Beschützer und Ernährer. Ich war stolz darauf und fühlte mich für alles verantwortlich. Die Mutter unterstützte meine Selbständigkeit. Ich sollte tüchtig und aufgeweckt werden, nicht so wie mein Vater, der tagaus, tagein schweigsam hobelte und sägte.

Ich hielt also mit meinem Wagen vor dem Haus im Schatten einer Weide an, lockerte die Zugriemen und ging zum Tor. Da erblickte ich auf dem Hof unseren Brigadier Orosmat, wie immer zu Pferd, die Krücke am Sattel. Neben ihm stand meine Mutter. Die beiden stritten über etwas. Als ich näher kam, hörte ich Mutters Stimme: »Kommt gar nicht in Frage! Hast du gar keine Gottesfurcht? Wo hat man je gesehen, daß eine Frau Säcke fährt! Nein, mein Lieber, laß meine Schwiegertochter aus dem Spiel. Sie soll arbeiten wie bisher. Ich weiß ohnehin nicht, wo mir der Kopf steht, versuch du mal, auf zwei Höfen Ordnung zu halten! Ein Glück noch, daß mein Töchterchen herangewachsen ist. Seit einer Woche kann ich nicht gerade gehen, das Kreuz tut mir weh, als hätte ich eine Filzmatte gewalkt, und dabei vertrocknet der Mais draußen, er braucht Wasser«, schimpfte sie erregt und steckte fortwährend den Zipfel ihres Kopftuchs in den Kragen ihres Kleides. Das tat sie immer, wenn sie böse war.

»Was sind Sie bloß für ein Mensch!« sagte Orosmat verzweifelt, sich im Sattel vorbeugend. »Wenn ich statt dieses Stumpfes noch mein Bein hätte, würde ich Sie da bitten? Ich würde selber, wie früher, die Säcke auf den Wagen werfen und loskutschieren! Ich weiß, es ist keine Frauenarbeit, aber wo soll ich denn Männer hernehmen? Es ist nun mal beschlossen worden, die Frauen der Soldaten heranzuziehen. Sie klammern sich an Ihre Schwiegertochter, und wir dürfen uns nachher von oben schelten lassen! Die Soldaten brauchen Brot, und wir lassen den Plan platzen. Das geht doch nicht! So darf man's doch nicht machen!«

Ich trat näher, die Peitsche auf der Erde nachschleifend. Als mich der Brigadier sah, hellte sich sein Gesicht merklich auf – ihm war offensichtlich ein Gedanke gekommen.

»Warum haben Sie eigentlich Angst um Ihre Schwiegertochter? Ihr Kajyn hier«, er zeigte erfreut auf mich, »läßt bestimmt niemand an sie heran, da können Sie sicher sein. Er ist doch ein Mordskerl, unser Seït. Die Jungen sind heutzutage unsre Ernährer, unsre ganze Stütze.«

Die Mutter ließ den Brigadier nicht weiterreden.

»Ja, wie siehst du denn aus, du Rumtreiber?« jammerte sie. »Und die Haare, ganz verfilzt sind sie schon! Unser Vater ist mir der Richtige, findet nicht mal Zeit, seinem Sohn den Kopf zu scheren.«

»Nun, dann soll sich das Söhnchen heute mal einen guten Tag bei den Alten machen und sich den Kopf scheren lassen!« meinte Orosmat, der Mutter schlau nach dem Munde redend. »Seït, bleib heute zu Haus, füttere die Pferde schön, und morgen früh geben wir Dshamilja einen Wagen, dann arbeitet ihr beide zusammen. Hör gut zu: Du bist für sie verantwortlich. Sie können ganz beruhigt sein, Baibitsche, Seït wird schon dafür sorgen, daß ihr niemand was zuleide tut. Und wenn's sein muß, schicke ich auch noch Danijar mit. Sie kennen ihn doch, er ist kürzlich aus dem Krieg zurückgekehrt, ein stiller, ruhiger Kerl. Wenn sie zu dritt das Korn zum Bahnhof fahren, wer wird es dann noch wagen, Ihre Schwiegertochter anzurühren? Stimmt's, Seït? Was meinst du? Wir wollen Dshamilja zum Fuhrmann machen, und die Mutter ist dagegen. Sprich du doch mal mit ihr.«

Mir schmeichelte das Lob des Brigadiers und seine Art, sich mit mir wie mit einem Erwachsenen zu beraten. Außerdem stellte ich mir sofort vor, wie schön es wäre, zusammen mit Dshamilja zur Bahnstation zu fahren. Daher sagte ich mit ernster Miene zur Mutter: »Ihr wird schon nichts passieren. Denkst du, die Wölfe fressen sie, oder was?« Ich spuckte wie ein alter Fuhrmann überlegen durch die Zähne und ging davon, die Peitsche hinter mir herschleifend und rhythmisch die Schultern wiegend.

»So ein Bengel!« sagte die Mutter verwundert, aber wohl auch ein wenig stolz, doch im gleichen Augenblick schrie sie zornig: »Ich zeig dir noch Wölfe! Was weißt du denn schon, du Neunmalkluger?«

»Aber wer soll's denn wissen, wenn nicht er, er ist doch der Dshigit zweier Familien! Ihr könnt stolz auf ihn sein!« meinte Orosmat und sah die Mutter mit einem vorsichtigen Blick an, als fürchtete er, sie könnte sich wieder sträuben. Er wußte nichts mehr zu sagen und lächelte verlegen. Doch die Mutter widersprach ihm nicht. Sie ließ auf einmal den Kopf hängen und sagte mit einem tiefen Seufzer: »Ach, was heißt Dshigit, ein Kind ist er noch, und doch muß er Tag und Nacht arbeiten. Unsere guten Dshigiten sind Gott weiß wo! Und unsere Höfe vereinsamt wie ein verlassenes Nomadenlager.«

Ich war schon weit weg und hörte nicht mehr, was die Mutter noch sagte. Im Gehen schlug ich mit der Peitsche so heftig an die Hausecke, daß Staub aufwirbelte, und ohne das Lächeln meines Schwesterchens zu erwidern, das auf dem Hof mit klatschendem Geräusch Saman formte, trat ich festen Schrittes unter das Vordach. Dort hockte ich mich nieder und wusch mir in aller Ruhe die Hände, indem ich mir Wasser aus einem Krug darübergoß. Dann ging ich ins Haus und trank eine Tasse saure Milch; die zweite nahm ich mit zum Fensterbrett und brockte mir Brot hinein.

Die Mutter und Orosmat standen noch immer auf dem Hof. Doch sie stritten nicht mehr, sondern redeten ruhig und leise miteinander. Wahrscheinlich sprachen sie von meinen Brüdern. Die Mutter fuhr sich von Zeit zu Zeit mit dem Ärmel über die geschwollenen Augen, nickte nachdenklich als Antwort auf die Worte Orosmats, der sie offenbar tröstete, und schaute mit verschleiertem Blick irgendwohin in die Ferne, über die Bäume hinweg, als hoffe sie, ihre Söhne dort zu entdecken.

In ihrem Kummer schien die Mutter die Einwände gegen den Vorschlag des Brigadiers vergessen zu haben. Und dieser, zufrieden, daß er sein Ziel erreicht hatte, schlug das Pferd mit der Riemenpeitsche und ritt in schnellem Paßgang vom Hof. Damals ahnten weder die Mutter noch ich, wie das alles enden sollte.

Ich zweifelte keinen Augenblick daran, daß Dshamilja mit dem zweispännigen Wagen fertig werden würde. Sie konnte mit Pferden umgehen, sie war ja die Tochter eines Pferdehirten aus Bakair, einem Ail in den Bergen. Auch unser Sadyk war Pferdehirt. Einmal im Frühling beim Wettrennen soll Dshamilja schneller gewesen sein als er. Wer weiß, ob es wahr ist, doch man sagte, daß der in seiner Ehre gekränkte Sadyk sie daraufhin entführte. Andere dagegen beteuerten, sie hätten aus Liebe geheiratet. Wie es auch immer gewesen sein mag, sie lebten nur ganze vier Monate zusammen. Dann begann der Krieg, und Sadyk wurde zur Armee einberufen.

Ich weiß nicht, wie es zu erklären war, vielleicht daher, daß Dshamilja seit der Kindheit mit dem Vater, für den sie Tochter und Sohn zugleich war, Pferde jagte. In ihrer Art lag etwas Männliches, Schroffes, ja zuweilen sogar Grobes. Auch bei der Arbeit packte Dshamilja zu wie ein Mann. Mit den Nachbarinnen vertrug sie sich gut, doch wenn man sie ungerecht behandelte, dann konnte sie besser schimpfen als jede andere; es kam sogar vor, daß sie jemand bei den Haaren zog.

Schon mehrmals hatten sich Nachbarn beklagt: »Was habt ihr nur für eine Schwiegertochter? Sie ist doch gerade erst in euer Haus gekommen, aber mit dem Mund ist sie schon sehr vorneweg! Die hat weder Achtung noch Schamgefühl!«

»Ist doch gut, sie macht es schon recht!« antwortete dann die Mutter. »Sie sagt den Leuten gern die Wahrheit ins Gesicht. Das ist besser, als wenn's einer heimlich tut und hinter dem Rücken die Zunge wetzt. Eure Schwiegertöchter spielen die Sanftmütigen, Stillen, dabei sind sie wie faule Eier: von außen rein und glatt, doch innen – da muß man sich die Nase zuhalten.«

Der Vater und die jüngere Mutter behandelten Dshamilja nie so streng und kleinlich, wie es Schwiegereltern gewöhnlich tun. Sie liebten sie und wünschten nur, daß sie Gott und ihrem Mann treu bliebe.

Ich konnte die beiden verstehen. Unsere Familien hatten vier Söhne in die Armee gegeben; mein Vater und die jüngere Mutter fanden Trost in Dshamilja, der einzigen Schwiegertochter auf unseren Höfen, deshalb war sie ihnen lieb und wert. Meine leibliche Mutter hingegen verstand ich nicht. Sie war nicht der Mensch, der jemand so leicht ins Herz schloß. Sie hatte ein herrisches, rauhes Wesen. Nie wich sie von ihren Lebensregeln ab. Jedes Jahr stellte sie zu Beginn des Frühlings im Hof unsere Nomadenjurte auf, die mein Vater schon in seiner Jugend gebaut hatte, und räucherte sie mit Wacholder aus. Uns erzog sie zu strenger Arbeitsamkeit und Achtung vor den Alten. Von allen Familienmitgliedern verlangte sie unbedingte Unterordnung.

Dshamilja jedoch zeigte sich vom ersten Tag an, da sie zu uns kam, nicht so, wie es der Schwiegertochter geziemte. Sie hörte wohl auf die Alten und verehrte sie, doch niemals verneigte sie sich vor ihnen. Dafür spöttelte sie aber auch nicht insgeheim, zur Seite abgewandt, über sie, wie die anderen jungen Frauen. Sie sagte stets geradeheraus, was sie dachte, und scheute sich nicht, ihre Meinung zu äußern. Die Mutter stimmte ihr oft zu und unterstützte sie, doch das entscheidende Wort behielt sie sich stets vor. Mir scheint, sie sah in Dshamilja, deren aufrechte Denkart und deren Sinn für Gerechtigkeit ihr wesensverwandt waren, einen ihr ebenbürtigen Menschen und träumte im stillen davon, sie eines Tages auf ihren Platz zu stellen und aus ihr eine ebenso selbstbewußte Hausfrau, eine Baibitsche, eine Hüterin des häuslichen Herdes, zu machen, wie sie selbst es war.

»Danke Allah, meine Tochter«, belehrte sie Dshamilja, »du bist in ein ordentliches, gesegnetes Haus gekommen. Das ist dein Glück. Das Glück einer Frau besteht darin daß sie Kinder gebiert und daß im Hause kein Mangel herrscht. Du bekommst, Gott sei Dank, alles, was wir, die Alten, erworben haben; ins Grab nehmen wir es ja nicht mit. Das Glück aber, das bleibt nur bei dem, der seine Ehre und sein Gewissen bewahrt. Denk daran, gib auf dich acht!«

Etwas störte jedoch die Mutter an Dshamilja trotz allem: Sie freute sich zu offenherzig, ganz wie ein Kind. Es geschah, daß sie plötzlich, scheinbar völlig ohne Grund, laut und herzhaft lachte. Wenn sie von der Arbeit kam, dann trat sie nicht ruhig und gesittet in den Hof, sondern sie sprang über den Aryk und rannte herein. Mir nichts, dir nichts umarmte und küßte sie bald die eine Schwiegermutter, bald die andere.

Dshamilja sang auch gern; stets trällerte sie vor sich hin, selbst in Gegenwart der Alten. Das alles vertrug sich natürlich nicht mit den üblichen Ansichten über das Verhalten einer Schwiegertochter in der Familie, doch beide Schwiegermütter beruhigten sich damit, daß sie mit der Zeit schon gesetzter werden würde, in der Jugend waren ja schließlich alle so. Für mich aber gab es niemand auf der ganzen Welt, der mir besser gefallen hätte als Dshamilja. Wir scherzten, jagten einander auf dem Hof und konnten ohne jeden Grund schallend lachen.

Hübsch war Dshamilja, schlank und wohlgebaut. Ihr straffes, dichtes Haar trug sie in zwei festen, schweren Zöpfen, und ihr weißes Kopftuch band sie so geschickt um, daß es ein wenig schräg über ihre Stirn lief, was sie sehr gut kleidete und die gebräunte Haut ihres glatten Gesichts hervorhob. Wenn sie lachte, glühten ihre blauschwarzen mandelförmigen Augen in jugendlichem Feuer; wenn sie aber plötzlich ein gepfeffertes Spottlied anstimmte, dann trat in ihre schönen Augen ein keineswegs mädchenhafter Glanz.

Ich bemerkte oft, daß die Dshigiten, besonders die Heimkehrer, ihr nachsahen. Dshamilja schäkerte selbst gern mit ihnen, doch wenn sich einer vergaß, schlug sie ihm auf die Finger. Trotzdem berührte mich so etwas jedesmal schmerzhaft. Ich war eifersüchtig wie ein jüngerer Bruder auf die Freunde seiner Schwester, und wenn ich in Dshamiljas Nähe junge Männer erblickte, dann fuhr ich immer dazwischen. Ich plusterte mich auf, sah sie herausfordernd an, und mein Blick schien zu sagen: Scharwenzelt hier nicht herum, sie ist die Frau meines Bruders! Denkt ja nicht, daß sie keinen Beschützer hat!

In solchen Augenblicken mischte ich mich, ob es angebracht war oder nicht, betont nachlässig in die Gespräche ein, mit der Absicht, die Verehrer lächerlich zu machen. Wenn das nicht gelang, verlor ich die Selbstbeherrschung und schnaubte vor Wut. Die jungen Männer brachen dann gewöhnlich in lautes Lachen aus und riefen: »Oje, nun seht euch den an! Sie ist seine Dshene, nein, so ein Spaß! Und wir haben's gar nicht gewußt!«

Ich faßte mich, aber ich fühlte, daß sich meine Ohren verräterisch röteten und die Kränkung mir die Tränen in die Augen trieb. Doch Dshamilja, meine Schwägerin, verstand mich. Mit Mühe unterdrückte sie das aufsteigende

Lachen, machte ein ernstes Gesicht und sagte: »Ihr dachtet wohl, die Dshene sei schutzlos? Vielleicht bei euch zu Hause, bei uns nicht! Komm, mein Kajyn, laß sie!« Sie nahm eine würdevolle Haltung an, warf stolz den Kopf zurück, zuckte herausfordernd mit den Schultern und ging still lächelnd mit mir davon.

Ich entdeckte in diesem Lächeln sowohl Unmut als auch Freude. Vielleicht dachte Dshamilja: Ach, du kleiner Dummer! Wenn ich wirklich einmal über die Stränge schlagen wollte, wer könnte mich daran hindern? Und wenn die ganze Familie aufpaßte, ihr hieltet mich nicht! Ich schwieg in solchen Fällen schuldbewußt. Ja, ich war eifersüchtig, ich vergötterte Dshamilja, ich war stolz darauf, sie zur Schwägerin zu haben, ich war stolz auf ihre Schönheit und ihren unabhängigen freien Charakter. Wir waren die innigsten Freunde und hatten kein Geheimnis voreinander.

Zu jener Zeit gab es wenig Männer im Ail. Das nutzten manche Burschen aus; sie näherten sich den Frauen in frecher Weise, ohne viel Federlesens zu machen, denn man brauchte ja, so meinten sie, nur mit dem kleinen Finger zu winken, und jede beliebige kam gelaufen.

Während der Heuernte wurde einmal Osmon, ein entfernter Verwandter von uns, bei Dshamilja zudringlich. Er war auch einer von denen, die glaubten, daß ihnen keine widerstehen könne. Dshamilja, die im Schatten eines Heuhaufens saß, um ein wenig auszuruhen, stieß unwillig seine Hand zurück und sprang auf.

»Laß mich in Ruhe!« sagte sie traurig und wandte sich ab. »Ihr Herdenhengste habt ja nichts anderes im Sinn.«

Osmon streckte sich behaglich im Heu aus und verzog geringschätzig die feuchten Lippen.

»Der Katze stinkt das Fleisch am übelsten, das hoch oben an der Stange hängt! Warum zierst du dich? Du willst es doch selber brennend gern, was rümpfst du die Nase?«

Dshamilja drehte sich brüsk um.

»Vielleicht will ich es. Vielleicht will ich es sogar brennend gern.« Ihre Stimme bebte. »Unser Los ist schwer genug, und du Idiot, du freust dich noch. Selbst wenn ich hundert Jahre Soldatenfrau bleiben sollte, solche wie dich würde ich nicht einmal anspucken, das wäre mir schon zuwider. Ich möchte mal sehen, wer überhaupt mit dir reden würde, wenn kein Krieg wäre!«

»Das sage ich ja auch!« grinste Osmon. »Der Krieg! Du wirst noch toll werden ohne die Peitsche des Mannes!« Seine Augen blitzten lüstern hinter den schmalen Lidspalten. »Wenn du meine Frau wärst, würde ich dich nackt ausziehen, du Großbrüstige, dann würdest du ein anderes Liedchen anstimmen.« Er streckte frech die Hand aus und schnippte mit den Fingern. Dshamilja wollte sich auf ihn stürzen, etwas sagen, doch sie schwieg. Sie wußte, daß es nicht lohnte, mit ihm Streit anzufangen, und warf ihm nur einen langen, haßerfüllten Blick zu. Dann spuckte sie voller Ekel aus, nahm die Heugabel und ging weg.

Ich stand währenddessen auf einem Karren hinter dem Heuhaufen. Als Dshamilja mich sah, wandte sie sich jäh zur Seite. Sie ahnte, in was für einer Verfassung ich war. Ich hatte das Gefühl, als sei nicht sie, sondern ich tödlich beleidigt worden, als hätte man mir die größte Schande angetan. Mit blutendem Herzen warf ich ihr vor: »Weshalb läßt du dich mit solchen Leuten ein, warum sprichst du mit ihnen?«

Bis zum Abend ging Dshamilja finster und mürrisch umher; sie wechselte kein Wort mit mir und lachte nicht wie sonst. Als ich mit dem Karren kam, stieß sie, um mir nicht Gelegenheit zu geben, von der furchtbaren Kränkung zu sprechen, die sie im Inneren verbarg, mit weit ausholender Bewegung die Gabel in einen Heuhaufen, hob ihn hoch und trug ihn, das Gesicht dahinter verborgen, vor sich her. Mit einem Ruck warf sie die Last ab und stürzte sich sogleich auf den nächsten Haufen. Der Karren wurde schnell voll. Als ich wegfuhr, sah ich mich noch einmal um. Dshamilja stand, auf den Stiel ihrer Heugabel gestützt, eine Zeitlang in sich versunken da, dann besann sie sich plötzlich und machte sich wieder an die Arbeit.

Als wir den letzten Karren beladen hatten, blieb sie wieder stehen und blickte lange in die untergehende Sonne. Sie schien die ganze Welt vergessen zu haben. Weit hinter dem Fluß, dort, wo die kasachische Steppe zu Ende ging, glühte die verblassende Abendsonne der Mahdzeit wie die Öffnung eines brennenden Tandyrs. Während sie langsam hinter den Horizont glitt, färbte sie die leichten Wölkchen am Himmel mit ihrem Schein purpurrot, sandte sie ihr letztes Licht über die lilaschimmernde Steppe, in deren Mulden schon das Dunkel der frühen Dämmerung lag. Dshamilja blickte still verzückt in das Abendrot, als schaue sie ein märchenhaftes Traumbild. Liebreiz leuchtete aus ihrem Gesicht, kindlich weich lächelte ihr halbgeöffneter Mund. Und da wandte sie sich um, als wolle sie auf meine unausgesprochenen Vorwürfe antworten, die sich mir noch immer auf die Lippen drängten. Sie sprach, als setzten wir ein Gespräch fort: »Denk doch nicht mehr daran, Kitschinebala, laß ihn. Ist das etwa ein Mensch?« Sie verstummte, verfolgte mit dem Blick den versinkenden Rand der Sonne, seufzte und fuhr nachdenklich fort: »Woher soll denn so einer wie dieser Osmon wissen, was man im Herzen empfindet? Niemand weiß das. Vielleicht gibt es solche Männer gar nicht auf der Welt.«

Ehe ich die Pferde gewendet hatte, war Dshamilja schon zu den Frauen hinübergelaufen, die neben uns arbeiteten. Ihre lauten, fröhlichen Stimmen hallten zu mir herüber. Schwer zu sagen, was in ihr vorgegangen sein mochte, vielleicht war ihr leichter ums Herz geworden, als sie das Abendrot sah, vielleicht freute es sie, daß sie gut gearbeitet hatte. Ich saß hoch oben auf dem heubeladenen Karren und betrachtete sie. Sie hatte ihr weißes Kopftuch abgebunden und lief, die Arme weit ausgebreitet, über die bereits im Abendschatten liegende abgemähte Wiese hinter einer Freundin her. Ihr Kleid flatterte im Wind. Da war auch mein Kummer plötzlich verschwunden. Lohnte es sich denn, über das Geschwätz dieses Osmon nachzugrübeln? »Also, hü!« rief ich eilig und schlug auf die Pferde ein.

An jenem Tag wartete ich also, wie der Brigadier angeordnet hatte, auf den Vater, damit er mir den Kopf schere. In der Zwischenzeit wollte ich einen Brief von Sadyk beantworten. Auch in dieser Hinsicht gab es bei uns bestimmte Regeln: Meine Brüder schickten die Briefe an den Vater, der Postbote händigte sie der Mutter aus, und ich hatte sie zu lesen und zu beantworten. Ich wußte jedoch schon im voraus, was Sadyk schrieb, denn alle seine Briefe ähnelten einander wie die Lämmer einer Herde. Er begann stets mit den Worten: »Ich gebe Euch Nachricht, daß ich gesund bin.« Dann ging es ganz sicher so weiter: »Ich schicke diesen Brief mit der Post meinen Verwandten, die im duftenden, blühenden Talas-Gebiet wohnen. Als ersten grüße ich meinen lieben, teuren Vater Dsholtschubai.« Dann kam meine Mutter, dann die seine und danach wir anderen in strenger Rangordnung. Hierauf folgten die üblichen Fragen nach Gesundheit und Wohlbefinden der Aksakale und der näheren Verwandten, und erst ganz zum Schluß, wie in größter Eile hinzugefügt, fand sich der Satz: »Und auch meiner Frau Dshamilja sende ich einen Gruß.«

Wenn Vater und Mutter, Aksakale und die nächsten Verwandten im Ail lebten, dann war es nicht üblich, ja sogar anstößig, die Frau als erste zu nennen oder gar einen Brief an sie zu richten. So denkt nicht nur Sadyk, sondern jeder Mann, der etwas auf sich hält; daran gab es nichts zu deuten, das war eben so eingeführt im Ail, und niemand stieß sich daran, ja es fiel niemand auf, zumal jeder Brief ein ersehntes, freudiges Ereignis war, über das man alles andere vergaß.

Die Mutter ließ sich jeden Brief mehrmals von mir vorlesen; dann nahm sie ihn mit frommer Rührung in ihre rauhen Hände und hielt ihn fest wie einen Vogel, der jeden Augenblick davonflattern könnte. Endlich faltete sie ihn mit ihren ungelenken Fingern umständlich wieder zu einem Dreieck zusammen.

»Ach, meine Lieben, wie einen Talisman werden wir eure Briefe hüten!« sagte sie mit tränenerstickter Stimme. »Da erkundigt er sich, wie es Vater, Mutter und den Verwandten geht. Was soll uns schon geschehen, wir sind ja zu Hause in unserem Ail. Aber ihr da draußen? Allein euer Schweigen tötet uns. Schreibt nur ein Wörtchen: Ich lebe, weiter nichts. Mehr brauchen wir nicht.«

Lange betrachtete die Mutter noch den dreieckigen Brief, dann steckte sie ihn in das Lederbeutelchen, in dem alle Briefe verwahrt wurden, und legte es in die Truhe.

Wenn Dshamilja gerade zu Hause war, gab man auch ihr den Brief zu lesen. Ich bemerkte, daß sie jedesmal errötete, wenn sie ein solches zum Dreieck gefaltetes Blatt in die Hand nahm. Sie las begierig, hastig die Zeilen überfliegend. Doch je näher sie dem Schluß kam, desto schlaffer wurden ihre Schultern, und ihre geröteten Wangen erblaßten. Sie zog die eigenwilligen Brauen zusammen und reichte den Brief, ohne die letzten Zeilen gelesen zu haben, so kühl und gleichmütig der Mutter, als gäbe sie etwas zurück, was sie geliehen hatte.

Die Mutter legte Dshamiljas Gebaren auf ihre Art aus und versuchte sie zu ermutigen.

»Was hast du denn?« sagte sie, während sie die Truhe verschloß. »Statt dich zu freuen, läßt du den Kopf hängen!

Hast denn nur du einen Mann bei den Soldaten? Du bist ja nicht die einzige, das ganze Volk leidet, ertrag es zusammen mit dem ganzen Volk. Denkst du vielleicht, es gibt welche, die sich nicht einsam fühlen, die sich nicht nach ihren Männern sehnen? Du kannst dich ja grämen, aber du darfst es nach außen hin nicht zeigen! Verbirg's in deinem Inneren!«

Dshamilja schwieg. Doch ihr offener, trauriger Blick schien zu sagen: Ihr könnt mich nicht verstehen, Mütterchen!

Der letzte Brief war, wie auch schon die vorherigen, aus Saratow gekommen. Dort lag Sadyk im Lazarett. Er schrieb, daß er, so Gott wolle, im Herbst wegen der Verwundung nach Hause kommen würde. Das hatte er auch schon früher mitgeteilt, und wir freuten uns alle auf das baldige Wiedersehen mit ihm.

Ich blieb an jenem Tag doch nicht zu Hause, sondern fuhr auf die Tenne. Dort übernachtete ich gewöhnlich. Die Pferde brachte ich auf das Luzernefeld und koppelte sie dort. Der Vorsitzende hatte es verboten, das Vieh auf dem Luzernefeld zu weiden, doch damit meine Pferde kräftig blieben, übertrat ich das Verbot. Ich kannte eine verborgene Stelle in einer Mulde, und außerdem merkte nachts niemand etwas. Als ich aber diesmal die Pferde ausgespannt und auf das Feld geführt hatte, fand ich dort schon vier Pferde vor. Das empörte mich. Ich hatte schließlich einen zweispännigen Wagen zu kutschieren, und das gab mir das Recht, mich zu empören. Ohne lange zu überlegen, beschloß ich, die fremden Pferde wegzutreiben, um dem Frechling, der da in mein Revier eingedrungen war, eine Lehre zu erteilen. Da erkannte ich plötzlich zwei Pferde als die Danijars, des Mannes, von dem der Brigadier einige Stunden zuvor gesprochen hatte. Mir fiel ein, daß wir ja vom nächsten Tag an zusammen das Korn zum Bahnhof fahren sollten. Ich ließ seine Pferde in Ruhe und kehrte zum Dreschplatz zurück.

Hier fand ich Danijar. Er hatte eben die Räder seines Wagens geschmiert und zog jetzt die Muttern an den Achsen fest. »Danijar, sind das deine Pferde in der Mulde?« fragte ich. Danijar drehte langsam den Kopf. »Zwei davon.«

»Und das andere Paar?«

»Die gehören ... Wie heißt sie doch gleich ... Dshamilja, nicht? Du bist ja mit ihr verwandt. Ist sie nicht deine Dshene?«

»Ja.«

»Der Brigadier hat sie selbst dorthin gebracht und mir aufgetragen, nach ihnen zu sehen.«

Wie gut, daß ich die Pferde nicht weggetrieben hatte!

Die Nacht brach herein. Der leichte Abendwind, der von den Bergen her wehte, legte sich. Auf der Tenne war es still geworden. Danijar machte es sich neben mir in einem Strohhaufen bequem, doch nach einiger Zeit stand er auf und ging zum Fluß. Er trat nahe an die Uferböschung heran und blieb dort stehen, die Hände auf dem Rücken verschränkt, den Kopf seitwärts geneigt. Ich sah ihn von hinten. Seine hohe, eckige Gestalt hob sich im weichen Mondlicht scharf ab. Sie wirkte wie mit dem Beil aus einem Stück Holz gehauen. Er schien auf das Lärmen des Flusses zu horchen, der in der Nacht besonders laut über die Sandbänke rauschte. Vielleicht lauschte er auch anderen Tönen und Geräuschen der Nacht, die mir verborgen blieben. Er will wieder am Fluß übernachten, der Eigenbrötler! dachte ich spöttisch.

Danijar lebte noch nicht lange in unserem Ail. Während der Heumahd hatte einmal ein kleiner Junge die Nachricht gebracht, daß ein verwundeter Soldat im Ail angekommen sei. Wie er hieß und in welche Familie er gehörte, das wußte der Junge nicht. Ach, war das eine Aufregung! Wie es so ist im Ail, wenn ein Soldat von der Front kommt, laufen alle ohne Ausnahme, alt und jung, in Scharen zusammen, um den Ankömmling zu sehen, ihm die Hand zu drücken, ihn nach Verwandten und Neuigkeiten zu fragen. Auch diesmal erhob sich ein unbeschreibliches Geschrei. Jeder riet herum: Vielleicht war der Bruder zurückgekehrt, vielleicht der Vater? Und auch die Schnitter eilten herbei, um zu erfahren, worum es ging.

Es stellte sich heraus, daß Danijar ein Stammesbruder von uns war und aus unserem Ail stammte. Man erzählte, er sei früh verwaist und habe drei Jahre lang auf verschiedenen Höfen in Armut gelebt, dann sei er zu den Kasachen in die Tschakmakische Steppe davongelaufen, seine Verwandten mütterlicherseits waren Kasachen. Nahe Verwandte, die ihn zurückholen konnten, hatte er nicht, und so vergaß man ihn. Wenn man ihn jetzt fragte, wie es ihm ergangen sei, nachdem er seine Heimat verlassen habe, antwortete er ausweichend, doch man merkte, daß er viel Leid erfahren und das Schicksal eines Waisenkindes ausgiebig kennengelernt hatte. Das Leben hatte ihn wie loses Steppengras in die verschiedensten Gegenden geweht. Lange Zeit hütete er in den Tschakmak-Salzsteppen Schafe; als er herangewachsen war, grub er in der Wüste Kanäle, oder er arbeitete in den neuen Baumwollsowchosen. Später verschlug es ihn in die Angrener Kohlengruben bei Taschkent, und von dort aus ging er zur Armee.

Über die Rückkehr Danijars in seine Heimat freuten sich die Leute im Ail. »Wenn er auch viel umhergeirrt ist, so hat er doch zurückgefunden, es war ihm also bestimmt, das Wasser aus dem heimatlichen Aryk zu trinken. Und auch seine Muttersprache hat er nicht vergessen, sie klingt ein bißchen nach dem Kasachischen hin, aber sonst spricht er ganz echt.«

Und die Aksakale meinten: »Tulpar, das Märchenroß,

wittert seine Herde selbst am Ende der Welt. Wer liebt nicht seine Heimat, sein Volk! Du hast recht daran getan, daß du zurückgekehrt bist. Wir und die Geister deiner Vorfahren sind zufrieden. So Gott will, werden wir die Deutschen schlagen und wieder in Frieden leben; du wirst, wie die anderen, eine Familie gründen, und aus deinem Herd wird Rauch aufsteigen.«

Sie erinnerten sich der Vorfahren Danijars und stellten genau fest, aus welcher Sippe er stammte. So tauchte in unserem Ail ein neuer »Verwandter« auf – Danijar.

Bald darauf brachte der Brigadier Orosmat den großen, ein wenig gebückt gehenden Soldaten, der das linke Bein nachzog, zu uns aufs Mahd. Den Uniformmantel über die eine Schulter geworfen, schritt er hastig aus, um nicht hinter der kleinen jungen Stute Orosmats zurückzubleiben. Der Brigadier wirkte neben dem langen Danijar durch seine untersetzte Gestalt und seine Beweglichkeit wie eine aufgescheuchte Uferschnepfe. Wir Kinder mußten sogar lachen.

Das verwundete Bein Danijars war damals noch nicht ganz verheilt, er konnte das Knie nicht beugen. Deshalb taugte er nicht als Schnitter; man setzte ihn bei uns Kindern am Grasmäher ein. Ehrlich gesagt, er gefiel uns nicht besonders. Vor allem paßte uns seine Verschlossenheit nicht. Er sprach wenig, und wenn er schon einmal redete, dann hatte man das Gefühl, als denke er gleichzeitig an etwas ganz anderes, Fernliegendes, als hänge er seinen eigenen Gedanken nach, und man wußte nie, ob er einen überhaupt ansah, selbst wenn er einem mit seinen nachdenklichen, verträumten Augen offen ins Gesicht blickte.

»Der arme Kerl, er kann wahrscheinlich die Front immer noch nicht vergessen«, sagten die Leute von ihm.

Trotz seiner Versonnenheit arbeitete er schnell und zuverlässig. Ein Außenstehender konnte ihn für einen mitteilsamen und freimütigen Menschen halten. Vielleicht hatte ihn die schwere Waisenkindheit gelehrt, Gefühle und Gedanken zu verbergen, sich anderen gegenüber zu verschließen? Vielleicht war es das.

Seine schmalen Lippen waren stets fest geschlossen, so daß sich an den Mundwinkeln harte Falten bildeten; seine Augen blickten traurig und ruhig, nur die geschmeidigen, beweglichen Brauen belebten sein hageres, stets müdes Gesicht. Manchmal horchte er auf, als höre er etwas, was andere nicht wahrzunehmen vermochten, dann zog er die Brauen hoch, und seine Augen leuchteten in rätselhaftem Entzücken. Dann lächelte er lange und freute sich über irgend etwas. Uns kam das alles merkwürdig vor. Und das war es nicht allein, er hatte auch noch andere sonderbare Gewohnheiten. Abends spannten wir die Pferde aus, sammelten uns vor der Hütte und warteten, bis die Köchin das Essen fertig hatte; Danijar hingegen stieg auf den Wachthügel und blieb dort sitzen, bis es dunkelte.

»Was treibt er dort bloß? Ist er vielleicht als Wächter eingesetzt worden?« riefen wir lachend aus.

Einmal folgte ich ihm aus Neugier. Ich konnte auf der Anhöhe nichts Besonderes entdecken. Ringsum dehnte sich die weite, in fliederblauem Dämmerlicht liegende Vorgebirgssteppe. Die dunklen, verschwommenen Felsen schienen sich langsam in der Stille aufzulösen. Danijar ließ sich durch mein Kommen nicht im geringsten stören; er saß da, die Hände um die Knie gelegt, und schaute mit nachdenklichem doch klarem Blick in die Ferne. Und wieder war mir, als lausche er gespannt irgendwelchen, meinem Ohr nicht wahrnehmbaren Klängen nach. Von Zeit zu Zeit horchte er auf, dann erstarrte er vollends mit weit geöffneten Augen. Ihn quälte etwas, und ich glaubte, er werde im nächsten Augenblick aufspringen und sein Herz ausschütten, aber nicht vor mir – mich bemerkte er gar nicht –, sondern vor etwas Großem, Unfaßbarem, mir Unbegreiflichem.

Doch gleich darauf erkannte ich ihn nicht wieder: Müde und zusammengesunken hockte er da, als ruhe er sich nur nach der Arbeit aus.

Das Grasland unseres Kolchos lag in den fruchtbaren Uferniederungen des Kurkurëu. Der Fluß brach unweit unserer Siedlung aus einer Schlucht hervor und ergoß sich dann als ungebändigter, wilder Strom in die Ebene. Zur Zeit der Heuernte führten die Bergflüsse Hochwasser. Auch in diesem Jahr wurde der Kurkurëu eines Abends trübe, und sein Wasser begann schäumend zu steigen. Um Mitternacht erwachte ich in der Hütte von dem machtvollen Dröhnen des Flusses. Unbewegt blickte die blaue Nacht mit ihren Sternen in die Hütte, mitunter wurde ein kühler Windhauch spürbar, die Erde schlief, nur der Fluß toste und schien sich drohend auf uns zuzuwälzen. Obgleich wir nicht unmittelbar am Ufer lagen, glaubte ich in dieser Nacht das Wasser so nahe, daß mich unwillkürlich Angst erfaßte: Wird es uns und unsere Hütte plötzlich fortspülen? Meine Kameraden schliefen den tiefen Schlaf der Schnitter, ich aber fand keine Ruhe und trat ins Freie.

Schön und schrecklich ist die Nacht in den Niederungen des Kurkurëu. Hier und dort zeichnen sich auf den Wiesen die Silhouetten der gekoppelten Pferde ab. Sie haben sich an dem taufeuchten Gras satt gefressen, schnauben von Zeit zu Zeit und schlafen halb. Doch ein Stück weiter drängt der Kurkurëu über das Ufer, er zerrt an den zerzausten, nassen Purpurweiden, und seine Wasser reißen dröhnend die Steine mit sich fort. Der rastlose Fluß erfüllt die Nacht mit rasendem, schaurigem Lärm. Kaltes Grausen packt einen.

In diesen Nächten dachte ich immer an Danijar. Er übernachtete gewöhnlich in den Heuhaufen am Fluß.

Empfand er denn keine Furcht? Machte ihn das Getöse nicht taub? Ob er wohl schlief? Weshalb nächtigte er allein dort am Ufer? Was gefiel ihm daran? Ein merkwürdiger

Mensch, nicht von dieser Welt. Wo mochte er jetzt sein? Ich sah mich nach allen Seiten um, doch ich konnte ihn nicht entdecken. In sanften Hügeln verliefen die Ufer in der Ferne. Die Gebirgskämme stiegen in der Dunkelheit auf. Dort oben auf den Gipfeln war es still, ruhig leuchteten über ihnen die Sterne.

Eigentlich wäre es für Danijar an der Zeit gewesen, im Ail Freundschaften zu schließen. Doch er blieb nach wie vor allein; ihm schienen die Begriffe Freundschaft und Feindschaft, Zuneigung und Haß fremd zu sein. Im Ail galt ein Dshigit aber nur dann etwas, wenn er für sich und andere eintreten konnte, wenn er zu Gutem und manchmal auch zu Bösem fähig war, wenn er sich vor den Aksakalen nicht duckte und auf Gelagen oder Gedenkfeiern das Wort führte, auch bei Frauen galten solche Burschen etwas.

Wenn sich jedoch einer wie Danijar stets abseits hielt und sich nicht um die Alltagsangelegenheiten des Ails kümmerte, dann beachtete man ihn einfach nicht mehr, oder man sagte herablassend von ihm: »Na ja, er schadet niemand, er nützt niemand, er lebt eben so dahin, der arme Tropf, laßt ihn halt.«

Ein solcher Mensch war in der Regel Gegenstand von Spötteleien oder von Mitleid. Wir Halbwüchsigen, die wir älter erscheinen wollten, als wir waren, um den richtigen Dshigiten gleich zu sein, machten uns ständig über Danijar lustig, wenn auch nicht in seinem Beisein, so doch unter uns. Wir spotteten sogar darüber, daß er seine Feldbluse selber im Fluß wusch. Wäscht sie aus und zieht sie wieder an – noch feucht: Es war ja seine einzige.

Sonderbarerweise aber geschah es nie, daß wir in der Unterhaltung mit dem stillen und duldsamen Danijar einen familiären Ton anschlugen. Das hatte seinen Grund nicht darin, daß er älter war als wir – genau betrachtet betrug der Unterschied zwischen ihm und uns ja höchstens drei oder vier Jahre, und wir machten sonst mit Männern seines Alters keine Umstände und duzten sie –, er behandelte uns auch nicht grob oder herablassend, was ja mitunter eine Art Hochachtung einflößt, nein, es lag etwas in seiner schweigsamen, finsteren Nachdenklichkeit, was uns, die wir sonst niemand verschonten, hemmte.

Vielleicht hatte ein Erlebnis mit ihm den Anlaß für unsere Zurückhaltung gegeben. Ich war sehr neugierig und fiel den Erwachsenen oft mit meinen Fragen lästig; die Frontsoldaten auszufragen war eine wahre Leidenschaft von mir. Als Danijar während der Mahd bei uns auftauchte, suchte ich ständig nach einer Gelegenheit, um aus ihm, dem Neuen von der Front, etwas herauszuholen.

Eines Abends saßen wir nach der Arbeit am Feuer, aßen und ließen es uns wohl sein.

»Danike, erzähl uns doch was vom Krieg, bevor wir schlafen gehen«, bat ich.

Danijar schwieg zuerst und schien sogar gekränkt zu sein. Lang blickte er ins Feuer, dann hob er den Kopf und sah uns an.

»Vom Krieg, sagst du?« fragte er, und als antworte er auf seine eigenen Gedanken, fügte er tonlos hinzu: »Nein, es ist besser, ihr wißt nichts vom Krieg!«

Dann wandte er sich ab, nahm eine Handvoll trockenen Unkrauts, warf es ins Feuer und schürte die Glut, ohne einen von uns anzublicken.

Mehr sagte Danijar nicht. Doch schon durch seine wenigen Worte hatte er uns zu verstehen gegeben, daß der Krieg etwas war, worüber man nicht im Plauderton sprach, das keinen Stoff für unterhaltsame Geschichtchen vorm Schlafengehen abgab. Über den Krieg, der in des Menschen Adern das Blut erstarren ließ, redete es sich nicht so leicht. Ich schämte mich vor mir selbst. Und ich habe Danijar nie wieder nach dem Krieg gefragt.

Der Abend war indes schnell vergessen, ebenso schnell, wie das Interesse der Ailbewohner für Danijar erlosch.

Früh am nächsten Morgen brachten Danijar und ich die Pferde zur Tenne. Gleichzeitig mit uns kam auch Dshamilja dort an.

Als sie uns erblickte, rief sie schon von weitem: »He, Kitschine-bala, bring meine Pferde hierher! Wo ist mein Geschirr?« Mit Kennermiene, als sei sie zeit ihres Lebens nichts anderes als Fuhrmann gewesen, prüfte sie ihren Wagen, wobei sie sich durch ein paar Fußtritte davon überzeugte, daß die Räder richtig auf den Achsen saßen.

Danijar und ich ritten auf sie zu. Unser Anblick erregte ihre Heiterkeit. Danijars lange, magere Beine staken in weitschäftigen Kirseistiefeln, die jeden Augenblick herabzufallen drohten, und ich trieb das Pferd mit nackten schwarzen Fersen an.

»Ihr seid mir ja ein schönes Paar!« Dshamilja warf ausgelassen den Kopf zurück. Und ohne Zögern kommandierte sie: »Nun mal ein bißchen lebhaft, damit wir vor der Hitze die Steppe hinter uns haben!«

Sie nahm die Pferde am Zaum, führte sie mit sicherer Hand zum Wagen und spannte sie ein. Ganz allein tat sie das, nur einmal fragte sie mich, wie man die Zügel anlegt. Von Danijar nahm sie überhaupt keine Notiz, als wäre er gar nicht da.

Die Entschlossenheit und das herausfordernde Selbstvertrauen Dshamiljas setzten Danijar offensichtlich in Erstaunen. Er sah sie unfreundlich, doch gleichzeitig mit versteckter Bewunderung an, die Lippen abweisend aufeinandergepreßt. Schweigend nahm er einen Sack mit Getreide von der Waage und trug ihn zu seinem Wagen. Doch da trat ihm Dshamilja in den Weg.

»Was denn, soll sich jeder allein abschinden? Nein, mein Lieber, das ist nicht das Rechte! Gib mir mal deine Hand!

He, Kitschine-bala, was guckst du in die Luft, steig auf den Wagen und verstau die Säcke!«

Dshamilja ergriff Danijars Hand, und sie trugen den Sack gemeinsam auf den verschlungenen Händen. Der arme Danijar errötete vor Scham und Verlegenheit. Jedesmal, wenn sie einen Sack brachten, wenn sie sich fest bei den Händen hielten und ihre Köpfe sich fast berührten, sah ich, wie quälend peinlich Danijar das war; er biß angespannt auf seine Lippen und bemühte sich, Dshamilja nicht anzusehen. Ihr hingegen machte das nichts aus. Sie schien ihren Partner gar nicht zu bemerken und scherzte mit der Frau an der Waage. Als schließlich die Fuhrwerke vollgeladen waren und wir die Zügel in die Hand nahmen, blinzelte sie verschmitzt und sagte lachend: »Na, Danijar, wie ist's? Du bist doch wohl ein Mann, fahr du als erster!«

Danijar setzte sich mit seinem Gespann schweigend in Bewegung. O, du Jammerlappen, schüchtern bist du also auch noch! dachte ich.

Wir hatten einen weiten Weg vor uns. Er führte etwa zwanzig Kilometer durch die Steppe und durch die Schlucht bis zur Bahnstation. Glücklicherweise ging es bis unmittelbar zum Ziel immer leicht bergab, so daß es die Pferde nicht schwer hatten. Unser Ail lag am Hang der Großen Berge. Seine dunkel schimmernden Baumgruppen sah man bis zur Einfahrt in die Schlucht.

Am Tag schafften wir nur eine Fahrt. Wir fuhren morgens ab und erreichten die Bahnstation nach Mittag.

Die Sonne brannte unbarmherzig, und auf der Verladestation war kaum durchzukommen, es wimmelte von säckebeladenen Wagen und Karren aus der Ebene, von hochbepackten Maultieren und Ochsen aus fernen Gebirgskolchosen. Halbwüchsige Jungen oder die Frauen der Frontsoldaten hatten sie hergebracht, braungebrannte Gestalten in ausgeblichenen Kleidern, mit bloßen Füßen, wund von den Steinen am Wege, und blutigen, von der Hitze und vom Staub aufgesprungenen Lippen.

Am Tor der Getreideerfassungsstelle hing ein verschossenes Tuch mit der Aufschrift. »Jede Ähre für die Front!« Im Hof drängten und stießen sich schreiend die Kutscher und Viehtreiber. Nebenan, hinter einer niedrigen Mauer aus Saman, rangierte eine Lokomotive; sie stieß dichte Dampfwolken aus und verbreitete den Dunst glutheißer Schlacke. Mit ohrenbetäubendem Gedröhn ratterten Züge vorüber. Die speichelnassen Mäuler aufreißend, brüllten die Kamele zornig und verzweifelt. Sie lagen auf der Erde und wollten sich nicht erheben. Unter einem heißen Blechdach lagerte ein riesiger Haufen Getreide. Man mußte die Säcke über einen hölzernen Laufsteg bis unmittelbar unter das Dach hinaufschleppen. Der Getreidestaub und die drückende Schwüle nahmen einem den Atem.

»He, Burschen, paßt auf!« brüllte unten der Abnehmer, dessen geröteten Augen man ansah, daß er lange nicht geschlafen hatte. »Die Säcke müssen bis nach oben, ganz rauf!« Er drohte mit der Faust und ließ eine Schimpfkanonade vom Stapel.

Weshalb regte er sich auf? Wir wußten doch selbst, wo wir das Korn hinzutragen hatten, und wir wollten uns auch gar nicht davor drücken; schließlich brachten wir es von dem Feld, auf dem Frauen, Greise und Kinder mit saurer Mühe jedes einzelne Körnchen aufgezogen und geerntet hatten, auf dem sich auch jetzt der Kombinefahrer in glühender Hitze mit seinem klapprigen, längst ausgedienten Mähdrescher abplagte, auf dem Frauen unentwegt den Rücken über heiße Sicheln beugten und Kinderhände liebevoll jede verlorene Ähre sammelten.

Ich erinnere mich noch deutlich daran, wie schwer die Säcke waren, die ich damals auf meinem Rücken schleppte. Solch eine Arbeit stand den kräftigsten Männern an. Ständig in Gefahr, das Gleichgewicht zu verlieren, stieg ich über die knarrenden, sich durchbiegenden Bretter des Laufstegs nach oben, die Zähne in das grobe Leinen verbissen, um den Sack mit allen Mitteln zu halten, ihn nicht loszulassen. In meiner Kehle kratzte der Staub, auf dem Rücken drückte die Last, und vor meinen Augen standen feurige Kreise. Oft verzagte ich auf halbem Wege, wenn ich fühlte, daß der Sack erbarmungslos von meinem Rücken herunterrutschte; dann hätte ich ihn am liebsten abgeworfen und mich mit ihm den Getreideberg hinunterrollen lassen. Doch nach mir kamen andere Träger, die auch Säcke schleppten, Jungen wie ich oder Frauen, die Söhne in meinem Alter hatten. Wenn nicht Krieg gewesen wäre, hätte man ihnen dann erlaubt, sich solche Lasten aufzubürden? Nein, ich hatte nicht das Recht schlappzumachen, wo doch Frauen die gleiche Arbeit verrichteten.

Da geht Dshamilja vor mir, das Kleid bis über die Knie aufgeschürzt, und ich sehe, wie sich die festen Muskeln ihrer sonnengebräunten schönen Beine anspannen, wie sich ihr geschmeidiger Körper unter der Last des Sackes beugt und mit welcher Anstrengung sie sich aufrecht hält. Mitunter hält sie einen Augenblick ein und sagt, als fühle sie, daß meine Kräfte mit jedem Schritt nachlassen: »Halt aus, Kitschine-bala, es ist nicht mehr viel!«

Dabei klingt ihre Stimme selbst dumpf, gepreßt.

Manchmal kam uns Danijar entgegen, wenn wir unsere Säcke geleert hatten und zurückkehrten. Leicht hinkend, stieg er mit starken, gleichmäßigen Schritten den Laufsteg hinauf, wie immer einsam und schweigend. Wenn er mit uns auf gleicher Höhe war, musterte er Dshamilja mit finsterem, glühendem Blick, und sie streckte den müden Rükken und strich ihr zerdrücktes Kleid glatt. Er betrachtete sie jedesmal, als hätte er sie noch nie gesehen, und Dshamilja tat immer wieder, als bemerke sie ihn nicht.

Ja, es hatte sich so eingespielt: Dshamilja machte sich entweder über ihn lustig, oder sie beachtete ihn nicht, je nachdem, wie sie gerade aufgelegt war. Da fahren wir so dahin, plötzlich fällt ihr ein, mir zuzurufen: »Los, schneller!« Die Peitsche über dem Kopf schwingend, feuert sie mit lauter Stimme die Pferde zum Galopp an. Ich jage ihr nach. Wir überholen Danijar und hüllen ihn in eine dichte Staubwolke, die sich lange nicht wieder ablagert. Obwohl das im Scherz geschah, hätte es sich wohl nicht jeder Mann ruhig gefallen lassen. Doch Danijar fühlte sich offenbar nicht gekränkt. Als wir an ihm vorbeirasten, musterte er die laut lachend in ihrem Wagen stehende Dshamilja mit mürrischem Entzücken. Ich drehte mich um. Selbst durch den Staub sah er ihr noch nach. Es war etwas Gutes, alles Vergebendes in seinem Blick, doch ich erriet in ihm auch noch etwas anderes: verborgene, unstillbare Trauer, wie man sie empfindet, wenn man etwas heiß ersehnt, das einem unerreichbar ist.

Weder Dshamiljas Spott noch ihre völlige Gleichgültigkeit ließen Danijar seine Zurückhaltung auch nur ein einziges Mal vergessen. Es war, als habe er sich geschworen, alles zu ertragen.

Anfangs tat er mir leid, und ich sagte mehrmals zu Dshamilja: »Warum machst du dich denn immer über ihn lustig, Dshene? Er tut doch niemand was.«

»Ach der!« lachte Dshamilja und winkte ab. »Es ist ja nur Spaß, das schadet dem alten Griesgram nichts.«

Später neckte und verspottete ich Danijar nicht weniger als Dshamilja. Allmählich beunruhigten mich seine seltsamen, beharrlichen Blicke. Wie starrte er Dshamilja an, wenn sie sich einen Sack auf die Schultern lud! Allerdings zog sie auch die Blicke anderer auf sich. Ihre Bewegungen waren in all dem Heidenlärm, dem Gedränge und Marktgetümmel des Hofes, inmitten der sich schiebenden und heiser schreienden Menschen so sicher und gewandt, ihr Gang so leicht, als berühre sie das alles gar nicht.

Man mußte sie einfach ansehen. Wenn sie einen Sack vom Wagen ablud, reckte sie sich, hob die Schulter, um die Last aufzunehmen, und neigte den Kopf zur Seite, so tief, daß sich ihr schöner Hals entblößte und ihre in der Sonne rötlich schimmernden Zöpfe fast die Erde berührten. Danijar unterbrach wie zufällig seine Arbeit und folgte ihr mit dem Blick bis zur Tür. Wahrscheinlich glaubte er sich unbeobachtet, doch ich bemerkte alles, und sein Gehabe mißfiel mir mehr und mehr. Ich fühlte mich sogar in gewisser Art beleidigt, denn in meinen Augen stand Dshamilja hoch über ihm.

Wenn sich selbst der schon in sie vergafft, dachte ich, aus tiefstem Herzen empört, was soll man da noch von den anderen erwarten! Und in meinem kindlichen Egoismus, den ich noch nicht abgelegt hatte, packte mich eine glühende Eifersucht. Ein Kind ist ja immer auf Fremde eifersüchtig, die sich seinen Angehörigen nähern. Und anstelle von Mitgefühl empfand ich jetzt für Danijar Feindseligkeit, so daß es mich freute, wenn sich jemand über ihn lustig machte.

Doch für Dshamilja und mich fanden einmal die Hänseleien, die wir uns vor Danijar herausnahmen, ein jähes Ende. Unter den Säcken, in denen wir das Getreide transportierten, war auch ein übermäßig großer aus grobem Wollgewebe, der sieben Pud faßte. Wir trugen ihn gewöhnlich zu zweit, für einen allein war er zu schwer. Eines Tages kam uns auf der Tenne der Gedanke, Danijar einen Streich zu spielen. Wir luden den großen Sack auf seinen Wagen und stapelten andere darüber. Auf dem Weg zur Bahnstation machten Dshamilja und ich bei einem russischen Dorf halt und holten uns in einem Garten eine gehörige Menge Äpfel. Dshamilja warf mit den Früchten nach

Danijar, und wir lachten während der ganzen Fahrt. Dann überholten wir ihn wie gewöhnlich, und er verschwand in einer Staubwolke. Er holte uns erst hinter der Schlucht beim Bahnübergang ein. Die Schranke war geschlossen. So kamen wir zusammen auf dem Bahnhof an. Den Siebenpudsack hatten wir völlig vergessen. Wir dachten erst wieder daran, als das Abladen schon fast beendet war. Dshamilja stieß mich übermütig in die Seite und deutete mit dem Kopf auf Danijar. Er stand auf seinem Wagen, betrachtete besorgt den Sack und überlegte offensichtlich, was er mit ihm machen sollte. Dann sah er sich nach allen Seiten um.

Als er bemerkte, daß Dshamilja ein Lachen unterdrückte, wurde er über und über rot, er begriff, was gespielt wurde.

»Schnall dir die Hosen fest, sonst verlierst du sie unterwegs!« rief Dshamilja.

Danijar warf uns einen zornigen Blick zu. Ehe wir uns besinnen konnten, hatte er den Sack über die Ladefläche zum Seitenbalken geschleift und auf die Kante gestellt; dann sprang er herab, den Sack mit einer Hand stützend, wälzte ihn sich auf die Schulter und ging los. Anfangs taten wir so, als sei dabei nichts Besonderes. Die anderen rührten sich natürlich erst recht nicht: Da trug ein Mann einen Sack, das tat ja hier jeder. Doch als Danijar den Laufsteg erreichte, lief Dshamilja hinter ihm her.

»Stell ihn ab! Es sollte doch nur ein Scherz sein!«

»Geh weg!« erwiderte Danijar scharf und betrat die Planken.

»Sieh einer an, er schleppt ihn!« sagte Dshamilja, wie um sich zu rechtfertigen. Sie lachte immer noch leise, doch es klang unnatürlich, als zwinge sie sich dazu.

Wir bemerkten, daß Danijar auf seinem verwundeten Bein stark zu hinken begann. Warum hatten wir bloß nicht vorher an sein Bein gedacht? Bis heute kann ich mir diesen dummen Streich nicht verzeihen, denn ich Narr hatte ihn ausgeheckt.

»Kehr um!« schrie Dshamilja mit erstickendem Lachen. Doch das konnte Danijar nicht mehr, hinter ihm gingen schon andere.

Ich erinnere mich nicht genau an alles, was weiter geschah. Gebückt unter dem riesigen Sack, den Kopf tief gesenkt und die Zähne in die Unterlippe gepreßt, schritt Danijar langsam voran, das verwundete Bein vorsichtig aufsetzend. Wenn er es belastete, empfand er offensichtlich einen so heftigen Schmerz, daß er jedesmal mit dem Kopf zuckte und sekundenlang wie betäubt innehielt. Und je weiter er den Laufsteg hinaufstieg, desto stärker schwankte er von einer Seite auf die andere. Der Sack riß ihn hin und her. Der Anblick war mir so furchtbar, und ich schämte mich so sehr, daß mir ganz trocken in der Kehle wurde. Starr vor Entsetzen, fühlte ich mit Leib und Seele die Schwere seiner Last und den unerträglichen Schmerz in seinem Bein nach. Jetzt riß es ihn wieder zur Seite, er schüttelte den Kopf, vor meinen Augen drehte sich alles, es wurde dunkel um mich, und der Boden schwankte unter meinen Füßen.

Ich kam erst wieder zur Besinnung, als mich plötzlich jemand derb und schmerzhaft am Arm packte. Ich erkannte Dshamilja nicht sofort. Sie sah totenbleich aus, die Pupillen in ihren weit geöffneten Augen waren riesengroß, und ihre Lippen zuckten noch von dem eben verstummten Lachen. Wir standen nicht mehr allein, alle, die sich gerade auf dem Hof aufhielten, auch der Abnehmer, waren am Fuße des Brettersteges zusammengelaufen. Danijar machte noch zwei Schritte; er wollte den Sack auf dem Rücken zurechtrücken und sank langsam in die Knie. Dshamilja bedeckte ihr Gesicht mit den Händen.

»Wirf ihn weg! Wirf den Sack weg!« schrie sie.

Doch das tat Danijar sonderbarerweise nicht, obwohl er seine Last längst neben dem Laufsteg hätte fallen lassen können, allein schon, um die Träger hinter sich nicht aufzuhalten. Als er Dshamiljas Stimme hörte, riß er sich zusammen und streckte sein Bein. Er machte einen Schritt und taumelte wieder.

»So wirf ihn doch weg, Hundesohn!« brüllte der Abnehmer.

»Wegwerfen!« schrien die Leute.

Doch Danijar fand auch diesmal das Gleichgewicht wieder.

»Nein, er wirft ihn nicht weg«, murmelte jemand überzeugt.

Alle, sowohl die, die Danijar auf dem Laufsteg folgten, als auch die am Fuß des Kornbergs Stehenden, fühlten offenbar, daß es einen Grund hatte, wenn er den Sack nicht abwarf, solange ihn dieser nicht zu Boden riß. Totenstille trat ein. Hinter der Mauer pfiff in langen Intervallen eine Lokomotive.

Danijar stieg schwankend wie ein Betäubter unter dem heißen Blechdach weiter nach oben. Die Bretter bogen sich unter ihm. Alle zwei Schritte hielt er inne, mit Mühe das Gleichgewicht haltend. Nachdem er Kräfte gesammelt hatte, setzte er seinen Weg fort. Die hinter ihm suchten sich ihm anzupassen und blieben ebenfalls alle zwei Schritte stehen. Das zermürbte und kostete Kraft, doch niemand empörte sich, niemand schimpfte auf Danijar. Es war, als wären die Träger alle durch ein unsichtbares Seil miteinander verbunden, als bewegten sie sich mit ihrer Last auf einem gefährlichen, schlüpfrigen Pfad, auf dem das Leben des einen vom anderen abhing. In ihrem einträchtigen Schweigen und dem gleichmäßigen Schwanken lag ein einheitlicher, schwerer Rhythmus. Zwei Schritte hinter Danijar her, eine kurze Rast, und wieder zwei Schritte. Die Frau, die unmittelbar hinter ihm ging, sah ihn unendlich mitleidig und flehend an. Sie hielt sich selbst kaum noch auf den Beinen, doch sie fühlte mit ihrem Vordermann.

Nur ein kleines Stück war noch zu überwinden, dann endete der schräge Teil des Laufsteges. Danijar taumelte wieder, das verwundete Bein gehorchte ihm nicht mehr. Er konnte im nächsten Augenblick stürzen, wenn er den Sack nicht fallen ließ.

»Lauf! Stütz ihn von hinten!« rief mir Dshamilja zu. Sie selbst streckte ratlos die Arme aus, als könnte sie Danijar damit helfen.

Ich schlängelte mich auf dem Laufsteg zwischen den Trägern und Säcken durch und erreichte Danijar. Er warf unter dem Ellbogen hervor einen Blick auf mich. An seiner roten Stirn pulsten die Adern, der Schweiß rann ihm übers Gesicht, die blutunterlaufenen Augen blitzten mich zornig an. Ich wollte den Sack stützen. »Weg da!« keuchte er drohend und bewegte sich vorwärts.

Als er schweratmend und hinkend wieder nach unten kam, hingen seine Arme schlaff herab. Die Menge trat schweigend vor ihm auseinander, doch der Abnehmer konnte nicht an sich halten und schrie: »Was ist denn mit dir los, Kerl, bist du verrückt? Bin ich denn kein Mensch, hätte ich dir nicht erlaubt, den Sack hier unten auszuschütten? Weshalb schleppst du so ein Riesending?«

»Das ist meine Sache«, antwortete Danijar leise.

Er spuckte zur Seite aus und ging zu seinem Wagen. Wir aber wagten nicht den Blick zu heben. Wir schämten uns und machten uns Vorwürfe, weil Danijar unseren törichten Streich so ernst genommen hatte.

Die ganze Nacht fuhren wir schweigend. Für Danijar war das natürlich. Deshalb konnten wir nicht ergründen, ob er uns zürnte oder schon alles vergessen hatte. Doch uns war schwer ums Herz, und wir hatten ein schlechtes Gewissen.

Als wir am nächsten Morgen die Wagen auf der Dreschtenne beluden, nahm Dshamilja den unseligen Sack, trat mit einem Fuß darauf und riß ihn mittendurch.

»Hier hast du den Fetzen!« sagte sie und warf ihn der verwunderten Frau an der Waage vor die Füße. »Und sag dem Brigadier, er soll uns künftig nicht solche Dinger andrehen!«

»Was soll denn das heißen? Was ist denn mit dir?«

»Nichts.«

Den ganzen folgenden Tag gab Danijar auf keine Weise zu erkennen, ob er gekränkt war. Wie immer verhielt er sich ruhig und schweigsam, nur hinkte er stärker als gewöhnlich, besonders wenn er Säcke trug. Sicher war am Tag zuvor seine Wunde wieder aufgebrochen. Das erinnerte uns fortwährend an unsere Schuld vor ihm. Hätte er auch nur einmal gelacht oder gescherzt, dann wäre uns leichter gewesen; so aber blieb die Spannung zwischen uns.

Dshamilja versuchte ebenfalls so zu tun, als sei nichts Besonderes vorgefallen. Sie gab sich stolz wie immer, sie lachte sogar, doch ich sah, daß sie sich den ganzen Tag über nicht recht wohl fühlte.

Wir kehrten erst spät von der Bahnstation zurück. Danijar fuhr vornweg. Es war eine herrliche Nacht. Wer kennt nicht die Augustnächte mit ihren fernen und doch so nahen, ungewöhnlich klaren Sternen! Jedes Sternchen war deutlich zu sehen. Eines davon, es schien mit Reif bedeckt und von einem Strahlenkranz blitzender Eiskristalle umgeben, blickte in naivem Staunen vom dunklen Himmel herab zur Erde. Während wir durch die Schlucht fuhren, sah ich lange zu ihm hinauf. Die Pferde trabten freudig heimwärts; unter den Rädern knirschte der Schotter. Der Wind trug den bitteren Blütenstaub des Wermuts aus der Steppe herüber, in der Luft lag ein feiner Duft nach sich abkühlendem reifem Getreide; im Verein mit dem Geruch des Wagenteers und der schweißigen Pferdegeschirre verwirrte einem das ein wenig den Kopf.

Auf der einen Seite stiegen mit Heckenrosen bewachsene dunkle Felsen über dem Weg auf, und zur anderen toste, weit unten im Dickicht der Purpurweiden und der wildwachsenden Pappeln, der rastlose Kurkurëu. Ab und zu brausten irgendwo hinter uns Eisenbahnzüge mit alles übertönendem Getöse über eine Brücke; und lange hallte noch das Klopfen der Räder nach.

Es war schön, in der nächtlichen Kühle dahinzufahren, auf die schwankenden Pferderücken zu schauen, in die Augustnacht zu lauschen und ihre Düfte einzuatmen. Dshamilja fuhr vor mir. Sie ließ den Pferden freien Lauf, sah mal hierhin, mal dorthin und sang leise vor sich hin. Ich wußte, was in ihr vorging, unser Schweigen bedrückte sie. In einer solchen Nacht durfte man nicht schweigen, in einer solchen Nacht mußte man singen!

Und sie sang. Vielleicht tat sie es auch deshalb, weil sie die frühere Unbefangenheit in unseren Beziehungen zu Danijar wiederherstellen und das Gefühl ihrer Schuld vor ihm loswerden wollte. Sie hatte eine klangvolle, kecke Stimme, und sie sang die üblichen Liedchen, die man im Ail kannte, wie »Mit einem Seidentüchlein will ich dir winken« oder »Auf fernen Straßen zieht mein Liebster«. Sie kannte viele Lieder und sang sie mit schlichter Hingabe; man lauschte ihr gern. Plötzlich brach sie ab und rief dem vorausfahrenden Danijar zu: »He, Danijar, sing doch auch mal was! Bist doch ein Dshigit, oder?«

»Sing du nur, Dshamilja!« erwiderte Danijar verlegen, die Pferde ein wenig zügelnd. »Ich höre dir zu, beide Ohren habe ich aufgesperrt.«

»Du denkst wohl, wir haben keine Ohren? Überleg dir mal was! Aber wenn du nicht willst, dann laß es bleiben!« Sie stimmte ein neues Lied an.

Wer weiß, weshalb sie ihn gebeten hatte zu singen, vielleicht hatte es keinen besonderen Grund, vielleicht wollte sie ihn in ein Gespräch ziehen. Das war wohl am wahrscheinlichsten, denn kurz danach rief sie wieder: »Sag mal, Danijar, warst du schon mal verliebt?« Sie lachte selbst über ihre Frage.

Danijar antwortete nicht. Auch Dshamilja sagte nichts mehr.

Da hat sie den Richtigen gebeten zu singen! dachte ich lächelnd.

An einem kleinen Wasserlauf, der den Weg kreuzte, verlangsamten die Pferde den Gang. Ihre Hufe klirrten auf den nassen silberglänzenden Steinen. Als wir den Bach durchquert hatten, trieb Danijar seine Tiere wieder an und begann unerwartet mit befangener, bei jedem Schlagloch stockender Stimme zu singen:

Ihr meine Berge, ihr blauweißen Berge,
Land meiner Ahnen und Väter!

Er hielt inne und hüstelte, doch die nächsten beiden Verse sang er mit tiefer Bruststimme, wenn auch ein bißchen heiser:

Ihr meine Berge, ihr blauweißen Berge,
wo meine Wiege stand …

Hier stockte er abermals, als sei er erschrocken. Er sang nicht weiter.

Ich stellte mir lebhaft vor, wie verlegen er war. Doch schon aus diesen zaghaften Ansätzen klang etwas ungewöhnlich Erregendes. Er mußte eine schöne Stimme haben, man glaubte einfach nicht, daß es Danijar war, der da eben gesungen hatte.

»Sieh einer an!« platzte ich heraus. Und Dshamilja rief sogar ganz hingerissen: »Warum hast du uns denn noch nie was vorgesungen? Nun mal los, aber richtig!«

Vor uns tauchte ein heller Lichtfleck auf, es war die Ausfahrt aus der Schlucht in die Ebene. Ein sanfter Wind wehte von dorther. Danijar sang wieder. Er begann abermals schüchtern und unsicher, doch allmählich gewann seine Stimme Kraft, sie erfüllte die ganze Schlucht und hallte von den fernen Felsen wider.

Am meisten überraschten mich die Leidenschaft und die glühende Begeisterung, die aus der Melodie klangen. Ich wußte nicht, wie ich das nennen sollte, und ich weiß es auch heute noch nicht, vielmehr ich kann nicht bestimmen, inwieweit das an der Stimme lag oder an etwas Wichtigerem, das unmittelbar aus dem Herzen quillt, das die Kraft hat, in anderen die gleiche Erregung auszulösen und die schlichtesten Worte mit Leben zu erfüllen.

Wenn ich doch das Lied Danijars auch nur annähernd wiedergeben könnte! Es hatte fast keinen Text, ohne Worte öffnete es die ganze weite menschliche Seele. Nicht vorher, nicht nachher – niemals habe ich ein solches Lied gehört. Es glich weder den kirgisischen noch den kasachischen Gesängen, und doch barg es die einen wie die anderen in sich. Danijars Lied griff die schönsten Melodien der beiden verwandten Völker auf und verflocht sie auf eigene Art zu einer einheitlichen, einzigartigen Musik. Es war das Lied der Berge und Steppen, mal stieg es tönend auf wie die kirgisischen Berge, mal strömte es hin, weit wie die kasachische Steppe.

Ich lauschte und wunderte mich: Jetzt sieht man erst, was in diesem Danijar drinsteckt! Wer hätte das gedacht!

Wir befanden uns bereits in der Steppe, auf dem weichen, ausgefahrenen Weg. Danijars Gesang breitete sich jetzt frei in der Ebene aus. Immer neue Melodien lösten einander ab und flossen harmonisch ineinander über. War denn Danijar so reich? Was war mit ihm vorgegangen. Als habe er nur auf seinen Tag, seine Stunde gewartet!

Mir erschienen auf einmal all seine seltsamen Gewohnheiten, die bei den Leuten Unverständnis und Spott hervorriefen – seine Verträumtheit, seine Neigung zur Einsamkeit, seine Schweigsamkeit –, in einem anderen Licht. Ich wußte jetzt, warum er abendelang auf dem Wachthügel saß, warum er die Nächte einsam am Fluß verbrachte, warum er ständig nur ihm wahrnehmbaren Klängen nachlauschte und warum seine Augen zuweilen aufloderten und die Brauen sich plötzlich erwartungsvoll hoben. Das war ein Mensch, der eine tiefe Liebe in sich trug. Keine Liebe, das fühlte ich, wie man sie für einen anderen empfindet, sondern eine weit größere, die Liebe zum Leben, zur Erde. Ja, er verwahrte diese Liebe in sich, in seiner Musik, er lebte durch sie. Ein gleichgültiger Mensch hätte niemals so singen können.

Als der letzte Nachhall des Liedes schon zu verklingen schien, weckte ein neuer, schwingend aufsteigender Einsatz die schlummernde Steppe. Und sie hörte dem Sänger dankbar zu, dessen ihr vertraute Melodie sie liebkoste. Sanft wogten die weiten, reifen, graublau schimmernden Kornfelder, die noch auf die Mahd warteten. Helle, dem Morgendämmern vorauseilende Lichtflecke huschten über das ebene Land. Bei der Mühle rauschte das Laub einer alten, mächtigen Weidengruppe. Jenseits des Flusses verglühten die Feuer der Feldlager. Lautlos wie ein Schatten sprengte ein Reiter am Ufer entlang auf den Ail zu, bald in den Gärten verschwindend, bald wieder auftauchend. Der laue Wind roch nach Äpfeln, gleichzeitig spürte man den an frischgemolkene Milch erinnernden Duft von blühendem Mais und den warmen Geruch trocknenden Kamelmistes.

Lange, selbstvergessen sang Danijar. Stumm lauschte ihm die verzauberte Augustnacht. Selbst die Pferde waren in einen langsamen Tritt gefallen, als fürchteten sie, das Wunder zu zerstören.

Da brach Danijar plötzlich sein Lied mit einem ganz hohen, silbrig klingenden Ton ab und trieb schnalzend die Pferde an.

Ich dachte, Dshamilja würde ihm folgen, und schickte mich ebenfalls zu schnellerer Fahrt an, doch sie rührte sich nicht. Sie blieb unbeweglich sitzen, den Kopf seitwärts geneigt, und schien noch immer den in der Luft schwebenden, für sie nicht verklungenen Tönen zu lauschen. Danijar fuhr davon, und wir wechselten bis zum Ail kein Wort. Warum sollten wir auch sprechen? Man muß nicht immer in Worten reden, und nicht immer kann man es ...

Seit diesem Tage schien sich in unserem Leben etwas verändert zu haben. Ich wartete jetzt ständig auf etwas Gutes, Erwünschtes. Morgens beluden wir auf dem Dreschplatz die Wagen, dann fuhren wir zur Bahnstation, und von dort konnten wir nicht schnell genug wegkommen, um auf dem Rückweg Danijars Lieder zu hören. Seine Stimme nahm mich völlig gefangen, sie begleitete mich auf Schritt und Tritt. Ich hörte sie morgens, wenn ich durch die taufeuchte Luzerne zu den gekoppelten Pferden lief und die Sonne vor mir strahlend hinter den Bergen aufstieg. Ich hörte sie in dem weichen Rauschen des goldenen Weizenregens, wenn die alten Worfler die Körner mit ihren Schaufeln in den Wind warfen, beim Anblick eines hoch über der Steppe kreisenden einsamen Milans, bei allem, was ich sah und hörte, vernahm ich Danijars wundersame Melodien.

Und wenn wir abends durch die Schlucht fuhren, dann schien es mir jedesmal, als wäre ich in eine andere Welt versetzt. Ich hörte Danijar mit geschlossenen Augen zu, und vor mir erstanden seltsam bekannte, mir aus frühester Kindheit vertraute Bilder: Mal glitten hoch oben über Nomadenzelten flockige graublaue Frühlingswolken dahin; mal sprengten stampfend und wiehernd Pferdeherden auf das sommerliche Weideland, Hengstfüllen darunter mit wehendem Stirnhaar und wildem schwarzem Feuer in den Augen, die ihre Mutterstuten ausgelassen umkreisten; mal zogen Schafe in ruhigem, breitem Strom über die Vorberge; mal stürzte ein Wasserfall von hohen Felsen herab, die Augen blendend mit seinem weißen, brausenden Gischt; mal sank die Sonne hinter dem Fluß sanft in das üppige Steppengras, und ein einsamer ferner Reiter am feurigen Horizont sprengte ihr nach – mit der Hand schien er an sie heranzureichen –, bis auch er im Gras und in der Dämmerung untertauchte.

Weithin erstreckt sich jenseits des Flusses die kasachische Steppe. Sie hat unsere Berge zu beiden Seiten auseinandergeschoben und liegt nun zwischen ihnen, rauh und menschenleer.

Doch in dem denkwürdigen Sommer, in dem der Krieg ausbrach, loderten Feuer in der Steppe auf, zur Front abziehende Pferdeherden hüllten sie in heiße Staubwolken, und berittene Boten durchsprengten sie in allen Richtungen. Ich entsinne mich, wie vom anderen Ufer ein Kasache zu Pferd mit der kehligen Stimme der Hirten herüberrief: »In den Sattel, Kirgisen! Der Feind ist im Land!« und durch den Staub und die flimmernd heiße Luft weiterjagte.

Die Steppe bot alles auf. Mit feierlich-dumpfem Dröhnen zogen unsere ersten berittenen Regimenter von den Bergen herab und durch die Täler. Tausende Sporen klirrten, Tausende Dshigiten blickten in die Steppe. Voran flatterten die roten Banner an den Schäften, hinter dem Staub der Hufe ertönte die erhabene, traurige Klage der Frauen und Mütter: »Die Steppe möge euch beistehen, der Geist unseres Rekken Manas euch helfen!«

Dort, wo das Volk in den Krieg zog, blieben bittere Spuren zurück.

Diese ganze Welt irdischer Schönheit und Unrast zeigte mir Danijar durch sein Lied. Wo hatte er das gelernt, von wem das alles gehört? Ich begriff, daß nur derjenige seine Heimat so innig lieben konnte, der sich lange Jahre hindurch mit ganzem Herzen nach ihr gesehnt hatte, dessen Liebe durch Leiden gereift war. Wenn Danijar sang, dann sah ich auch ihn selbst, wie er als kleiner Junge auf den Straßen der Steppe dahinwanderte. Waren vielleicht damals in seiner Seele die Lieder von der Heimat geboren worden? Oder aber auch in der Zeit, als er das Toben des Krieges erlebte?

Wenn ich ihn singen hörte, dann hätte ich mich am liebsten zur Erde geworfen und sie wie ein dankbarer Sohn umarmt, allein schon dafür, daß ein Mensch sie so lieben konnte. Damals fühlte ich zum ersten Mal etwas Neues in mir erwachen. Ich konnte es noch nicht fassen, doch es war etwas Unüberwindliches, es war das Bedürfnis, sich mitzuteilen, ja, sich mitzuteilen, nicht nur selbst die Welt zu sehen und zu empfinden, sondern anderen das Entdeckte, die eigenen Gedanken und Gefühle zu vermitteln, von der Schönheit unserer Erde zu erzählen, genauso mitreißend, wie es Danijar tat. Furcht und Freude vor dem Ungewissen ließen mir das Herz stocken. Ich wußte damals noch nicht, daß ich den Pinsel zur Hand nehmen sollte.

Seit meiner Kindheit zeichne ich gern. Wenn ich die Bilder aus meinen Schulbüchern abmalte, sagten die Kinder, daß es mir »haargenau« gelungen sei. Die Lehrer in der Schule lobten meine Zeichnungen an unserer Wandzeitung. Doch dann begann der Krieg; meine Brüder gingen zur Armee, und ich gab die Schule auf und arbeitete im Kolchos wie alle meine Altersgenossen. Ich vergaß Farben und Pinsel und dachte nicht, daß ich sie jemals wieder zur Hand nehmen würde. Und nun riefen Danijars Lieder diese Unruhe in meinem Herzen wach. Ich lebte wie im Traum und betrachtete die Welt mit staunenden Augen, als sähe ich sie zum ersten Mal.

Und wie sich Dshamilja plötzlich verändert hatte! Nichts erinnerte mehr an das muntere, stets zu Scherzen aufgelegte Mädchen mit der spitzen Zunge. Ihre Augen schimmerten dunkler, ihr Blick war verschleiert, nach innen gekehrt. Wenn wir unterwegs waren, dachte sie immerfort angestrengt nach. Ein verträumtes Lächeln spielte um ihre Lippen, sie freute sich still über etwas Schönes, von dem nur sie allein wußte. Es geschah, daß sie sich einen Sack auf die Schultern lud und mit ihm stehenblieb, als hätte sie einen reißenden Fluß vor sich und wüßte nicht, ob sie weitergehen sollte oder nicht. Danijar ging sie aus dem Wege, sie sah ihm nicht in die Augen.

Einmal sagte sie auf der Tenne in erzwungen mürrischem Ton zu ihm: »Du solltest mal deine Bluse ausziehen. Gib sie mir, ich wasche sie.« Nachher breitete sie die Bluse zum Trocknen aus. Sie setzte sich daneben, strich sie lange und sorgsam mit den Handflächen glatt, betrachtete in der Sonne die fadenscheinig gewordenen Schultern, schüttelte den Kopf und strich abermals sanft und wehmütig darüber hin.

Nur einmal während dieser ganzen Zeit lachte Dshamilja laut und herzhaft, und ihre Augen blitzten wie früher. Eine Schar junger Frauen, Mädchen und Dshigiten kehrte von der Arbeit zurück und kam an der Tenne vorbei.

»He, ihr Bajs, wollt ihr das ganze Weizenbrot allein essen? Gebt uns was ab, sonst werfen wir euch in den Fluß!« riefen die Dshigiten und drohten mit den Heugabeln.

»Vor euren Gabeln haben wir keine Angst! Meinen Freundinnen gebe ich was, aber ihr versorgt euch nur selber!« erwiderte Dshamilja mit heller Stimme.

»Na schön, dann fliegt ihr alle ins Wasser!«

Und die Burschen stürzten sich auf die Mädchen. Schreiend, kreischend und lachend stießen sie einander in den Fluß.

»Faßt sie, zieht sie mit rein!« rief Dshamilja. Sie lachte am lautesten von allen und entwand sich den Angreifern rasch und geschickt.

Doch seltsamerweise schienen es die Dshigiten allein auf Dshamilja abgesehen zu haben. Jeder versuchte sie zu fassen und an sich zu ziehen. Drei Burschen packten sie auf einmal und trugen sie ans Ufer.

»Gib uns einen Kuß, sonst werfen wir dich rein!«

»Los, mit Schwung!«

Dshamilja versuchte sich zu befreien, bog lachend den Kopf zurück und rief laut die Freundinnen zu Hilfe. Doch die rannten aufgeregt am Ufer hin und her und fischten nach ihren Kopftüchern. Dshamilja flog unter dem einmütigen Gelächter der Dshigiten ins Wasser. Mit wirren, nassen Haaren stieg sie wieder heraus. Sie sah jetzt noch hübscher aus als sonst. Das nasse Kattunkleid klebte an ihrem Körper; deutlich zeichneten sich ihre runden kräftigen Hüften und ihre mädchenhafte Brust ab. Sie aber merkte von alledem nichts, sie lachte unbekümmert, und über ihr erhitztes Gesicht rannen lustige kleine Bäche.

»Einen Kuß!« drängten die Dshigiten.

Dshamilja küßte sie, wurde aber noch einmal ins Wasser geworfen. Lachend stieg sie heraus und warf die nassen, schweren Haare zurück.

Alle lachten über die Späße der Burschen und Mädchen. Die alten Männer hatten ihre Worfschaufeln zur Seite gelegt und wischten sich die Tränen ab. Ihre faltigen braunen Gesichter strahlten vor Freude und schienen einen Augenblick lang wieder jung. Auch ich lachte aus vollem Hals; ich hatte meine Eifersucht vergessen und dachte auch nicht daran, Dshamilja vor den Dshigiten zu beschützen.

Nur Danijar blieb ernst. Als mein Blick auf ihn fiel,

verging mir das Lachen. Er stand mit gespreizten Beinen allein am Rande des Dreschplatzes, als wolle er im nächsten Augenblick loslaufen, um Dshamilja den Händen der Dshigiten zu entreißen. Unverwandt sah er sie an, und aus seinem trüben, gebannten Blick sprachen Schmerz und Freude. Ja, für ihn bedeutete die Schönheit Dshamiljas Glück und Leid zugleich. Als die Dshigiten Dshamilja an sich drückten und sie zwangen, jeden zu küssen, ließ er den Kopf sinken; er machte eine Bewegung, als wollte er weggehen, blieb aber dann.

Inzwischen hatte auch Dshamilja ihn bemerkt. Sie hörte sofort auf zu lachen und senkte den Blick.

»Genug Unfug getrieben!« wies sie die außer Rand und Band geratenen Dshigiten unerwartet zurecht.

Einer versuchte noch, sie zu umarmen.

»Laß das!« sagte sie und stieß ihn zurück.

Sie warf stolz den Kopf in den Nacken, sah flüchtig und schuldbewußt zu Danijar hinüber und lief in die Büsche, um ihr Kleid auszuwringen.

Ich wußte mir das Verhalten der beiden noch nicht recht zu erklären, und ich scheute mich, offen gestanden, auch davor, nach einer Erklärung zu suchen. Doch ich fand es sonderbar, daß Dshamilja jetzt Danijar auswich, obwohl sie darunter litt. Es wäre besser gewesen, wenn sie wie früher über ihn gelacht und ihn gehänselt hätte. Gleichzeitig aber empfand ich eine unerklärliche Freude für die beiden, wenn wir nachts in den Ail zurückkehrten und Danijar singen hörten.

Solange wir durch die Schlucht fuhren, saß Dshamilja auf dem Wagen, doch in der Steppe stieg sie ab und ging zu Fuß weiter. Ich folgte ihrem Beispiel, man konnte so besser zuhören. Zuerst liefen wir neben unseren Fuhrwerken her, doch dann näherten wir uns, ohne daß es uns bewußt wurde, mehr und mehr Danijar. Eine geheimnisvolle Kraft zog uns zu ihm; wir wollten sein Gesicht, seine Augen sehen und uns vergewissern, daß es wirklich Danijar war, der da sang, der menschenscheue, düstere Danijar.

Und jedesmal streckte Dshamilja selbstvergessen und ergriffen die Hand nach ihm aus. Danijar aber bemerkte es nicht. Den Kopf in die Hand gestützt, saß er hin und her schaukelnd im Wagen und blickte aufwärts in eine unbestimmte Ferne. Und Dshamiljas Hand sank kraftlos auf die Seitenstange nieder. Sie erschrak bei der Berührung, zog die Hand hastig zurück und blieb stehen. Niedergeschlagen, erschüttert verharrte sie auf dem Weg und sah Danijar lange, lange nach, ehe sie weiterging.

Zeitweilig schien es mir, als bewege Dshamilja und mich das gleiche unbestimmte, uns beiden gleichermaßen rätselhafte Gefühl. Vielleicht hatte dieses Gefühl schon lange in uns geschlummert, und jetzt war es erwacht?

Die Arbeit lenkte Dshamilja immerhin noch ab, doch in den seltenen Ruhepausen auf der Dreschtenne wußte sie nicht, wohin mit sich. Sie stand unschlüssig bei den Worflern umher, wollte ihnen helfen, warf mit aller Kraft einige Schaufeln Weizen hoch in den Wind, legte das Werkzeug aber plötzlich zur Seite und ging zu den Strohmieten. Dort setzte sie sich in den Schatten und rief mich, als fürchte sie die Einsamkeit: »Komm, Kitschine-bala, setz dich ein bißchen zu mir!« Ich wartete immer darauf, daß sie mir anvertrauen werde, was sie bewegte, aber sie sprach nicht. Schweigend legte sie meinen Kopf auf ihre Knie, fuhr, den Blick in die Ferne gerichtet, durch mein borstiges Haar und streichelte mit zitternden, heißen Händen zärtlich meine Wangen. Ich sah sie von unten herauf an, ich blickte in dieses Gesicht, in dem sich Sehnsucht und bange Furcht widerspiegelten, und ich erkannte, so schien es mir, mich selber in ihr. Auch sie quälte etwas, auch in ihrem Herzen reifte etwas, das heraus wollte. Und sie fürchtete sich davor.

Wie gern wollte sie sich eingestehen, daß sie verliebt war, und wie ängstlich hütete sie sich davor, genauso wie ich wünschte und zugleich nicht wünschte, daß sie Danijar liebte. Schließlich war sie die Schwiegertochter meiner Eltern, die Frau meines Bruders! Doch diese Gedanken beschäftigten mich nur kurze Augenblicke. Ich vertrieb sie. Mir bereitete es damals eine unsagbare Wonne, den Geruch ihres heißen, sonnenverbrannten Körpers zu spüren, zu beobachten, wie sich ihre Brust unter dem Ausschnitt des Kleides verhalten hob; ich betrachtete versunken ihre kindlich zarten, ein wenig geöffneten Lippen und ihre Augen, in denen Tränen schimmerten. Wie gut, wie schön war sie, ihr Gesicht atmete vor heller Versonnenheit und Leidenschaft! Damals sah ich das alles nur, doch ich begriff es noch nicht. Heute stelle ich mir manchmal die Frage: Ist Liebe vielleicht dieselbe Eingebung, die ein Maler oder ein Dichter erlebt? Als ich damals Dshamilja ansah, wäre ich am liebsten in die Steppe gelaufen, um Himmel und Erde anzurufen, was ich tun, wie ich diese rätselhafte Erregung und diese unverständliche Freude in mir beschwichtigen sollte. Und einmal fand ich die Antwort.

Wir kehrten wie gewöhnlich von der Bahnstation zurück. Die Nacht brach herein, am Himmel schwärmten die Sterne, die Steppe ging zur Ruhe, nur das Lied Danijars schwang sich in die Stille auf und verklang in der weichen dunklen Ferne. Dshamilja und ich folgten zu Fuß Danijars Wagen.

Wer weiß, was an diesem Abend in ihm vorging, sein Gesang war von einer so zarten, zu Herzen gehenden Trauer, ein so ergreifendes Gefühl der Einsamkeit lag darin, daß einem vor Mitleid die Tränen in die Augen stiegen.

Den Kopf gesenkt, schritt Dshamilja rascher aus und klammerte sich an die Seitenstange des Fuhrwerks. Als Danijars Stimme wieder voll aufklang, hob sie den Kopf, sprang auf den fahrenden Wagen und setzte sich neben ihn. Sie saß ganz still, die Hände auf die Brust gelegt. Ich lief ein Stück vor und betrachtete die beiden von der Seite. Danijar sang und schien Dshamilja neben sich nicht zu bemerken. Ich sah, wie ihre Hände kraftlos herabsanken, wie sie sich ihm zuneigte und den Kopf leicht an seine Schulter legte. Nur einen Augenblick lang, so, wie ein aufs äußerste angetriebener Paßgänger mal einen falschen Schritt tut, zitterte Danijars Stimme, dann schwoll sie mit neuer Kraft an. Er sang von der Liebe!

Ich war zutiefst bewegt. Die Steppe schien zu erblühen, zu wogen, das Dunkel schien sich zu lichten, und inmitten der Weite sah ich zwei Verliebte. Sie bemerkten mich nicht, als wäre ich gar nicht vorhanden. Ich ging und schaute, wie sie sich, die ganze Welt vergessend, zusammen im Takt des Liedes wiegten. Ich erkannte sie nicht wieder. War das Danijar in der aufgeknöpften schäbigen Soldatenbluse, dessen Augen dort in der Dunkelheit leuchteten? War es meine Dshamilja, die sich still und schüchtern an ihn schmiegte und an deren Wimpern Tränen glitzerten? Es waren andere, ungeahnt glückliche Menschen. So sah das Glück aus. All die Liebe für sein Heimatland, die in ihm diese wundersamen Melodien geweckt hatte, gab Danijar nun Dshamilja. Er sang für sie, er sang von ihr.

Mich ergriff wieder die rätselhafte Erregung, die für mich immer von Danijars Liedern ausging. Und plötzlich wurde mir klar, was ich wollte. Ich mußte die beiden malen.

Ich erschrak vor den eigenen Gedanken. Doch der Wunsch war stärker als die Angst. Ich würde sie in ihrem Glück darstellen! Ja, genau so, wie sie jetzt dort saßen! Doch würde ich es können? Der Atem stockte mir vor Furcht und Freude. In wonnetrunkenem Selbstvergessen ging ich neben dem Wagen her. Auch ich war glücklich, denn ich wußte noch nicht, wieviel Schwierigkeiten mir dieser vermessene Wunsch bereiten sollte. Ich sagte mir, daß man die Erde so sehen müsse, wie Danijar sie sah, ich wollte sein Lied in Farben nacherzählen und Berge, Steppe, Menschen, Gras, Wolken und Flüsse wiedergeben wie er. Ich überlegte in diesem Augenblick sogar, wie ich mir Farben beschaffen könnte, denn von der Schule würde ich keine bekommen, die hatte selbst nichts. Als ob das Gelingen meines Vorhabens nur davon abgehangen hätte!

Das Lied Danijars brach unerwartet ab. Dshamilja hatte ihn ungestüm umarmt, doch sie wich sofort zurück; einen Augenblick saß sie starr, dann wandte sie sich hastig zur Seite und sprang vom Wagen. Danijar zog unschlüssig die Zügel an, die Pferde blieben stehen. Dshamilja stand mit dem Rücken zu ihm auf der Straße. Plötzlich warf sie brüsk den Kopf zurück, sah ihn über die Schulter hinweg einen Augenblick an und sagte, mit den Tränen kämpfend: »Was schaust du denn so?« Nach einer Weile fügte sie rauh hinzu: »Sieh mich nicht so an, fahr zu!« Sie ging zu ihrem Wagen. »Steig auf, nimm deine Zügel! Ach, mit euch hat man schon seinen Kummer!«

Was hat sie denn auf einmal? dachte ich verständnislos und trieb meine Pferde an. Dabei war unschwer zu erraten, was in ihr vorging. Sie bedrückte der Gedanke, daß sie ja einen ihr angetrauten Mann hatte, der lebte und in einem Lazarett in Saratow lag. Doch ich wollte an nichts denken. Ich ärgerte mich über sie und über mich selbst. Vielleicht hätte ich sie gehaßt, wenn ich gewußt hätte, daß Danijar nicht mehr singen würde und es mir nie mehr vergönnt sein sollte, seine Stimme zu hören.

Ich war todmüde und hatte nur den einen Wunsch, möglichst schnell ans Ziel zu gelangen, um mich im Stroh auszustrecken. Vor mir in der Finsternis schwankten die Rücken der Pferde, das Rütteln des Wagens schien unerträglich, und die Zügel glitten mir aus den Händen.

Am Dreschplatz angekommen, schirrte ich mit Mühe und Not ab, warf das Zaumzeug unter den Wagen, schleppte mich zu einer Strohmiete und fiel hinein. Danijar brachte die Pferde allein zur Weide.

Doch am Morgen erwachte ich mit einem frohen Gefühl. Ich würde Dshamilja und Danijar malen. Ob ich es konnte? Mit verkniffenen Augen stellte ich mir die beiden vor, wie ich sie abbilden wollte. Mir war, als brauchte ich nur Pinsel und Farben zur Hand zu nehmen, um drauflos zumalen.

Ich lief zum Fluß, wusch mich und rannte zu den gekoppelten Pferden. Die nasse, kalte Luzerne peitschte meine bloßen Beine, meine aufgesprungenen Fußsohlen brannten, doch mir war wohl. Im Laufen beobachtete ich, was sich um mich abspielte. Die Sonne stieg hinter den Bergen auf. Eine Sonnenblume, die am Wassergraben wuchs, bot sich ihr dar. Das weißköpfige Bittergras um sie herum neidete ihr das Licht, doch sie behauptete sich, fing ihm mit ihren gelben Zünglein die Morgenstrahlen weg und tränkte damit ihre dicht beieinanderstehenden festen Samenkerne. Da war die Furt durch den Graben, von Radspuren zerfurcht, in denen Wasser stand, dort die fliederblaue kleine Insel aus halbmannshoch aufgeschossener duftender Minze. Unter meinen eilenden Füßen die vertraute Erde, über mir um die Wette dahinjagende Schwalben. Ach, wenn man Farben hätte, das alles zu malen – die Morgensonne, die weißblauen Berge, die taufeuchte Luzerne und die wildgewachsene Sonnenblume am Wassergraben!

Als ich zum Dreschplatz zurückkehrte, schwand meine frohe Stimmung jäh dahin. Dshamilja sah grau und hohlwangig aus, dunkle Schatten lagen unter ihren Augen. Wahrscheinlich hatte sie die ganze Nacht nicht geschlafen. Sie lächelte mir nicht zu und redete auch nicht mit mir. Als der Brigadier Orosmat erschien, trat sie zu ihm und sagte, ohne zu grüßen: »Nehmt euren Wagen wieder! Schickt mich, wohin ihr wollt, aber zur Bahnstation fahre ich nicht mehr!«

»Was fällt dir ein, Dshamilja? Hat dich eine Bremse gestochen, oder was?« erwiderte Orosmat verwundert.

»Ach, geht mit eurer Bremse! Fragt mich nicht weiter, ich will nicht, und dabei bleibt's!«

Das Lächeln wich aus Orosmats Gesicht.

»Ob du willst oder nicht, du fährst!« schimpfte er und stieß mit dem Krückstock auf die Erde. »Wenn dich jemand gekränkt hat, dann sage es, ich zerschlage den Stock hier auf seinem Kopf! Wenn aber nicht, dann mach keine Geschichten! Du fährst Korn für die Soldaten, hast selbst deinen Mann dabei!« Er wandte sich um und humpelte an seiner Krücke davon.

Dshamilja war über und über rot geworden. Verwirrt und leise seufzend warf sie einen Blick auf Danijar, der mit dem Rücken zu ihr in der Nähe stand und ruckweise die Kummetriemen festzog. Er hatte das Gespräch gehört. Dshamilja riß eine Weile unschlüssig an der Peitsche, die sie in der Hand hielt; dann winkte sie verzweifelt ab und ging zu ihrem Wagen.

An diesem Tag kehrten wir früher als gewöhnlich zurück. Danijar trieb den ganzen Weg über die Pferde an. Dshamilja blieb finster und schweigsam. Und ich wollte nicht glauben, daß die Steppe nun versengt und schwarz vor mir lag. Noch gestern hatte sie doch ganz anders ausgesehen! Es war, als hätte ich im Märchen von ihr gehört, und das Bild vom Glück, das mich so aufgewühlt hatte, ging mir nicht aus dem Sinn. Hatte ich nicht ein Stück Leben erhascht, neben dem alles andere verblaßte? Ich stellte mir mein Bild in allen Einzelheiten vor, nichts anderes beschäftigte mich mehr. Ich fand keine Ruhe und stahl schließlich der Wiegemeisterin ein weißes Blatt Papier. Mit klopfendem Herzen lief ich hinter eine Strohmiete und legte das Blatt auf eine glatte Holzschaufel, die ich unterwegs den Worflern weggenommen hatte.

»Allah gebe seinen Segen!« flüsterte ich wie einst der Vater, als er mich zum ersten Mal auf ein Pferd setzte, und berührte mit dem Bleistift das Papier. Unsicher zog ich die ersten Linien. Doch als auf dem Blatt die Züge Danijars erschienen, da vergaß ich alles um mich her! Die Steppe schien sich über das Papier zu breiten, so, wie sie in jener Augustnacht war; ich hörte Danijars Lied und sah ihn selbst mit zurückgelegtem Kopf und entblößter Brust, ich sah Dshamilja, die sich an seine Schulter schmiegte. Das war meine erste selbständige Zeichnung: der Wagen, die beiden Menschen, die Zügel, lose über die Vorderwand des Wagens geworfen, die in der Dunkelheit schwankenden Pferderücken und die weite Steppe, die fernen Sterne.

Ich zeichnete mit solcher Hingabe, daß ich nichts um mich her bemerkte und erst zur Besinnung kam, als mich eine Stimme anrief: »Was ist denn los mit dir, bist du taub geworden?«

Es war Dshamilja. Ich fühlte mich ertappt, errötete und konnte die Zeichnung nicht mehr verstecken.

»Die Wagen sind schon lange beladen! Eine ganze Stunde schreien wir bereits nach dir, und du hörst nicht! Was machst du denn hier? Was ist das?« fragte sie und nahm die Zeichnung. »So!« Sie zuckte ärgerlich mit den Schultern.

Ich hätte in die Erde versinken mögen. Dshamilja betrachtete das Bild sehr lange, dann sah sie mich mit traurigen, feuchten Augen an und sagte leise: »Gib mir das, Kitschine-bala. Ich will es mir zum Andenken aufheben.« Sie faltete das Blatt zusammen und steckte es hinter ihr Brusttuch.

Wir fuhren schon auf den Weg hinaus, und ich konnte noch immer nicht zu mir kommen. Wie im Traum war das alles geschehen. Ich wollte nicht glauben, daß meine Zeichnung dem ähneln sollte, was ich gesehen hatte. Doch tief im Herzen empfand ich schon ein naives Frohlocken, ja Stolz, und neue Träume, einer verwegener und verlockender als der andere, verwirrten mir den Sinn. Schon wollte ich viele verschiedene Bilder schaffen, und nicht mit dem Bleistift, sondern in Farben. Es fiel mir gar nicht auf, daß wir sehr schnell fuhren. Danijar trieb seine Pferde an, und Dshamilja blieb nicht zurück. Sie sah sich oft um, manchmal lächelte sie gerührt und schuldbewußt. Das machte mich froh: Sie ärgerte sich also nicht mehr über Danijar und mich, und Danijar würde heute bestimmt wieder singen, wenn sie ihn darum bat.

Wir erreichten die Bahnstation diesmal bedeutend früher als sonst, dafür waren die Pferde naß von Schweiß. Ohne eine Ruhepause machte sich Danijar daran, die Säcke abzuladen. Warum er es so eilig hatte und was in ihm vorging, war schwer zu begreifen. Jedesmal, wenn ein Zug vorüberfuhr, blieb er stehen und schickte ihm einen langen, nachdenklichen Blick nach, und Dshamilja sah ebenfalls hin, als wollte sie ergründen, was ihn bewegte.

»Komm doch mal her. Das Hufeisen ist locker, hilf mir, es abzureißen«, bat sie ihn.

Danijar klemmte den Huf zwischen seine Knie und riß das Eisen ab. Als er sich wieder aufrichtete, sah Dshamilja ihm in die Augen und sagte leise: »Was hast du denn? Kannst du nicht verstehen? Gibt es denn nur mich auf der Welt?« Danijar blickte schweigend weg.

»Denkst du, mir fällt es leicht?« Dshamilja seufzte.

Danijars Brauen hoben sich, er sah Dshamilja liebevoll und bekümmert an und sagte etwas, doch so leise, daß ich es nicht verstand. Dann ging er, offenbar beruhigt, ja zufrieden, zu seinem Wagen zurück. Dabei strich er ein paarmal zart über das Hufeisen. Ich sah ihn an und begriff nicht, wieso ihn Dshamiljas Worte getröstet hatten. War das denn ein Trost, wenn jemand mit schwerem Seufzer sagte: »Denkst du, mir fällt es leicht?«

Wir waren schon mit dem Entladen fertig und wollten eben zurückfahren, da kam ein verwundeter Soldat auf den Hof. Sein Gesicht war eingefallen, er trug einen verknüllten Uniformmantel und hatte einen Soldatensack auf dem Rükken. Wenige Minuten vorher war auf dem Bahnhof ein Zug angekommen. Der Soldat sah sich nach allen Seiten um und rief: »Ist hier jemand aus dem Ail Kurkurëu?«

»Ja, ich!« antwortete ich und überlegte, wer das sein könnte.

»Zu welcher Familie gehörst du denn, Freundchen?« fragte der Soldat. Er wandte sich mir zu, doch da erblickte er Dshamilja, und er lächelte freudig überrascht.

»Kerim, du?« rief Dshamilja.

»Dshamilja, Schwester!« Der Soldat stürzte auf sie zu und drückte ihr fest die Hand.

Es erwies sich, daß er ein Verwandter Dshamiljas war.

»Das trifft sich ja gut! Als ob ich's geahnt hätte, bin ich noch mal umgekehrt!« erzählte er aufgeregt. »Ich komme nämlich gerade von Sadyk, wir haben zusammen im Lazarett gelegen. So Gott will, wird auch er in ein, zwei Monaten entlassen. Bevor ich losfuhr, sagte ich zu ihm: ›Schreib deiner Frau einen Brief, ich nehme ihn mit!‹ Hier ist er, heil und unversehrt, nimm ihn!« Kerim hielt Dshamilja ein dreieckig zusammengefaltetes Papier hin.

Dshamilja ergriff hastig den Brief, sie wurde erst rot, dann bleich und sah selbst in diesem Augenblick verstohlen zu Danijar hin. Er stand einsam neben seinem Wagen, breitbeinig wie damals auf der Dreschtenne, und beobachtete Dshamilja mit verzweifeltem Blick.

Inzwischen waren von allen Seiten Leute herbeigeeilt. Der Soldat, der unter den Anwesenden sofort Bekannte und Verwandte fand, wurde mit Fragen überschüttet. Dshamilja hatte ihm noch nicht für den Brief gedankt, als Danijars Wagen an ihr vorüberrumpelte. Er preschte in voller Fahrt vom Hof, das Fuhrwerk sprang über die Schlaglöcher und verschwand in einer Staubwolke.

»Der ist wohl nicht bei Trost!« riefen die Umstehenden ihm nach.

Den Soldaten hatten die Leute schon längst weggeführt, aber Dshamilja und ich standen noch immer mitten im Hof und sahen dem sich entfernenden Wagen nach.

»Komm, Dshene«, sagte ich.

»Fahr allein, laß mich!« antwortete Dshamilja traurig.

So fuhren wir zum ersten Mal in dieser ganzen Zeit getrennt. Meine Lippen brannten von der Hitze. Die rissige, versengte, tagsüber bis zur Weißglut erhitzte Erde überzog sich, als sie sich jetzt abkühlte, mit einem salzfarbenen Grau. In der gleichen Farbtönung flimmerte die Luft vor der verschwommenen, formlosen untergehenden Sonne. Am trüben Horizont ballten sich gelbrote Gewitterwolken. Ab und zu fegte ein trockener, heißer Windstoß über die Steppe, er puderte die Mäuler der Pferde mit feinem Staub, blies unter ihre grauen Mähnen, stürmte weiter über die Bodenwellen und zauste die Wermutstauden.

Es wird Regen geben! dachte ich. Wie verlassen kam ich mir vor, was für eine Unruhe ergriff mich! Ich trieb die Pferde an, die fortwährend nur Schritt laufen wollten. Langbeinige, magere Trappen hasteten aufgeregt in die Schlucht. Der Wind trieb vergilbte Blätter der Wüstenklette auf den Weg. Sie mußten von der kasachischen Seite herübergeweht worden sein, denn die Pflanze gedieh nicht bei uns. Die Sonne ging unter. Ringsum keine Menschenseele, nur die von der Glut des Tages ermattete Steppe.

Als ich auf dem Dreschplatz ankam, war es bereits dunkel. Tiefe Stille herrschte, kein Lüftchen regte sich. Ich rief nach Danijar.

»Er ist zum Fluß gegangen«, sagte mir der Wächter. »Bei der Schwüle wollte keiner dableiben, sie sind alle zu Hause. Ohne Wind gibt's hier ja auch nichts zu tun.«

Ich trieb die Pferde zum Weiden und beschloß, zum Fluß zu laufen, ich kannte den Lieblingsplatz Danijars an der Böschung.

Er saß in gebückter Haltung da, den Kopf auf den Knien, und lauschte dem unter ihm tosenden Fluß. Ich wäre gern zu ihm gegangen, hätte ihn umarmt und freundschaftlich mit ihm gesprochen, doch was sollte ich sagen? So stand ich nur eine Weile in seiner Nähe und lief dann zurück. Lange lag ich im Stroh, schaute in den von Wolken verdunkelten Himmel und dachte: Weshalb ist das Leben so unverständlich und verworren?

Dshamilja war noch immer nicht eingetroffen. Wo mochte sie stecken? Ich konnte nicht einschlafen, obgleich mich die Müdigkeit quälte. Tief in den Wolken über den Bergen zuckten lautlose blaue Blitze.

Als Danijar kam, schlief ich noch nicht. Er lief ziellos auf dem Dreschplatz umher und blickte von Zeit zu Zeit auf den Weg hinaus. Dann legte er sich neben mich ins Stroh. Er wird fortgehen, er wird jetzt nicht mehr im Ail bleiben! dachte ich. Aber wo sollte er hin? Wer brauchte ihn, den Einsamen, Heimatlosen?

Ich schlief ein. Halb unbewußt hörte ich noch das träge Rattern eines herannahenden Wagens. Offenbar kam Dshamilja.

Ich weiß nicht, wie lange ich geschlafen hatte, als plötzlich dicht neben mir Schritte im Stroh raschelten und mich etwas wie ein nasser Flügel leicht an der Schulter berührte. Ich öffnete die Augen. Es war Dshamilja. Sie kam in feuchtem, ausgewrungenem Kleid vom Fluß. Unruhig sah sie sich nach allen Seiten um und ließ sich zu Häupten Danijars nieder.

»Danijar, ich bin gekommen, von selbst bin ich gekommen«, sagte sie leise.

Ringsum herrschte Stille. Ein Blitz leuchtete auf.

»Du bist gekränkt? Sehr gekränkt, ja?«

Wieder Stille. Nur ein vom Wasser unterspülter Erdklumpen stürzte mit weichem Plätschern in den Fluß.

»Bin ich etwa schuld daran? Und du bist nicht schuld ...«

Fern über den Bergen rollte der Donner. Einen Augenblick lang stand Dshamiljas Profil im Licht eines Blitzes. Sie sah sich um und warf sich an Danijars Brust. Ihre Schultern zuckten in seinen Armen. Dann legte sie sich neben ihm ins Stroh.

Ein heftiger, sengender Wind fegte aus der Steppe herüber. Er wirbelte das Stroh auf, rüttelte an der Jurte, die am Rand der Dreschtenne stand, und tanzte wie ein schiefer Kreisel über den Weg. Wieder zuckten in den Wolken die blauen Blitze, und nun krachte ganz in unserer Nähe mit trockenem Knall auch der Donner. Es war unheimlich und großartig zugleich. Das Gewitter zog heran, das letzte Sommergewitter.

»Hast du wirklich gedacht, ich gebe dich seinetwegen her?« flüsterte Dshamilja inbrünstig. »Nein, niemals! Er hat mich nie geliebt. In seinen Briefen schreibt er nur ganz zum Schluß an mich. Ich brauche ihn nicht mit seiner verspäteten Liebe, sollen die Leute reden, was sie wollen! Du mein Lieber, Einsamer, ich gebe dich niemand! Ich liebe dich seit langem, schon als ich dich noch gar nicht kannte, liebte ich dich; ich habe auf dich gewartet, und du bist gekommen, als hättest du es gewußt.« Einer nach dem anderen fuhren die gezackten blauen Blitze hinter der Uferböschung in den Fluß. Die ersten schräg einfallenden, kühlen Regentropfen raschelten auf dem Stroh.

»Dshamiljam, liebe, traute Dshamaltai!« flüsterte Danijar. Er gab ihr die zärtlichsten kasachischen und kirgisischen

Kosenamen. »Ich liebe dich auch schon lange; in den Schützengräben habe ich von dir geträumt, ich wußte, daß meine Liebe zur Heimat die Liebe zu dir war, meine Dshamilja!«

»Dreh dich um, laß mich deine Augen sehen!«

Das Gewitter entlud sich. Ein von der Jurte losgerissenes Stück Schafwollfilz flatterte im Wind wie der Flügel eines verwundeten Vogels. Stürmische Böen trieben den Regen prasselnd auf die Erde; es sah aus, als küsse er sie. Schräg über uns krachten mächtige Donnerschläge, die am Himmel rollend nachhallten. Bei jedem Aufzucken erglühten die Berge wie ein Tulpenfeld im Frühling. Wütend heulte der Sturm.

Es goß in Strömen. Ich lag ins Stroh eingegraben und fühlte unter meiner Hand das Herz schlagen. Ich war glücklich. Mir war zumute, als sähe ich nach langer Krankheit zum ersten Mal wieder die Sonne. Der Regen und auch das Leuchten der Blitze drangen bis zu mir unters Stroh, doch ich fühlte mich wohl; ich schlief lächelnd ein, ohne recht zu begreifen, ob es das Flüstern Danijars und Dshamiljas oder das Rascheln des nachlassenden Regens war, was ich noch vernahm.

Jetzt würde die Regenzeit einsetzen, der Herbst stand vor der Tür. In der Luft lag schon der herbstliche, feuchte Geruch nach Wermut und nassem Stroh. Was erwartete uns in den kommenden Monaten? Daran dachte ich merkwürdigerweise nicht.

In diesem Herbst ging ich nach zweijähriger Unterbrechung wieder zur Schule. Nach dem Unterricht lief ich oft zum Fluß und setzte mich bei dem ehemaligen, jetzt verwilderten und verlassenen Dreschplatz an die Uferböschung. Dort malte ich mit Schulfarben meine ersten Studien. Selbst für meine damaligen Begriffe gelang mir nicht alles.

Die Farben taugen nicht! sagte ich mir. Ja, wenn ich richtige hätte! Dabei hatte ich keine Vorstellung, wie diese beschaffen sein müßten. Richtige Ölfarben in Zinntuben bekam ich erst viel später zu sehen.

Farben hin, Farben her, jedenfalls schienen die Lehrer recht zu haben: Der muß Malerei studieren. Doch daran war nicht im Traum zu denken. Von meinen leiblichen Brüdern kam nach wie vor keine Nachricht; die Mutter hätte mich, ihren einzigen Sohn, »den Dshigiten und Ernährer zweier Familien«, auf keinen Fall fortgelassen, und ich hätte es gar nicht gewagt, darüber auch nur zu sprechen. Dabei war gerade in diesem Jahr der Herbst so schön, daß man ihn nur immerfort malen mochte.

Der Kurkurëu war kalt geworden und so flach, daß die mit dunkelgrünem und orangefarbenem Moos bewachsenen runden Steine zutage traten. Frühe Fröste färbten die kahlen, zarten Purpurweiden rot, während die wildwachsenden Pappeln noch ihre gelben, festen Blätter behielten.

Auf den feuchten Wiesen standen als schwarze Flecke im rötlich verfärbten Herbstgras die verräucherten, regendurchweichten Jurten der Pferdehirten; über den Öffnungen in ihren Dächern schwebten graublaue, stark riechende Rauchschwaden. Herbstlich stimmgewaltig wieherten die schlanken Hengstfohlen, die Stuten liefen unruhig umher, bis zum Frühjahr würde es wieder schwer sein, sie bei der Herde zu halten. Das Vieh kehrte aus den Bergen zurück und trottete über die Stoppelfelder. Kreuz und quer liefen die Hufspuren durch die graubraune, abgestorbene Steppe.

Bald begann der Steppenwind zu blasen, der Himmel wurde trübe, und kalter Regen fiel, der Vorbote des Schnees. Da kam ein Tag, an dem das Wetter noch erträglich war, und ich ging zum Fluß, um mir die flammendroten Ebereschen am Ufer anzusehen, die mir so sehr gefielen. Ich setzte mich unweit der Furt unter eine Purpurweide.

Der Abend sank hernieder. Da erblickte ich zwei Gestalten, die offenbar den Fluß durchwatet hatten. Es waren Danijar und Dshamilja. Ich vermochte den Blick nicht von ihren ernsten, erregten Gesichtern abzuwenden. Danijar trug einen Soldatensack auf dem Rücken; er strebte, das Bein nachziehend, hastig vorwärts, so daß sein offener Uniformmantel um die Schäfte seiner ausgetretenen Stiefel schlug. Dshamilja hatte einen weißen Schal um Kopf und Hals geschlungen; sie trug ihr bestes Kleid, das bunte, in dem sie sich an Markttagen so gern gezeigt hatte, und darüber eine gesteppte Wattejacke. In der einen Hand hielt sie ein kleines Bündel, mit der anderen klammerte sie sich an den Tragriemen, der über Danijars Schulter lief. Sie sprachen miteinander.

Jetzt bogen sie in einen Fußpfad ein, der abseits vom Hauptweg durch dichtes Steppengras führte. Ich sah ihnen hilflos nach. Sollte ich rufen? Doch meine Zunge schien am Gaumen angetrocknet zu sein.

Die letzten blutroten Strahlen der Sonne glitten am Gebirgskamm über eine rasch dahinziehende Herde scheckiger Wolken, und mit einem Mal wurde es dunkel. Danijar und Dshamilja wanderten, ohne sich umzusehen, in Richtung auf die Ausweichstelle der Eisenbahn weiter. Zweimal tauchten ihre Köpfe noch über dem Dickicht des Steppengrases auf, dann waren sie verschwunden.

»Dshamiljaaa!« schrie ich, was meine Stimme hergab.

»-aaa!« antwortete das Echo.

»Dshamiljaaa!« rief ich noch einmal und stürzte den beiden wie von Sinnen mitten durch den Fluß nach.

Eiskaltes Wasser spritzte mir ins Gesicht, meine Kleider wurden naß und schwer, doch ich lief weiter, ohne auf den Weg zu achten, bis ich über etwas stolperte und mit aller Wucht lang hinschlug. Ich blieb liegen, ohne den Kopf zu heben. Tränen rannen über mein Gesicht. Die Dunkelheit schien sich schwer auf meine Schultern zu senken. In feinem, traurigem Ton pfiff der Wind durch die biegsamen Halme des Steppengrases.

»Dshamilja! Dshamilja!« schluchzte ich, an den Tränen fast erstickend.

Ich verlor die Menschen, die mir am liebsten waren, mir am nächsten standen. Und erst jetzt, als ich verzweifelt auf der Erde lag, begriff ich, daß ich Dshamilja liebte. Ja, sie war meine erste, noch kindliche Liebe gewesen.

Lange lag ich so, den Kopf an den feuchten Ellbogen geschmiegt. Ich nahm nicht nur von Dshamilja und Danijar Abschied, sondern von meiner Kindheit.

Als ich im Dunkeln zu Hause anlangte, herrschte auf dem Hof große Aufregung. Steigbügel klirrten, Pferde wurden gesattelt. Der betrunkene Osmon führte Reiterkunststücke vor und schrie aus voller Kehle: »Man hätte diesen zugelaufenen Hundesohn schon längst aus dem Ail jagen sollen! Eine Schande ist das, eine Schmach für die ganze Sippe! Wenn er mir in die Hände fällt, erschlage ich ihn auf der Stelle! Mag man mich verurteilen, ich lasse es nicht zu, daß jeder Hergelaufene unsere Frauen entführt! He, aufgesessen, Dshigiten, er kann nicht entkommen, wir erwischen ihn auf der Bahnstation!«

Mir lief es kalt den Rücken hinunter. Wohin ritten sie? Doch als ich mich überzeugt hatte, daß die Verfolger den Hauptweg zur Bahnstation einschlugen und nicht den Pfad zur Ausweichstelle, stahl ich mich ins Haus und verkroch mich in den Schafpelz meines Vaters, damit niemand meine Tränen sah.

Was wurde danach im Ail nicht alles geredet und geschwatzt! Die Frauen verdammten Dshamilja um die Wette: »Ist das eine dumme Gans! Aus so einer Familie wegzulaufen, ihr Glück mit Füßen zu treten!«

»Möchte bloß wissen, was sie an ihm lockt! Sein einziges Gut ist der schäbige Soldatenmantel und ein Paar zerlöcherte Stiefel!«

»Jetzt kann sie nicht mehr auf einem Hof voll Vieh wirtschaften. Was besitzt denn dieser heimatlose Herumtreiber, dieser Strolch? Was er auf dem Leib trägt, weiter nichts. Na, die Schöne kommt schon noch zur Besinnung, doch dann wird es zu spät sein.«

»Ja, eben. Ist denn Sadyk kein Mann, kein tüchtiger Hausherr? Der erste Dshigit im Ail!«

»Und die Schwiegermutter! So eine gibt Gott nicht jedem! Da muß einer lange suchen, bis er eine solche Baibitsche findet. In ihr Verderben ist sie gerannt, die dumme Gans, für nichts und wieder nichts.«

Vielleicht habe ich damals als einziger Dshamilja, meine ehemalige Dshene, nicht verurteilt. Wenn Danijar auch nur einen alten Soldatenmantel und zerlöcherte Stiefel besaß, ich wußte, daß er in seinem Herzen reicher war als wir. Nein, ich glaubte nicht, daß Dshamilja mit ihm unglücklich werden könnte.

Nur meine Mutter tat mir leid. Mir schien es, als sei mit Dshamilja ihre einstige Kraft entschwunden. Sie ließ den Kopf hängen, magerte ab und konnte sich, wie ich heute weiß, nicht damit abfinden, daß sich das Leben zuweilen so schroff über die alten Grundsätze hinwegsetzt. Wie ein mächtiger Baum, den der Sturm gefällt hat, konnte sie sich nicht wieder aufrichten. Nie hatte sie vordem jemand gebeten, ihr die Nadel einzufädeln, dazu wäre sie viel zu stolz gewesen. Und nun kam ich eines Tages aus der Schule, da sah ich: Mutters Hände zitterten, sie fand das Nadelöhr nicht und weinte.

»Ach, fädel mir doch mal den Faden ein!« bat sie und fügte mit einem tiefen Seufzer hinzu: »Dshamilja wird zugrunde gehen ... Ach, was für eine tüchtige Hausfrau wäre sie für die Familie geworden! Einfach fortzugehen und alles aufzugeben! Weshalb hat sie das getan? Ist es ihr denn bei uns schlecht gegangen?«

Ich wollte die Mutter umarmen, sie beruhigen, ihr erzählen, was für ein Mensch Danijar war, doch ich wagte es nicht, denn ich hätte sie zutiefst gekränkt. Trotzdem blieb meine unschuldige Teilnahme an dem Geschehenen nicht verborgen.

Sadyk kam bald zurück. Er war natürlich traurig, obgleich er einmal im Rausch zu Osmon sagte: »Nun ist sie eben weg, was kümmert's mich? Sie wird irgendwo verrecken. Heutzutage gibt's genug Weiber. Jeder Trottel gilt mehr als eine goldblonde Schönheit.«

»Das stimmt!« antwortete Osmon. »Nur schade, daß er mir nicht in die Hände gefallen ist, ich hätte ihn umgebracht, das ist sicher. Und sie hätte ich mit den Haaren an einen Pferdeschwanz gebunden! Sie sind bestimmt nach dem Süden in die Baumwollplantagen gegangen oder ins Kasachische, er ist ja das Herumstrolchen gewohnt! Es will mir nur nicht in den Kopf, wie das alles gekommen ist, keiner hat was gewußt, keiner hat es auch nur für möglich gehalten. Das hat sie ganz im stillen eingefädelt, dieses Luder! Ich hätte sie ...«

Als ich das hörte, hätte ich am liebsten zu Osmon gesagt: Du kannst es bloß nicht verwinden, daß sie dich damals bei der Heuernte abgewiesen hat, du niederträchtiger Hund!

Einmal saß ich zu Hause und zeichnete etwas für die Schulwandzeitung. Die Mutter hantierte am Ofen. Da stürzte Sadyk ins Zimmer und hielt mir ein Blatt Papier unter die Nase.

»Hast du das gezeichnet?«

Ich blickte betroffen auf. Es war mein erstes Bild. Einen Augenblick lang glaubte ich, Danijar und Dshamilja sähen mich leibhaftig an.

»Ja.«

»Wer ist das?« schrie Sadyk und zeigte mit dem Finger auf das Blatt

»Danijar.«

»Hinterhältiger Heuchler, du!« schrie er mir ins Gesicht. Er riß die Zeichnung in kleine Stücke und knallte im Hinausgehen die Tür zu.

Nach langem drückendem Schweigen fragte die Mutter: »Du hast es gewußt?«

»Ja.«

Sie lehnte sich an den Ofen und sah mich unendlich vorwurfsvoll und verständnislos an. Und als ich sagte: »Ich zeichne sie noch einmal!«, da schüttelte sie nur betrübt und kraftlos den Kopf.

Ich betrachtete die Papierfetzen auf dem Fußboden. Das Gefühl, zu Unrecht beleidigt worden zu sein, schnürte mir die Kehle zu. Mochten sie mich für einen Heuchler halten! Wen hatte ich denn hintergangen? Die Familie? Unsere Sippe? Die Wahrheit jedenfalls, die Wahrheit des Lebens und das reine Gefühl dieser beiden Menschen hatte ich nicht verraten. Doch das konnte ich niemand erzählen. Nicht einmal die Mutter hätte mich verstanden.

Vor meinen Augen verschwamm alles, die Papierfetzen schienen auf dem Fußboden zu tanzen, als wären sie lebendig. Noch immer im Banne des kurzen Augenblicks, in dem mich Danijar und Dshamilja aus der Zeichnung angesehen hatten, glaubte ich Danijars Lied aus jener unvergeßlichen Augustnacht zu hören. Ich sah die beiden den Ail verlassen, und mich packte ein unbändiges Verlangen, es ihnen gleichzutun, kühn und entschlossen wie sie hinauszutreten auf den schweren Weg, um mein Glück zu suchen.

»Ich will fortgehen, studieren. Sag es dem Vater. Ich möchte Maler werden!« sagte ich fest zu meiner Mutter.

Ich war überzeugt gewesen, daß sie weinen, mir Vorwürfe machen und mich an meine im Krieg gefallenen

Brüder erinnern würde. Doch zu meinem Erstaunen klagte sie nicht. Sie sagte nur schwermütig und leise: »Geh nur. Ihr seid flügge geworden und schlagt auf eigene Art mit den Flügeln. Woher sollen wir wissen, ob ihr nicht einmal hoch hinauffliegen werdet? Vielleicht habt ihr recht. Geh nur. Vielleicht besinnst du dich dort auch eines Besseren. Zeichnen und Malen ist kein Handwerk. Lerne, dann wirst du es selber merken. Und vergiß dein Vaterhaus nicht.«

An diesem Tag trennte sich das Kleine Haus von uns. Und ich fuhr bald darauf zum Studium.

Das ist die ganze Geschichte.

Auf der Akademie, wohin man mich nach Absolvierung der Kunstfachschule schickte, fertigte ich meine Diplomarbeit an, ich malte das Bild, von dem ich schon lange geträumt hatte.

Es ist nicht schwer zu erraten, daß dieses Bild Danijar und Dshamilja zeigt. Sie wandern auf einem herbstlichen Steppenweg dahin. Vor ihnen liegt die weite, lichte Ferne.

Wenn mein Bild auch nicht vollendet ist – zur Meisterschaft führt ein langer Weg –, so liebe ich es doch über alles, denn es ist die Frucht meiner ersten bewußten schöpferischen Unruhe.

Auch heute habe ich noch Mißerfolge, auch heute gibt es Augenblicke, in denen ich den Glauben an mich selbst verliere. Dann zieht es mich zu diesem lieben Bild, zu Danijar und Dshamilja. Lange sehe ich sie an, und ich unterhalte mich mit ihnen: »Wo seid ihr jetzt, auf welchen Straßen wandert ihr? Viele neue Wege gibt es jetzt bei uns in der Steppe, in Kasachstan, im Altaigebirge, in Sibirien! Viele kühne Menschen arbeiten dort. Vielleicht seid auch ihr unter ihnen! Du bist fortgegangen, meine Dshamilja, durch die weite Steppe, und hast nicht zurückgeblickt. Vielleicht bist du müde geworden, vielleicht hast du den Glauben an dich verloren. Lehn dich an Danijar! Er soll dir sein

Lied von der Liebe, der Erde und dem Leben singen! Laß die Steppe in all ihren Farben vor dir erblühen! Denk an jene Augustnacht! Geh vorwärts, Dshamilja, bereue nichts, du hast dein schweres Glück gefunden!«

Ich betrachte die beiden und höre Danijars Stimme. Er ruft auch mich auf den Weg – es ist Zeit aufzubrechen. Ich werde durch die Steppe in meinen Ail gehen und dort neue Farben finden.

In jedem Pinselstrich soll der Gesang Danijars ertönen! In jedem das Herz Dshamiljas schlagen!

Du meine Pappel im roten Kopftuch

Statt eines Prologs

Als Journalist hatte ich oft im Tienschan zu tun. Einmal, im Frühjahr, ich war gerade in der Gebietsstadt Naryn, wurde ich dringend in die Redaktion zurückgerufen. Ich hatte Pech, der Bus fuhr mir vor der Nase weg. Der nächste ging erst in fünf Stunden. Mir blieb nichts anderes übrig, als per Anhalter zu fahren. Ich machte mich auf den Weg zur Chaussee am Rande der Stadt.

Gleich an der Straßenbiegung sah ich vor der Tankstelle einen Lastwagen. Der Fahrer hatte soeben getankt und schraubte den Deckel zu. Meine Freude war groß. An der Windschutzscheibe erblickte ich das Zeichen für die internationalen Routen: SU. Mir war klar, der Wagen kam aus China und fuhr zum Wagenpark für internationale Gütertransporte nach Rybatschje, von wo ich mühelos nach Frunse gelangen konnte.

»Fahren Sie gleich los? Würden Sie so freundlich sein, mich nach Rybatschje mitzunehmen?« bat ich den Fahrer. Er wandte den Kopf, sah mich mürrisch an und richtete sich auf.

»Nein, Agai, das geht nicht«, sagte er ruhig.

»Ich bitte Sie sehr! Ich muß dringend nach Frunse.« Wieder sah mich der Fahrer mürrisch an.

»Ja, ich verstehe, aber seien Sie mir nicht böse, Agai. Ich nehme niemanden mit.«

Ich wunderte mich. Im Fahrerhaus war noch Platz, was hätte es ihm ausgemacht, mich mitzunehmen?

»Ich bin Journalist und habe es sehr eilig. Ich zahle jeden Preis.«

»Was heißt zahlen? Ich würde Sie auch umsonst mitnehmen, aber heute geht's eben nicht«, fiel er mir ins Wort und trat wütend gegen den Reifen. »Seien Sie mir nicht böse, von uns kommen gleich noch mehr Wagen, fahren Sie mit einem von denen, bei mir geht's wirklich nicht.«

Sicher ist der Platz schon für jemanden reserviert, folgerte ich.

»Na, und hintendrauf?«

»Das geht auch nicht. Verzeihen Sie vielmals, Agai.«

Der Fahrer warf einen Blick auf die Uhr und hatte es plötzlich eilig.

Verständnislos zuckte ich die Achseln und sah fragend den Tankwart an, eine bejahrte Russin, die uns schweigend aus dem Fenster beobachtet hatte. Sie schüttelte den Kopf, was wohl bedeuten sollte: Lassen Sie ihn doch.

Der Fahrer kletterte auf seinen Sitz, klemmte sich eine Zigarette zwischen die Zähne und ließ den Motor an. Er war noch jung, um die Dreißig, war hochgewachsen und hielt sich leicht gebeugt. Was sich mir einprägte, waren die großen kräftigen Hände am Lenkrad und die Augen mit den müden gesenkten Liedern. Bevor er Gas gab, fuhr er sich mit der Hand übers Gesicht, seufzte schwer und blickte erregt auf die vor ihm liegende Bergstraße.

Der Wagen fuhr los.

Die Russin kam zu mir heraus. Sie wollte mich wohl beruhigen.

»Regen Sie sich nicht auf, Sie werden auch gleich fahren.«

Ich schwieg.

»Tja, der Bursche hat so seine Sorgen. Das ist eine lange Geschichte. Seinerzeit hat er hier bei uns neben dem Umschlagpunkt gewohnt ...«

Ich kam nicht mehr dazu, mir die Geschichte anzuhören, denn ein Pobeda nahm mich mit.

Erst am Dolonpaß holten wir den Lastwagen ein. In unzulässigem Tempo, unzulässig selbst für einen routinierten Tienschanfahrer, raste der Wagen dahin, jagte mit heulendem Motor durch die Kurven, preschte unter hängenden Felsbrocken Steigungen hinan und schoß aus Senken hervor, in die er eben hinabgetaucht war. Die Enden seiner Plane flatterten im Wind und klatschten gegen die Seitenwände.

Doch unser Pobeda zeigte, was in ihm steckte. Schließlich holten wir den Lastwagen ein. Beim Überholen sah ich hinüber. Was war das für ein Wagehals, wo trieb es ihn hin, daß er dieses mörderische Tempo fuhr? Im Graupelregen, der plötzlich eingesetzt hatte, eine häufige Erscheinung auf Pässen, und der in prallen, schrägen Strähnen niederging, flimmerte hinter der Windschutzscheibe ein bleiches, angespanntes Gesicht mit einer Zigarette zwischen den Zähnen. Die Hände handhabten sicher und flink das Lenkrad. Außer dem Fahrer war niemand auf dem Wagen zu sehen.

Bald nach meiner Rückkehr aus Naryn wurde ich nach Südkirgisien, in das Gebiet Osch geschickt. In permanenter Zeitnot, die für uns Presseleute nun einmal typisch ist, kam ich erst kurz vor Abfahrt des Zuges auf dem Bahnsteig an. Ich stürzte in ein Abteil und beachtete nicht gleich den Mann, der auf einem der Fensterplätze saß und hinaussah. Auch als der Zug bereits mit voller Geschwindigkeit fuhr, wandte er sich nicht um.

Aus dem Lautsprecher tönte Musik. Es war eine bekannte Melodie, eine kirgisische Weise, die ich immer als das Lied eines einsamen Reiters in der abendlichen Steppe empfinde. Ein weiter Weg, uferlose Steppe, gedankenverloren singt der Reiter halblaut ein Lied. Er singt von allem, was sein

Herz bewegt. Und was bewegt einen Menschen nicht alles, wenn er allein ist, umgeben von tiefer Stille, die nur durch Hufgetrappel unterbrochen wird. Leise sang das Komus, wie das Wasser im Aryk, das über glatte, helle Steine plätschert. Das Komus sang von der Sonne, die hinter den Hügeln versinkt, von der lautlos über die Erde eilenden blauen Kühle, dem schiefergrauen Wermut und dem gelben Reihergras am braunen Weg, die sich leise wiegen und ihren Blütenstaub verstreuen. Und die Steppe wird dem Reiter lauschen, wird träumen und mit ihm singen.

Vielleicht war einst auch hier so ein Reiter dahingezogen, während die Abendsonne am fernen Steppenrand verglühte, der Himmel rötlichgelb wurde und der Firn im Schein der letzten Sonnenstrahlen rosig aufschimmerte.

Draußen glitten Gärten, Weinberge und dunkelgrüne, buschige Maisfelder vorüber. Ein zweispänniger Wagen mit frisch gemähter Luzerne näherte sich dem Bahnübergang und blieb an der Schranke stehen. Der Kutscher, ein braungebrannter Junge in verschossenem Turnhemd und bis über die Knie aufgekrempelten Hosen, erhob sich von seinem Sitz, lächelte und winkte jemand im Zug zu.

Die Melodie verfloß sanft mit dem Rhythmus des dahineilenden Zuges. Statt Hufgetrappel Rädergehämmer. Mein Nachbar saß, den Kopf in die Hand gestützt, am Klapptisch. Mir schien, daß er ebenfalls lautlos das Lied des einsamen Reiters sang. Mochte er nun trauern oder träumen, jedenfalls wirkte er niedergedrückt, als zehre ein unstillbarer Kummer an ihm. Er war so in sich gekehrt, daß er meine Anwesenheit gar nicht bemerkte. Forschend betrachtete ich ihn. Wo war ich diesem Mann schon einmal begegnet? Sogar seine gebräunten Hände mit den kräftigen, langen Fingern kamen mir bekannt vor.

Da fiel es mir ein: Es war der Fahrer, der mich seinerzeit nicht mitnehmen wollte. Damit war meine Neugier befriedigt. Ich holte ein Buch hervor. Lohnte es sich überhaupt, mich in Erinnerung zu bringen? Sicher hatte er mich längst vergessen. Schließlich haben Fahrer unterwegs nicht wenig zufällige Begegnungen.

So fuhren wir noch eine ganze Weile, jeder mit sich selbst beschäftigt. Draußen begann es zu dunkeln. Seufzend zog mein Nachbar Zigaretten hervor und riß ein Streichholz an. Dann hob er den Kopf, sah mich überraschend an und wurde rot. Er hatte mich erkannt.

»Guten Tag, Agai«, sagte er mit schuldbewußtem Lächeln.

Ich gab ihm die Hand.

»Fahren Sie weit?«

»Sehr weit!« Er stieß langsam den Rauch aus und fügte nach einer Pause hinzu: »In den Pamir.«

»Dann haben wir ja denselben Weg. Ich fahre nämlich nach Osch. Urlaub? Oder werden Sie dort arbeiten?«

»So ungefähr. Rauchen Sie?«

Wir qualmten schweigend. Es gab wohl nichts mehr, worüber wir uns hätten unterhalten können. Mein Nachbar war wieder in Gedanken versunken. Er saß mit gesenktem Kopf, hin und her schaukelnd im Takt der Räder. Mir schien, daß er sich in der Zwischenzeit sehr verändert hatte. Er war abgemagert und hohlwangig, drei scharfe Furchen kerbten seine Stirn. Die zusammengeschobenen Brauen ließen sein Gesicht finster wirken. Unvermittelt rang er sich ein Lächeln ab und fragte: »Sicher waren Sie mir damals sehr böse, Agai?«

»Wann denn? Was meinen Sie eigentlich?« Ich wollte nicht, daß unsere Begegnung ihn peinlich berührte. Aber er sah mich so reumütig an, daß ich Farbe bekennen mußte.

»Ach ja, damals. Das war doch unbedeutend, ich hab's längst vergessen. Unterwegs passiert einem so manches. Und Sie, Sie denken immer noch daran?«

»Zu jeder anderen Zeit hätt ich's vielleicht vergessen, aber an dem Tag ...«

»Was war denn damals? Ein Unfall?«

»Wie soll ich Ihnen das erklären, nein, kein Unfall.« Er suchte nach Worten und lachte plötzlich gezwungen auf. »Heute würd ich Sie hinfahren, wohin Sie wollen, nur bin ich heute selber bloß Fahrgast.«

»Macht nichts. Ein Pferd tritt tausendmal in dieselbe Spur, vielleicht begegnen auch wir uns noch einmal.«

»Sicher, dann ziehe ich Sie selber ins Fahrerhaus.«

»Ich nehme Sie beim Wort«, scherzte ich.

»Abgemacht«, antwortete er, sichtlich erleichtert.

»Und warum haben Sie mich damals nicht mitgenommen?«

»Warum?« Sein Gesicht verdüsterte sich. Er senkte den Blick und begann, in hastigen Zügen zu rauchen. Ich begriff, daß meine Frage ihm peinlich war, und wußte nicht, wie ich meinen Fehler wiedergutmachen sollte. Er drückte die Zigarette im Aschenbecher aus und stieß hervor: »Ich konnte nicht. Ich wollte meinen Sohn mitnehmen, er wartete auf mich.«

»Ihren Sohn?«

»Das ist so ... Verstehen Sie ... Wie soll ich Ihnen das erklären ...« Er bezwang seine Aufregung, zündete sich eine neue Zigarette an, sah mich ernst und entschlossen an und begann zu erzählen.

So hörte ich die Geschichte des Fahrers.

Wir hatten viel Zeit, denn bis Osch brauchte der Zug fast zwei Tage. Weder drängte ich den Erzähler, noch unterbrach ich ihn durch Fragen. Es ist gut, wenn ein Mensch von selbst alles ausspricht und dabei zuweilen mitten im Satz abbricht, weil er alles noch einmal erlebt und überdenkt. Allein es kostete mich Überwindung, nicht in den Bericht einzugreifen, weil ich, teils zufällig, teils dank meinem unsteten Journalistendasein, einiges von meinem Reisegefährten und den Menschen wußte, mit denen das Schicksal ihn zusammengeführt hatte. Ich hätte seinen Bericht ergänzen und manches aufklären können, aber ich beschloß, das erst zu tun, nachdem er geendet hatte. Dann überlegte ich's mir jedoch anders, und ich meine, daß ich recht daran tat. Mögen die Helden der Geschichte selbst sprechen.

Die Geschichte des Fahrers

Alles begann völlig unerwartet. Damals war ich gerade aus der Armee entlassen worden, wo ich in einem motorisierten Truppenteil gedient hatte. Zuvor hatte ich die Zehnklassenschule beendet und als Fahrer gearbeitet. Ich war im Kinderheim aufgewachsen. Mein Freund Alibek Dshanturin war ein Jahr vor mir demobilisiert worden und arbeitete in Rybatschje, im Wagenpark für internationalen Gütertransport. Ich fuhr zu ihm. Wir hatten beide schon immer davon geträumt, in den Tienschan oder den Pamir zu fahren. Ich wurde gut aufgenommen und im Ledigenheim untergebracht. Sogar einen fast neuen SIL, ohne einen einzigen Kratzer, bekam ich. Meinen Wagen liebte ich wie einen guten Freund. Er hatte einen außerordentlich leistungsfähigen Motor. Freilich konnte ich ihn nicht immer voll beladen. Sie kennen ja selbst die Autostraße im Tienschan, schließlich gehört sie zu den höchsten Bergstraßen der Welt, sie führt an Schluchten entlang, über Gebirgsgrate und Pässe. In den Bergen gibt es genug Wasser, trotzdem nehmen die Fahrer immer welches mit. Vielleicht ist Ihnen schon aufgefallen, daß vorn, in einer Ecke des Ladekastens, ein Wasserbehälter baumelt, denn auf den Serpentinen überhitzt sich der Motor, obwohl man nicht allzuviel lädt. Anfangs zerbrach ich mir den Kopf, wie man es anfangen könnte, mehr zu laden, aber mir fiel nichts ein. Berge sind eben Berge.

Die Arbeit machte mir Spaß, und auch die Gegend gefiel mir. Der Wagenpark lag am Ufer des Issyk-Kul-Sees. Wenn ausländische Touristen kamen und stundenlang wie verzaubert auf den See starrten, war ich stolz auf unseren Issyk-Kul. So was Schönes bekommt man nicht so leicht zu sehen. Nur eines ärgerte mich anfangs. Es war der Frühling nach dem Septemberplenum, als die Kolchose zu erstarken begannen. Auf dem Lande arbeitete man mit Feuereifer, es mangelte jedoch an Maschinen und Fahrzeugen. Ein Teil unserer Wagen wurde zur Unterstützung der Kolchose eingesetzt, namentlich wir Neuen wurden ständig in die Aile gejagt. Gerade hatte ich mich an die Touren auf der Autostraße gewöhnt, schon war es aus damit, und es ging in diesen oder jenen Kolchos. Ich sah zwar ein, daß das wichtig und notwendig war, aber schließlich war ich Fahrer, und mir tat mein Wagen leid, dem die Schlaglöcher und der Dreck auf den Landwegen schlecht bekamen. Solche Wege kann man sich nicht einmal im Traum vorstellen.

Eines Tages fuhr ich Schiefer für den neuen Kuhstall eines Kolchos. Der Ail lag im Vorgebirge, der Weg dahin führte durch die Steppe. Zunächst ging alles glatt, der Weg war bereits trocken, bis zum Ail war es nur noch ein Katzensprung, als ich plötzlich bei der Durchfahrt durch einen Aryk steckenblieb. An dieser Stelle war der Weg so ausgefahren, daß ein Kamel darin hätte absaufen können. Ich versuchte den Wagen herauszubekommen, doch erfolglos. Die Erde saugte ihn an und hielt ihn wie mit Zangen fest. Zudem hatte ich vor Ärger das Lenkrad so weit herumgerissen, daß sich das Lenkgestänge verklemmt hatte und ich unter den Wagen kriechen mußte. Wie ich verdreckt und verschwitzt unter dem Wagen lag und den Weg verfluchte, hörte ich plötzlich Schritte. Von unten sah ich nur ein Paar Gummistiefel. Die Stiefel kamen heran und blieben vor mir stehen. Mich packte die Wut. Was gab's hier zu gaffen? War ich vielleicht ein Zirkus?

»Mach, daß du weiterkommst, und reiz mich nicht!« schrie ich unter dem Wagen hervor. Da erspähte ich einen Rocksaum, ausgefranst und mit Kuhmist bespritzt. Anscheinend war es eine Alte, die bis zum Ail mitfahren wollte.

»Geh schon, Großmutter!« bat ich. »Ich werd hier noch 'ne ganze Weile schmoren. So lange kannst du nicht warten.«

Darauf sie: »Ich bin gar keine Großmutter.«

Sie sagte es unsicher, mit einem kleinen Lachen.

»Was denn sonst?« fragte ich wütend.

»Ein Mädchen.«

»Ein Mädchen?« Ich schielte nach den Stiefeln und fragte scherzhalber: »Wenigstens hübsch?«

Die Stiefel traten erst ein Weilchen auf der Stelle und dann zur Seite, als wollten sie fortgehen. Schnell kroch ich unter dem Wagen hervor. Tatsächlich, es war ein schlankes Mädchen mit streng zusammengezogenen Brauen, einem roten Kopftuch und einem lose um die Schultern hängenden, viel zu großen Jackett, das anscheinend von ihrem Vater stammte. Wortlos sah sie mich an. Ich vergaß, daß ich völlig verdreckt auf der Erde hockte.

»Wirklich hübsch«, sagte ich lächelnd. Sie war tatsächlich hübsch. »Nur Pumps fehlen noch«, scherzte ich und erhob mich.

Das Mädchen drehte sich brüsk um und ging, ohne sich umzusehen, rasch davon.

Nanu? War sie beleidigt? Ich erschrak. Ich wollte ihr schon nachlaufen, besann mich aber, sammelte schnell mein

Werkzeug zusammen, kletterte ins Fahrerhaus und gab Gas. Ich versuchte, den Wagen durch Vor- und Zurückstoßen freizubekommen, beseelt von dem einen Gedanken, das Mädchen einzuholen. Der Motor heulte auf, der Wagen erbebte, rutschte nach links und rechts weg, kam aber keinen Schritt vorwärts. Das Mädchen entfernte sich immer mehr. Ich brüllte den Dreck unter den festsitzenden Rädern an: »Laß los! Laß los, sag ich! Hörst du?«

Dann gab ich erneut Gas, ächzend kroch der Wagen zentimeterweise vorwärts und rollte plötzlich, wie durch ein Wunder, aus der verschlammten Stelle heraus. War ich glücklich! Ich raste den Weg entlang, wischte mir mit dem Taschentuch den Dreck vom Gesicht und strich mir das Haar glatt. Als ich das Mädchen eingeholt hatte, stoppte ich und stieß, weiß der Teufel, woher ich das überhaupt hatte, elegant den Schlag auf: »Bitte sehr!«

Dazu machte ich eine einladende Geste.

Das Mädchen ging ruhig weiter, ohne stehenzubleiben. Mein Schneid war wie weggeblasen. Ich holte sie erneut ein. Diesmal entschuldigte ich mich zuerst und sagte dann: »Bitte, seien Sie mir nicht böse. Ich wollte doch nur … Steigen Sie ein!«

Aber das Mädchen gab keine Antwort.

Da überholte ich sie und stellte den Wagen quer über den Weg. Ich sprang heraus, lief um den Wagen herum, öffnete den Schlag und blieb, die Hand am Griff, stehen. Zögernd kam sie näher und sah mich an, als wollte sie sagen: Was willst du nur von mir! Ich wartete schweigend. Ob aus Mitleid oder weshalb auch immer, jedenfalls nickte sie und stieg, ohne ein Wort zu sagen, ein.

Wir fuhren los.

Ich zerbrach mir den Kopf, wie ich ein Gespräch anknüpfen könnte. Im Umgang mit Mädchen war ich nicht unerfahren, aber diesmal verließ mich der Mut. Warum nur? Beim Lenken blickte ich manchmal verstohlen zu ihr hinüber. An ihrem Hals ringelte sich seidenweiches schwarzes Haar. Das Jackett war ihr von der Schulter gerutscht, sie hielt es mit dem Ellbogen fest und war in die äußerste Ecke gerückt, um mich nicht zu berühren. Aus dem offenen Gesicht blickten ein Paar ernste Augen. Dabei hatte sie etwas sehr Sanftes an sich, und es schien ihr große Mühe zu bereiten, die Stirn in Falten zu legen. Als sie dann ebenfalls zu mir herüberlinste, trafen sich unsere Blicke. Sie lächelte. Ermutigt begann ich: »Warum sind Sie eigentlich stehengeblieben, als ich mit dem Wagen festsaß?«

»Helfen wollte ich Ihnen«, antwortete sie.

»Helfen?« Ich lachte. »Sie haben mir tatsächlich geholfen! Wenn Sie nicht gewesen wären, hätte ich dort bis zum Abend festgesessen. Gehen Sie immer diesen Weg?«

»Ja. Ich arbeite auf der Milchfarm.«

»Das ist schön«, sagte ich erfreut, verbesserte mich aber sofort: »Das ist ein schöner Weg.« In dem Moment haute der Wagen derartig in ein Schlagloch, daß wir mit den Schultern zusammenstießen. Ich wurde rot und wußte nicht, wohin mit den Augen. Aber sie lachte nur und steckte mich mit ihrem Lachen an.

»Und ich Esel wollte nicht in den Kolchos fahren«, gestand ich, noch immer lachend. »Wenn ich gewußt hätte, daß so eine Helferin unterwegs auf mich wartet, hätte ich mich nicht mit der Fahrdienstleiterin gezankt. Ach, Iljas, Iljas ... So heiße ich nämlich«, fügte ich hinzu.

»Und ich heiße Asselj.«

Wir näherten uns dem Ail. Der Weg wurde besser. Der Fahrwind drückte gegen die Scheiben, riß Asselj das Tuch vom Kopf und zauste ihr Haar. Wir schwiegen und fühlten uns wohl. Zum ersten Mal erlebte ich das: Mir war leicht und froh ums Herz, nur weil neben mir ein Mensch saß, den ich vor einer Stunde noch nicht gekannt hatte und der jetzt all mein Denken beschäftigte. Ich weiß nicht, was in Asselj vorging, aber ihre Augen lächelten. Wäre doch dieser Weg nie zu Ende, damit wir uns nie trennen müßten. Doch der Wagen fuhr bereits durch den Ail. Plötzlich rief Asselj erschrocken: »Halten Sie an, ich muß aussteigen!«

Ich stoppte.

»Wohnen Sie hier?«

»Nein.« Sie sagte es mir einer mir unverständlichen Erregung. »Aber ich steige lieber hier aus.«

»Warum denn? Ich bringe Sie direkt nach Haus!« Ehe sie widersprechen konnte, fuhr ich weiter.

»Bitte halten Sie hier!« flehte Asselj. »Danke schön.«

»Gern geschehen«, murmelte ich und fügte, mehr im Ernst als im Scherz, hinzu: »Und wenn ich morgen wieder dort steckenbleibe, helfen Sie mir dann wieder?«

Sie kam nicht mehr dazu, mir zu antworten. Die Gartenpforte öffnete sich, und eine ältere Frau kam erregt auf die Straße gelaufen.

»Asselj!« rief sie laut und fuhr leise fort: »Wo steckst du denn bloß, Gott soll dich strafen! Geh, zieh dich rasch um. Die Brautwerber sind da!«

Bei diesen Worten wurde Asselj verlegen, das Jackett glitt ihr von der Schulter, sie zog es zurecht und ging folgsam hinter der Mutter her. Ehe die Pforte ins Schloß fiel, drehte sie sich noch einmal nach mir um. Erst jetzt bemerkte ich die gesattelten, schweißbedeckten Pferde, die auf der Straße angepflockt standen. Offenbar kamen sie von weit her. Ich erhob mich ein wenig von meinem Sitz und spähte über den Dubal. Auf dem Hof hantierten Frauen an einem offenen Herd. Von einem großen Kupfersamowar stieg Dampf auf. Zwei Männer weideten unter dem Wetterdach einen Hammel aus. Ja, hier wurden die Brautwerber empfangen, wie es sich gehörte. Mir blieb nichts übrig, als mit meiner Ladung weiterzufahren.

Gegen Abend kehrte ich in den Wagenpark zurück. Ich wusch den Wagen und fuhr ihn in die Garage. Dabei beeilte ich mich nicht und fand immer noch etwas zu tun. Ich begriff nicht, warum mir die heutige Begegnung so zu Herzen gegangen war. Den ganzen Weg hatte ich mich über mich selbst geärgert: Was willst du eigentlich? Was bist du doch für ein Esel! Was bedeutet dir dieses Mädchen schon? Schließlich ist sie weder deine Braut noch deine Schwester. Hast sie zufällig unterwegs getroffen, nach Hause gebracht, und schon ein Getue, als ob sie dir ihre Liebe erklärt hätte. Vielleicht denkt sie nicht mal an dich. Sicher will sie gar nichts von dir wissen. Sie hat einen Bräutigam. Und wer bist du für sie? Ein Fahrer von der Landstraße, wie es sie massenweise gibt. Wenn man mit jedem von denen Bekanntschaft schließen wollte ... Was hast du überhaupt für ein Recht, dich da einzumischen? Er schickt seine Brautwerber und wird sie heiraten. Pfeif drauf. Fahr deinen Wagen, und laß sie in Ruh. Doch das Schlimme war, daß ich mich nicht mit dem Gegebenen abzufinden vermochte. Ich konnte Asselj nicht vergessen.

Am Wagen gab es nun wirklich nichts mehr zu tun. Ich hätte ins Ledigenheim gehen können, dort war es immer laut und lustig. Auch eine Rote Ecke gab's. Aber ich wollte allein sein. So machte ich es mir auf dem Kotflügel bequem und verschränkte die Hände unter dem Kopf. Nebenan hantierte Dshantai an seinem Wagen. Er streckte den Kopf aus der Grube und fragte grinsend: »Wovon träumst du, Dshigit?«

»Von Geld«, antwortete ich wütend.

Ich mochte ihn nicht. Er war ein Geizkragen, durchtrieben und neidisch, er wohnte auch nicht im Ledigenheim, wie die anderen, sondern hatte sich ein Zimmer gemietet. Es hieß, er hätte seiner Wirtin die Ehe versprochen, damit würde er zu einem eigenen Haus kommen.

Ich wandte mich ab. Auf dem Hof lärmten unsere Jungen. Einer war mit dem Feuerwehrschlauch auf das Fahrerhaus eines Wagens geklettert und bespritzte die Fahrer, die anstanden, um ihre Wagen zu waschen. Schallendes Gelächter dröhnte über den Hof. Der dicke Wasserstrahl konnte einen Menschen beinahe umwerfen. Einige wollten den Burschen vom Fahrerhaus zerren, aber er war nicht so leicht herunterzukriegen, schoß er doch den Wasserstrahl wie aus einer MPi gegen die Anstürmenden, so daß ihnen die Mützen vom Kopf flogen. Plötzlich richtete sich der Strahl nach oben, krümmte sich in der Sonne und schillerte in allen Regenbogenfarben. Dicht daneben stand Kaditscha, unsere Fahrdienstleiterin, ein selbstbewußtes Mädchen, an das nicht so leicht heranzukommen war. Auch jetzt stand sie ruhig und furchtlos da. Mir tust du sowieso nichts, dazu hast du gar nicht den Mumm! sagte ihre Pose. Einen Fuß vorgesetzt, hielt sie eine Haarnadel zwischen den Zähnen und steckte sich das Haar auf. Vereinzelte silberne Wasserperlen tropften ihr auf den Kopf.

Die Jungen lachten und stachelten den Burschen auf dem Fahrerhaus an.

»Spritz ihr mal das Verdeck ab.«

»Los doch!«

»Vorsicht, Kaditscha!«

Doch der Bursche wagte es nicht, er richtete den Wasserstrahl nur auf ihre Umgebung. Ich an seiner Stelle hätte sie von oben bis unten bespritzt, mir hätte sie es sicher nicht verübelt, höchstens gelacht hätte sie. Längst hatte ich bemerkt, daß sie mich anders behandelte als die übrigen, sie war mir gegenüber nachgiebiger und manchmal auch ein wenig launisch. Sie hatte es gern, wenn ich mit ihr flirtete und ihr dabei übers Haar strich. Mir gefiel, daß sie zuerst immer mit mir stritt und schimpfte, dann aber rasch nachgab, auch wenn ich unrecht hatte. Manchmal lud ich sie ins

Kino ein und brachte sie nach Hause, ihre Wohnung lag auf meinem Weg ins Ledigenheim. Ich ging auch zu ihr hinein in die Fahrdienstleitung, während die anderen nur am Fenster mit ihr verhandeln durften.

Aber heute hatte ich andere Sorgen. Mochten sie ihre Späße treiben.

Kaditscha steckte die letzte Haarnadel fest.

»Na, genug jetzt!« ordnete sie an.

»Zu Befehl, Genossin Fahrdienstleiterin!« Der Bursche auf dem Fahrerhaus legte die Hand an den Mützenschirm und stand stramm. Johlend zogen die Jungen ihn herunter.

Kaditscha kam in die Garage und blieb vor Dshantais Wagen stehen, als suche sie jemand. Mich entdeckte sie nicht gleich wegen der Zwischenwände, die die Garage in Boxen teilten. Dshantai sah aus der Grube und sagte schmeichlerisch: »Guten Tag, meine Schöne!«

»Ah, Dshantai.«

Lüstern betrachtete er ihre Beine. Sie machte eine unwillige Bewegung.

»Na, was starrst du so?« Dabei stieß sie ihn leicht mit der Schuhspitze vors Kinn.

Ein anderer hätte das sicher übelgenommen. Dshantai dagegen strahlte, als hätte er einen Kuß bekommen, und tauchte wieder in der Grube unter.

Da erblickte Kaditscha meine Wenigkeit.

»Liegt sich's gut, Iljas?«

»Wie im Federbett.«

Sie legte den Kopf an die Zwischenwand, sah mich unverwandt an und sagte leise: »Komm in die Fahrdienstleitung.«

»Gut.«

Kaditscha entfernte sich. Ich stand auf und wollte schon gehen, als Dshantai erneut den Kopf aus der Grube steckte. »Ein Prachtweib.« Er zwinkerte mir zu.

»Bloß nicht für dich«, schnitt ich ihm jede weitere Bemerkung ab. Ich dachte, er würde wütend werden und mit den Fäusten auf mich losgehen. Ich war sonst kein Liebhaber von Schlägereien, aber mit Dshantai hätte ich mich gerauft. Mir war so schwer ums Herz, daß ich einfach nicht wußte, was ich mit mir anfangen sollte. Dshantai war jedoch nicht im mindesten gekränkt.

»Abwarten und Tee trinken«, brummte er.

Die Fahrdienstleitung war leer. Nanu? Wo mochte Kaditscha stecken? Als ich mich umwandte, stieß ich mit ihr zusammen. Sie stand an die Tür gelehnt, den Kopf in den Nacken geworfen. Die Augen glänzten unter den Wimpern, heißer Atem versengte mein Gesicht. Ich konnte mich nicht beherrschen, streckte die Hand nach ihr aus, zog sie aber sogleich wieder zurück. Sonderbarerweise schien mir, daß ich Asselj betrog.

»Warum hast du mich gerufen?« fragte ich mißmutig.

Wieder blickte Kaditscha mich unverwandt an.

»Na?« Ich wurde ungeduldig.

»Bist ja nicht gerade sehr freundlich«, sagte sie verletzt. »Oder hat es dir ein Mädchen angetan?«

Ich war sprachlos. Warum machte sie mir Vorwürfe? Und woher wußte sie überhaupt etwas davon?

Da öffnete sich das Fenster, im Rahmen erschien der Kopf Dshantais.

»Bitte sehr, Genossin Fahrdienstleiterin«, sagte er spöttisch und hielt Kaditscha ein Papier hin.

Sie warf ihm einen ärgerlichen Blick zu. Dann fuhr sie mich wütend an: »Du wartest wohl auf eine Sondereinladung, ehe du deinen Fahrbefehl abholst?«

Sie schob mich beiseite und trat rasch zum Tisch.

»Nimm!« Damit reichte sie mir den Fahrbefehl.

Ich nahm ihn. In denselben Kolchos sollte ich fahren. Mir stockte das Herz: Dorthin fahren in dem Bewußtsein, daß Asselj ... Und überhaupt, warum schickte man gerade mich öfter als alle anderen in die Kolchose?

Ich explodierte.

»Wieder in den Kolchos! Wieder nur Mist und Ziegel karren! Kommt nicht in Frage!« Mit diesen Worten knallte ich den Fahrbefehl auf den Tisch. »Ich hab die Nase voll. Hab mich genug im Dreck gesielt. Sollen die andern auch mal das Vergnügen genießen.«

»Schrei nicht so! Du bist für eine Woche abkommandiert, und wenn es sich als notwendig erweisen sollte, wird die Frist verlängert«, herrschte mich Kaditscha an.

Da sagte ich ganz ruhig: »Ich fahre nicht!«

»Na schön. Ich will bei der Leitung ein Wort für dich einlegen.« Sie nahm den Fahrbefehl vom Tisch.

Nun fahre ich also nicht, ging's mir durch den Sinn. Und Asselj werde ich nie mehr wiedersehen. Mir wurde noch elender zumute. Ich fühlte, daß ich es zeitlebens bereuen würde. Komme, was da wolle – ich mußte hin!

»Na, gib schon her.« Ich riß Kaditscha den Fahrbefehl aus der Hand.

Dshantai feixte durchs Fenster: »Grüß meine Großmutter!«

Obwohl er dafür eins in die Fresse verdient hätte, knallte ich wortlos die Tür zu und ging hinüber ins Ledigenheim.

Anderntags guckte ich mir die Augen aus dem Kopf. Wo mochte sie sein? Ob ihr Figürchen, schlank wie eine Pappel, irgendwo am Weg auftauchen würde? Du meine Pappel im roten Kopftuch! Meine Steppenpappel! Mochte sie auch Gummistiefel und das Jackett ihres Vaters anhaben, ich hatte gesehen, was für ein Mädchen sie war!

Asselj hatte mein Herz gerührt und meine Seele in Aufruhr versetzt.

Während ich fuhr, schaute ich nach links und rechts, aber sie war nirgends zu sehen. Schließlich erreichte ich den Ail.

Vor ihrem Hof hielt ich an. Vielleicht war sie zu Hause? Aber wie sollte ich sie herausrufen, was sollte ich sagen? Ach, sicher würde ich sie nie wiedersehen. Ich gab Gas und fuhr zum Kuhstall, um die Ziegel abzuladen. Beim Entladen überlegte ich, daß noch nicht alles verloren sei. Vielleicht würde ich sie auf der Rückfahrt treffen. Aber ich traf sie nicht. Deshalb bog ich zur Farm ab. Die Farm lag abseits, weit entfernt vom Ail. Ich erkundigte mich bei einem Mädchen nach Asselj. Sie sei heute nicht zur Arbeit gekommen, lautete die Antwort. Sie ist absichtlich nicht zur Arbeit gegangen, um mich nicht zu treffen, dachte ich verstimmt. Niedergeschlagen kehrte ich in den Wagenpark zurück.

Am nächsten Tag fuhr ich erneut los. Diesmal hoffte ich nicht einmal, ihr zu begegnen. Wozu brauchte sie mich schließlich, warum sollte ich mich aufdrängen, wo sie doch verlobt war? Allein ich konnte einfach nicht glauben, daß alles so enden sollte, verlobt und verheiratet man doch die Mädchen in den Ailen bis auf den heutigen Tag, ohne sie überhaupt zu fragen. Wie oft hatte ich davon in der Zeitung gelesen! Aber was änderte das? Voraussicht ist besser als Nachsehen. War sie erst verheiratet, gab es kein Zurück mehr, dann war ihr Leben zerbrochen. Solche Gedanken gingen mir durch den Kopf. Damals stand der Frühling in voller Blüte. Überall im Vorgebirge leuchteten rote Tulpen. Ich liebte diese Blume von Kind an. Einen Armvoll pflükken und ihr bringen! Aber wo sollte ich sie finden?

Da sah ich plötzlich, ich traute meinen Augen kaum, Asselj! Als wartete sie auf jemand, saß sie dort, wo mein Wagen das letztemal steckengeblieben war, am Wegrand auf einem Stein. Ich fuhr auf sie zu. Erschrocken sprang sie auf, nahm verwirrt das Tuch vom Kopf und zerknüllte es in den Händen. Diesmal trug sie ein schönes Kleid und Sandaletten mit hohem Absatz. Ich bremste, das Herz schlug mir bis zum Hals.

»Guten Tag, Asselj!«

»Guten Tag«, antwortete sie leise.

Ich wollte ihr in den Wagen helfen, aber sie wandte sich ab und schlenderte den Weg entlang. Sie wollte also nicht einsteigen. Ich holte sie ein, öffnete den Schlag und fuhr langsam neben ihr her. Wir schwiegen beide. Worüber hätten wir auch reden sollen? Dann fragte sie: »Waren Sie gestern auf der Farm?«

»Ja. Weshalb?«

»Ach, nur so. Fahren Sie bitte nicht mehr hin.«

»Ich wollte Sie sehen!«

Sie gab keine Antwort.

Währenddes hatte ich nichts als die verfluchte Brautwerbung im Kopf. Ich wollte wissen, wie es damit stünde. Aber ich bekam den Mund nicht auf, denn ich fürchtete ihre Antwort.

Asselj schaute mich an.

»Ist es wirklich wahr?« fragte ich endlich.

Sie nickte. Fast wäre mir das Lenkrad entglitten.

»Wann ist die Hochzeit?« wollte ich wissen.

»Bald«, erwiderte sie leise.

Im ersten Augenblick wäre ich am liebsten davongefahren, aber statt aufs Gaspedal trat ich auf die Kupplung. Der Motor heulte im Leerlauf auf, und Asselj sprang erschrocken beiseite. Ich entschuldigte mich nicht einmal. Jetzt hatte ich andere Sorgen.

»Also werden wir uns nie wiedersehen?« fragte ich.

»Ich weiß nicht. Es wäre sicher das beste.«

»Aber ich … ich werde Sie trotzdem überall suchen, ob Sie es wollen oder nicht.«

Dann schwiegen wir wieder. Vielleicht dachten wir beide dasselbe, doch es war, als stünde eine Mauer zwischen uns, die mir nicht erlaubte, zu ihr zu gehen, und die sie daran hinderte, sich zu mir ins Fahrerhaus zu setzen.

»Weichen Sie mir nicht aus, Asselj. Versprechen Sie mir das? Ich will nicht aufdringlich sein und Sie nur von weitem anschauen.«

»Ich weiß nicht, vielleicht ...«

»Steigen Sie doch ein, Asselj.«

»Nein. Bitte, fahren Sie. Der Ail ist schon ganz nah.«

Wir trafen uns noch öfter, jedesmal wie zufällig. Und jedesmal schlenderte sie den Weg entlang und fuhr ich langsam neben ihr her. Schade, aber was blieb mir übrig.

Nach dem Bräutigam fragte ich nicht. Es war mir peinlich, und ich hatte auch keine Lust. Aber aus ihren Worten entnahm ich, daß sie ihn kaum kannte. Er war ein entfernter Verwandter ihrer Mutter und wohnte in einer entlegenen Bergförsterei. Seit eh und je tauschten beide Familien ihre Mädchen untereinander aus und hielten dadurch ihre Verwandtschaft von Generation zu Generation aufrecht. Asseljs Eltern hätten den Gedanken, ihre Tochter anderwärts zu verheiraten, weit von sich gewiesen. Als Schwiegersohn wäre ich überhaupt nicht in Frage gekommen. Wer war ich schon? Ein hergelaufener Fahrer! Ich hätte auch nie gewagt, um Asseljs Hand anzuhalten.

In jenen Tagen war Asselj wortkarg und hing ihren Gedanken nach. Ich hatte überhaupt keine Hoffnungen mehr. Ihr Schicksal war entschieden, und unsere Begegnungen waren eigentlich zwecklos. Doch wie Kinder bemühten wir uns, nicht darüber zu sprechen, und trafen uns immer wieder, weil wir es uns nicht versagen konnten. Wir glaubten beide, nicht ohne einander leben zu können. So vergingen fünf Tage.

An jenem Morgen war ich im Wagenpark und machte mich gerade zur Ausfahrt fertig, als ich zur Fahrdienstleiterin gerufen wurde.

»Kannst dich freuen«, empfing mich Kaditscha fröhlich. »Du sollst auf der Strecke nach Sinsiang eingesetzt werden.«

Ich stand wie versteinert. Ich hatte gar nicht mehr daran gedacht, daß mein Kolchoseinsatz je ein Ende nehmen könnte. Die Fahrten nach China dauerten stets mehrere Tage, wer weiß, wann ich dann Zeit fände, Asselj zu sehen. Und plötzlich verschwinden, ohne ihr Bescheid gesagt zu haben?

»Du scheinst dich ja gar nicht zu freuen«, bemerkte Kaditscha.

»Und wie soll es im Kolchos weitergehen?« fragte ich erregt. »Die Arbeit dort ist noch nicht abgeschlossen.«

Kaditscha zuckte verwundert die Schultern.

»Früher wolltest du doch selber nicht hin.«

Wütend erwiderte ich: »Früher war's eben was anderes.«

Ich setzte mich auf einen Stuhl und wußte nicht, was ich anfangen sollte.

In dem Moment kam Dshantai herein. Er sollte statt meiner in den Kolchos fahren. Ich spitzte die Ohren. Sicher würde Dshantai ablehnen, denn der Verdienst auf dieser Strecke war gering. Doch er nahm den Fahrbefehl und sagte obendrein: »Für dich fahr ich selbst ans Ende der Welt, Kaditscha! Im Ail sind sicher schon die Hammelchen schlachtreif, soll ich dir eins mitbringen?«

Da erblickte er mich.

»Verzeihung, ich habe wohl gestört!«

»Mach, daß du wegkommst«, fauchte ich, ohne den Kopf zu heben.

»Was sitzt du denn noch herum, Iljas?« Kaditscha berührte meine Schulter.

»Ich muß in den Kolchos. Schick mich hin, Kaditscha«, bat ich.

»Bist du nicht bei Trost? Das kann ich nicht, es ist niemand weiter angefordert worden«, sagte sie und sah mich bang an. »Warum möchtest du denn so gern hin?«

Ich gab keine Antwort. Wortlos ging ich hinaus und

begab mich zur Garage. In dem Moment raste Dshantai an mir vorüber, zwinkerte mir dreist zu und hätte mich fast mit dem Kotflügel gestreift.

Lange machte ich mir am Wagen zu schaffen, um die Abfahrt hinauszuzögern, aber es gab keinen Ausweg. Ich fuhr zum Ladeplatz. Dort warteten nur wenige Wagen. Die Kumpel luden mich zu einer Zigarette ein, doch ich kletterte nicht mal vom Sitz. Ich schloß die Augen und stellte mir vor, wie Asselj vergeblich am Wegrand wartete. Einen Tag, zwei Tage, drei Tage. Was würde sie von mir denken?

Gleich war ich an der Reihe. Schon wurde der Wagen vor mir beladen. Noch ein Augenblick, und ich mußte meinen Wagen unter den Kran fahren. Verzeih, Asselj, dachte ich, verzeih, meine Steppenpappel, du! Da kam mir plötzlich eine Idee: Ich konnte ihr doch Bescheid sagen und gleich wieder zurückkehren. Schließlich war es kein Unglück, wenn ich die Fahrt ein paar Stunden später antrat. Wenn ich es dem Leiter des Wagenparks nachher erklären würde, hätte er vielleicht ein Einsehen, und wenn nicht, bekäme ich höchstens einen Verweis. Ich konnte nicht anders! Ich mußte zu ihr!

Ich wollte den Rückwärtsgang einschalten, aber hinter mir standen die Wagen dicht aufgefahren. Inzwischen war mein Vordermann abgefertigt, so daß ich drankam.

»Na los doch, Iljas!« rief der Kranführer.

Schon bewegte sich der Ausleger auf meinen Wagen zu. Damit war alles aus! Mit Exportgut durfte man nirgends mehr hin. Warum war mir meine Idee nur nicht früher gekommen? Der Expedient mit den Papieren trat zu mir heran. Durch die Rückscheibe warf ich einen Blick auf die Ladefläche. Schaukelnd senkte sich die Ladung herab. Sie senkte sich immer tiefer.

Ich schrie aus voller Kehle: »Obacht!«

Dann gab ich Gas und raste im letzten Augenblick davon.

Hinter mir wurde gejohlt, gepfiffen und geschimpft. Ich jagte an Lagerschuppen, Bretterstapeln und Kohlenbergen vorbei. Es war, als wäre ich mit dem Lenkrad verwachsen. Der Weg verschwamm mir vor den Augen, der Wagen fing an zu schleudern. Aber das war ich schließlich gewohnt.

Bald hatte ich Dshantai eingeholt. Er steckte den Kopf aus dem Fahrerhaus und machte große Augen: Er hatte mich erkannt. Obwohl er sah, daß ich es eilig hatte, gab er nicht den Weg frei. Ich bog aufs Feld ab, um ihn zu überholen. Dshantai legte ebenfalls ein größeres Tempo vor und ließ mich nicht auf den Weg zurück. So fuhren wir eine Weile, er auf dem Weg, ich auf dem Feld. Über den Lenker gebeugt, sahen wir uns wie wilde Bestien von der Seite an und fluchten.

»Wo willst du denn hin? Wozu das?« schrie er.

Ich drohte ihm mit der Faust. Da mein Wagen leer war, überholte ich ihn schließlich und hängte ihn ab.

Asselj traf ich nicht. Atemlos langte ich im Ail an, ich keuchte, als wäre ich zu Fuß hingelaufen. Weder auf dem Weg noch auf dem Hof war jemand zu sehen. Nur ein gesatteltes Pferd stand angepflockt neben der Gartenpforte. Was sollte ich machen? Ich entschloß mich zu warten, sicher würde sie den Wagen sehen und herauskommen. Ich klappte die Motorhaube hoch und tat, als wollte ich etwas reparieren, in Wirklichkeit beobachtete ich jedoch die Gartenpforte. Ich brauchte nicht lange zu warten. Die Pforte ging auf, und heraus traten Asseljs Mutter und ein beleibter alter Mann mit schwarzem Bart. Er trug zwei gesteppte Kittel, der untere war aus Plüsch, der obere aus Samt. In der Hand hielt er eine schöne Peitsche. Der Alte hatte ein verschwitztes, rotes Gesicht, offenbar hatte er gerade Tee getrunken. Sie traten zum Pferd. Asseljs Mutter hielt ehrerbietig den Steigbügel und half dem Alten in den Sattel.

»Wir sind mit Euch sehr zufrieden, Schwäher«, sagte sie. »Aber Ihr braucht Euch unseretwegen auch nicht zu sorgen. Für unsere Tochter ist uns nichts zu schade. Unsere Hände sind gottlob ebenfalls nicht leer.«

»O Baibitsche, ich denke, wir werden uns gegenseitig nicht übervorteilen«, antwortete er und setzte sich im Sattel zurecht. »Möge Gott dem jungen Paar Gesundheit schenken! Und was die Gaben betrifft: Sie sind schließlich nicht für Fremde bestimmt, sondern für unsere Kinder. Es ist nicht zum ersten Mal, daß sich unsere Sippen verschwägern. Nun, lebt wohl, Baibitsche! Es ist also abgemacht: am Freitag!«

»Am Freitag! Ein heiliger Tag! Kommt gut nach Haus, und grüßt die Schwäherin.«

Was reden sie vom Freitag? dachte ich. Was haben wir denn heute? Mittwoch. Und wenn sie Asselj am Freitag fortbringen? Ach, wie lange sollen die alten Bräuche uns Jungen noch das Leben verbittern?

Der Alte ritt im leichten Trab in Richtung der Berge davon.

Asseljs Mutter wartete, bis er sich entfernt hatte, dann wandte sie sich mir zu und maß mich mit einem unfreundlichen Blick.

»Warum kommst du eigentlich letztens so oft her, du ungebetener Gast?« fragte sie. »Hier ist keine Karawanserei, hier wird nicht herumgelungert! Fahr ab, hörst du? Merk dir das auch für die Zukunft.«

Ich war ihr also schon früher aufgefallen.

»Ich hab eine Panne!« knurrte ich unwirsch und kroch jetzt schon mit dem ganzen Oberkörper unter die Motorhaube. Nein, ich würde nicht abfahren, bevor ich Asselj nicht gesehen hatte.

Das Mamachen brummelte noch etwas vor sich hin und entfernte sich.

Ich setzte mich aufs Trittbrett, zündete mir eine Zigarette an. Auf einmal kam ein kleines Mädchen angelaufen und hüpfte um den Wagen herum. Sie hatte eine entfernte Ähnlichkeit mit Asselj. Ob es ihr Schwesterchen war?

»Asselj ist weggegangen«, sagte sie und hüpfte weiter.

»Wohin denn?« Ich zog die Kleine zu mir heran. »Wo ist sie hingegangen?«

»Woher soll ich das wissen? Laß mich.« Sie riß sich los und streckte mir zum Abschied die Zunge heraus.

Ich klappte die Motorhaube zu und setzte mich ans Lenkrad. Wo sollte ich hinfahren, wo sie suchen? Überdies war es schon höchste Zeit umzukehren. Im Schneckentempo zuckelte ich den Weg entlang, hinaus in die Steppe. Vor der Durchfahrt durch einen Aryk hielt ich an. Ich stieg aus und legte mich ins Gras, denn ich wußte nicht mehr weiter. Mir war hundeelend. Asselj hatte ich nicht gefunden, und meine Arbeit hatte ich versäumt. Ich verlor mich in Gedanken, vergaß alles um mich her. Wie lange ich so gelegen hatte, weiß ich nicht mehr, aber als ich den Kopf hob, erblickte ich auf der anderen Seite des Wagens ein Paar Mädchenbeine in Sandaletten. Sie war's! Ich erkannte sie sofort. Vor Freude begann mein Herz wild zu hämmern, und die Knie wurden mir weich, so daß ich nicht hochkam. Es war dieselbe Stelle, wo wir uns zum ersten Mal begegnet waren.

»Geh schon, Großmutter«, sagte ich zu den Sandaletten.

»Ich bin gar keine Großmutter«, ging Asselj auf das Spiel ein.

»Was denn sonst?«

»Ein Mädchen!«

»Ein Mädchen? Wenigstens hübsch?«

»Überzeug dich selbst.«

Wir lachten los. Ich sprang auf und stürzte auf sie zu, sie kam mir entgegengelaufen. Wir blieben voreinander stehen.

»Das allerhübscheste Mädchen, das ich kenne«, sagte ich.

Wie eine biegsame junge Pappel im Wind stand sie vor mir, in einem kurzärmligen Kleid, zwei Bücher unterm Arm.

»Woher wußtest du denn, daß ich hier bin?«

»Ich kam aus der Bibliothek und sah deine Wagenspur auf dem Weg.«

Ich konnte es kaum glauben. Für mich bedeuteten diese Worte mehr als das Bekenntnis: Ich liebe dich. Sie mußte wohl an mich gedacht haben, und ich mußte ihr etwas bedeuten, wenn sie meine Wagenspur suchte.

»Ich bin gleich hergekommen, denn ich konnte mir schon denken, daß du wartest.«

Ich nahm ihre Hand.

»Steig ein, Asselj, wir wollen ein bißchen spazierenfahren.«

Sie war sofort einverstanden. Ich erkannte sie einfach nicht wieder. Mich übrigens auch nicht. Meine Sorgen und mein Kummer waren wie weggeblasen.

Es gab nur noch uns, unser Glück, den Himmel und den Weg. Ich öffnete den Schlag, ließ sie Platz nehmen und setzte mich ans Lenkrad.

Wir fuhren einfach drauflos, ohne Ziel. Aber was machte das schon, uns genügte es, nebeneinanderzusitzen, einander in die Augen zu sehen und uns an den Händen zu halten. Asselj rückte mir die Soldatenmütze zurecht.

»So ist es hübscher«, sagte sie und schmiegte sich an meine Schulter.

Pfeilschnell flog der Wagen dahin. Die ganze Welt geriet in Bewegung, alles eilte uns entgegen: die Berge, die Felder und die Bäume. Der Wind pfiff uns um die Ohren, die Sonne strahlte am Himmel, wir lachten und atmeten in tiefen Zügen den Duft des Wermuts und der Tulpen. Ein Steppengeier, der auf den Ruinen eines alten Kümbös saß, strich mit wenigen Flügelschlägen ab und glitt über dem Weg dahin, als wollte er mit uns um die Wette fliegen.

Zwei Reiter rissen erschrocken ihre Pferde zur Seite, dann jagten sie mit wildem Geschrei hinter uns her.

»He! Halt! Anhalten!« Sie schlugen auf ihre dahingaloppierenden Pferde ein. Ich wußte nicht, wer sie waren. Vielleicht kannte Asselj sie. Bald waren sie in den Staubwolken hinter uns verschwunden.

Vorn bog ein Kutschwagen ab. Seine Insassen, ein Junge und ein Mädchen, winkten uns freundlich zu.

»Schönen Dank«, schrie ich ihnen nach.

Die Steppe war zu Ende, wir hatten wieder Asphalt unter den Rädern.

Ganz in der Nähe mußte der See liegen. Ich bog scharf ab und fuhr querfeldein durch Wiesen und Gestrüpp zum Seeufer. Auf einer Anhöhe dicht am Wasser machte ich halt.

Als hielten sie sich an den Händen, eilten die schäumenden, blauen Wellen in dichter Folge ans gelbe Ufer. Die hinter den Bergen versinkende Sonne färbte das Wasser rötlich. Fern, von der anderen Seite des Sees, grüßten violette Schneeberge herüber. Über ihren Häuptern türmten sich graue Wolken.

»Schau, Asselj, Schwäne!« rief ich.

Schwäne sieht man auf dem Issyk-Kul nur im Herbst und Winter, wenn sie nach dem Norden ziehen. Im Frühling sind sie eine Seltenheit. Sie sollen Glück bringen.

Ein Schwarm weißer Schwäne flog über den abendlichen See. Bald schwangen sie sich in die Höhe, bald ließen sie sich mit weitgebreiteten Schwingen fallen, badeten im schäumenden Wasser, erhoben sich wieder in die Luft und zogen in langer Kette mit gleichmäßigem Flügelschlag zu dem sandigen Steilhang einer Bucht, wo sie sich zur Nacht niederließen.

Schweigend schauten wir ihnen nach. Dann sagte ich, als wäre schon alles entschieden: »Siehst du die Dächer dort drüben am Ufer? Das ist unser Wagenpark. Und das«, ich zeigte auf den Wagen, »das ist unser Haus.« Ich lachte. Wo hätte ich sie sonst unterbringen können?

Asselj sah mir in die Augen, lehnte sich an mich, legte die Arme um meinen Hals und sagte weinend und lachend zugleich: »Ich brauche kein Haus, Liebster. Wenn doch Vater und Mutter wenigstens nachher ein Einsehen hätten. Zeitlebens werden sie mir das nicht verzeihen, ich weiß es. Aber bin ich denn schuld daran?«

Es dunkelte rasch. Wolken kamen auf und senkten sich tief übers Wasser. Der See erstarb und wurde schwarz. Es war, als wäre irgendwo in den Bergen ein Elektroschweißer am Werk, denn es blitzte hin und wieder auf. Ein Gewitter war im Anzug. Darum also waren die Schwäne hierher abgebogen. Sie hatten gespürt, daß das Unwetter sie im Gebirge überraschen könnte.

Ein Donnerschlag krachte. Es begann zu regnen. Ein wilder, lärmender Guß. Der See gurgelte und kochte, schäumende Wellen rollten heran und brachen sich am Ufer. Es war das erste Frühlingsgewitter. Und es war unsere erste Nacht. In Bächen rann das Wasser an den Scheiben herab. Weißflammende Blitze tauchten in den aufgewühlten, nachtschwarzen See. Eng aneinandergepreßt saßen wir da und unterhielten uns leise. Asselj zitterte, sie war wohl verängstigt, vielleicht fror sie auch. Ich legte ihr meine Jacke um, nahm sie fester in den Arm und kam mir dabei groß und stark vor. Nie hatte ich geahnt, daß ich so zärtlich sein konnte, nie gewußt, daß es so schön war, jemanden zu behüten, für jemanden zu sorgen. Ich flüsterte ihr ins Ohr: »Nie darf dir jemand etwas tun, du meine Pappel im roten Kopftuch!«

Das Gewitter war ebenso rasch vorbei, wie es begonnen

hatte. Aber noch immer trugen die Wellen des aufgewühlten Sees kleine Schaumkrönchen und ging ein leichter Regen nieder.

Ich holte das Kofferradio, damals mein einziger kostbarer Besitz, hervor und stellte es an. Aus dem Stadttheater wurde das Ballett »Tscholpon« übertragen. Die Musik kam von jenseits der Berge und erfüllte das Fahrerhaus, zärtlich und mächtig zugleich, wie die Liebe, von der das Ballett handelte. Das Publikum applaudierte, rief die Namen der Tänzer, warf vielleicht auch Blumen auf die Bühne, aber sicher war keiner der Theaterbesucher so begeistert und erregt wie wir beide in unserem Wagen am Ufer des wütenden Issyk-Kul. Das Ballett handelte von uns, von unserer Liebe. Das Schicksal des Mädchens Tscholpon, das auszog, sein Glück zu suchen, rührte uns ans Herz. Meine Tscholpon, mein Morgenstern, war bei mir! Gegen Mitternacht schlief sie an meiner Schulter ein, ich aber fand keine Ruhe. Sanft streichelte ich ihr Gesicht und lauschte dem tiefen Seufzen des Issyk-Kul.

Am Morgen langten wir im Wagenpark an. Die Kumpel wuschen mir tüchtig den Kopf. Als sie jedoch den Grund für mein Verhalten erfuhren, verziehen sie mir, denn schließlich war eine Hochzeit keine alltägliche Sache. Dann lachten sie noch lange bei der Erinnerung, wie ich unter dem Ladekran davongerast war.

Ich mußte wieder auf Fernfahrt nach China. Asselj nahm ich mit. Unterwegs wollte ich sie bei meinem Freund Alibek Dshanturin absetzen. Er wohnte mit seiner Familie neben dem Umschlagpunkt bei Naryn, also unweit der Grenze. Immer wenn ich dort vorbeikam, besuchte ich ihn. Alibek hatte eine prächtige Frau, die ich sehr schätzte.

Wir fuhren los. Als erstes kauften wir in einem Laden etwas zum Anziehen für Asselj. Sie besaß doch nur das Kleid, das sie anhatte. Wir erstanden auch einen großen geblümten Schal. Wie sich nachher erwies, war das ein guter Gedanke gewesen. Unterwegs trafen wir einen bejahrten Fahrer, den Aksakal Urmat-ake. Schon von weitem bedeutete er mir anzuhalten. Ich stoppte, stieg aus und begrüßte ihn.

»Salam aleikum, Urmat-ake!«

»Salam aleikum, Iljas! Möge die Kette des Falken, der sich auf deiner Hand niedergelassen hat, niemals zerreißen!« beglückwünschte er mich nach altem Brauch. »Möge Gott euch Glück und Kinder bescheren.«

»Habt Dank! Woher wißt Ihr es, Urmat-ake?« fragte ich erstaunt.

»Ja, mein Sohn, eine gute Kunde bleibt nicht auf der Erde liegen. Sie läuft von Mund zu Mund über die ganze Strecke.«

»Na, so was!« Ich war verblüfft.

Wir standen auf der Straße und unterhielten uns. Urmat-ake hielt sich in gebührlicher Entfernung von meinem Wagen und schaute auch nicht zu Asselj hin. Sie begriff, legte den Schal um und verhüllte das Gesicht. Urmat-ake lächelte zufrieden.

»So geziemt es sich«, sagte er. »Hab Dank, Töchterchen, für die Ehrerbietung. Von nun an sollst du als unser Schwiegertöchterchen gelten, als Schwiegertöchterchen aller Aksakale des Wagenparks. Hier, Iljas, für die Brautschau.« Damit reichte er mir ein Geldstück. Ich durfte es nicht zurückweisen, das hätte ihn gekränkt.

Wir verabschiedeten uns und fuhren weiter. Asselj nahm den Schal nicht mehr ab. Wie es sich in einem richtigen kirgisischen Haus gehörte, saß sie im Fahrerhaus und verhüllte schüchtern das Gesicht, sobald wir einem bekannten Fahrer begegneten. Nach jeder derartigen Begegnung lachten wir aus vollem Halse. Mit dem Schal erschien mir Asselj noch schöner.

»Meine kleine Braut, du, schau mich an, und gib mir einen Kuß«, bat ich.

»Auf keinen Fall, die Aksakale könnten es sehen«, antwortete sie lachend und küßte mich dabei verstohlen auf die Wange.

Alle bekannten Fahrer, denen wir begegneten, beglückwünschten uns. Viele hatten nicht nur unterwegs Blumen für uns gepflückt, sondern auch Geschenke besorgt. Ich weiß nicht, wer auf den Gedanken gekommen war, bestimmt unsere russischen Kumpel: Bei ihnen auf dem Dorf war es Brauch, die Hochzeitswagen zu schmücken, und so leuchteten auch an unserem Wagen rote, blaue und grüne Bänder, Seidentücher und Blumensträuße. Der Wagen war eine einzige Farbsinfonie, sicherlich sah man ihn kilometerweit. Asselj und ich waren glücklich, und ich war stolz auf meine Freunde. Es heißt, im Unglück erkennt man die Freunde, ich meine, im Glück aber ebenfalls.

Unterwegs trafen wir auf Alibek Dshanturin, meinen besten Freund. Er war zwei Jahre älter als ich, ein stämmiger Bursche mit großem Kopf, vernünftig, ernst und ein ausgezeichneter Fahrer. Wir hatten ihn ins Gewerkschaftskomitee gewählt. Ich war gespannt, was er sagen würde.

Alibek betrachtete wortlos unseren Wagen und schüttelte den Kopf. Dann trat er zu Asselj, drückte ihr die Hand und beglückwünschte sie.

»Na, gib mal den Fahrbefehl her«, verlangte er. Verwundert reichte ich ihm das Papier. Alibek zückte einen Füllfederhalter und schrieb mit großen Buchstaben quer über das Blatt: »Hochzeitsreise Nr. 167!« 167 war nämlich die Nummer des Fahrbefehls.

»Was machst du da?« fragte ich entsetzt. »Das ist doch ein Dokument.«

»Das geht in die Geschichte ein«, grinste er. »Du denkst wohl, in der Buchhaltung sitzen keine Menschen, was? Und jetzt gib die Pfote her!« Er umarmte und küßte mich. Wir lachten. Als wir schon zu unserem Wagen gehen wollten, hielt mich Alibek noch für einen Augenblick zurück und fragte: »Und wo werdet ihr wohnen?«

Ich zuckte die Achseln.

»Das ist unser Haus.« Dabei deutete ich auf den Wagen.

»Im Fahrerhaus? Sollen auch die Kinder dort aufwachsen? Hör zu. Wir ziehen in unser neues Haus, ich lege bei der Leitung ein Wort für euch ein, und ihr zieht in unsere kleine Wohnung neben dem Umschlagpunkt.«

»Aber dein Haus ist doch noch gar nicht fertig!« Alibek baute sich in Rybatschje ein Haus, unweit des Wagenparks. In meiner Freizeit hatte ich ihm oft geholfen.

»Tut nichts. Es sind nur noch Kleinigkeiten zu machen. Etwas Besseres kriegst du im Augenblick sowieso nicht. Du weißt doch selbst, wie knapp Wohnungen sind.«

»Ich danke dir. Etwas Besseres brauchen wir auch nicht. Ich wollte Asselj nur vorübergehend bei euch einquartieren, und du überläßt uns gleich die ganze Wohnung.«

»Also richtet euch bei uns ein. Auf der Rückfahrt wartest du, bis ich komme. Dann besprechen wir alles mit unseren Frauen.« Dabei blinzelte er Asselj zu.

»Ja, jetzt schon mit unseren Frauen.«

»Glückliche Hochzeitsreise!« rief uns Alibek noch nach.

Hol's der Teufel! Es war in der Tat unsere Hochzeitsreise! Und was für eine!

Wir freuten uns, daß alles so gutging. Nur eine Begegnung verdarb mir ein wenig die Laune.

An einer Straßenbiegung tauchte plötzlich Dshantais Wagen auf. Dshantai war nicht allein, neben ihm saß Kaditscha. Er winkte mir zu, und ich stoppte. Auf gleicher Höhe hielten wir an. Dshantai steckte den Kopf heraus.

»Warum hast du denn deinen Wagen geschmückt, als ginge es zur Hochzeit?«

»Es ist wirklich ein Hochzeitswagen«, antwortete ich.

»Wieso?« fragte er verblüfft und sah Kaditscha ratlos an.

»Und wir suchen dich!« platzte er heraus.

Reglos saß Kaditscha da, sie war blaß und verwirrt.

»Guten Tag, Kaditscha«, sagte ich freundlich. Schweigend nickte sie mir zu.

»Das ist also deine Braut?« erkundigte sich Dshantai.

»Nein, meine Frau«, entgegnete ich und legte meinen Arm um Asseljs Schultern.

»Deine Frau?« Dshantai machte noch größere Augen. Man sah ihm an, daß er nicht wußte, ob er sich freuen sollte oder nicht. »Na, dann meinen Glückwunsch, von ganzem Herzen.«

»Danke.«

Dshantai feixte.

»Ein geriebener Bursche bist du! Hast sie sicher ohne Brautgeld entführt?«

»Esel«, erwiderte ich wütend. »Mach, daß du weiterkommst!«

Was es doch für Menschen gibt! Ich wollte ihn weiter beschimpfen, wie er es verdient hatte. Als ich jedoch hinschaute, sah ich ihn neben seinem Wagen stehen. Er rieb sich fluchend die Wange und drohte Kaditscha mit der Faust. Sie aber rannte querfeldein davon, rannte, stürzte plötzlich lang hin und barg das Gesicht in den Händen. Ich wußte nicht, was zwischen ihnen vorgefallen war, aber sie tat mir leid, ich hatte das Gefühl, als wäre ich schuldig vor ihr. Asselj sagte ich nichts davon.

Eine Woche später bezogen wir das Häuschen neben dem Umschlagpunkt. Das Häuschen war winzig, es bestand nur aus einer Diele und zwei Stuben. Es gab mehrere solcher Häuschen dort, in ihnen wohnten die Fahrer mit ihren Familien und die Arbeiter von der Tankstelle. Die Häuschen waren zwar klein, dafür aber günstig gelegen, direkt an der Straße und nicht weit von Naryn. Naryn war immerhin Gebietsstadt. Man konnte ins Kino gehen oder einen Ladenbummel machen. Auch ein Krankenhaus war da. Abgesehen davon gefiel uns, daß der Umschlagpunkt auf halbem Weg zwischen Rybatschje und Sinsiang lag, also an der Strecke, die ich am häufigsten fuhr. So konnte ich oft zu Hause übernachten. Ich sah Asselj fast täglich. Selbst wenn ich unterwegs aufgehalten wurde, fuhr ich noch nach Hause, mochte es auch Mitternacht sein. Asselj wartete immer auf mich, sie legte sich nie hin, bevor ich da war. Wir hatten schon einige Anschaffungen für den Haushalt gemacht, kurz, wir begannen, uns allmählich einzurichten. Wir beschlossen, daß auch Asselj arbeiten gehen sollte, sie selbst drängte darauf, war sie doch im Ail groß geworden und hatte nie die Hände in den Schoß gelegt. Da stellte sich zu unserer Freude heraus, daß sie bald Mutter werden würde.

An jenem Tag, als Asselj das Kind zur Welt brachte, kam ich gerade aus China zurück. Ich beeilte mich und war sehr aufgeregt. Asselj lag im Entbindungsheim in Naryn. Als ich dort ankam, erfuhr ich, daß ich einen Sohn hatte. Zu ihr ließ man mich natürlich nicht. Ich setzte mich in den Wagen und jagte in die Berge. Es war Winter. Ringsum nichts als Schnee und Felsen. Vor meinen Augen flimmerte es – schwarz und weiß, schwarz, weiß ... Ich fuhr bis zum Dolonpaß hinauf. Dort hielt ich an und sprang aus dem Wagen.

Da stand ich nun in der Höhe, tief unter mir krochen die Wolken über die Erde, die Berge erschienen mir wie Zwerge. Ich holte tief Luft und schrie aus vollem Halse: »He, ihr Berge! Ich habe einen Sohn!«

Mir war, als ob die Berge erbebten. Sie warfen meine Worte zurück, lange rollte das Echo von Schlucht zu Schlucht, bis es verhallte.

Auf meinen Wunsch nannten wir unseren Sohn Samat. Alle unsere Gespräche drehten sich nur um ihn. Es war, wie es sich für junge Eltern gehörte.

Wir verstanden, wir liebten uns, bis eines Tages das Unglück über mich hereinbrach.

Schwer zu sagen, wie alles gekommen ist. Alles war so verworren. Heute habe ich vieles begriffen, aber was nutzt das jetzt.

Den Mann traf ich einmal zufällig unterwegs, ohne zu ahnen, daß das nicht unsere letzte Begegnung sein würde.

Im Spätherbst trat ich eine Fahrt an. Es war elendes Wetter. Vom Himmel nieselte es feucht und kalt, nicht Schnee, nicht Regen. Wie Mehlbrei lastete der Nebel auf den Hängen. Pausenlos waren die Scheibenwischer in Betrieb. Ich war schon hoch im Gebirge, kurz vorm Dolonpaß. Ach, Dolon, Dolon, du Riesenbrocken des Tienschan! Wieviel Erlebnisse sind für mich damit verbunden, mit diesem schwierigsten und gefährlichsten Teil der Strecke, wo die Straße an Steilhängen entlang über Wolken hinweg himmelan führt, wo es dich in den Steigungen an die Rückenlehne preßt und bei den Abfahrten vornüber wirft, daß du dich nur mit Mühe vom Lenkrad losreißen kannst; wo das Wetter launisch ist wie ein böses Kamel, wo du sommers wie winters bald mit Hagel, bald mit Regen überschüttet wirst oder wo du in ein solches Schneegestöber gerätst, daß du die Hand vor Augen nicht siehst. So ein Geselle ist unser Dolon! Aber wir Tienschaner haben uns an ihn gewöhnt und fahren zuweilen sogar nachts hinauf. Ja, jetzt denke ich an all die Schwierigkeiten und Gefahren, aber wenn man dort Tag für Tag arbeitet, kommt man nicht zum Nachdenken.

In einer Schlucht also, kurz vorm Dolonpaß, holte ich einen Lastwagen ein. Ich weiß es noch genau, es war ein

GAS 51. Eigentlich holte ich ihn gar nicht ein, sondern er stand schon da.

Zwei Männer machten sich am Motor zu schaffen. Der eine stellte sich mitten auf die Straße und hob die Hand. Ich stoppte. Der Mann trat heran, er trug einen triefenden Regenumhang mit Kapuze. Er mochte um die Vierzig sein, hatte einen braunen, militärisch kurz gestutzten Schnurrbart und ein ziemlich finsteres Gesicht. Seine Augen blickten ruhig.

»Nimm mich mit bis zur Straßenmeisterei, Dshigit«, bat er. »Ich muß einen Traktor besorgen, der Motor streikt.«

»Gern. Aber vielleicht fällt uns selbst noch was ein«, schlug ich vor und kletterte vom Sitz.

»Was soll uns schon einfallen, wo er nicht mal schnaubt«, meinte der Fahrer mißmutig und klappte die Haube herunter. Der Ärmste war schon ganz blaugefroren. Augenscheinlich war er nicht aus unserer Gegend; wie er sich so hilflos umsah, machte er den Eindruck eines Großstädters. Was tun? dachte ich. Plötzlich hatte ich einen tollen Einfall. Doch ehe ich etwas sagte, warf ich einen Blick auf den Paß. Der Himmel war trüb, die Wolken hingen niedrig. Trotzdem entschloß ich mich. Es war kein allzu genialer Einfall, aber für mich kam er damals einem gewagten Angriff gleich.

»Sind deine Bremsen in Ordnung?« fragte ich den Fahrer.

»Du machst mir vielleicht Spaß. Als ob ich ohne Bremsen fahre. Ich sage dir doch, der Motor streikt.«

»Hast du ein Abschleppseil mit?«

»Hm.«

»Los, häng deinen Wagen an.«

Beide starrten mich ungläubig an und rührten sich nicht.

»Du bist ja nicht ganz bei Trost«, meinte der Fahrer nur.

Aber ich hab nun mal solchen Charakter. Ich weiß nicht, ob das gut oder schlecht ist, jedenfalls wenn ich mir was in den Kopf gesetzt hab, dann erreich ich es auch, auf Biegen und Brechen.

»Nun häng deinen Wagen schon an! Ich schlepp dich ab, Ehrenwort!« bekniete ich den Fahrer.

Doch der winkte ab.

»Laß schon. Weißt du denn nicht, daß man hier niemand ins Schlepp nimmt? Ich denk nicht dran, mich von dir abschleppen zu lassen.«

Ich war so gekränkt, als hätte er mir eine große Bitte abgeschlagen.

»Ach du, ein Esel bist du, ein feiger!« entfuhr es mir.

Ich wandte mich dem anderen zu, dem Straßenmeister. Daß er der Straßenmeister war, erfuhr ich allerdings erst später. Er sah mich an und sagte zum Fahrer: »Gib das Seil her.«

»Aber Sie tragen die Verantwortung, Baitemir-ake.«

»Die Verantwortung tragen wir alle«, entgegnete er kurz.

Das gefiel mir. Vor so einem Mann hat man gleich Respekt.

Darauf fuhren wir los. Anfangs ging alles gut. Aber dann, auf dem Dolonpaß, führte die Straße an Steilhängen entlang, immer bergan. Der Motor dröhnte und heulte, daß mir die Ohren weh taten. Das wär doch gelacht, wenn ich aus dir nicht das Letzte herausholte! dachte ich. Schon früher hatte ich bemerkt, daß, so schwer es sich auch auf der Paßstraße fuhr, der Motor immer noch Reserven hatte. Unsere Wagen wurden nie voll beladen, höchstens mit siebzig Prozent der sonst üblichen Norm. Daran freilich dachte ich in diesem Augenblick nicht. In mir bäumte sich eine wilde Kraft auf, es war so etwas wie sportlicher Ehrgeiz: Ich wollte um jeden Preis meinen Kopf durchsetzen und den beiden helfen, ihren Wagen an Ort und Stelle zu bringen. Das war jedoch alles andere als einfach. Der Wagen bebte, als würde er jeden Augenblick bersten, Schneematsch verklebte die Scheiben, die Wischer gingen unentwegt. Wolken kamen angekrochen und schoben sich über die Straße direkt unter die Räder. Neben scharfen Kurven gähnten tiefe Schluchten. Innerlich ärgerte ich mich schon über mich selbst: Eine schöne Suppe hatte ich mir da eingebrockt, sie konnte uns das Leben kosten. Ich war völlig fertig. Alles hatte ich abgelegt, die Mütze, die Steppjacke, das Jackett und den Pullover. Im bloßen Hemd saß ich da und schwitzte wie im Dampfbad. Schließlich war es kein Kinderspiel, den Wagen im Schlepp und dazu noch die eigene Ladung sicher durch alle Klippen zu steuern. Bloß gut, daß Baitemir neben mir auf dem Trittbrett stand und mich und den Fahrer im anderen Wagen dirigierte. Als es die Serpentinen hochging, glaubte ich, er würd's nicht aushalten und abspringen. Aber er wich nicht vom Trittbrett. An die Wagentür geklammert, stand er da, wie ein Adler vor dem Flug. Ich schaute ihn an. Sein Gesicht war ruhig, wie aus Stein gemeißelt. Wassertropfen rannen ihm über die Wangen. Bei seinem Anblick wurde mir leichter.

Nur eine große Steigung lag noch vor uns, dann wären wir am Ziel gewesen. Da beugte sich Baitemir zu mir herein.

»Vorsicht! Vor uns ist ein Wagen! Fahr mehr rechts!«

Ich befolgte seinen Rat. Ein Lastwagen kam uns entgegen, es war der von Dshantai. Na, dachte ich, der Ingenieur für Arbeitsschutz rüffelt mich tüchtig ab, denn Dshantai quatscht, da gibt's keinen Zweifel. Der Wagen kam näher. Die Hände gegen das Lenkrad gestemmt, sauste Dshantai bergab. Er blickte finster drein. Auf Haaresbreite fuhren wir aneinander vorbei. Dshantai schüttelte mißbilligend den Kopf. Hol dich der Teufel, dachte ich, meinetwegen petz, soviel du Lust hast!

Die letzte Steigung war genommen, es ging noch einmal

steil bergab, dann folgte ein Stück ebene Straße, danach bogen wir zur Straßenmeisterei ab. Es war geschafft! Ich stellte den Motor ab und hörte plötzlich nichts mehr. Mir war, als wäre ich taub geworden. Oder war die Natur verstummt? Kein Laut. Ich kletterte aus dem Fahrerhaus und setzte mich aufs Trittbrett. Mein Atem ging stoßweise, ich war vollkommen ausgepumpt, zudem war die Luft auf dem Paß sehr dünn gewesen. Baitemir hing mir rasch die Steppjacke um und stülpte mir die Mütze auf. Taumelnd und kreidebleich kam der Fahrer des anderen Wagens heran. Schweigend hockte er sich hin und bot mir Zigaretten an. Ich nahm eine. Meine Hand zitterte. Nachdem wir ein Weilchen geraucht hatten, kamen wir wieder zu uns. Erneut fühlte ich, wie sich die verwünschte wilde Kraft in mir aufbäumte.

»Wie haben wir das gemacht?« fragte ich siegesbewußt. Dabei schlug ich dem Fahrer so kräftig auf die Schulter, daß er auf den Allerwertesten fiel. Dann sprangen wir alle drei auf, klopften uns gegenseitig auf die Schultern und lachten und lärmten vor Freude.

Schließlich beruhigten wir uns und rauchten jeder noch eine Zigarette. Ich zog meine Sachen an, warf einen Blick auf die Uhr und sagte: »Na, höchste Zeit für mich!«

Baitemir runzelte die Brauen.

»Kommt ja gar nicht in Frage, daß du schon aufbrichst, heute bist du unser Gast.«

Ich mußte jedoch unbedingt fahren.

»Schönen Dank für die Gastfreundschaft, aber ich kann wirklich nicht länger bleiben. Ich möchte noch auf einen Sprung nach Hause, meine Frau wartet.«

»Willst du wirklich nicht? Wir würden ein Fläschchen zusammen trinken«, redete mir mein neuer Freund, der Fahrer, zu.

»Laß ihn«, fiel ihm Baitemir ins Wort. »Du hörst doch,

seine Frau wartet. Wie heißt du eigentlich?« wandte er sich an mich.

»Iljas.«

»Fahr los, Iljas, und besten Dank, du hast uns mächtig aus der Patsche geholfen.«

Bis zur Straße fuhr Baitemir auf dem Trittbrett mit, dann schüttelte er mir schweigend die Hand und sprang ab.

Als es bereits bergan ging, blickte ich noch einmal zurück. Baitemir stand noch immer auf der Straße. Die Mütze in der Hand, mit gesenktem Kopf, schien er über etwas nachzudenken.

Das war unsere erste Begegnung.

Asselj berichtete ich keine Einzelheiten. Ich erzählte ihr nur, daß ich unterwegs aufgehalten worden war und irgendwelchen Leuten geholfen hatte. Sonst pflegte ich meiner Frau nichts zu verschweigen, meine Tollkühnheit behielt ich jedoch lieber für mich. Sie sorgte sich ohnehin ständig um mich. Abgesehen davon, hatte ich durchaus nicht die Absicht, dieses Stückchen noch einmal zu wiederholen. Ich hatte meine Kräfte mit dem Dolon gemessen, das genügte mir. Ich hätte den ganzen Vorfall schon am nächsten Tag vergessen gehabt, wäre ich nicht auf der Rückfahrt erkrankt. Ich hatte mich erkältet. Mit Mühe und Not kam ich bis nach Hause. Dort legte ich mich sogleich ins Bett. Ich weiß nicht mehr, was mit mir war, jedenfalls fuhr ich mit meinen Fieberträumen wieder mit dem Wagen im Schlepp über den Dolon. Der Schneesturm peitschte mein Gesicht, daß es brannte, ich atmete schwer, der Lenker war wie aus Watte und bog sich unter meinen Händen. Vor mir lag die Paßstraße. Sie wollte kein Ende nehmen, der Wagen schob sich mit dem Kühler voran in den Himmel, heulend ging's höher und höher, dann stürzte ich in einen gähnenden Abgrund. Meine Krankheit hatte den kritischen Punkt erreicht. Nach drei Tagen setzte die Besserung ein, und nach weiteren zwei fühlte ich mich so gut, daß ich aufstehen wollte. Aber Asselj zwang mich, im Bett zu bleiben. Wie ich sie so anschaute, dachte ich bei mir: War ich nun krank oder sie? Ich erkannte sie einfach nicht wieder, so abgehärmt war sie. Sie hatte dunkle Ringe unter den Augen und war nur noch Haut und Knochen. Jeder Windstoß konnte sie umpusten. Zudem mußte sie sich noch um das Kind kümmern. Nein, so ging es nicht weiter, ich konnte nicht länger krankspielen. Sie mußte sich erholen. Ich stand auf und begann mich anzuziehen.

»Asselj!« rief ich leise, denn unser Söhnchen schlief, »bitte doch die Nachbarin, auf Samat aufzupassen. Wir gehen ins Kino.«

Sie kam angelaufen, zog mich aufs Bett und schaute mich an, als sähe sie mich zum ersten Mal. Dabei war sie vergeblich bemüht, die Tränen zu unterdrücken. Ihre Lippen bebten. Weinend barg sie das Gesicht an meiner Brust.

»Was hast du denn, Asselj?« fragte ich hilflos.

»Ich freu mich so, daß du wieder gesund bist.«

»Ich freu mich doch auch, aber warum regst du dich so auf? Ich bin ein bißchen krank gewesen, dafür konnte ich auch bei dir zu Hause sein und mit Samat spielen.« Mein Sohn krabbelte damals schon und machte die ersten Gehversuche, er war im putzigsten Alter. »Ich hätt nichts dagegen, noch mal krank zu werden«, scherzte ich.

»Hör auf! Ich will nichts davon wissen«, fuhr Asselj mich an.

In dem Moment erwachte der Kleine. Sie nahm ihn aus seinem Bettchen und brachte ihn mir. Er war noch schlafwarm. Zu dritt tobten wir im Bett herum, wie ein junger Bär tapste Samat auf uns umher und krabbelte bald hier-, bald dorthin.

»Wie gut es uns geht«, sagte ich, »und was machst du für ein Gesicht? Bald fahren wir zu deinen Eltern in den Ail.

Sollen sie's nur versuchen, uns nicht zu verzeihen. Wenn sie erst unseren Samat kennenlernen, vergessen sie gewiß alles vor Freude.«

Wir beabsichtigten ernsthaft, in den Ail zu fahren und Asseljs Eltern um Verzeihung zu bitten, wie es in solchen Fällen üblich war. Die beiden Alten waren tief gekränkt. Sie hatten uns durch einen Ailbewohner, der in Naryn zu tun hatte, ausrichten lassen, daß sie der Tochter ihre Handlungsweise nie verzeihen würden und daß sie nichts von uns wissen wollten. Wir hofften dennoch, daß sich mit einem Besuch unsererseits und der Bitte um Verzeihung alles einrenken würde. Ich mußte mir jedoch erst Urlaub nehmen und umfangreiche Reisevorbereitungen treffen: Wir mußten unbedingt für alle Verwandten Geschenke kaufen, ich wollte nicht mit leeren Händen kommen.

Inzwischen war es Winter geworden. Im Tienschan ist der Winter grimmig und schneereich. Häufig gehen an den Hängen Lawinen nieder. Für uns Fahrer ist das eine schwere Zeit, noch schwerer ist es allerdings für die Arbeiter der Straßenmeisterei, die dann gewöhnlich zum Räumen der Straßen eingesetzt werden. Dort, wo Lawinengefahr besteht, werden die Schneewächten gesprengt und wird die Straße freigemacht. Jener Winter war freilich ziemlich mild, vielleicht achtete ich auch nicht auf das Wetter, hatte ich doch genug Arbeit. Zudem bekamen wir noch einen zusätzlichen Arbeitsauftrag, vielmehr, wir Fahrer erboten uns selbst, ihn zu erfüllen, und ich war der erste. Ich bereue es auch jetzt nicht, aber damit begann mein Unglück.

Das war so:

Eines Abends kehrte ich in den Wagenpark zurück. Asselj hatte mir ein Päckchen für Alibek Dshanturins Frau mitgegeben. Ich bog zu ihrem Haus ab, hupte, und Alibeks Frau kam heraus. Sie erzählte mir, daß die chinesischen Arbeiter ein Telegramm geschickt hätten, sie bäten, die

Ausrüstung für ein großes Werk schneller als geplant zu liefern.

»Wo ist denn Alibek?« erkundigte ich mich.

»Auf dem Güterbahnhof natürlich, alle sind schon dort. Die Waggons sollen bereits angekommen sein.«

Ich fuhr hin. Der Güterbahnhof lag in einer Schlucht, die sich zum See hin öffnete. Die Bahnlinie endete hier. Ringsum herrschte unruhiges Dämmerlicht. Ein heftiger Wind rüttelte an den Laternen und trieb den Schnee über die Schwellen. Loks rangierten. Über einem Abstellgleis pendelte der Ausleger eines Krans hin und her und lud eisenbeschlagene Kisten aus den Waggons, Transitfracht für die Maschinenfabrik in Sinsiang. Das war eine Großbaustelle, für die wir schon Ausrüstungen transportiert hatten.

Am Bahnhof standen viele Lastwagen, alle unbeladen. Es hatte den Anschein, als warte man noch auf etwas. Die Fahrer saßen auf den Sitzen und Trittbrettern, manche standen an die Kisten gelehnt da und suchten Schutz vor dem Wind. Mein Gruß wurde kaum erwidert. Die meisten schwiegen und pafften. Da erblickte ich Alibek. Ich ging auf ihn zu.

»Was ist los? Ein Telegramm soll gekommen sein?«

»Ja, Sie wollen das Werk vorfristig in Betrieb nehmen.«

»Na, und was wird nun?«

»Das hängt nur von uns ab. Du siehst doch die Kisten, und es kommen noch mehr. Wie sollen wir das bloß alles schaffen! Dabei warten die Leute, verlassen sich auf uns! Für sie ist jeder Tag wichtig!«

»Warum sagst du das ausgerechnet mir? Was hab ich damit zu tun?«

»Du fragst, was du damit zu tun hast! Lebst du auf dem Mond? Oder kapierst du nicht, was jetzt von uns abhängt?«

»Du bist ja übergeschnappt!« Ich ließ ihn stehen.

Derweil war auch Amandsholow, der Chef unseres Parks,

eingetroffen. Er ließ sich von einem der Fahrer Feuer geben, wobei er die Flamme mit der Hand vor dem Wind schützte. Dann wandte er sich an uns.

»Also, Genossen, ich rufe im Ministerium an, vielleicht schickt man uns Wagen zur Unterstützung, aber das ist fraglich. Wie wir das allein schaffen sollen, weiß ich selber noch nicht.«

»Tja, das ist wirklich nicht einfach, Genosse Amandsholow«, ließ sich eine Stimme aus der Menge vernehmen. »Von den Riesenkisten gehen nicht mehr als zwei oder drei auf den Wagen. Selbst wenn wir Tag und Nacht fahren, reicht das bis zum Frühjahr.«

»Das ist es ja gerade«, antwortete Amandsholow. »Aber gemacht muß es werden. Na, jetzt ab nach Hause, vielleicht fällt uns noch etwas ein!«

Er setzte sich in seinen Jeep und sauste davon. Von den Fahrern machte keiner Anstalten loszufahren. In der Dunkelheit kam aus einer Ecke eine Baßstimme: »Hat sich was! Aus einem Schafpelz kann man schließlich nicht zwei Mäntel nähen! Daran hätte man früher denken sollen!« Damit erhob sich der Baß, trat seine Zigarette aus und ging zu seinem Wagen.

Ein anderer pflichtete ihm bei. »Typisch«, sagte er, »wenn ihnen das Wasser bis zum Halse steht, kommen sie zu uns Fahrern, damit wir die Karre aus dem Dreck ziehen.«

Ein paar Stimmen widersprachen heftig. »Hier geht's um ein Bruderland, und du, Ismail, schwatzt wie ein altes Basarweib!«

Ich mischte mich nicht ein. Aber plötzlich fiel mir ein, wie ich auf dem Paß den Wagen abgeschleppt hatte, und sogleich war ich Feuer und Flamme, wie üblich.

»Was gibt's denn da viel nachzudenken?« Ich stürzte vor. »Wir müssen mit Anhänger fahren.«

Keiner rührte sich. Die meisten schenkten mir nicht mal

einen Blick. So konnte nur ein hoffnungsloser Dummkopf daherreden.

Dshantai pfiff durch die Zähne.

»Habt ihr das gehört!« Ich erkannte seine Stimme. Ich sah mich um und wollte gerade von dem Vorfall auf dem Paß erzählen, als sich ein baumlanger Kerl erhob, seine Handschuhe dem Fahrer neben sich zuwarf, auf mich zutrat, mich beim Schlafittchen packte und mich dicht zu sich heranzog, so daß wir beinahe mit den Nasen zusammenstießen.

»Na, hauch mich mal an!« Ich tat es.

»Er ist nüchtern!« stellte der Riese verblüfft fest.

»Also ein Esel«, ergänzte sein Freund; beide gingen zu ihren Wagen und fuhren los. Auch die übrigen erhoben sich schweigend und schickten sich an abzufahren. Noch nie war ich so verspottet worden. Mir schien, daß sogar meine Mütze rot wurde.

»Halt! Wo wollt ihr hin!« rief ich den Männern nach. »Ich rede ganz im Ernst. Es geht mit Anhänger.«

Einer der Aksakale trat auf mich zu und sagte mitleidig: »Als ich hier als Fahrer angefangen habe, bist du noch ohne Hosen rumgelaufen, mein Junge. Der Tienschan ist kein Tanzboden. Du tust mir leid, mach dich doch nicht zum Gespött der Leute.«

Mit spöttischen Mienen gingen die Fahrer auseinander. Da schrie ich über den ganzen Bahnhof: »Alte Weiber seid ihr, aber keine Fahrer!«

Das war leichtsinnig. Sofort fielen alle über mich her.

»Was fällt dir ein! Willst du fremde Leben aufs Spiel setzen?«

»Ein Neuerer! Will sich eine Prämie verdienen!« Das war Dshantai.

Die Stimmen klangen wirr durcheinander, ich wurde an die Kisten gedrängt. Ich dachte, sie würden mich ihre

Fäuste spüren lassen, und packte auf alle Fälle eine am Boden liegende Latte.

»Platz da! Auseinander!« rief jemand dazwischen und arbeitete sich zu mir durch. Es war Alibek.

»Ruhe!« donnerte er. »So, Iljas, jetzt kannst du reden. Aber bitte rasch und vernünftig.«

»Was gibt's da zu reden!« antwortete ich, nach Luft schnappend. »Alle Knöpfe haben sie mir abgerissen. Ich habe kürzlich auf dem Paß einen vollbeladenen Wagen zur Straßenmeisterei abgeschleppt. Das wär alles.«

Sie schwiegen mißtrauisch.

»Na, und hast du ihn auch hingebracht?« fragte jemand ungläubig.

»Ja. Über den ganzen Dolon, bis hin.«

»Allerhand!« meinte jemand erstaunt.

»Der spinnt ja!« widersprach ein anderer.

»Du spinnst auch! Dshantai hat es selbst gesehen. He, Dshantai, wo steckst du? Sag es ihnen. Du weißt doch noch, wie wir uns getroffen haben.«

Doch von Dshantai keine Spur. Er war wie vom Erdboden verschluckt. Aber das war jetzt schon nebensächlich, denn ein heftiger Streit war ausgebrochen, in dem einige sich bereits auf meine Seite schlugen. Da machte ein Zweifler sogleich alles wieder zunichte.

»Wozu denn Zeit verlieren mit dem Geschwafel!« äußerte er finster. »Da ist einmal etwas gutgegangen, es kommt ja so manches vor, aber das ist doch noch kein Beweis, daß es immer geht. Schließlich sind wir keine kleinen Kinder. Auf unserer Strecke ist das Fahren mit Anhängern verboten, und dieses Verbot wird auch niemand aufheben. Versuch's doch, sag's dem Ingenieur für Arbeitsschutz! Der verpaßt dir eine solche Zigarre, daß du dein Lebtag dran rauchen kannst. Der wird euretwegen nicht ins Kittchen wandern wollen. Schreibt euch das hinter die Ohren!«

»Hör auf!« widersprach ein anderer. »Was heißt denn verboten! Nimm Iwan Stepanowitsch, der ist 1930 als erster mit einem Anderthalbtonner über den Paß gefahren. Ihm hat's auch keiner erlaubt, er hat's auf eigene Faust getan, und er lebt heute noch!«

»Stimmt«, bestätigte Iwan Stepanowitsch. »Aber dennoch hab ich meine Zweifel. Hier ist nicht mal im Sommer jemand mit Anhänger gefahren, und jetzt ist Winter.«

Alibek, der die ganze Zeit geschwiegen hatte, machte den Streitereien ein Ende. »Genug jetzt! Es ist zwar eine riskante Sache, aber man muß es sich durch den Kopf gehen lassen. Bloß nicht so, wie du dir das denkst, Iljas, ruck, zuck, her mit dem Anhänger, und los. Das muß gut vorbereitet und durchdacht sein, wir werden uns beraten lassen und eine Probefahrt machen. Mit Worten allein beweist du nichts.«

»Ich beweise es«, beharrte ich. »Während ihr hier herumratet, beweise ich es! Vielleicht glaubt ihr mir dann!«

Jeder Mensch hat seinen Charakter. Man muß sich beherrschen können, aber das gelingt nicht immer. Ich saß am Lenker und spürte weder den Wagen noch die Straße. In mir waren Schmerz, Bitternis, Kränkung und Ärger. Je länger ich darüber nachdachte, desto mehr quälte mich mein Ehrgeiz. Ich werd es euch schon beweisen. Ich zeig euch, was es heißt, einem Menschen nicht zu glauben und ihn zu verspotten, ich zeig euch, was ihr für Feiglinge seid! Alibek war auch gut: Durchdenken, vorbereiten, erproben wollte er! Er war klug und umsichtig. Aber ich pfiff darauf. Ich würde es ohne viel Gefackel machen und alle in den Sack stecken.

Ich stellte den Wagen in der Garage ab und machte mich noch lange an ihm zu schaffen. Dabei fühlte ich mich zum Zerreißen gespannt. Nur ein Gedanke bohrte in mir: mit Anhänger über den Paß fahren. Unbedingt! Aber wer würde mir einen Anhänger geben?

Mit diesem Gedanken beschäftigt, trottete ich über den Hof. Es war schon spät. Nur in der Fahrdienstleitung brannte noch Licht. Ich blieb stehen: die Fahrdienstleiterin! Sie konnte mir helfen. Anscheinend hatte Kaditscha heute Dienst. Um so besser! Sie würde es mir nicht abschlagen. Sie durfte es nicht abschlagen! Schließlich wollte ich kein Verbrechen begehen, im Gegenteil, sie würde mir helfen, eine Tat zu vollbringen, die für alle von Nutzen war.

Als ich auf die Fahrdienstleitung zuging, ertappte ich mich bei dem Gedanken, daß ich schon lange nicht mehr durch diese Tür getreten war wie früher, sondern nur noch durch den Schalter verhandelte. Ich zögerte einen Augenblick. Da öffnete sich die Tür. Kaditscha stand auf der Schwelle.

»Zu dir möchte ich, Kaditscha. Gut, daß ich dich treffe.«

»Ich hab jetzt Feierabend.«

»Dann begleite ich dich eben nach Hause.«

Kaditscha hob erstaunt die Brauen, sah mich argwöhnisch an und meinte dann lächelnd: »Gern.«

Wir verließen den Wagenpark. Es war schon dunkel. Vom See her vernahm man das Plätschern des Wassers, es wehte ein kalter Wind. Kaditscha nahm meinen Arm und suchte, sich anschmiegend, vor dem Wind Schutz.

»Frierst du?« fragte ich.

»Mit dir nicht«, scherzte sie.

Eben noch war ich schrecklich aufgeregt gewesen, jetzt hatte ich mich beruhigt.

»Wann hast du morgen Dienst, Kaditscha?«

»In der zweiten Schicht. Warum?«

»Ich hab da eine sehr wichtige Sache. Alles hängt von dir ab.«

Anfangs wollte sie nichts von meinem Vorschlag wissen, aber ich ließ nicht locker. An der Ecke blieben wir stehen.

»Ach, Iljas«, Kaditscha sah mich besorgt an, »das ist doch Wahnsinn!«

Doch ich wußte schon, daß sie meine Bitte erfüllen würde. Ich nahm ihre Hand. »Du mußt mir vertrauen! Die Sache wird schon klappen. Na, abgemacht?«

Unwillkürlich umarmte ich sie.

»Von Rechts wegen müßtest du als Mann geboren sein, Kaditscha! Also, bis morgen!« Ich schüttelte ihr die Hand. »Zum Abend bereitest du mir alle Papiere vor, ja?«

»Warum denn so eilig?« sagte sie, ohne meine Hand loszulassen. Dann drehte sie sich brüsk um. »Na, geh schon! Willst du ins Ledigenheim?«

»Ja, Kaditscha.«

»Gute Nacht!«

Am nächsten Tag fand bei uns eine technische Überprüfung der Wagen statt. Die Fahrer waren nervös. Ewig kamen diese Inspektoren zur ungelegensten Zeit, ewig hatten sie was zu beanstanden und nahmen was zu Protokoll. Nichts als Scherereien hatte man mit ihnen. Aber die Inspektoren ließen sich nicht aus der Ruhe bringen.

Wegen meines Wagens machte ich mir keine Sorgen, der war in Ordnung. Dennoch hielt ich mich in einiger Entfernung und tat, als repariere ich etwas. Ich wollte Zeit gewinnen, bis Kaditscha ihren Dienst antrat. Niemand sprach mich auf den gestrigen Vorfall hin an. Die Kumpel hatten anderes im Kopf, sie wollten die technische Überprüfung möglichst rasch hinter sich bringen und losfahren, um die verlorene Zeit wieder einzuholen. In mir bohrte immer noch die Kränkung.

Mein Wagen kam am Nachmittag dran. Als die Inspektoren fort waren, wurde es still und leer. Hinten im Hof unter freiem Himmel standen die Anhänger. Sie wurden zuweilen auf ebenen Strecken für den inländischen Gütertransport benutzt. Meine Wahl fiel auf einen ganz gewöhnlichen, einen Kasten auf vier Rädern. Aber wieviel Aufregungen sollte mich dieses Ding kosten ... Damals wußte ich noch nicht, was mich erwartete. Ruhig ging ich ins Ledigenheim, um ein reichhaltiges Mittagessen zu mir zu nehmen und ein Nickerchen zu machen, stand mir doch eine schwierige Fahrt bevor. Aber ich fand keinen Schlaf und wälzte mich hin und her. Als es zu dämmern begann, kehrte ich in den Wagenpark zurück.

Kaditscha war schon da. Alles war bereit. Ich nahm den Fahrbefehl und eilte zu meinem Wagen. Jetzt werd ich's euch beweisen! Ich fuhr den Wagen aus der Garage, machte den Anhänger fest, drosselte den Motor, stieg aus und hielt Umschau. Nirgends eine Menschenseele. Nur das Summen der Werkbänke in der Reparaturwerkstatt und das Plätschern des Sees waren zu hören. Der Himmel schien wolkenlos, noch war kein Stern zu sehen. Neben mir tuckerte leise der Motor, und mein Herz klopfte im gleichen Takt. Ich wollte mir eine Zigarette anzünden, warf sie dann aber weg, das hatte Zeit bis nachher.

Am Tor hielt mich der Pförtner an.

»Halt! Wohin?«

»Zum Ladeplatz, Aksakal«, erwiderte ich betont gleichgültig. »Hier der Passierschein für die Ausfahrt.«

Der Alte steckte die Nase in das Papier, schien es aber bei der Laternenbeleuchtung nicht entziffern zu können.

»Halt mich doch nicht auf, Aksakal.« Ich wurde ungeduldig. »Die Arbeit drängt.«

Auf dem Ladeplatz verlief alles reibungslos. Die volle Norm wurde geladen. Zu meiner Verwunderung sagte niemand einen Ton. Erst als ich die Straße erreicht hatte, zündete ich mir eine Zigarette an. Dann setzte ich mich bequem zurecht, schaltete die Scheinwerfer ein und gab Gas. Das Dunkel um mich her geriet ins Wanken. Die Straße war frei, nichts hinderte mich daran, mit Höchstgeschwindigkeit zu fahren. Leicht sauste der Wagen dahin, ich spürte fast nichts von dem rumpelnden Anhänger. Freilich, in den Kurven trug es mich ein wenig aus der Mitte der Fahrbahn, und es kostete einige Anstrengung, den Wagen wieder in Fahrbahnmitte zu bringen. Ich schob das darauf, daß ich das Fahren mit Anhänger einfach nicht gewohnt war. Ich bezwing dich schon, Dolon! Sinsiang wird erreicht! feuerte ich mich an und beugte mich über das Lenkrad wie ein Reiter über die Mähne seines Pferdes. Solange die Straße eben war, wollte ich Zeit herausfahren. Ich rechnete, gegen Mitternacht zum Sturm auf den Dolon anzusetzen.

Eine Weile fuhr ich sogar schneller, als ich vorausberechnet hatte. Doch als die Berge begannen, mußte ich vorsichtiger sein. Der Motor hätte die Belastung zwar ausgehalten, die Abfahrten hielten mich aber mehr auf als die Steigungen, begann doch der Anhänger, sobald es bergab ging, zu schlingern und den Wagen zu schieben, kurz, er verhinderte eine gleichmäßige Abfahrt. Andauernd mußte ich schalten, bremsen und manövrieren. Anfangs bemühte ich mich hartnäckig, es nicht zu bemerken, aber je länger ich fuhr, desto mehr begann es mich zu beunruhigen. Wieviel Steigungen und Abfahrten mochte die Strecke haben? Niemand hatte gezählt. Trotzdem ließ ich den Mut nicht sinken. Was konnte mir schon passieren, ich war nur überanstrengt. Macht nichts, redete ich mir gut zu, vor dem Paß legst du eine Ruhepause ein. Du wirst es schon schaffen! Ich begriff nicht, warum es mir jetzt viel schwerer fiel als damals im Herbst, als ich den Wagen abgeschleppt hatte.

Der Dolon kam immer näher. Die Scheinwerferkegel glitten über die dunkle Felsmasse, von der schneebemützte Brocken über die Straße hingen. Dicke Flocken schwebten hernieder. Die hat wohl der Wind heruntergeweht, dachte ich. Doch die Flocken klebten an den Scheiben fest und krochen langsam an ihnen hinab. Es schneite also. Der Schnee fiel nicht sonderlich dicht, war aber sehr naß. Das hat mir gerade noch gefehlt! fluchte ich. Ich schaltete die Scheibenwischer ein.

Dann kamen die ersten Steilen des Passes. Der Motor begann sein vertrautes Lied. Sein monotones, angestrengtes Heulen kroch in der Dunkelheit über die Straße. Endlich war die Höhe erreicht. Jetzt hatte ich eine lange Abfahrt vor mir. Der Motor brummte, es ging bergab. Sogleich begann der Wagen zu schleudern. Im Rücken spürte ich, daß der Anhänger einen wilden Tanz vollführte und auf den Wagen auflief, ich hörte, wie die Anhängerkupplung knirschte und quietschte. Das Quietschen jagte mir kalte Schauer über den Rücken und rief einen dumpfen Schmerz in den Armen hervor. Die Räder gehorchten den Bremsen nicht und kamen auf dem nassen Schnee ins Rutschen. Der Wagen erbebte, daß mir das Steuer entglitt, und stellte sich quer über die Straße. Ich riß den Lenker herum und stoppte. Meine Kräfte versagten, ich konnte nicht weiter. Ich schaltete die Scheinwerfer aus und stellte den Motor ab. Meine Hände waren fühllos wie Prothesen. Ich lehnte mich zurück und hörte mein stoßweises Atmen. So saß ich minutenlang, bis mein Atem ruhiger ging, dann zündete ich mir eine Zigarette an. Ringsum Finsternis und unheimliche Stille. Nur der Wind pfiff aus den Ritzen des Fahrerhauses. Ich wagte nicht, an das zu denken, war mir bevorstand. Von hier an ging es, an Steilhängen entlang, in Serpentinen bergan. Das endlose Zickzackfahren war stets eine Qual für den Motor und die das Lenkrad umklammernden Hände. Doch es gab kein Zurück mehr. Inzwischen fiel der Schnee immer dichter.

Ich ließ den Motor an. Heulend kroch der Wagen bergauf. Ich biß die Zähne zusammen und nahm die Serpentinen eine nach der anderen, ohne Atempause. Auf die

Serpentinen folgte eine steile Abfahrt, dann ebene Straße bis zu der Biegung, wo der Weg zur Straßenmeisterei abbog, und dann die letzte schwierige Paßhöhe. Die Abfahrt war mühselig. Die vier Kilometer ebene Strecke jagte ich mit Höchstgeschwindigkeit dahin und ging in voller Fahrt in die Steigung. Es ging bergan, immer bergan. Doch der Schwung reichte nicht lange. Die Geschwindigkeit nahm bedrohlich ab, ich schaltete zunächst auf den zweiten Gang zurück, dann auf den ersten. An die Rückenlehne gepreßt, klammerte ich mich ans Lenkrad. Zwischen den Wolken leuchteten die Sterne. Plötzlich ging es nicht mehr weiter. Die Räder mahlten auf der Stelle und rutschten zur Seite weg. Ich trat das Gaspedal durch, so weit es ging.

»Na, los doch! Ein bißchen noch! Halt durch!« brüllte ich mit mir selbst fremder Stimme.

Das langgezogene Stöhnen des Motors ging plötzlich in klirrendes Beben über und brach dann ab. Langsam rollte der Wagen rückwärts den Berg hinunter. Selbst die Bremsen halfen nicht mehr. Unter dem Gewicht des Anhängers rollte er immer rascher bergab, bis er plötzlich mit einem Ruck stehenblieb, er war gegen einen Felsen gefahren. Es wurde ganz still. Ich öffnete den Schlag und sah hinaus. Tatsächlich! Verdammt! Der Anhänger saß im Straßengraben. Jetzt war er nicht mehr herauszukriegen! Völlig verzweifelt ließ ich den Motor wieder an und versuchte den Anhänger herauszuziehen. Die Räder drehten sich wie wild, der Wagen bebte, aber er rührte sich nicht vom Fleck. Ich sprang hinaus und rannte zum Anhänger. Seine Räder hatten sich tief in den Straßengraben gewühlt. Was tun? Rasend vor Wut, stemmte ich mich mit aller Kraft gegen die Räder. Danach versuchte ich, den Anhänger mit der Schulter hochzustemmen: Ich brüllte wie ein Tier, spannte alle Muskeln bis zum äußersten an, daß mir der Kopf zu platzen drohte, aber vergeblich. Völlig entkräftet stürzte ich lang hin, grub die Hände in Schnee und Dreck und weinte vor Zorn. Dann erhob ich mich, taumelte zum Wagen und sank aufs Trittbrett.

Von fern näherte sich Motorgeräusch. Zwei Lichter kamen den Berg herab. Ich weiß nicht, wer der Fahrer war und wohin es ihn zu nachtschlafender Zeit trieb, aber ich erschrak, als müßten diese Lichter mich erwischen und einfangen. Wie ein Dieb stahl ich mich zum Anhänger, löste die Kupplung, legte die Gabel auf die Erde, schwang mich ins Fahrerhaus und raste die Steigung hinan. Den Anhänger ließ ich im Straßengraben.

Unbegreifliche, panische Angst verfolgte mich. Immerfort schien mir, daß der Anhänger mir auf den Fersen sei und mich jeden Augenblick einholen würde. In rasendem Tempo jagte ich die Straße entlang und verunglückte wohl nur deshalb nicht, weil ich die Strecke in- und auswendig kannte.

Gegen Morgen erreichte ich den Umschlagpunkt. Ohne mir Rechenschaft abzulegen, hämmerte ich wie ein Irrsinniger gegen meine Haustür. Als sie sich öffnete, trat ich, schmutztriefend, wie ich war, ins Haus, ohne Asselj auch nur eines Blickes zu würdigen. Keuchend ließ ich mich auf etwas Feuchtem nieder. Es war ein Haufen frischgewaschener Wäsche auf einem Schemel. Ich griff in die Tasche nach Zigaretten. Dabei geriet mir der Zündschlüssel in die Hand. Ich schmiß ihn an die Wand, dann sackte ich zusammen und blieb reglos sitzen, dreckig und zerschlagen. Asselj lief aufgeregt und unruhig hin und her. Aber was konnte ich ihr sagen? Sie hob den Schlüssel auf und legte ihn auf den Tisch.

»Willst du dich waschen? Ich habe seit gestern abend warmes Wasser für dich bereitstehen«, sagte sie halblaut.

Langsam hob ich den Kopf. Verfroren stand sie vor mir, bloß im Hemd, die schmalen Hände an die Brust gepreßt.

Ihre erschrockenen Augen sahen mich besorgt und teilnahmsvoll an.

»Den Anhänger hab ich auf dem Paß in den Graben gefahren.« Meine Stimme war fremd und tonlos.

»Was für einen Anhänger?« Sie begriff nicht gleich.

»Aus Eisenblech, grün gestrichen, mit der Kennummer 02-38! Ist doch egal, was für einer!« schrie ich gereizt. »Gestohlen hab ich ihn, verstehst du? Gestohlen!«

Asselj stieß einen leisen Schreckensschrei aus und setzte sich aufs Bett.

»Und warum?«

»Was heißt warum!« Ihre Frage brachte mich noch mehr in Wut. »Ich wollte mit Anhänger über den Paß fahren. Klar? Ich wollte beweisen, daß ich recht hab, und hab mich blamiert!«

Ich barg das Gesicht in den Händen. Eine Weile schwiegen wir beide. Dann stand Asselj plötzlich entschlossen auf und begann sich anzuziehen.

»Was sitzt du denn noch herum?« fragte sie streng.

»Und was soll ich tun?« murmelte ich.

»Fahr in den Wagenpark.«

»Wie denn, ohne Anhänger?«

»Dort erklärst du alles.«

»Du bist wohl nicht recht bei Trost!« explodierte ich und rannte aufgeregt im Zimmer umher. »Wie soll ich mich dort ohne Anhänger sehen lassen? Entschuldigt bitte, verzeiht, ich hab einen Fehler begangen! Kniefällig um Vergebung bitten? Kommt nicht in Frage! Sollen sie machen, was sie wollen. Ich spuck drauf!«

Mein Schreien weckte unseren kleinen Sohn. Er begann zu weinen. Asselj nahm ihn auf den Arm, aber er weinte nur noch lauter.

»Ein Feigling bist du«, sagte Asselj plötzlich leise, aber fest.

»Wa-as?« Ich wußte nicht, was ich tat, und stürzte mit erhobenen Fäusten auf sie los, wagte jedoch nicht zuzuschlagen. Ihre weitgeöffneten, fassungslosen Augen hielten mich zurück. In ihren Pupillen erblickte ich mein verzerrtes Gesicht. Grob stieß ich sie beiseite, ging hinaus und knallte die Tür hinter mir zu.

Draußen war es schon hell. Bei Tageslicht erschienen mir die Ereignisse vom Vortag in noch schwärzeren Farben. Das war nicht wiedergutzumachen. Vorerst sah ich nur einen Ausweg: wenigstens die Ladung, die ich auf dem Wagen hatte, nach Sinsiang zu bringen. Wie es weitergehen sollte, wußte ich nicht.

Auf dem Rückweg machte ich keinen Abstecher nach Hause. Nicht etwa, weil ich mich mit Asselj gestritten hatte, sondern weil ich niemand sehen und von niemand gesehen werden wollte. Ich weiß nicht, wie es anderen Menschen in solchen Fällen geht, mir ist es jedenfalls ein Bedürfnis, mit meinem Leid allein zu sein. Wen geht es schließlich etwas an? Steh es durch, wenn du kannst, und gedulde dich, bis es vergeht.

Unterwegs übernachtete ich in einem Gasthof. Meine Träume waren ein einziger Alpdruck. Mir träumte, ich suchte den Anhänger auf dem Paß. Ich sah die Spuren, aber keinen Anhänger, rannte hin und her und fragte die Vorüberfahrenden, wer ihn wohl verschleppt haben könnte.

Als ich am Morgen an den Unglücksort kam, war der Anhänger tatsächlich nicht mehr da. Später erfuhr ich, daß Alibek ihn zum Wagenpark abgeschleppt hatte.

Gleich nach ihm kehrte auch ich in den Wagenpark zurück. Aus dem Spiegel schaute mich ein abgemagertes Gesicht mit flackernden Augen an. Ich erkannte mich nicht wieder.

Im Wagenpark war alles wie sonst. Nur ich rollte unsicher, wie ein Fremder, durchs Tor, fuhr über den Hof und hielt in der äußersten Ecke, möglichst weit von der Garage. Zunächst blieb ich noch im Wagen sitzen und sah mich um. Viele Augen waren auf mich gerichtet. Ach, jetzt Gas geben und wegfahren, egal, wohin! Aber mir blieb nichts übrig, als auszusteigen.

Ich riß mich zusammen und ging über den Hof zur Fahrdienstleitung. Dabei gab ich mir Mühe, ruhig zu erscheinen, in Wirklichkeit aber war es ein Spießrutenlauf. Ich spürte die finsteren Blicke im Nacken. Kein freundschaftlicher Zuruf, kein Gruß, nichts. Ich an ihrer Stelle hätte wohl kaum anders gehandelt.

Ich stolperte über die Schwelle. Mir war, als stolpere auch mein Herz: Ich hatte ja Kaditscha ganz vergessen, in was für eine Lage hatte ich sie gebracht!

Im Flur leuchtete mir ein Plakat entgegen: »Schande« stand in großen Buchstaben obendrüber, und darunter war ein Anhänger gemalt, der verloren auf dem Paß stand.

Ich wandte mich ab. Mein Gesicht brannte, als wäre ich geohrfeigt worden. Ich betrat die Fahrdienstleitung. Kaditscha telefonierte gerade. Als sie mich erblickte, legte sie den Hörer auf.

»Da!« Damit fledderte ich den unglückseligen Fahrbefehl auf den Tisch.

Kaditscha sah mich mitleidig an. Wenn sie mich bloß nicht anschreit oder gar losheult, dachte ich. Später, bloß jetzt nicht! flehte ich sie in Gedanken an, und sie verstand mich und sagte kein Wort.

»Hat's Theater gegeben?« fragte ich leise.

Sie nickte.

»Halb so schlimm!« murmelte ich zwischen den Zähnen, um sie zu beruhigen.

»Du bist von der Tour abgesetzt«, sagte sie.

»Was? Für immer?« Ich lächelte schief.

»Sie wollten dich für ständig in die Reparaturbrigade

versetzen, aber die Kumpel sind für dich eingetreten. Vorerst sollst du Inlandstrecken fahren. Geh zum Chef, er will dich sprechen.«

»Ich denk nicht dran! Sollen sie ohne mich entscheiden. Mir ist's egal.«

Ich verließ den Raum und trottete niedergeschlagen den Gang entlang. Jemand kam mir entgegen. Ich wollte mich vorbeidrücken, doch Alibek stellte sich mir in den Weg.

»Hiergeblieben!« Er drängte mich in eine Ecke. Auge in Auge mit mir, zischte er böse: »Na, was hast du nun bewiesen, du Held? Bewiesen hast du höchstens, daß du eine Kanaille bist!«

»Aber ich wollte doch das Beste«, brummte ich.

»Du lügst! Allein wolltest du Lorbeeren einheimsen. Nur an dich hast du gedacht und damit eine gute Sache zum Scheitern gebracht. Jetzt beweis mal, daß man mit Anhänger fahren kann! Kamel, du! Knallprotz!«

Einen anderen hätten diese Worte vielleicht zur Vernunft gebracht, aber mir war jetzt schon alles egal. Ich begriff nichts, sondern hörte nur die Kränkung heraus. Ich – ein Knallprotz, der nur Lorbeeren und Ruhm einheimsen wollte? Das war gelogen!

»Laß mich in Ruh! Mir ist ohnehin kotzübel.« Ich schob Alibek beiseite.

Dann trat ich aus dem Haus. Ein kalter, durchdringender Wind trieb Schnee über den Hof. Schweigend gingen die Fahrer an mir vorüber und warfen mir schiefe Blicke zu. Was tun? Ich vergrub die Fäuste in den Hosentaschen und schritt zum Ausgang. Das auf den Pfützen gefrorene Eis krachte unter meinen Füßen. Ich stolperte über eine leere Fettbüchse und gab ihr einen Tritt, daß sie bis auf die Straße flog.

Den ganzen Tag streifte ich ziellos durch die Stadt und bummelte an der verödeten Anlegestelle herum. Auf dem

Issyk-Kul stürmte es, die vertäuten Lastkähne tanzten auf den Wellen.

Später setzte ich mich in eine Teestube. Ich bestellte eine Halbliterflasche Wodka und einen Imbiß. Schon nach dem ersten Glas blickte ich stumpfsinnig zu Boden.

»Was läßt du den Kopf hängen, Dshigit?« vernahm ich plötzlich eine freundliche, leicht spöttische Stimme. Mühsam sah ich hoch. Kaditscha.

»Na, allein macht das Trinken wohl keinen Spaß?« Lächelnd nahm sie an meinem Tisch Platz. »Ich trink gern ein Gläschen mit.«

Kaditscha goß den Wodka ein und schob mir ein Glas hin. »Nimm«, sagte sie und zwinkerte mir übermütig zu, als wären wir lediglich hergekommen, um etwas zu trinken.

»Worüber freust du dich denn so?« fragte ich mißmutig.

»Wozu Trübsal blasen? Mit dir zusammen macht mir das alles nichts aus, Iljas! Ich habe gedacht, du wärst aus härterem Holz. Na, wir lassen uns schon nicht unterkriegen!« Sie lachte leise, rückte näher zu mir und stieß mit mir an, wobei sie mich mit ihren dunklen Augen zärtlich anschaute. Wir leerten die Gläser. Ich zündete mir eine Zigarette an und fühlte mich ein wenig erleichtert. Zum ersten Mal an diesem Tag gelang mir ein Lächeln.

»Bist ein feiner Kerl, Kaditscha«, sagte ich.

Dann traten wir auf die Straße hinaus. Es war schon dunkel. Ein wilder, vom See herkommender Wind rüttelte an Bäumen und Laternenpfählen. Unter meinen Füßen wankte der Boden. Kaditscha hatte meinen Arm genommen und führte mich. Fürsorglich hatte sie mir den Mantelkragen hochgeschlagen.

»Ich hab dich mächtig reingelegt, Kaditscha«, murmelte ich in einem Gefühl von Schuld und Dankbarkeit. »Aber damit du's weißt, auf dich laß ich nichts kommen. Die Verantwortung trag allein ich.«

»Denk nicht mehr dran, Liebster«, antwortete sie. »Was bist du doch für ein unruhiger Geist. Immer mußt du dir was Besonderes ausdenken, aber ich habe Angst um dich. Früher war ich selber so, doch man kann nicht immer mit dem Kopf durch die Wand. Nimm, was dir das Leben gibt. Wozu das Schicksal herausfordern?«

»Das kommt darauf an, wie man's auffaßt«, widersprach ich, fügte jedoch nach einigem Nachdenken hinzu: »Vielleicht hast du wirklich recht.«

Derweil waren wir vor Kaditschas Haus angekommen. Sie lebte bereits lange allein. Von ihrem Mann hatte sie sich getrennt.

»So, ich wär zu Hause«, sagte sie.

Ich zögerte. Irgend etwas verband uns schon. Außerdem hatte ich keine Lust, ins Ledigenheim zu gehen. Wahrheit ist zwar gut, aber zuweilen ist die so bitter, daß man sich unwillkürlich vor ihr verstecken möchte.

»Woran denkst du, Liebster?« fragte Kaditscha. »Müde? Oder denkst du an den weiten Weg?«

»Nein, ich komm schon hin. Bis bald.«

Sie ergriff meine Hand.

»Ganz kalt! Warte, ich wärm sie.« Damit schob sie meine Hand unter ihren Mantel und preßte sie an ihre Brust. Ich wagte keine Bewegung, wagte nicht, mich gegen die heftige Liebkosung zu sträuben. Unter meiner Hand klopfte ihr Herz, als fordere es etwas lang Ersehntes. Ich war betrunken, aber nicht so, daß ich nichts begriff. Behutsam zog ich die Hand fort.

»Willst du schon gehen?« fragte Kaditscha.

»Ja.«

»Leb wohl!« sagte sie seufzend und entfernte sich rasch. Die Pforte klappte in der Dunkelheit. Auch ich ging davon, machte aber schon nach wenigen Schritten halt. Ich weiß selbst nicht, wie es geschah, plötzlich stand ich wieder vor ihrer Gartentür. Kaditscha hatte auf mich gewartet. Sie fiel mir um den Hals und küßte mich auf den Mund.

»Bist du zurückgekommen«, flüsterte sie, dann faßte sie mich bei der Hand und nahm mich mit zu sich.

Mitten in der Nacht erwachte ich und begriff lange nicht, wo ich war. Mein Kopf schmerzte. Wir lagen eng beieinander, ich spürte Kaditschas warmen, nackten Körper und ihren gleichmäßigen Atem. Ich beschloß, aufzustehen und sofort zu gehen. Als ich mich jedoch bewegte, umarmte sie mich, ohne die Augen zu öffnen.

»Bleib«, bat sie leise. Dann hob sie den Kopf, schaute mir in der Dunkelheit in die Augen und flüsterte stockend: »Ich kann jetzt nicht ohne dich sein. Du gehörst mir! Schon immer hast du mir gehört! Ich will nichts sonst. Wenn du mich doch lieben könntest, Iljas! Ich verlang ja nichts weiter. Aber ich geb dich nicht her, verstehst du, ich geb dich nicht her!« Sie begann zu weinen, ihre Tränen rannen über mein Gesicht.

Ich blieb. Im Morgendämmer schliefen wir ein und erwachten erst, als es schon ganz hell war. Rasch zog ich mich an, ein Kältegefühl beengte mein Herz. Schon im Gehen, warf ich den Halbpelz über, überquerte hastig den Hof und schlüpfte durch die Pforte auf die Straße. Ein Mann mit einer Fuchspelzmütze kam mir entgegen. Ach, wenn meine Blicke doch töten könnten! Dshantai ging zur Arbeit, er wohnte hier in der Nähe. Für einen Augenblick stockten wir beide. Dann machte ich, als hätte ich ihn nicht bemerkt, brüsk kehrt und lief mit raschen Schritten zum Wagenpark. Dshantai ließ ein vielsagendes Hüsteln hören. Ohne näher zu kommen, aber auch ohne zurückzubleiben, knirschten seine Schritte hinter mir im Schnee.

Ich ging gar nicht erst in die Garage, sondern direkt ins Büro. Aus dem Zimmer des Chefingenieurs, wo jeden Morgen eine kurze Arbeitsbesprechung stattfand, klang gedämpftes Stimmengewirr. Wie gern wär ich hineingegangen, hätte mich wie sonst aufs Fensterbrett gesetzt, die Beine übereinandergeschlagen, mir eine Zigarette angezündet und zugehört, wie sich die Fahrer gutmütig beschimpften und stritten. Nie hätte ich gedacht, daß ich mir das einmal so wünschen würde. Aber ich konnte mich nicht entschließen. Es war nicht Feigheit, was mich zurückhielt, es war der immer noch in mir bohrende wütende, herausfordernde, verzweifelte, hilflose Eigensinn. Und dazu kam noch die Verwirrung nach der mit Kaditscha verbrachten Nacht ... Zudem waren die Kollegen durchaus nicht gewillt, meinen Mißerfolg zu vergessen. Hinter der Tür wurde über mich gesprochen. Jemand schrie: »Das ist ja unerhört! Vors Gericht gehört er, statt dessen veranstaltet ihr hier große Diskussionen. Und er hat noch die Frechheit, zu behaupten, daß seine Idee richtig sei! Dabei hat er den Anhänger auf dem Paß stehenlassen!«

Eine andere Stimme unterbrach ihn: »Ganz recht! Solche Kerle kennen wir. Wollen immer die Klügeren sein, dabei sind sie nichts als Prämienjäger. Und angeblich alles im Interesse des Wagenparks. Leider schiefgegangen, die Sache!«

Sie stritten und wurden dabei immer lauter. Ich machte mich davon, denn ich wollte nicht den Lauscher spielen.

Als ich hinter mir Stimmen hörte, beschleunigte ich meinen Schritt. Die Besprechung war zu Ende, die Fahrer kamen den Gang entlang und unterhielten sich lebhaft. Alibek redete hitzig auf jemanden ein: »Die Bremsen für die Anhänger machen wir selbst, hier in der Werkstatt. Es ist doch nicht so schwierig, vom Kompressor einen Schlauch zu verlegen und Bremsbacken zu montieren. – Nanu, Iljas? Warte doch«, rief er mich.

Ich ging weiter zur Garage. Alibek holte mich ein und legte mir die Hand auf die Schulter.

»Hol dich der Teufel! Ich habe sie schließlich doch überzeugt! Halt dich bereit, Iljas! Willst du bei mir den Beifahrer machen? Wir machen eine Probefahrt! Mit Anhänger!«

Mich packte die Wut. Aus der Patsche helfen wollte er mir, mich, seinen Freund, den Pechvogel, ins Schlepptau nehmen! Als Beifahrer! Ich schüttelte die Hand ab.

»Laß mich in Ruh mit deinen Anhängern.«

»Warum bist du so wütend? Hast doch selber schuld. Ach, beinahe hätt ich's vergessen, hat dir Wolodka Schirjajew nichts gesagt?«

»Nein, den hab ich nicht gesehen. Was ist?«

»Was heißt hier ›was ist‹? Wo treibst du dich eigentlich herum? Asselj wartet draußen und fragt alle Kollegen nach dir, sie macht sich Sorgen! Ach du!«

Die Knie wurden mir weich. Mir war so elend zumute, daß ich am liebsten tot umgefallen wäre, und Alibek hielt mich am Ärmel fest und erging sich in Erklärungen über irgendwelche Vorrichtungen für die Anhänger.

In der Nähe stand Dshantai und spitzte die Ohren.

»Laß mich endlich in Ruh! Was, zum Teufel, wollt ihr bloß von mir? Ich hab's satt! Ich brauch eure Anhänger nicht und werd auch nicht dein Beifahrer. Ist das klar?«

Alibeks Gesicht verfinsterte sich.

»Hast doch selbst angefangen, Kleinholz zu machen, und jetzt kneifst du, ist's nicht so?«

»Leg's aus, wie du willst.«

Ich trat zum Wagen, meine Hände zitterten. Ich konnte keinen Gedanken fassen. Ich sprang in die Grube unter den Wagen und lehnte meinen Kopf an die Ziegelwand, um die Stirn zu kühlen.

»Hör mal, Iljas«, vernahm ich ein Flüstern.

Ich hob den Kopf. Wer wollte da schon wieder was von mir? Am Rande der Grube hockte Dshantai mit seiner Fuchspelzmütze. Er sah aus wie ein großer Pilz und schaute mich mit seinen listigen Schlitzaugen an.

»Gut hast du's ihm gegeben, Iljas.«

»Wem?«

»Alibek, dem Aktivisten. Ein Gesicht hat der gezogen, als hätt er auf was Saures gebissen. Hat gleich die Klappe zugemacht, der Neuerer.«

»Was kümmert dich das?«

»Hast also selber begriffen, daß wir Fahrer die verwünschten Anhänger nicht brauchen. Wir wissen doch, wie das gemacht wird: Wenn ein Fahrer die Norm steigert und die Fahrzeit verkürzt, gleich wird's von allen andern auch verlangt, und obendrein wird noch der Lohn je Kilometer gekürzt. Warum sollen wir uns ins eigene Fleisch schneiden? Für einen Tag bist du ein berühmter Mann, und dann ist alles vergessen. Wir nehmen es dir nicht übel, mach nur weiter so.«

»Wer ist ›wir‹?« fragte ich möglichst ruhig. »Meinst du dich damit?«

»Nicht nur mich.« Dshantai blinzelte verwirrt.

»Das lügst du, räudige Laus! Dir zum Trotz fahre ich jetzt mit Anhänger. Koste es, was es wolle, ich schaff es. Und nun mach, daß du wegkommst! Dir werd ich's schon zeigen.«

»Na, immer mit der Ruhe«, sagte Dshantai bissig. »Dich Moralprediger kenne ich. Im übrigen würde ich dir raten, stoß dir nur tüchtig die Hörner ab, solang du Spaß dran hast.«

»Schweinehund!« schrie ich außer mir und versetzte ihm mit voller Wucht einen Kinnhaken.

Er kippte um, die Fuchspelzmütze fiel zu Boden. Ich sprang aus der Grube und stürzte mich auf ihn. Aber Dshantai stand schon wieder auf den Füßen, sprang beiseite und brüllte: »Rowdy! Bandit! Raufen willst du? Mit solchen wie du werden wir noch fertig! Zeigt sich so richtig, läßt seine Wut an andern aus!«

Von allen Seiten kamen Leute angerannt. Auch Alibek war dabei.

»Was ist los? Warum hast du ihn geschlagen?«

»Dafür, daß ich ihm die Wahrheit ins Gesicht gesagt habe«, höhnte Dshantai. »Hat den Anhänger gestohlen, ihn auf dem Paß stehenlassen, Schaden angerichtet, und wenn andere seine Fehler ehrlich wiedergutmachen wollen, geht er mit Fäusten auf sie los. Jetzt lohnt sich die Sache nicht mehr für ihn, wo der Ruhm ohnehin im Eimer ist.«

Alibek trat auf mich zu. Das Blut war ihm aus der Stirn gewichen, er stotterte vor Zorn.

»Du Schuft!« Er stieß mich vor die Brust. »Willst dich an uns rächen, weil dir dein Abenteuer mißglückt ist? Na schön, wir kommen auch ohne dich aus, ohne einen solchen Helden!«

Ich schwieg. Mir fehlte die Kraft, etwas zu sagen. Dshantais unverschämte Lüge machte mich sprachlos. Die Kumpel sahen mich finster an.

Fort von hier, nichts als fort. Ich stürzte zum Wagen und raste davon.

Unterwegs betrank ich mich. Zuerst ließ ich mir in einem kleinen Laden an der Straße ein Glas Wodka geben. Als mir nicht besser wurde, hielt ich wieder an und trank noch ein Glas. Das half. Alles tanzte mir vor den Augen, die Brücken, die Verkehrsschilder und die entgegenkommenden Fahrzeuge.

Mich überkam so etwas wie eine grimmige Fröhlichkeit. Ach, dachte ich, hol's der Teufel! Was willst du mehr, du sitzt am Steuer und läßt dir frischen Wind um die Nase wehen. Und Kaditscha ... Wieso ist sie schlechter als andere? Sie ist jung und schön. Sie liebt dich, für dich tut sie alles, du undankbarer Esel!

Erst spätabends kam ich nach Hause und stand schwankend in der Tür, den Halbpelz über die Schulter geworfen.

Manchmal mache ich beim Fahren den rechten Arm frei, um bequemer lenken zu können.

Das ist eine Angewohnheit aus meiner Kindheit, als ich noch mit Steinen geschossen habe.

Asselj stürzte auf mich zu.

»Iljas! Was ist mit dir?« Dann schien sie zu begreifen, was mit mir los war. »Na, was stehst du herum? Bist sicher müde und durchgefroren. Zieh dich aus!«

Sie wollte mir behilflich sein, aber ich stieß sie schweigend beiseite, meine Scham hinter Grobheit verbergend. Torkelnd ging ich durchs Zimmer, warf geräuschvoll etwas um und ließ mich schwer auf einen Stuhl fallen.

»Ist was passiert, Iljas?« Beunruhigt blickte Asselj mir in die trunkenen Augen.

»Weißt du's denn nicht?« Ich ließ den Kopf sinken. Ich konnte sie nicht ansehen. Ich saß da und wartete, daß sie mir Vorwürfe machen, ihr Schicksal beklagen und mich verfluchen würde. Ich war bereit, alles anzuhören, ohne mich zu rechtfertigen. Aber sie schwieg, als wäre sie gar nicht im Zimmer. Vorsichtig blickte ich hoch. Sie stand am Fenster, mit dem Rücken zu mir. Obwohl ich ihr Gesicht nicht sah, wußte ich, daß sie weinte. Brennendes Mitleid drückte mir das Herz ab.

»Weißt du, Asselj, ich möchte dir sagen ...«, begann ich unentschlossen, »ich möchte dir sagen ...«, damit verstummte ich. Ich brachte nicht den Mut auf, alles einzugestehen. Nein, ich war nicht imstande, ihr einen solchen Schlag zu versetzen, ich bedauerte sie und bereute es jetzt bitter. »Wir werden wohl nicht so bald zu deinen Eltern in den Ail fahren können«, gab ich dem Gespräch eine andere Wendung. »Später vielleicht. Jetzt ist nicht die Zeit.«

»Schön, schieben wir's auf, es eilt ja nicht«, erwiderte Asselj. Sie trocknete sich die Augen und kam zu mir. »Denk jetzt nicht dran, Iljas. Es wird schon alles gut werden. Denk lieber an dich. Du bist in der letzten Zeit so sonderbar. Ich erkenne dich gar nicht wieder.«

»Ist schon gut«, unterbrach ich sie, ärgerlich über meine Feigheit. »Ich bin müde und möchte schlafen.«

Anderntags bei der Rückfahrt traf ich auf der anderen Seite des Passes Alibek. Er fuhr mit Anhänger. Der Dolon war also bezwungen.

Als Alibek mich erblickte, sprang er, während der Wagen noch fuhr, ab und winkte. Ich verringerte die Geschwindigkeit. Glückstrahlend stand Alibek auf der Straße.

»Grüß dich, Iljas! Steig aus, rauchen wir eine!« rief er.

Ich drosselte den Motor. Hinter Alibeks Lenkrad saß ein blutjunges Bürschchen. Das war also sein Beifahrer. Die Räder waren mit Ketten versehen, und der Anhänger hatte Luftdruckbremsen. Das bemerkte ich sofort. Aber ich stoppte nicht. Wenn es dir gelungen ist, um so besser, mich aber laß in Ruh.

»Halt, halt an!« Alibek rannte hinter meinem Wagen her. »Ich hab mit dir zu reden, Iljas! Ach, du Satan, was machst du denn! Na, schon gut.«

Ich fuhr schneller. Schrei, soviel du willst, wir beide haben nichts mehr miteinander zu schaffen. Hab eben den kürzeren gezogen. Das war häßlich von mir, in Alibek verlor ich meinen besten Freund. Er hatte doch recht, recht in allem, heute weiß ich es. Doch damals konnte ich ihm nicht verzeihen, daß er so beleidigend leicht und schnell das erreicht hatte, was mich soviel Nerven, Anstrengung und Mühe gekostet hatte.

Alibek war schon immer ein ernster Mensch gewesen. Nie hätte er so unüberlegt wie ich versucht, den Angriff auf den Paß zu beginnen. Natürlich war es vernünftig gewesen, einen Beifahrer mitzunehmen. Sie konnten sich unterwegs am Lenkrad ablösen und jeweils mit frischen Kräften den Paß bezwingen. Dort oben entschieden Motor sowie Wille und Hände des Fahrers. Zudem verkürzte sich die Fahrzeit auf die Hälfte, wenn man einen Beifahrer mitnahm. All das hatte Alibek bedacht und dazu noch den Anhänger mit guten Bremsen versehen. Auch Ketten für die Räder hatte er nicht vergessen, kurz, er hatte den Kampf gegen den Paß bis an die Zähne bewaffnet und nicht mit Hurrageschrei geführt.

Alibeks Beispiel folgend, begannen auch die anderen, mit Anhänger zu fahren. Es heißt nicht umsonst, aller Anfang ist schwer. Außerdem waren unterdessen weitere Wagen eingetroffen, der benachbarte Wagenpark hatte sie zur Aushilfe geschickt. Anderthalb Wochen dröhnte die Autostraße durch den Tienschan Tag und Nacht unter den Rädern der Lastwagen. Trotz aller Schwierigkeiten wurde die Bitte der chinesischen Arbeiter fristgemäß erfüllt, wir ließen sie nicht im Stich. Ich arbeitete auch …

Heute, nachdem so viele Jahre vergangen sind und das alles lange vorbei ist, erzähle ich Ihnen das ganz ruhig, aber in jenen heißen Tagen kippte ich aus dem Sattel. Ich verlor die Zügel über das Pferd des Lebens.

Doch ich will der Reihe nach berichten.

Als ich nach der Begegnung mit Alibek im Wagenpark anlangte, war es schon dunkel. Ich machte mich auf den Weg zum Ledigenheim, blieb aber unterwegs in der Teestube hängen. In jenen Tagen beherrschte mich der unüberwindbare, menschenunwürdige Wunsch, mich bis zur Bewußtlosigkeit zu betrinken, um alles zu vergessen und in totenähnlichen Schlaf zu versinken. Ich trank viel, aber der Wodka hatte fast keine Wirkung auf mich. Ich verließ die Teestube noch gereizter und verzweifelter, als ich gekommen war. Anschließend streifte ich durch die Stadt und lenkte meine Schritte, ohne zu überlegen, zur Uferstraße, wo Kaditscha wohnte.

So ging es dann Tag für Tag. Ich stand zwischen zwei

Feuern. Tagsüber am Lenkrad und nachts bei Kaditscha. Mit ihr war es bequemer, ruhiger, ich versteckte mich gewissermaßen vor mir selbst, vor den Menschen und vor der Wahrheit. Mir schien, daß nur Kaditscha mich verstand und liebte. Stets war ich bemüht, möglichst rasch von zu Hause wegzukommen. Asselj, meine liebe Asselj! Wenn sie gewußt hätte, daß sie mich mit ihrem Vertrauen und ihrer inneren Reinheit forttrieb! Ich betrog sie, wissend, daß ich ihrer damit unwürdig wurde, daß ich all das nicht verdiente, was sie für mich tat. Zuweilen kam ich betrunken nach Hause. Sie machte mir nicht einmal Vorwürfe. Bis heute begreife ich nicht, was das war: Mitleid, Willensschwäche oder aber seelische Stärke, Glaube an den Menschen? Ja, natürlich, sie wartete, sie glaubte, daß ich mich zusammenreißen, mich selbst bezwingen und wieder der alte werden würde. Ach, wäre sie lieber über mich hergefallen, hätte sie mich gezwungen, ehrlich die ganze Wahrheit zu gestehen. Vielleicht hätte sie Rede und Antwort von mir gefordert, wenn sie gewußt hätte, daß mich nicht nur die Unannehmlichkeiten in der Arbeit drückten. Sie ahnte nicht, was damals in mir vorging, und ich schonte sie, verschob die Aussprache von einem Tag zum anderen und kam so nicht dazu, das zu tun, was meine Pflicht gewesen wäre ihr gegenüber, gegenüber unserer Liebe, gegenüber unserem Kind.

Das letztemal kam mir Asselj mit geröteten Wangen und leuchtenden Augen fröhlich und lebhaft entgegen. Bevor ich noch Halbpelz und Stiefel ausziehen konnte, zog sie mich ins Zimmer.

»Schau, Iljas, Samat steht!«

»Tatsächlich? Wo ist er denn?«

»Da, unterm Tisch.«

»Aber er krabbelt doch!«

»Wirst es gleich sehen. Na, Söhnchen, zeig Papa, wie du stehen kannst! Na komm, komm schon her, Samat!«

Irgendwie begriff Samat, was von ihm verlangt wurde. Auf allen vieren kam er fröhlich unterm Tisch hervorgekrochen, hielt sich am Bettpfosten fest und richtete sich dann mühsam auf. Ein Weilchen stand er sieghaft lächelnd auf seinen noch unsicheren Beinchen, dann plumpste er mit demselben sieghaften Lächeln zu Boden. Ich sprang zu, nahm ihn hoch, drückte ihn an mich und atmete den leichten Milchduft des Kindes. Wie lieb und vertraut war mir dieser Duft, ebenso lieb und vertraut wie Asselj.

»Du erdrückst ihn noch, Iljas, nicht so stürmisch!« Damit nahm sie mir den Kleinen ab. »Na, was sagst du nun? Komm, zieh dich aus. Bald ist unser Sohn ein großer Junge, dann geht die Mutti wieder arbeiten. Alles kommt wieder ins Lot, alles wird gut, nicht wahr, mein Söhnchen? Und du ...« Asselj schaute mich mit traurigem Lächeln an. Ich setzte mich. Ich hatte begriffen, daß sie in diese zwei Worte all das gelegt hatte, was sie mir sagen wollte, was sie in diesen Tagen belastet hatte. Ihre Worte waren Bitte, Vorwurf und Hoffnung zugleich. Ich mußte ihr entweder sofort alles gestehen oder unverzüglich wegfahren. Dann schon lieber wegfahren. Sie war so glücklich und ahnte nichts. Ich erhob mich.

»Ich muß weg.«

»Wohin denn?« fragte Asselj verblüfft. »Auch heute willst du nicht bleiben? Trink doch wenigstens noch eine Tasse Tee.«

»Keine Zeit. Ich muß weg«, murmelte ich. »Du weißt doch selbst, wieviel Arbeit wir haben.«

Es war freilich nicht die Arbeit, die mich aus dem Haus trieb. Meine nächste Fahrt begann sogar erst am folgenden Morgen.

Schwer sank ich auf den Sitz meines Wagens und stöhnte vor Schmerz. Es dauerte lange, bis ich mit meinen zitternden Händen den Schlüssel im Zündschloß hatte. Dann lenkte ich auf die Straße und fuhr, bis die Lichterkette hinter mir verschwunden war. In einer Schlucht, gleich hinter einer Brücke, bog ich ins Gebüsch ab und löschte die Scheinwerfer. Hier wollte ich übernachten. Ich holte Zigaretten hervor, in meiner Streichholzschachtel war jedoch nur noch ein einziges Zündholz, das kurz aufflammte und sofort wieder erlosch. Wütend schleuderte ich Schachtel und Zigaretten aus dem Wagen, zog den Halbpelz über den Kopf und rollte mich mit hochgezogenen Beinen auf dem Sitz zusammen.

Der Mond blickte verdrießlich auf die kalten, dunklen Berge herab. Traurig pfiff der Wind durch die Schlucht und bewegte die leicht geöffnete Wagentür hin und her. Sie knarrte leise. Noch nie hatte ich meine völlige Einsamkeit, das Losgerissensein von meiner Familie und meine Isolierung von den Kumpeln so kraß empfunden. Ich konnte nicht länger so leben. Ich schwor mir, sobald ich in den Wagenpark zurückgekehrt wäre, mit Kaditscha zu reden und sie zu bitten, mir zu verzeihen und zu vergessen, was zwischen uns gewesen war. Das wäre ehrlich und richtig gewesen.

Doch das Leben wollte es anders. Nie hatte ich erwartet, nie gedacht, daß das geschehen könnte. Als ich am übernächsten Morgen zum Umschlagpunkt zurückkehrte, traf ich daheim, obwohl die Tür offenstand, niemand an. Anfangs vermutete ich, Asselj sei Wasser oder Brennholz holen gegangen, als ich mich jedoch umsah, bemerkte ich die Unordnung im Zimmer. Der ungeheizte schwarze Herd atmete Öde und Kälte. Ich ging zu Samats Bettchen – es war leer.

»Asselj!« flüsterte ich angstvoll. »Asselj!« echoten die Wände.

Ich stürzte zur Tür.

»Asselj!«

Keine Antwort. Ich rannte zu den Nachbarn, zur Tankstelle, aber niemand wußte etwas. Ich erfuhr nur, daß sie am Tag zuvor weggefahren war und den Kleinen bei Bekannten gelassen hatte. Am Abend war sie jedoch zurückgekehrt. Sie hat mich verlassen, sie hat alles erfahren! durchzuckte es mich.

Wohl noch nie war ich mit meinem Wagen in solchem Höllentempo durch den Tienschan gerast wie an jenem Unglückstag. Immerfort schien es mir, daß ich sie nach gerade dieser Kurve, in gerade dieser Schlucht und wo sonst noch immer einholen würde. Wie der Königsadler hinter seiner Beute jagte ich hinter den Fahrzeugen vor mir her, holte sie ein, warf rasch einen Blick auf die Ladefläche und ins Führerhaus und schoß dann vorbei, begleitet von den Flüchen der Fahrer. So sauste ich drei Stunden lang ununterbrochen durch die Gegend, bis das Wasser im Kühler zu kochen begann. Ich machte halt, warf Schnee auf den Kühler und holte Wasser. Der Kühler dampfte, der Wagen bebte wie ein abgehetztes Pferd. Ich wollte mich gerade wieder an den Lenker setzen, als ich Alibeks Wagen mit Anhänger erblickte, der mir entgegenkam. Obgleich wir in der letzten Zeit weder ein Wort gewechselt noch uns gegrüßt hatten, freute ich mich, würde er es mir doch sagen, wenn Asselj bei ihnen wäre. Ich stellte mich mitten auf die Straße und hob die Hand.

»Halt! Halt an, Alibek!«

Am Lenkrad saß gerade der zweite Fahrer. Er warf Alibek einen fragenden Blick zu. Der drehte sich finster weg. Der Wagen sauste vorbei. In einer Wolke hochgewirbelten Schnees stand ich noch lange mit erhobener Hand auf der Straße. Dann fuhr ich mir übers Gesicht. Nun ja, wie du mir, so ich dir. Er hatte mir alles heimgezahlt. Aber ich hatte andere Sorgen, als an die Kränkung zu denken. Asselj war also nicht bei ihnen. Dann blieb nur noch, daß sie zu den Ihren in den Ail gefahren war, wo sollte sie sonst hin. Wie mochte sie die Schwelle des Elternhauses übertreten, was gesagt haben? Und wie mochte man ihre schmachvolle Rückkehr, allein, mit dem Kind auf dem Arm, aufgenommen haben? Ich mußte unverzüglich in den Ail.

Eilig lieferte ich meine Ladung ab, ließ den Wagen auf der Straße stehen und lief in die Fahrdienstleitung, um die Papiere abzugeben. Am Tor stieß ich auf Dshantai, wie verhaßt mir sein unverschämtes, hämisches Lächeln war!

Als ich den Kopf durch den Schalter steckte und den Fahrbefehl hinlegte, sah mich Kaditscha mit einem sonderbaren Blick an, der Besorgnis und Schuldgefühl verriet.

»Mach rasch«, sagte ich. »Ist was passiert?«

»Sie ist nicht zu Hause. Asselj ist weg!«

»Was sagst du da?« Kaditscha erblaßte, kam hinter dem Tisch hervor, biß sich auf die Lippen und bat: »Verzeih, verzeih mir, Iljas! Ich bin schuld, ich ...«

»Was ist los? Nun red schon!« Ich stürzte zu ihr hinein.

»Ich weiß selber nicht, wie alles gekommen ist, ehrlich nicht, Iljas. Gestern klopfte der Pförtner ans Fenster und sagte, ein Mädchen wolle dich sprechen. Ich erkannte Asselj gleich. Eine Weile betrachtete sie mich, ohne einen Ton zu sagen, dann fragte sie: ›Ist es wahr?‹ Und ich, ich sagte plötzlich, selbst nicht wissend, was ich tat: ›Ja, es ist wahr, alles ist wahr, er gehört mir!‹ Sie taumelte zurück, ich ließ den Kopf auf den Tisch sinken, schluchzte und wiederholte wie von Sinnen: ›Er gehört mir! Nur mir!‹ Dann habe ich sie nicht mehr gesehen. Verzeih, verzeih mir!«

»Warte, woher hat sie's erfahren?«

»Von Dshantai. Er war's, er hat auch mir gedroht. Du kennst ihn doch, diesen Halunken. Fahr los, Iljas, fahr ihr nach, such sie! Ich will dir nicht im Wege stehen, ich fahre weg.«

Ich sauste mit dem Wagen durch die winterliche Steppe.

Unter den Rädern schiefergrauer, hartgefrorener Boden. Der Wind kämmte die Mähnen der Schneewehen, blies die heimatlosen Kollerdisteln aus den Aryks und jagte sie über die Steppe. In der Ferne dunkelten die wetterharten Dubale und die kahlen Gärten des Ails.

Gegen Abend langte ich im Ail an. Ich hielt vor dem bekannten Hof, rauchte, um die Nerven zu beruhigen, rasch eine Zigarette, trat den Stummel aus und hupte. Doch anstelle von Asselj erschien ihre Mutter in einem über die Schulter geworfenen Pelz. Ich setzte einen Fuß aufs Trittbrett und sagte leise: »Guten Abend, Apa!«

»Ah, hast dich also auch mal herbequemt«, antwortete sie drohend. »Und besitzt nach allem, was geschehen ist, obendrein noch die Frechheit, mich Apa zu nennen! Mach, daß du wegkommst, geh mir aus den Augen! Du Strolch, du hergelaufener! Hat mir das leibliche Kind entführt und hat noch die Stirn herzukommen! Das ganze Leben hast du uns zerstört, du schamloser Lump!«

Die Alte ließ mich überhaupt nicht zu Worte kommen. Sie beschimpfte und schmähte mich mit den beleidigendsten Ausdrücken. Auf ihr Geschrei hin lief die Nachbarschaft zusammen.

»Scher dich weg, eh ich das ganze Dorf zusammengeschrien habe! Verflucht sollst du sein! Daß du mir nicht mehr unter die Augen kommst!« Wütend hatte sie den Pelz auf die Erde geworfen und stand nun dicht vor mir.

Was blieb mir übrig, als wieder einzusteigen! Da Asselj mich nicht einmal sehen wollte, konnte ich nur noch wegfahren. Steine und Knüppel trafen meinen Wagen, die Dorfjungen jagten mich aus dem Ail.

In jener Nacht lief ich lange am Ufer des Issyk-Kul auf und ab. Das Wasser wogte im Mondlicht. Ach, Issyk-Kul, du immer warmer See, wie kalt und unfreundlich warst du in dieser Nacht! Schließlich setzte ich mich auf einen umgekippten Kahn und sah den Wellen zu, die sich wütend am Strand brachen, mir die Stiefel leckten und sich seufzend wieder zurückzogen.

Da trat jemand zu mir heran und legte mir behutsam die Hand auf die Schulter: Kaditscha.

Einige Tage später fuhren wir nach Frunse und wurden Mitglieder einer Forschergruppe, die die Anarchaisteppe zu erschließen hatte. Ich arbeitete als Fahrer, Kaditscha als gewöhnliche Arbeiterin. So begann es, das neue Leben.

Die Expedition drang weit in die Anarchaisteppe vor, fast bis zum Balchaschsee. Wenn man schon mit der Vergangenheit bricht, so auch ganz.

In der ersten Zeit betäubte ich meinen Schmerz mit Arbeit. Es gab auch dort nicht wenig zu tun. Über drei Jahre fuhren wir kreuz und quer durch die endlose Steppe, bohrten Brunnen, legten Straßen an, errichteten Umschlagpunkte. Bald war es nicht mehr die frühere wilde, wermutduftende und hügeldurchzogene Steppe, wo man sich am hellichten Tage verirren und einen ganzen Monat herumstreifen konnte. Sie wurde zu einem Land der Viehzüchter mit Klubs und wohleingerichteten Häusern. Man begann sogar, Heu und Getreide zu ernten. Zwar gibt's dort heute noch Arbeit in Hülle und Fülle, vor allem für uns Fahrer, aber dennoch kehrte ich in den Tienschan zurück, nicht etwa, weil das Leben auf dem Neuland schwer war, das war es schließlich nur zeitweilig, und Kaditscha und ich fürchteten keine Schwierigkeiten. Zudem lebten wir nicht schlecht zusammen, wir achteten einander. Aber Achtung ist noch keine Liebe. Selbst wenn der eine liebt und der andere nicht, ist das meiner Meinung nach kein richtiges Leben. Gilt das nun für die Menschen schlechthin oder nur für mich, mir fehlte jedenfalls immerfort etwas, und das ließ sich weder durch Arbeit noch durch Freundschaft, noch durch die Güte und Aufmerksamkeit einer liebenden Frau ersetzen. Schon längst bereute ich insgeheim, daß ich so Hals über Kopf davongefahren war und nicht noch einmal versucht hatte, Asselj zurückzugewinnen. Im letzten halben Jahr empfand ich heftige Sehnsucht nach ihr und meinem Sohn. Nächtelang fand ich keinen Schlaf. Ich sah Samat vor mir, wie er lächelte und unsicher auf den wackeligen Beinchen stand. Es war, als hätte ich seinen zarten Kinderduft fürs ganze Leben eingeatmet. Ich sehnte mich nach den Bergen des Tienschan, nach meinem blauen Issyk-Kul, nach der Vorgebirgssteppe, wo ich meiner ersten und einzigen Liebe begegnet war. Kaditscha wußte das, aber sie machte mir keine Vorwürfe. Endlich begriffen wir, daß wir nicht zusammenleben konnten.

Diesmal gab es einen zeitigen Frühling in der Anarchaisteppe. Der Schnee schmolz rasch, bald waren die Hügel schneefrei und wurden grün. Die Steppe erwachte zum Leben, sog Wärme und Feuchtigkeit ein. In den Nächten war die Luft durchsichtig und der Himmel sternklar.

Wir lagen neben einem Bohrturm im Zelt. Wie immer fand ich keinen Schlaf. Plötzlich ertönte in der Steppenstille das ferne, kaum vernehmbare Pfeifen einer Lokomotive. Wie es hierherkam, war schwer zu sagen. Vielleicht war's auch nur Einbildung, lag doch die Bahnlinie über eine halbe Tagesreise von uns entfernt. Jedenfalls begann mein Herz aufgeregt zu pochen, es rief zum Aufbruch. Ich sagte: »Ich fahre weg, Kaditscha.«

»Ja, Iljas, wir müssen auseinander«, antwortete sie.

Wir trennten uns. Kaditscha fuhr nach Nordkasachstan, auf Neuland. Ich wünsche ihr von Herzen, daß sie glücklich wird. Ich möchte glauben, daß sie dort den Mann trifft, der, ohne es selbst vielleicht zu wissen, nach ihr sucht. Mit ihrem ersten Mann hatte sie kein Glück, und auch mit mir war es nicht gutgegangen. Möglich, daß ich bei ihr geblieben wäre, wenn ich nicht gewußt hätte, was wirkliche Liebe ist, was es heißt, selbst zu lieben und geliebt zu werden. Das ist so eine Sache, die man schwer erklären kann.

Ich brachte Kaditscha zur Bahnstation und setzte sie in den Zug. Lange lief ich neben dem Wagen her. »Glückliche Reise, Kaditscha, und sei mir nicht böse!« waren meine letzten Worte.

Kraniche zogen über die Anarchaisteppe nach Süden, ich aber reiste nach Norden in den Tienschan.

Als ich ankam, fuhr ich, ohne zu säumen, sofort in den Ail. Ich hatte mich von einem Lastwagen mitnehmen lassen und bemühte mich, an nichts zu denken. Mir war unheimlich und froh zugleich. Wir fuhren durch die Vorgebirgssteppe, es war derselbe Weg, auf dem ich Asselj zum ersten Mal begegnet war. Doch jetzt war es schon kein Weg mehr, sondern eine richtige Chaussee mit Betonbrücken und Verkehrsschildern. Es tat mir richtig leid um den alten Steppenweg. Ich fand weder die Durchfahrt durch den Aryk, wo ich damals steckengeblieben war, noch den Stein, auf dem Asselj einst gesessen hatte.

Als der Ail in Sicht kam, klopfte ich an die Rückwand des Fahrerhauses.

»Was ist los?« Der Fahrer steckte den Kopf aus dem Fenster.

»Halt an, ich will aussteigen.«

»Mitten auf freiem Feld? Wir sind doch gleich da.«

»Danke schön! Ich hab's nicht weit von hier, ich geh ein Stückchen zu Fuß.« Damit sprang ich ab und reichte ihm Geld hin.

»Laß das«, sagte er, »von Kollegen nehm ich nichts.«

»Nimm nur, es steht mir ja nicht auf der Stirn geschrieben, daß ich auch Fahrer bin.«

»Ich hab's aber trotzdem gemerkt.«

»Na gut, wenn es so ist. Mach's gut!«

Der Wagen fuhr ab. Ich aber stand noch immer auf der Chaussee und konnte mich zu nichts aufraffen. Ich zündete mir eine Zigarette an. Meine Hand zitterte, als ich die Zigarette zwischen die Lippen steckte. Nachdem ich mehrere tiefe Züge gemacht hatte, trat ich den Stummel aus und marschierte los. »Da wär ich also«, murmelte ich. Mein Herz klopfte so laut, daß es mir in den Ohren klang, es war, als hätte ich eins mit dem Hammer vor den Kopf bekommen.

Der Ail hatte sich merklich verändert, er war größer geworden, es gab viele neue Häuser mit Schieferdächern, elektrische Leitungsdrähte zogen sich an der Straße entlang, vor der Kolchosverwaltung stand ein Pfahl mit einem Lautsprecher. Kinder eilten zur Schule. Einige Halbwüchsige umringten einen jungen Lehrer und sprachen lebhaft auf ihn ein. Vielleicht waren es dieselben, die mich seinerzeit mit Steinen und Knüppeln aus dem Ail gejagt hatten. Die Zeit vergeht, sie bleibt nicht stehen. Ich lief schneller. Da war schon der Hof mit den Weiden und dem Dubal. Einen Augenblick blieb ich stehen, um Atem zu schöpfen. Dann ging ich unsicher auf die Pforte zu, Angst und Unruhe im Herzen. Ich klopfte. Ein Mädchen mit einer Mappe unter dem Arm kam herausgelaufen. Es war dasselbe, das mir seinerzeit die Zunge herausgestreckt hatte, jetzt ging es schon zur Schule. Das Mädchen hatte es eilig. Erstaunt musterte es mich und sagte: »Es ist niemand daheim!«

»Überhaupt niemand?«

»Nein. Apa ist zu Besuch in der Försterei. Und Vater fährt Wasser für die Traktoren.«

»Und wo ist Asselj?« fragte ich schüchtern und fühlte, wie mir der Gaumen trocken wurde.

»Asselj?« fragte das Mädchen verblüfft. »Asselj wohnt längst nicht mehr hier.«

»Kommt sie denn nie her?«

»Sie kommt jedes Jahr einmal mit dem Dshesde. Apa sagt, er sei ein sehr guter Mann.«

Ich stellte keine weiteren Fragen. Das Mädchen rannte zur Schule, und ich kehrte um.

Die Neuigkeit traf mich wie der Blitz aus heiterem Himmel, ich war so erschüttert, daß es mir völlig egal war, wen, wann und wohin sie geheiratet hatte. Wozu sollte ich das auch wissen?

Sonderbarerweise war es mir nie in den Sinn gekommen, daß Asselj einen anderen finden könnte. Dabei hätte ich's mir doch denken können. Sollte sie vielleicht all die Jahre dasitzen und warten, bis ich wiederauftauchen würde?

Ohne auf einen Wagen zu warten, der mich mitnehmen konnte, ging ich die Chaussee entlang.

Ja, der alte Weg hatte sich verändert, er war festgestampft und mit Schotter bestreut. Nur die Steppe war die alte geblieben, mit ihren dunklen Sturzäckern und den hellen, ausgeblichenen Stoppelfeldern. In breiten Hügelketten zog sie sich von den Bergen bis zum Horizont, wo sie als helle Kante den fernen Issyk-Kul säumte. Nach der Schneeschmelze war der Boden kahl und naß. Irgendwo ratterten Traktoren. Die Frühjahrsbestellung hatte bereits begonnen.

Nachts langte ich in der Kreisstadt an, und am nächsten Morgen beschloß ich, mich im Wagenpark anstellen zu lassen. Alles war zu Ende, ich hatte alles verloren. Es blieb nur eins: die Arbeit.

Auf der Tienschanstraße war, wie immer, starker Verkehr. Der Wagenstrom riß nicht ab. Ich wartete, bis ein Wagen aus meinem alten Park vorbeikam, dann erst hob ich die Hand.

Der Wagen hatte ein solches Tempo drauf, daß er erst einige Meter weiter zum Stehen kam. Rasch griff ich nach meinem Koffer, als auch schon der Fahrer ausstieg. Es war mein ehemaliger Regimentskamerad Ermek, der bei mir in der Armee fahren gelernt hatte. Damals war er noch ein Grünschnabel gewesen. Ermek sah mir mit einem unsicheren Lächeln entgegen.

»Erkennst du mich nicht?«

»Sergeant ... Iljas, Iljas Alybajew!« erinnerte er sich schließlich.

»Ebender!« sagte ich lächelnd, hatte aber ein bitteres Gefühl dabei. Ich mußte mich wohl sehr verändert haben, da er mich nicht gleich erkannt hatte.

Wir fuhren los, unterhielten uns über dies und jenes und erinnerten uns unserer Dienstzeit in der Armee. Während unseres Gesprächs fürchtete ich nur eines: daß er mich nach meinem Leben in den letzten Jahren fragen würde. Aber Ermek wußte anscheinend nichts, und ich beruhigte mich bald wieder.

»Wann bist du denn aus der Armee entlassen worden?«

»Vor zwei Jahren.«

»Und wo ist Alibek Dshanturin?«

»Das weiß ich nicht genau, ich habe ihn hier nicht mehr angetroffen, er soll angeblich Obermechaniker in einem Wagenpark im Pamir sein.«

Alle Achtung, Alibek! Bist doch ein Prachtkerl, alter Freund, ein tüchtiger Dshigit! freute ich mich für ihn.

Er hatte also sein Ziel erreicht, schon in der Armee war er Fernstudent an einer Fachschule für Kraftfahrzeugtechnik gewesen und hatte beabsichtigt, auch die Hochschule zu absolvieren.

»Ist Amandsholow noch Leiter des Wagenparks?«

»Nein, wir haben einen neuen, Amandsholow ist aufgerückt, er sitzt jetzt im Ministerium.«

»Was meinst du, werden sie mich einstellen?«

»Aber natürlich, warum denn nicht? Du bist doch ein erstklassiger Fahrer, warst doch schon in der Armee gut angeschrieben.«

»Das war einmal«, murmelte ich. »Kennst du übrigens Dshantai?«

»Nein. Den Namen hab ich nie gehört.«

Tja, vieles hat sich geändert im Wagenpark, dachte ich und fragte nach einer Weile: »Und wie steht's mit den Anhängern, fahrt ihr mit Anhängern über den Paß?«

»Na klar«, antwortete Ermek, als sei das die alltäglichste Sache der Welt. »Das hängt nur von der Ladung ab. Wenn's nötig ist, kuppeln wir Anhänger an, wir haben doch starke Wagen.«

Er wußte nicht, wie teuer mich diese Anhänger zu stehen gekommen waren.

Jedenfalls war ich wieder in meinem alten Wagenpark. Ermek lud mich zu sich nach Hause ein, bewirtete mich und wollte mit mir auf unser Wiedersehen anstoßen. Ich trank jedoch schon lange nicht mehr und lehnte ab.

Auch im Wagenpark wurde ich nicht übel empfangen. Ich war den Kumpeln, die mich von früher her kannten, dankbar, daß sie keine überflüssigen Fragen stellten. Sie begriffen wohl: Ich hatte mich irgendwo in der Welt herumgetrieben, war zurückgekehrt und arbeitete jetzt gewissenhaft, und dabei ließen sie es bewenden. Wozu an Vergangenes rühren? Ich war bemüht zu vergessen, alles und für immer. Am Umschlagpunkt, wo ich früher mit meiner Familie gewohnt hatte, raste ich stets vorbei, ohne nach links oder rechts zu blicken. Nicht mal an der Tankstelle hielt ich an. Allein es gab keine Rettung für mich, es gelang mir nicht, mich selbst zu betrügen.

Ich arbeitete bereits wieder eine geraume Zeit im Wagenpark, hatte mich eingelebt, mich an meinen Wagen gewöhnt und den Motor in allen Gängen und bei allen Steigungen erprobt. Mit einem Wort, ich wußte Bescheid.

An jenem Tag kam ich aus China zurück. Ich fuhr ruhig, dachte an nichts, drehte den Lenker und schaute in die Gegend. Es war Frühling. In der Ferne wurden hier und dort Jurten errichtet, die Viehzüchter zogen auf die Frühjahrsweide. Graue Rauchfähnchen kräuselten sich über den Kuppelzelten. Der Wind trug Pferdegewieher herüber. Neben der Straße weideten Schafherden. Ich erinnerte mich an meine frühe Kindheit, und mir wurde traurig zumute. Und plötzlich, ich näherte mich dem See, zuckte ich zusammen: Schwäne! Zum zweiten Mal im Leben sah ich Frühlingsschwäne am Issyk-Kul. Die weißen Vögel kreisten über dem tiefblauen Wasser. Ohne zu wissen, warum, bog ich scharf ab und fuhr querfeldein zum See, wie damals.

Ach, Issyk-Kul, Issyk-Kul, du mein unvollendetes Lied! Warum mußte ich an jenen Tag zurückdenken, als ich auf dieser Anhöhe dicht am Wasser mit Asselj haltgemacht hatte? Alles war wie an jenem Tag; als hielten sie sich an den Händen, eilten die schäumenden, blauen Wellen in dichter Folge ans gelbe Ufer. Die hinter den Bergen versinkende Sonne färbte das Wasser rötlich. Aufgeregt schreiend, flogen die Schwäne dahin. Bald schwangen sie sich in die Höhe, bald ließen sie sich mit weitgebreiteten Schwingen fallen und badeten im schäumenden Wasser. Ja, alles war wie damals. Nur Asselj war nicht mehr bei mir. Wo mochte sie jetzt sein, meine Pappel im roten Kopftuch?

Lange stand ich am Ufer. Dann kehrte ich in den Wagenpark zurück und verlor die Nerven. Wieder trieb es mich in die Teestube, um den jäh erwachten Schmerz zu ertränken. Es war schon spät, als ich sie wieder verließ. Der Himmel war dunkel und bedeckt. Aus der Schlucht wehte ein scharfer Wind, wütend bog er die Bäume, pfiff in den Leitungsdrähten und schleuderte mir Sand ins Gesicht. Der See ächzte und stöhnte.

Endlich langte ich im Ledigenheim an und warf mich, so wie ich war, aufs Bett.

Morgens konnte ich kaum den Kopf vom Kissen heben,

so einen Kater hatte ich. Draußen nieselte ein widerwärtiger Schneeregen hernieder. Etwa drei Stunden lag ich so, ich hatte keine Lust zu arbeiten. Es war das erstemal, daß mir selbst die Arbeit keinen Spaß machte. Doch dann schämte ich mich, stand auf und fuhr los.

Der Wagen wollte nicht recht, vielmehr, es lag an mir, ich war matt, und das Wetter ging mir auf die Nerven. Die Wagen, die mir entgegenkamen, waren schneebedeckt, auf dem Paß schneite es also. Und wennschon! Von mir aus konnte es stürmen, soviel es wollte, mir war's egal, es war ohnehin alles aus.

Meine Laune war völlig unter dem Nullpunkt. Wenn ich in den Rückspiegel schaute, wurde mir jedesmal übel: unrasiert, das Gesicht welk und aufgedunsen, wie nach einer Krankheit. Ich hätte unterwegs etwas essen sollen, da ich nicht gefrühstückt hatte, aber ich hatte nicht den geringsten Appetit und wollte lieber etwas trinken. Läßt man sich erst einmal gehen, fällt es nachher schwer, sich wieder zusammenzureißen. Vor einer Imbißstube machte ich halt. Das erste Glas pulverte mich auf, ich kam langsam zu mir. Auch das Fahren ging jetzt besser. Bald hielt ich wieder an, trank noch ein Glas, dann noch eins und noch eins. Die Straße glitt unter mir hinweg, die Scheibenwischer pendelten mir vor den Augen. Über den Lenker gebeugt, kaute ich an meiner Zigarette und sah nur noch, wie die mir entgegenkommenden Fahrzeuge vorbeisausten und meine Scheiben mit Dreck bespritzten. Ich drehte ebenfalls auf, denn es war schon spät. Die Nacht überraschte mich in den Bergen, leise und undurchdringlich. Jetzt machte sich auch der Wodka bemerkbar. Ich war völlig erschöpft und wurde immer müder. Schwarze Punkte tanzten mir vor den Augen. Im Fahrerhaus war es schwül, mir wurde übel. Nie im Leben war ich so betrunken gewesen. Der Schweiß rann mir übers Gesicht. Mir war, als führe ich nicht in meinem Wagen, sondern auf zwei dahineilenden Lichtstrahlen, die aus den Scheinwerfern brachen. Bald stürzte ich mit diesen Strahlen in eine hell erleuchtete Senke, bald erklomm ich mit den zitternden, über die Felsen tastenden Lichtfingern Steigungen, dann wieder beschrieb ich mit ihnen Serpentinen. Meine Kräfte ließen immer mehr nach, doch ich hielt nicht an, weil ich spürte, daß ich nur die Hände vom Lenkrad zu lösen brauchte, um sofort die Gewalt über den Wagen zu verlieren. Ich wußte nicht mehr genau, wo ich war, ich wußte nur noch, daß ich mich auf dem Paß befand. Ach, Dolon, Dolon, du Riese des Tienschan! Bist kein Honiglecken! Namentlich nachts nicht und schon gar nicht für einen betrunkenen Fahrer!

Mit Mühe nahm der Wagen eine Steigung und rollte dann bergab. Die Nacht geriet ins Wanken. Die Hände gehorchten mir nicht mehr. Mit zunehmender Geschwindigkeit raste der Wagen bergab. Dann gab es einen dumpfen Stoß, ein Knirschen, die Scheinwerfer erloschen, schwarze Finsternis umgab mich. Irgendwo in der Tiefe meines Bewußtseins glomm es auf: ein Unfall! Ich weiß nicht mehr, wie lange ich so dalag, plötzlich drang jedenfalls wie aus weiter Ferne, wie durch dicke Watte eine Stimme an mein Ohr: »Na, leuchte mal!« Hände tasteten mir Kopf, Schultern und Brust ab.

»Er lebt, ist nur betrunken«, sagte die Stimme. Eine andere antwortete: »Wir müssen die Straße freimachen.«

»Los, Freund, versuch mal, ein bißchen beiseite zu rükken, wir wollen den Wagen ein Stückchen weiterfahren.« Die Hände schoben mich behutsam vom Lenkrad weg.

Stöhnend hob ich den Kopf. Blut rann mir übers Gesicht. Etwas in der Brust hinderte mich, mich gerade aufzusetzen. Der Fremde riß ein Streichholz an und sah mich an. Dann riß er noch eins an und sah mich noch einmal an, als traue er seinen Augen nicht.

»Was machst du bloß für Geschichten, Freund! Wie ist denn so was möglich, hm?« sagte er bedauernd aus der Finsternis.

»Der Wagen ... ist er sehr kaputt?« fragte ich, Blut spukkend.

»Nicht sehr. Er steht nur quer zur Fahrbahn.«

»Na, dann kann ich ja gleich weiter, laß mich los!« Mit zitternden Händen versuchte ich, die Zündung einzuschalten und auf den Anlasser zu drücken.

»Wart mal.« Der Fremde packte mich an der Schulter. »Hast genug Mist gebaut! Steig aus. Übernachtest bei mir, morgen früh sehen wir weiter.«

Ich wurde aus dem Fahrerhaus gezogen.

»Fahr den Wagen an den Straßenrand, Kemel, reparieren können wir ihn morgen.«

Er legte meinen Arm um seinen Nacken und schleppte mich irgendwohin in die Dunkelheit. Wir gingen lange, bis wir ein Gehöft erreichten. Der Mann half mir ins Haus. In der Stube brannte eine Petroleumlampe. Er schob mich auf einen Schemel und zog mir den Halbpelz aus. Dabei sah ich ihn zum ersten Mal richtig an und erkannte ihn sofort. Es war der Straßenmeister Baitemir, derselbe, mit dem ich auf dem Paß den Wagen abgeschleppt hatte. Scham überkam mich, trotzdem freute ich mich, ihn wiederzusehen. Ich wollte mich schon entschuldigen und mich bei ihm bedanken, als mich das Geräusch auf den Boden fallender Holzscheite aufblicken ließ. Langsam, wie hypnotisiert, erhob ich mich, mir war, als hätte jemand eine schwere Last auf meine Schultern gewälzt.

In der Tür, neben den auf den Boden gefallenen Scheiten, stand Asselj. Unnatürlich aufrecht stand sie da und schaute mich wie leblos an. »Was ist denn das?« flüsterte sie.

Beinahe hätte ich »Asselj« gerufen, aber ihr fremd-abweisender Blick schnürte mir die Kehle zu. Vor Scham vergehend, senkte ich den Kopf. In der Diele wurde es unheimlich still. Ich weiß nicht, wie alles geendet hätte, wäre Baitemir nicht gewesen. Als wäre nichts geschehen, drückte er mich wieder auf den Schemel nieder.

»Nichts Schlimmes, Asselj«, sagte er ruhig. »Der Fahrer hat einen leichten Unfall gehabt, er muß nur ein bißchen liegen. Gib uns lieber Jodtinktur.«

»Jod?« Ihre Stimme wurde wärmer, klang besorgt. »Das Jod haben sich die Nachbarn geborgt. Ich hol's gleich!« Damit lief sie zur Tür hinaus.

Ich biß mir auf die Lippen, wagte aber keine Bewegung. Im Handumdrehen war mein Rausch verflogen, ich war vollkommen nüchtern. Nur das Blut hämmerte mir in den Schläfen.

»Zuerst müssen wir das Blut abwaschen«, sagte Baitemir, die Schrammen auf meiner Stirn in Augenschein nehmend. Er griff nach einem Eimer und ging hinaus. Aus dem Nebenzimmer lugte ein barfüßiger, etwa fünfjähriger Junge im Nachthemd. Er sah mich mit großen, neugierigen Augen an. Ich erkannte ihn sofort, wieso, weiß ich nicht, aber ich erkannte ihn, mein Herz erkannte ihn wohl.

»Samat!« flüsterte ich mit gepreßter Stimme und streckte die Hand nach ihm aus. In dem Moment erschien Baitemir in der Tür. Ich erschrak. Sicher hatte er gehört, wie ich den Sohn beim Namen nannte. Mir war, als hätte man mich bei einem Diebstahl ertappt. Um meine Verlegenheit zu verbergen, fragte ich, die Schramme über dem einen Auge mit der Hand versteckend: »Ist das Ihr Sohn?«

Warum stellte ich nur diese Frage? Bis auf den heutigen Tag kann ich mir das nicht verzeihen.

»Ja, meiner!« antwortete Baitemir mit überzeugtem Besitzerstolz. Er stellte den Eimer ab und nahm Samat auf den Arm. »Natürlich meiner, nicht wahr, Samat?« Er küßte den Kleinen und kitzelte ihn mit dem Schnurrbart am Hals. In seiner Stimme und seinem Benehmen war kein Fünkchen Falsch. »Warum schläfst du nicht, hm? Ach du, mein kleines Füllen, alles muß es wissen, na, jetzt aber marsch, ins Bett!«

»Wo ist Mama?« fragte Samat.

»Sie kommt gleich. Da ist sie schon! Nun geh, Söhnchen!«

Asselj kam herein, musterte uns mit besorgtem Blick, gab Baitemir das Jodfläschchen und brachte den Sohn ins Bett. Baitemir feuchtete ein Handtuch an und wusch mir das Blut vom Gesicht.

»Halt aus!« scherzte er, während er mir die Schrammen mit Jod betupfte, daß sie brannten, und fügte dann streng hinzu: »Für den Mist, den du gebaut hast, brennt's noch viel zuwenig, aber lassen wir das, schließlich bist du unser Gast. So, jetzt ist alles in Ordnung, wird schon verheilen. Asselj, bringst du uns Tee?«

»Gleich.«

Baitemir breitete eine Steppdecke über den dicken Filzbelag in der Ecke und legte ein Kissen darauf.

»Setz dich her, und ruh dich aus«, sagte er.

»Danke, es geht schon«, murmelte ich.

»Setz dich, setz dich, und fühl dich wie zu Hause«, drängte Baitemir.

Wie ein Automat tat ich, was er wollte. Mir war, als drücke mir jemand das Herz ab. Furcht und Erwartung nagten an mir. Ach, wozu hatte mich meine Mutter zur Welt gebracht!

Asselj, bemüht, nicht zu mir hinzusehen, nahm den Samowar und ging hinaus auf den Hof.

»Ich helf dir gleich, Asselj«, rief Baitemir ihr nach. Er wollte gerade folgen, als Samat in der Tür erschien. Anscheinend hatte er keine Lust zum Schlafen.

»Was ist denn, Samat?« Baitemir schüttelte gutmütig den Kopf. »Onkel, kommst du direkt aus dem Film?« fragte mich mein Sohn ernsthaft und kam langsam näher. Ich ahnte, was weiter kommen würde, und Baitemir brach in schallendes Gelächter aus.

»Ach, du mein Dummchen, du!« sagte er lachend und kauerte sich neben dem Knirps hin. »So was Komisches! Wenn wir ins Bergarbeiterkino fahren, nehmen wir ihn immer mit«, wandte er sich an mich.

»Ja, ich komme direkt aus dem Film«, sagte ich, um kein Spielverderber zu sein.

Aber Samat war nicht recht befriedigt.

»Das stimmt nicht«, erklärte er.

»Wieso stimmt es nicht?«

»Und wo ist dein Säbel, mit dem du gekämpft hast?«

»Den hab ich zu Hause gelassen.«

»Zeigst du ihn mir morgen?«

»Ich zeig ihn dir. Na, komm mal her! Wie heißt du denn? Samat?«

»Hm. Und wie heißt du, Onkel?«

»Ich heiße …« Ich stockte. »Ich heiße Onkel Iljas«, brachte ich mühsam hervor.

»Geh schlafen, Samat, es ist schon spät«, mischte Baitemir sich ein.

»Papa, darf ich nicht noch ein bißchen aufbleiben?« bat Samat.

»Na schön«, erlaubte Baitemir. »Ich hol gleich den Tee.« Samat kam zu mir. Ich streichelte seine Hand. Er war mir sehr, sehr ähnlich. Sogar die Hände waren die gleichen, und er lachte ebenso wie ich.

»Was willst du denn werden, wenn du groß bist?« fragte ich, um ein Gespräch mit meinem Sohn anzuknüpfen.

»Fahrer.«

»Fährst du gern Auto?«

»Furchtbar gern. Bloß nimmt mich niemand mit, wenn ich die Hand hebe.«

»Aber ich nehm dich morgen mit, willst du?«

»Ja. Ich geb dir mein Knöchelspiel dafür!« Er rannte ins Nebenzimmer, um die Knöchel zu holen.

Draußen züngelten Flammen aus dem Samowar. Asselj und Baitemir unterhielten sich über etwas.

Samat brachte die versprochenen Knöchel in einem Beutelchen aus Schafleder.

»Such dir welche aus, Onkel!« Er schüttete seine buntbemalten Reichtümer vor mich hin.

Gern hätte ich mir einen Knöchel als Andenken eingesteckt, wagte es aber nicht. Die Tür öffnete sich, und Baitemir kam mit dem siedenden Samowar herein. Asselj folgte ihm. Sie brühte den Tee auf, während Baitemir ein rundes Tischchen mit niedrigen Beinen auf den Filz stellte und ein Tischtuch auflegte. Samat und ich sammelten die Knöchel ein und taten sie wieder in den Beutel.

»Seine Schätze hat er gezeigt, ach, du mein kleiner Angeber!« Zärtlich zog Baitemir Samat am Ohr.

Dann saßen wir um den Samowar. Asselj und ich taten, als sähen wir uns zum ersten Mal. Wir zwangen uns, ruhig zu erscheinen, und schwiegen meist. Samat hatte es sich auf Baitemirs Schoß bequem gemacht und schmiegte sich an ihn, wobei sein Gesicht Baitemirs Schnurrbart berührte: »Och, immer bist du kratzig, Papa!«

Es fiel mir schwer, unerkannt neben meinem Sohn zu sitzen und zuzuhören, wie er einen anderen Mann »Vater« nannte. Es war schwer, neben Asselj, meiner geliebten Asselj, zu sitzen und nicht einmal das Recht zu haben, ihr gerade in die Augen zu sehen. Wie mochte sie hierhergeraten sein? Hatte sie ihn liebgewonnen und geheiratet? Was konnte ich schon erfahren, wenn sie sich nicht einmal anmerken ließ, daß sie mich kannte; sie tat, als wäre ich ein wildfremder, ihr unbekannter Mann. War es möglich, daß sie mich so haßte? Und Baitemir? Erriet er tatsächlich nicht, wer ich war? Entging ihm Samats Ähnlichkeit mit mir? Warum erwähnte er nicht einmal unsere Begegnung auf dem Paß, als wir den Wagen abgeschleppt hatten? Oder hatte er sie wirklich vergessen?

Noch schlimmer wurde es, als wir uns schlafen legten. Sie richtete mir das Lager auf dem Filzbelag, wo wir gegessen hatten. Das Gesicht zur Wand gedreht, lag ich da.

Der Lampendocht war heruntergeschraubt, Asselj räumte das Geschirr ab.

»Asselj!« rief Baitemir leise aus dem Nebenzimmer.

Asselj trat an die halbgeöffnete Tür.

»Vielleicht wäschst du ihm sein Hemd aus?«

Sie nahm mein blutbeflecktes Hemd und begann es zu waschen. Doch plötzlich ging sie ins Nebenzimmer zu Baitemir. Leise hörte ich sie fragen: »Habt ihr das Wasser aus dem Kühler abgelassen? Es kann nachts einfrieren.«

»Ja, Kemel hat's abgelassen«, antwortete Baitemir ebenso leise. »Dem Wagen ist nicht viel passiert. Morgen bringen wir ihn in Ordnung.«

Daran hatte ich überhaupt nicht gedacht, mir war nicht nach Kühlern und Motoren.

Asselj wusch das Hemd fertig und hängte es über den Herd. Seufzend löschte sie die Lampe und ging hinaus.

Es war dunkel. Niemand von uns schlief, jeder hing seinen Gedanken nach. Baitemir lag mit dem Sohn in einem Bett. Er brummelte irgend etwas Zärtliches und deckte Samat sorgsam zu, wenn er sich im Schlaf bloßstrampelte. Zuweilen hörte ich Asselj leise seufzen. Ich glaubte in der Dunkelheit ihre feuchtglänzenden Augen zu sehen. Sicher weinte sie. An was, an wen mochte sie denken? Sie hatte jetzt drei Menschen ... Vielleicht dachte sie, ebenso wie ich, an all das Schöne und Schwere, das uns verband. Doch jetzt war sie für mich unerreichbar, unerreichbar waren auch ihre Gedanken. Asselj hatte sich verändert in diesen

Jahren, verändert hatten sich auch ihre Augen. Es waren nicht mehr die vertrauensvoll strahlenden, treuherzigen Augen von früher. Sie blickten strenger. Und doch war Asselj dieselbe für mich geblieben, sie war noch immer meine Steppenpappel im roten Kopftuch. Jeder ihrer Züge, jede ihrer Bewegungen war mir lieb und vertraut. Um so bitterer war mir zumute. Verzweifelt grub ich das Gesicht ins Kissen und lag schlaflos bis zum Morgen.

Am Himmel schwamm der Mond und tauchte in die heraufziehenden Wolken.

Asselj und Baitemir standen früh auf und gingen in den Hof, um die Wirtschaft zu besorgen. Ich erhob mich ebenfalls. Ich mußte fort. Leise schlich ich mich an Samats Bett, küßte ihn und verließ rasch das Zimmer.

Auf dem Hof kochte Asselj Wasser in einem großen Kessel, der auf einigen Steinen stand. Baitemir hackte Holz.

Schweigend gingen wir zum Wagen.

Wie sich jetzt herausstellte, war ich gegen die Begrenzungspfähle gefahren. Zwei von ihnen lagen herausgerissen auf der Straße. Ein Scheinwerfer war kaputt, der eine Kotflügel und die Kühlerverkleidung hatten Beulen, ein Rad schleifte. Mit Stemmeisen und Hammer brachten wir den Schaden einigermaßen in Ordnung. Aber dann begann eine lange, qualvolle Arbeit. Der Motor war ausgekühlt und wollte nicht anspringen. Wir wärmten die Ölwanne mit brennendem Werg an und drehten mit beiden Händen die Kurbel durch. Unsere Schultern berührten sich, die brennenden Hände umklammerten ein und denselben Griff, wir atmeten uns an, verrichteten eine Arbeit und dachten vielleicht auch an ein und dasselbe.

Der Motor rührte sich nicht. Uns ging schon der Atem aus. Da brachte Asselj zwei Eimer heißes Wasser, stellte sie wortlos vor mich hin und ging wieder weg. Ich goß das Wasser in den Kühler. Wieder und wieder drehten Baitemir und ich die Kurbel, endlich begann der Motor zu tuckern. Ich kletterte ins Fahrerhaus. Der Motor lief unregelmäßig, dauernd setzte er aus. Baitemir war gerade dabei, die Zündkerzen zu prüfen, als atemlos Samat angelaufen kam, im offenen Mäntelchen. Er lief um den Wagen herum und wollte mitfahren. Asselj kam hinterher, hielt den Sohn fest und blieb, ohne ihn loszulassen, neben dem Fahrerhaus stehen. Sie schaute mich so vorwurfsvoll, schmerzerfüllt und mitleidig an, daß ich bereit gewesen wäre, jede Marter auf mich zu nehmen, hätte ich nur damit meine Schuld wiedergutmachen und sie wiedergewinnen können. Ich beugte mich aus der offenen Tür.

»Asselj! Nimm den Sohn, steig ein! Ich will dich mitnehmen, wie damals, für immer! Steig ein!« flehte ich beim Dröhnen des Motors.

Asselj sagte nichts, sie schlug die tränenverschleierten Augen nieder und schüttelte den Kopf.

»Wir wollen mitfahren, Mama!« Samat zog sie an der Hand. »Spazierenfahren!«

Ohne sich umzusehen, ging sie mit gesenktem Kopf davon. Samat aber zerrte sie immer wieder zurück, er wollte nicht weg.

»Fertig!« rief Baitemir, klappte die Motorhaube herunter und reichte mir das Werkzeug ins Fahrerhaus. Ich fuhr ab. Wieder hatte ich das Lenkrad in den Händen, wieder die Straße und die Berge vor mir, der Wagen trug mich fort, ihm war es einerlei.

So fand ich Asselj und meinen Sohn auf dem Paß wieder. Und so trennten wir uns. Auf der ganzen Fahrt nach China und zurück bis zur Grenze zerbrach ich mir den Kopf und konnte keine Lösung finden. Ich war völlig erschöpft von der ausweglosen Grübelei. Jetzt mußte ich endgültig fort, ich durfte nicht länger bleiben. Das war mein fester Entschluß. Als ich auf der Rückfahrt an der Straßenmeisterei vorbeikam, erblickte ich Samat. Er spielte mit einem Jungen und einem Mädchen, die etwas älter waren als er, aus Steinen bauten sie Höfe und Viehhürden. Vielleicht hatte ich sie schon früher an der Straße gesehen, war ich fast täglich dicht an meinem Sohn vorbeigefahren, ohne es auch nur zu ahnen. Ich hielt an.

»Samat!« rief ich. Ich wollte ihn sehen. Die Kinder kamen angerannt.

»Onkel, bist du gekommen, um uns spazierenzufahren?« rief Samat erfreut.

»Ja, ich fahr euch ein Stückchen«, sagte ich.

Sofort krabbelten die drei auf den Sitz.

»Das ist unser Bekannter«, brüstete sich Samat vor seinen Freunden.

Ich fuhr sie ein kurzes Stückchen spazieren und empfand dabei sicherlich mehr Glück und Freude als die Kinder selbst. Dann setzte ich sie ab.

Die Kinder rannten los, ich hielt Samat zurück.

»Warte, Samat, ich will dir noch was sagen!« Damit hob ich ihn hoch, schwenkte ihn durch die Luft, schaute ihm lange in die Augen, preßte ihn an die Brust, küßte ihn und stellte ihn wieder auf die Straße.

»Und wo ist der Säbel? Hast du ihn mitgebracht, Onkel?« erinnerte mich Samat an mein Versprechen.

»O weh, den hab ich ganz vergessen, Söhnchen! Das nächste Mal bring ich ihn mit«, versprach ich.

»Dann vergißt du es aber nicht, nein, Onkel? Wir spielen immer hier, an dieser Stelle.«

»Gut. Aber nun lauf!«

In der Tischlerei des Wagenparks schnitzte ich drei Kindersäbel und nahm sie anderntags mit.

Die Kinder warteten schon auf mich. Wieder fuhr ich sie ein Stückchen spazieren. So begann meine Freundschaft mit meinem Sohn und seinen Spielgefährten.

Sie gewöhnten sich rasch an mich und liefen mir schon von weitem um die Wette entgegen.

»Der Wagen, unser Wagen kommt!«

Neue Lebenskraft erwachte in mir, ich wurde wieder Mensch. Jede Tour begann ich mit einem frohen Gefühl im Herzen, wußte ich doch, daß mein Sohn mich erwartete, und konnte ich doch wenigstens zwei Minuten neben ihm im Fahrerhaus sitzen. Ich hatte nur den einen Gedanken: rechtzeitig zu meinem Sohn zu kommen. Stets richtete ich meine Fahrten so ein, daß ich am Tage über den Paß fuhr. Es waren warme Frühlingstage, die Kinder spielten ständig draußen, so daß ich sie häufig an der Straße traf. Ich war so glücklich, daß es mir schien, ich lebte und arbeitete nur dazu. Manchmal jedoch preßte namenlose Furcht mir das Herz ab. Vielleicht wußten sie in der Straßenmeisterei, daß ich die Kinder spazierenfuhr, vielleicht auch nicht, jedenfalls konnten sie meinem Sohn jederzeit jede Begegnung mit mir verbieten und ihm untersagen, an der Straße zu spielen. Innerlich flehte ich Asselj und Baitemir an, mir wenigstens diese kleine Freude zu gönnen und mich nicht dieser kurzen Glücksminuten zu berauben. Doch eines Tages geschah es ...

Der Erste Mai rückte heran. Ich wollte meinem Sohn zum Fest etwas schenken und kaufte ihm einen kleinen Lastwagen zum Aufziehen, wurde jedoch im Wagenpark aufgehalten, kam erst spät los und fuhr dann sehr schnell, um den Zeitverlust aufzuholen. Vielleicht hatte ich deshalb das unangenehme Vorgefühl, ich war besorgt und aufgeregt. Als die Straßenmeisterei in Sicht kam, holte ich das Päckchen hervor, legte es neben mich auf den Sitz und sonnte mich in der Vorstellung, wie sich Samat freuen würde. Er hatte weit schönere Spielsachen, aber das war ein besonderes Geschenk – von einem befreundeten Fahrer für einen kleinen Jungen, der davon träumte, ebenfalls Fahrer zu werden.

Doch Samat war nirgends zu sehen. Seine Spielgefährten kamen allein angelaufen. Ich stieg aus.

»Wo ist denn Samat?«

»Zu Hause, er ist krank«, antwortete der Junge.

»I wo, er ist ja gar nicht krank«, erklärte das Mädchen mit altkluger Stimme. »Seine Mama läßt ihn nicht mehr her!«

»Wieso?«

»Ich weiß nicht. Sie sagt, er darf nicht mehr her.« Ich verfärbte mich: Das war das Ende. »Nimm, bring ihm das.« Ich reichte dem Jungen das Päckchen, überlegte es mir aber im selben Augenblick anders.

»Nein, lieber nicht.« Ich nahm ihm das Päckchen wieder aus der Hand und ging niedergeschmettert zum Wagen.

»Warum fährt uns der Onkel denn nicht spazieren?« fragte der Junge sein Schwesterchen.

»Er ist krank«, antwortete sie mit gerunzelter Stirn.

Sie hatten es erraten. Es nahm mich mehr mit als jede Krankheit. Während der ganzen Fahrt grübelte ich darüber nach, warum Asselj wohl so erbittert gegen mich war. Hatte sie nicht wenigstens, wie schlecht ich auch sein mochte, ein Fünkchen Mitleid mit mir? Nein, ich konnte es nicht glauben, das paßte nicht zu Asselj, es mußte andere Gründe haben. Bloß welche? Woher sollte ich das wissen. Ich versuchte mir einzureden, daß mein Sohn tatsächlich für ein paar Tage das Bett hüten müsse. Warum sollte ich dem Jungen nicht glauben? Schließlich glaubte ich so fest daran, daß mich die Vorstellung zu verfolgen begann, wie sich der Kleine in Fieberträumen hin und her wälzte. Vielleicht konnte ich helfen, eine Arznei besorgen oder ihn ins Krankenhaus fahren? Schließlich wohnten sie am Paß und nicht in der Großstadt! Die quälenden Gedanken hatten mich völlig erschöpft. Ich drehte um, ohne zu wissen, was ich tun konnte, wie ich mich verhalten sollte. Nur eins wußte ich: Ich mußte so schnell wie möglich zu meinem Sohn.

Ich glaubte fest daran, daß ich ihn sehen würde, mein Herz sagte es mir. Da ging mir, wie zum Trotz, das Benzin aus, und ich war gezwungen, an der Tankstelle des Umschlagpunkts haltzumachen.

Mein Reisegefährte verstummte. Seufzend fuhr er sich mit der Hand über das erhitzte Gesicht, schloß das Fenster und steckte sich – zum wievielten Male schon? – eine neue Zigarette an.

Es war lange nach Mitternacht. Außer uns schlief sicher schon alles im Zug. Die Räder hämmerten ihr endloses Lied auf die Schienen, draußen eilte die helle Sommernacht vorüber und flogen die Lichter kleiner Bahnstationen vorbei. Das laute Pfeifen der Lokomotive zerriß die nächtliche Stille.

In dem Augenblick wandten Sie sich mit Ihrer Bitte an mich, Agai, und ich nahm Sie nicht mit. Begreifen Sie jetzt, warum? Sie blieben an der Tankstelle zurück und überholten mich dann in einem Pobeda. Das hab ich noch mitgekriegt. Ich war furchtbar aufgeregt. Meine Vorahnung hatte mich nicht getäuscht, Samat wartete an der Straße. Sobald er den Wagen erblickte, kam er angerannt.

»Onkel! Onkel Fahrer!«

Mein Junge war gesund! War ich glücklich, ich konnte mich gar nicht fassen vor Freude!

Ich hielt an, sprang aus dem Wagen und lief ihm entgegen.

»Was war denn mit dir, warst du krank?«

»Nein, Mama hat mich nicht weggelassen. Sie sagt, ich soll nicht mit dir mitfahren, und da hab ich geweint«, beklagte sich Samat.

»Na, und wie bist du jetzt hergekommen?«

»Papa hat gesagt, ich darf.«

»Wie denn …«

»Und ich hab gesagt, ich werd auch mal Fahrer.«

»Das wirst du auch, und was für einer! Weißt du, was ich dir mitgebracht habe?« Ich holte das Auto hervor. »Schau mal, ein richtiger Lastwagen, gerade das Richtige für so einen kleinen Fahrer wie dich!«

Der Kleine strahlte übers ganze Gesicht.

»Ich kann doch immer, immer mit dir mitfahren, ja, Onkel?« Er sah mich flehend an.

»Aber natürlich, immer!« versicherte ich. »Wenn du willst, nehm ich dich am Ersten Mai mit in die Stadt, wir schmücken den Wagen mit Fähnchen, und nachher bring ich dich wieder nach Hause.«

Schwer zu sagen, warum ich damals so sprach, was mich dazu berechtigte, und vor allem, warum ich plötzlich selbst daran glaubte. Ich ging sogar noch weiter.

»Und wenn's dir gefällt, bleibst du überhaupt bei mir«, schlug ich meinem Sohn ernsthaft vor. »Wir wohnen im Fahrerhaus, ich nehm dich überallhin mit, und wir trennen uns überhaupt nicht mehr. Willst du?«

»Na klar!« Samat war sofort einverstanden. »Wir wohnen im Auto! Wir wollen losfahren, Onkel, gleich!«

Zuweilen werden Erwachsene wie Kinder. Wir stiegen ein. Zögernd schaltete ich die Zündung ein und drückte auf den Anlasser. Samat war selig, er puffte mich, schmiegte sich an mich und saß keine Minute still. Wir fuhren los. Samat wurde immer übermütiger, bald erzählte er mir etwas, bald zeigte er auf den Lenker und die Knöpfe am Armaturenbrett. Ich wurde ebenfalls übermütig. Doch ich besann mich, und das Blut stieg mir ins Gesicht. Was tat ich da! Ich bremste, aber Samat ließ mich nicht anhalten.

»Schneller, Onkel, fahr schneller!« bat er. Wie sollte ich den glückstrahlenden Kinderaugen widerstehen? Ich gab Gas. Kaum war der Wagen in voller Fahrt, als vorn ein

Grader auftauchte. Die Straße wurde ausgebessert. Der Grader kam uns entgegen, und dahinter, am Ende der Baustelle, stand Baitemir. Er streute aus einem Karren Teersplitt auf die Fahrbahn. Ich verlor den Kopf. Ich wollte halten, aber es war schon zu spät, zu weit hatte ich den Kleinen mitgenommen. Tief übers Lenkrad gebeugt, raste ich vorbei.

Baitemir hatte uns nicht bemerkt, er arbeitete, ohne den Kopf zu heben, schließlich kamen viele Wagen durch. Aber Samat hatte ihn entdeckt.

»Dort steht Papa! Los, Onkel, wir nehmen Papa mit, ja? Halt an, ich ruf ihn.«

Ich schwieg. Jetzt anzuhalten war unmöglich. Was sollte ich Baitemir sagen? Samat schaute zurück, erschrak und begann zu weinen: »Ich will zu Papa! Halt an, ich will zu meinem Papa! Ich will nicht weiter, halt an! Mama ...«

Ich machte hinter einer Kurve halt und bemühte mich, meinen Sohn zu beruhigen.

»Nicht weinen, Samat, na, nicht weinen. Gleich fahren wir zurück. Nicht mehr weinen!«

Doch das erschreckte Kind wollte nichts hören.

»Nein, ich will nicht weiter! Ich will zu Papa! Mach auf!« Er bummerte gegen den Wagenschlag. »Mach auf, ich will zu Papa! Mach auf!«

Da hatte ich mir was Schönes eingebrockt.

»Hör doch auf zu weinen«, bat ich. »Ich mach ja gleich auf. Sei lieb, ich bring dich ja zu deinem Papa. Komm, steig aus, wir gehen hin!«

Samat sprang aus dem Wagen und rannte heulend die Straße entlang. Ich hielt ihn fest.

»Warte! Wisch dir erst die Tränen ab. Nicht weinen. Bitte, bitte, liebes Söhnchen, nicht weinen! Wo ist denn dein Auto? Sieh mal!« Mit zitternden Händen zog ich das Auto auf. »Sieh, das will zu dir, halt es fest!« Der kleine

Lastwagen rollte ein Stück, stieß gegen einen Stein, überschlug sich und fiel in den Straßengraben.

»Ich will nicht!« Immer lauter heulend, rannte Samat weiter, ohne sich nach mir umzusehen.

Ich hatte einen Kloß im Hals. Ich wollte meinen Sohn einholen.

»Warte, nicht weinen, Samat! Warte doch, ich bin dein ... ich bin dein ... Du weißt doch ...!« Aber das Wort wollte mir nicht über die Lippen.

Ohne sich noch einmal umzusehen, verschwand Samat hinter der Kurve. Ich lief bis zur Biegung, dort blieb ich stehen und sah meinem Sohn nach.

Samat rannte auf den arbeitenden Baitemir zu und umklammerte seine Knie. Baitemir kauerte sich hin, umarmte den Kleinen und drückte ihn an sich. Der Junge legte ihm die Ärmchen um den Hals und sah ängstlich in meine Richtung.

Dann nahm ihn Baitemir an die Hand, schulterte den Spaten, und so gingen sie die Straße entlang, der große und der kleine Mann.

Lange stand ich da und sah ihnen nach, dann ging ich zurück. Neben dem Spielzeugauto machte ich halt. Es lag mit den Rädern nach oben im Straßengraben. Tränen rannen mir übers Gesicht. »Nun ist alles aus!« sagte ich zu meinem Wagen und strich wehmütig über die Motorhaube. Ich spürte die Wärme des Motors. Der Wagen hatte etwas Vertrautes für mich, er war Zeuge meiner letzten Begegnung mit meinem Sohn.

Iljas erhob sich und trat auf den Gang hinaus.

»Ich will ein bißchen frische Luft schnappen«, sagte er.

Ich blieb im Abteil zurück. Hinter dem Fenster schwankte als heller Streifen der Morgenhimmel. Telegrafenmasten huschten vorüber. Ich löschte das Licht. Ich lag da und dachte darüber nach, ob ich Iljas das, was ich bereits wußte, was ihm aber unbekannt war, erzählen sollte oder nicht. Doch er kam nicht wieder. So behielt ich es für mich.

Den Straßenmeister Baitemir hatte ich zu einem Zeitpunkt kennengelernt, als Iljas bereits wußte, daß Asselj und sein Sohn am Paß wohnten.

Im Pamir wurde eine Delegation kirgisischer Straßenbauer erwartet. Im Zusammenhang damit hatte eine tadschikische Zeitung mir den Auftrag erteilt, eine Skizze über die im Gebirge eingesetzten kirgisischen Straßenbauer zu schreiben. Zu den Delegierten gehörte Baitemir Kulow, einer der besten Straßenarbeiter.

Ich fuhr zum Dolon, um ihn kennenzulernen.

Unsere erste Begegnung war unerwartet und für mich äußerst vielversprechend. Auf dem Paß wurde unser Bus von einem Arbeiter mit einer roten Flagge angehalten. Kurz zuvor war ein Erdrutsch niedergegangen, und die Straße wurde gerade geräumt. Ich stieg aus dem Bus und ging zu den Straßenarbeitern. Eine Planierraupe schob Erdreich an die Böschung. Wo sie nicht wenden konnte, waren Arbeiter mit Stampfern und Schaufeln am Werk. Ein Mann in Regenumhang und Stiefeln ging neben der Planierraupe her und gab dem Fahrer Kommandos: »Mehr links! Hier noch mal! Jetzt nach rechts! Gut so! Stopp! Zurück!«

Die Straße war schon fast wieder in Ordnung, die Böschung war bereits befestigt und die Fahrbahn geräumt. Auf beiden Seiten der Unglücksstelle standen lange Wagenschlangen, die Fahrer hupten ungeduldig, schimpften und verlangten, die Straße freizugeben, während der Mann im Regenumhang seelenruhig seine Anordnungen traf, ohne sie zu beachten. Immer wieder ließ er die Planierraupe über dieselben Stellen fahren und den Schotter glattwalzen. Das ist sicher Baitemir, der versteht was von seinem Fach, vermutete ich. Ich hatte recht, es war tatsächlich Baitemir Kulow. Endlich gab er die Straße frei, und die Wagen fuhren vorbei.

»Was ist denn mit Ihnen, der Bus ist doch schon weg?« fragte mich Baitemir.

»Ich wollte zu Ihnen.«

Baitemir ließ sich seine Überraschung nicht anmerken und reichte mir mit schlichter Würde die Hand.

»Seien Sie mir willkommen als mein Gast.«

»Ich komme dienstlich zu Ihnen«, entgegnete ich. »Wissen Sie, daß unsere Straßenbauer nach Tadschikistan fahren sollen?«

»Ich habe davon gehört.«

»Ich wollte Sie gern vor Ihrer Reise in den Pamir interviewen.« Je länger ich sprach, um den Zweck meines Kommens zu erläutern, desto finsterer blickte Baitemir drein.

»Daß Sie gekommen sind, ist zu begrüßen«, sagte er, »aber in den Pamir fahre ich nicht, und es lohnt sich auch nicht, über mich zu schreiben.«

»Wieso? Soviel zu tun? Oder ist zu Hause etwas?«

»Zu tun? Natürlich! Die Straße – Sie sehen ja. Und zu Hause?« Er verstummte und holte Zigaretten hervor. »Zu Hause gibt's auch dies und jenes, wie überall, ich hab Familie … Aber in den Pamir fahre ich nicht.«

Ich bemühte mich, ihn umzustimmen, und erklärte ihm, wie wichtig es sei, daß ein solcher Straßenmeister wie er zur Delegation gehörte. Baitemir hörte zwar höflich zu, ließ sich jedoch nicht von seinem Entschluß abbringen.

Ich ärgerte mich, vor allem über mich selbst. Diesmal hatte mich mein Fingerspitzengefühl als Journalist im Stich gelassen, ich hatte den Mann nicht von der richtigen Seite angepackt. Nun konnte ich unverrichteterdinge, ohne den Auftrag der Redaktion erfüllt zu haben, wieder abfahren.

»Dann entschuldigen Sie, ich fahr wieder los, es wird schon ein Wagen vorbeikommen.«

Baitemir schaute mich mit seinen ruhigen, klugen Augen aufmerksam an und lächelte.

»Ihr Städter vergeßt die alten kirgisischen Sitten. Ich besitze Haus, Familie, Dastorkon und Nachtlager. Wenn Sie schon zu mir gekommen sind, werden Sie erst morgen aus meinem Hause fortfahren, nicht aber von der Straße weg. Kommen Sie, ich bringe Sie zu meiner Frau und meinem Sohn. Nehmen Sie's mir nicht übel, ich muß vor Einbruch der Dunkelheit noch die Strecke abgehen, Dienst ist Dienst. Ich beeile mich.«

»Warten Sie«, bat ich, »ich möchte Sie begleiten.«

Baitemir blinzelte mir verschmitzt zu und musterte meinen Straßenanzug. »Wird Ihnen das nicht zu unbequem, das Ziel ist weit und die Straße steil.«

»Das macht nichts.«

Wir gingen los. An jeder Brücke, jeder Kurve, an Schluchten und überhängenden Felsen machten wir halt. Dabei kamen wir ins Gespräch.

Bis auf den heutigen Tag weiß ich nicht, wodurch ich Baitemirs Vertrauen und Sympathie gewonnen habe. Er erzählte mir seine ganze Geschichte und die Geschichte seiner Familie.

Die Geschichte des Straßenmeisters

Sie haben mich gefragt, warum ich nicht in den Pamir fahren will. Ich stamme aus dem Pamir, bin aber hierher in den Tienschan verschlagen worden. Ein halbes Kind noch, kam ich im Komsomolaufgebot zum Bau der Pamirstraße.

Namentlich wir Jungen arbeiteten mit Begeisterung. Das war schließlich etwas, eine Straße durch den Pamir! Ich wurde Aktivist, bekam Prämien und Auszeichnungen. Aber das nur nebenbei.

Auf dem Bau lernte ich ein Mädchen kennen, das ich sehr liebgewann. Sie hatte Herz und Verstand. Sie war aus einem Ail auf den Bau gekommen, das war damals nicht leicht für ein kirgisisches Mädchen. Auch heute noch haben es unsere Mädchen nicht immer leicht, Sie kennen ja selbst die Fesseln der alten Bräuche! So verging ein Jahr. Der Straßenbau näherte sich dem Ende, es wurden Kräfte für den Straßendienst gebraucht. Das Bauen ist nur die eine Hälfte der Sache, ist die Straße fertig, muß sie überwacht und instand gehalten werden. Bei uns arbeitete ein junger Ingenieur, ein gewisser Chussainow, er ist auch jetzt noch beim Straßenbau, ist inzwischen ein hohes Tier geworden. Wir waren Freunde. Chussainow gab mir den Rat, zu Lehrgängen zu fahren. Ich dachte, Gulbara würde nicht so lange auf mich warten und in den Ail zurückkehren, aber nein, sie wartete geduldig. Nach meiner Wiederkehr heirateten wir und übernahmen eine Straßenmeisterei. Wir führten eine gute Ehe. Sie müssen wissen, was ein gutes Familienleben, eine gute Frau, für die Straßenarbeiter in den Bergen bedeutet. Später hab ich das am eigenen Leibe gespürt. Wenn ich meine Arbeit fürs ganze Leben liebgewann, so hatte meine Frau keinen geringen Anteil daran. Sie schenkte mir ein Töchterchen, dann ein zweites, da brach der Krieg aus.

Die Pamirstraße ähnelte damals einem Fluß, der Hochwasser führt. Ein Menschenstrom flutete ins Tal – zur Armee!

Die Reihe kam auch an mich. Meine Familie gab mir das Geleit. Mein jüngstes Töchterchen trug ich auf dem Arm, das größere ging neben mir her und hielt meine Hand umklammert. Gulbara, meine arme Gulbara! Sie nahm sich zusammen, bemühte sich, ruhig zu erscheinen, und trug meinen Rucksack, doch ich wußte, was es für sie hieß, in der Gebirgseinöde mit zwei kleinen Kindern allein zu bleiben. Ich wollte sie in den Ail zu ihren Verwandten schikken, doch Gulbara lehnte ab. »Wir kommen schon durch und warten auf dich, zudem kann auch die Straße nicht ohne Aufsicht bleiben«, sagte sie. Zum letztenmal standen wir an der Chaussee. Ich sah meine Frau und meine Kinder an und nahm Abschied. Damals waren Gulbara und ich noch ganz jung, wir hatten gerade zu leben begonnen.

Ich kam in ein Pionierbataillon. Ich weiß nicht mehr, wieviel Straßen, Brücken und Übergänge wir gebaut haben! Über den Don, über die Weichsel und über die Donau sind wir gezogen. Wir arbeiteten in eiskaltem Wasser, in Qualm und Feuer, während ringsum Granaten krepierten, Brücken in die Luft flogen und Menschen umkamen, und manchmal, am Ende meiner Kraft, dachte ich, der Tod wäre eine Erlösung! Aber dann sah ich die Meinen vor mir, die in den Bergen auf mich warteten, und das gab mir neue Kraft. Nein, nicht dazu war ich aus dem Pamir hierhergekommen, um unter irgendeiner Brücke zu sterben. Mit den Zähnen verknotete ich den immer wieder wegrutschenden Draht an den Trägern und ergab mich nicht. Ohne eine Verwundung kam ich fast bis Berlin.

Meine Frau schrieb mir oft, zum Glück fuhr das Postauto an der Straßenmeisterei vorbei. Sie berichtete von allem sehr ausführlich. Sie war an meine Stelle als Straßenmeister getreten. Ich wußte, daß es schwer für sie war, handelte es sich doch nicht um irgendeine Straße, sondern um die Straße durch den Pamir.

Im Frühjahr 1945 rissen die Nachrichten von daheim plötzlich ab. Bekanntlich pflegt an der Front alles vorzukommen, tröstete ich mich. Eines Tages rief man mich in den Regimentsstab. Hast gekämpft und Auszeichnungen erhalten, dafür unseren Dank, Feldwebel, und nun ab nach Hause, dort wirst du jetzt nötiger gebraucht. Ich freute mich natürlich und schickte sogar ein Telegramm. In meiner Freude dachte ich gar nicht darüber nach, warum ich vorzeitig aus der Armee entlassen wurde.

In der Heimat angelangt, fuhr ich gar nicht erst ins Kriegskommissariat; dazu hatte ich immer noch Zeit! Ich wollte nach Hause, so schnell wie möglich nach Hause! Ein Anderthalbtonner nahm mich mit.

An das schnelle Tempo der Armeefahrzeuge gewöhnt, wünschte ich mir jetzt Flügel und trieb den Fahrer an: »Drück auf die Tube, Freund, deinem Klapperkasten wird schon nichts passieren! Es geht nach Hause!«

Schon waren es nur noch einige hundert Meter. Hinter der nächsten Kurve mußte die Straßenmeisterei liegen. Ich konnte es nicht mehr erwarten, sprang in voller Fahrt vom Wagen, warf den Rucksack über und rannte los. Ich rannte und rannte, brachte die Kurve hinter mich und wollte meinen Augen nicht trauen: Von der Straßenmeisterei war nichts zu sehen. Dabei schien alles an seinem Platz zu sein, die Berge und die Straßen, nur das Haus war nicht mehr da. Ringsum keine Menschenseele, bloß ein Haufen Steine. Das Haus hatte ein wenig abseits von der Straße am Fuß eines Berges gestanden. Als ich den Blick zum Bergesgipfel erhob, erstarrte ich. Eine Schneelawine war herabgestürzt und hatte alles auf ihrem Weg zermalmt. Es sah aus, als hätte eine Krallentatze die Erde vom Berghang gerissen und unten im Tal eine tiefe Furche aufgepflügt. In ihrem letzten Brief hatte meine Frau mir geschrieben, daß es viel Schnee gegeben und plötzlich Regen eingesetzt hätte. Man hätte die Wächten sprengen müssen, aber das war schließlich keine Frauenarbeit …

Das war also meine Heimkehr! Tausendmal hatte ich dem

Tod ins Auge gesehen, lebend war ich aus der Hölle zurückgekehrt, aber die Meinen waren nicht mehr ... Ich stand da und konnte mich nicht rühren, ich wollte schreien, schreien, daß die Berge erbebten, doch kein Laut kam aus meiner Kehle. Mir war, als sei alles Leben aus mir gewichen, als sei ich ein Stück Stein. Der Rucksack glitt mir von der Schulter. Ich ließ ihn liegen mit den Geschenken, die ich für meine Töchter und meine Frau mitgebracht hatte, unterwegs hatte ich noch irgendwelchen Kram gegen Kandiszucker eingetauscht. Lange stand ich so, als wartete ich auf ein Wunder. Schließlich kehrte ich um und trottete zurück. Einmal blieb ich stehen und sah mich um. Die Berge wankten, kamen auf mich zu und wollten mich erdrücken. Ich stieß einen Schrei aus und rannte davon! Weg! Weg von dem verfluchten Ort! Endlich kamen mir die erlösenden Tränen.

Ich weiß nicht mehr, wo ich überall herumgelaufen bin, am dritten Tag stand ich jedenfalls wieder auf dem Bahnhof. Wie ein Verlorener irrte ich durch die Menschenmenge. Plötzlich rief mich ein Offizier beim Namen. Als ich aufblickte, stand Chussainow vor mir, er war demobilisiert worden und kehrte nach Hause zurück. Ich erzählte ihm von meinem Unglück. »Und wo willst du jetzt hin?« fragte er mich. Das wußte ich selber nicht. »Komm«, sagte er, »ich laß dich nicht allein. Wir fahren zum Straßenbau in den Tienschan, dort werden wir weitersehen.«

So kam ich hierher. Die ersten Jahre baute ich Straßenbrücken. Die Zeit verging, ich mußte endlich irgendwo Fuß fassen. Damals saß Chussainow bereits im Ministerium. Er kam oft bei mir vorbei und riet mir, meine frühere Arbeit als Straßenmeister wiederaufzunehmen. Doch ich konnte mich nicht dazu entschließen, ich fürchtete die Erinnerungen. Beim Straßenbau war ich nie allein, unter Menschen war alles leichter. Dort aber wäre ich meinem

Kummer überlassen. Ich hatte noch immer nicht zu mir selbst gefunden, die Vergangenheit ließ mich nicht los, als wäre das Leben mit ihr zu Ende und als gäbe es keine Zukunft mehr. An eine neue Ehe dachte ich überhaupt nicht. Ich hatte meine Gulbara und die Kinder sehr geliebt, und mir schien, daß niemand sie mir ersetzen könnte. Und heiraten, nur um zu heiraten, das war nichts, lieber blieb ich allein.

Schließlich entschloß ich mich doch, eine Straßenmeisterei zu übernehmen, wegfahren konnte ich immer noch, wenn es mir nicht gefiel. Ich erhielt die Straßenmeisterei hier auf dem Paß. Allmählich lebte ich mich ein. Vielleicht tat es mir gerade gut, daß die Arbeit hier schwieriger ist und viel Scherereien mit sich bringt. Mit der Zeit verlor der Schmerz seinen Stachel. Nur manchmal verfolgte mich ein Traum: Versteinert stehe ich an der Stelle, wo einmal mein Haus gestanden hat, und spüre, wie mir der Rucksack von der Schulter gleitet. Nach solchen Nächten verließ ich in aller Herrgottsfrühe das Haus, inspizierte die Straße und kehrte erst am späten Abend heim. Ich war immer allein. Zuweilen freilich regte sich schüchtern der Gedanke in mir: Vielleicht wartet doch noch irgendwo das Glück auf dich?

Und eines Tages, als ich es am wenigsten erwartet hatte, stellte es sich ein, ein schweres, qualvolles Glück.

Es mag jetzt etwa vier Jahre hersein, daß die Mutter meines Nachbarn plötzlich erkrankte. Er selbst konnte schwer abkommen zu Hause, die Arbeit, die Familie, die Kinder, aber dem Muttchen ging es von Tag zu Tag schlechter. Da beschloß ich, mit ihr zum Arzt zu fahren. Als ein Wagen vom Straßenbauamt kam, um etwas für die Straßenmeisterei zu bringen, fuhren wir mit in die Stadt. Die Ärzte wollten das Muttchen ins Krankenhaus einweisen, aber sie wollte nichts davon hören. »Ich will zu Hause sterben«, sagte sie, »wenn du mich nicht wieder mitnimmst, verfluch ich dich.«

Ich mußte sie also wieder zurückbringen. Es war schon später Abend. Am Umschlagpunkt hielt der Fahrer plötzlich an. Ich hörte ihn fragen: »Wohin möchten Sie denn?«

Eine Frauenstimme antwortete irgend etwas.

»Steigen Sie ein«, sagte der Fahrer. »Na, kommen Sie schon.«

Eine junge Frau mit einem Kind auf dem Arm und einem kleinen Bündel trat heran. Ich half ihr auf den Wagen, überließ ihr den windgeschützten Platz hinterm Fahrerhaus und setzte mich in eine Ecke. Wir fuhren los. Es war grimmiger Frost, der naßkalte Wind ging uns durch und durch. Das Kind begann zu weinen. Sie wiegte das Kleine und redete ihm gut zu, aber es gab keine Ruhe. Es war ein Jammer! Ins Fahrerhaus hätte man sie setzen müssen, doch dort saß das todkranke Muttchen. Ich tippte ihr auf die Schulter. »Geben Sie mir das Kleine, vielleicht beruhigt es sich, und kauern Sie sich mehr zusammen, dann bekommen Sie weniger Wind ab.«

Ich nahm das winzige Etwas unter meinen Halbpelz und drückte es an mich. Es beruhigte sich, und ich hörte es nur noch leise schnaufen. Es war ein hübsches Kind, etwa zehn Monate alt. Ich hielt es im linken Arm, und plötzlich begann, ich weiß selbst nicht, warum, mein Herz wild zu hämmern und wie ein verwundeter Vogel zu flattern. Schmerz und Freude schnürten mir die Kehle zu. Werde ich denn nie mehr Vater sein? dachte ich. Das Kleine aber schlummerte friedlich und kümmerte sich um nichts.

»Ein Junge?« fragte ich.

Sie nickte. Die Ärmste war ganz durchgefroren, sie hatte nur ein dünnes Mäntelchen an. Ich hatte, obwohl Winter war, einen Wettermantel über dem Halbpelz, bei unserem Dienst geht das nicht anders.

Während ich in dem einen Arm den Kleinen hielt, streckte ich ihr den anderen hin. »Ziehen Sie mir den Wettermantel aus, und nehmen Sie ihn um, sonst erkälten Sie sich.«

»Aber nein, lassen Sie nur«, lehnte sie ab.

»Aber los doch, nehmen Sie den Mantel«, verlangte ich. »Sie müssen sich vor dem Wind schützen.«

Sie wickelte sich in den Wettermantel, ich steckte ihr die Schöße unter die Füße.

»Ist's so wärmer?«

»Ja, danke.«

»Warum sind Sie denn so spät unterwegs?«

»Hat sich so ergeben«, antwortete sie leise. Wir fuhren durch eine Schlucht, in der eine Bergarbeitersiedlung lag. Die Fenster waren dunkel, alles schlief schon. Bellende Hunde liefen hinter dem Wagen her. Wo sie wohl hinfuhr? Ich hatte gedacht, sie wollte in die Siedlung, wo sollte sie denn sonst hin. Hinter dem Ort begann der Paß, und dann kam nur noch unsere Straßenmeisterei.

»Sie sind gewiß am Ziel?« sagte ich zu ihr und klopfte ans Fahrerhaus. »Gleich kommt der Paß, weiter fährt der Wagen nicht.«

»Wo sind wir denn hier?« fragte sie.

»Am Bergwerk. Wollten Sie nicht hierher?«

»Es … es ist schon richtig«, sagte sie unsicher. Rasch erhob sie sich, reichte mir den Wettermantel und nahm den Kleinen. Er begann sofort wieder zu weinen. Etwas stimmte hier nicht, sicher war sie von einem Unglück betroffen worden. Konnte ich sie bei der Kälte mitten in der Nacht allein lassen?

»Sie wissen nicht, wohin!« sagte ich ohne Umschweife. »Denken Sie nichts Schlechtes. Geben Sie den Kleinen her!«

Fast gewaltsam nahm ich ihr ihn weg. »Bitte keine Widerrede. Sie übernachten bei uns in der Straßenmeisterei, und morgen früh ist es Ihre Sache, was Sie tun. Weiter!« rief ich dem Fahrer zu.

Der Wagen fuhr an. Sie saß stumm da, das Gesicht in den Händen vergraben. Vielleicht weinte sie.

»Sie brauchen keine Angst zu haben«, beruhigte ich sie. »Ich tu Ihnen nichts Böses. Mein Name ist Baitemir Kulow, ich bin der Straßenmeister, Sie können mir vertrauen.«

Ich brachte Mutter und Kind bei mir unter. Im Anbau hatten wir ein freies Stübchen, dort legte ich mich auf die Bank nieder. Lange lag ich wach und dachte nach. Ich fand keine Ruhe. Ihr Fragen zu stellen war mir peinlich, ich mochte das selber nicht, trotzdem mußte ich sie einiges fragen, um ihr helfen zu können. Sie antwortete ungern und befangen. Doch ich erriet, was sie ungesagt ließ. Hat ein Mensch Kummer, so stehen hinter jedem seiner Worte zehn unausgesprochene. Sie hatte ihren Mann, ihr Heim verlassen. Anscheinend war sie stolz. Es war ihr anzusehen, daß sie litt und sich grämte, sie ließ sich aber nicht unterkriegen. Nun, sie mußte wissen, was sie tat. Sie tat mir leid, sie war noch so jung. Schlank war sie wie ein Mädchen und sicher auch zärtlich und warmherzig. Wie hatte ihr Mann sie nur so weit bringen können, daß sie alles hatte stehen- und liegenlassen und auf und davon gegangen war! Na, das war ihre Sache. Ich würde sie morgen in einen vorbeikommenden Wagen setzen und – ade. Völlig erschöpft schlief ich schließlich ein. Beim Einschlafen war es mir, als ob ich immer noch auf dem Wagen führe und den Kleinen unter meinem Halbpelz an mich drückte.

Bei Morgengrauen erhob ich mich und begann meinen Rundgang. Aber sonderbarerweise kehrte ich rasch zurück. Nun ja, ich wollte wissen, wie es meinen Gästen ging. Leise, um sie nicht zu wecken, heizte ich den Ofen und stellte den Samowar auf. Sie war schon aufgestanden, rüstete zur Abfahrt und bedankte sich. Ohne Tee ließ ich sie aber nicht fort. Der Kleine erwies sich als sehr unterhaltsam, es war für mich eine große Freude, mit ihm zu spielen.

Beim Frühstück fragte ich sie: »Wo wollen Sie hin?«

Sie überlegte einen Augenblick.

»Nach Rybatschje.«

»Haben Sie dort Verwandte?«

»Nein. Meine Eltern leben im Ail, auf der anderen Seite des Tossor.«

»Au, da müssen Sie sich ja übersetzen lassen. Ziemlich umständlich.«

»Da will ich nicht hin. Im Ail dürfen wir uns nicht sehen lassen«, meinte sie nachdenklich zu ihrem Söhnchen. »Wir sind selbst schuld dran.«

Ich vermutete, daß sie gegen den Willen ihrer Eltern geheiratet hatte. Später bestätigte sich meine Vermutung.

Sie wollte zur Straße aufbrechen, aber ich überredete sie dazubleiben, damit sie nicht mit dem Kind im Winde stehen müsse. Einen Wagen konnte auch ich anhalten.

Schweren Herzens begab ich mich zur Chaussee.

Ich weiß nicht, wie es kam, aber mir war traurig zumute bei dem Gedanken, daß sie gleich abfahren würden und ich wieder allein bliebe.

Anfangs kamen keine Wagen vorbei, als dann einer kam, hob ich nicht die Hand. Ich erschrak. Warum tat ich das? Damit begannen für mich die Qualen. Ein Wagen nach dem anderen fuhr vorüber, ich aber schob es immer wieder auf. Den nächsten halte ich an, sagte ich mir, aber wenn es soweit war, bekam ich die Hand nicht hoch. Das Blut stieg mir ins Gesicht, sie wartete dort und verließ sich auf mich. Ich war mir selbst zuwider, kam aber nicht gegen mich an. So ging ich auf der Straße auf und ab und suchte nach Gründen und Entschuldigungen. Mal war das Fahrerhaus zu kalt, weil die Scheiben fehlten, bald gefiel mir der Wagen nicht, dann wieder war mir der Fahrer unsympathisch – er fuhr leichtsinnig, vielleicht war er sogar betrunken. Kamen Wagen vorbei, die besetzt waren, freute ich mich wie ein kleiner Junge. Nur nicht gleich, nur ein bißchen noch, wenn sie nur noch fünf Minuten bei mir im Hause blieben! Wo sollen sie denn hin? überlegte ich. Im Ail durften sie sich nicht sehen lassen, das hatte sie selbst gesagt. Und wo sollte sie in Rybatschje mit dem Kind unterkommen? Es war Winter, der Kleine konnte krank werden. Sollte sie doch lieber hierbleiben, mit der Zeit würde sie sich schon klarwerden, was weiter zu geschehen hatte. Vielleicht kehrte sie zu ihrem Mann zurück, oder er machte sie hier ausfindig.

Es war eine wahre Strafe, hätte ich sie nur gleich zur Straße gebracht und abfahren lassen. Drei geschlagene Stunden lief ich so auf und ab. Ich haßte mich. Nein, dachte ich, ich hole sie her und halte dann den erstbesten Wagen an, sonst wird es nichts. Ich ging nach Hause. An der Tür kam sie mir entgegen, das lange Warten hatte sie nervös gemacht. Ich schämte mich und sah sie an wie ein Schuljunge, der etwas ausgefressen hat.

»Hat wohl sehr lange gedauert?« murmelte ich. »Es sind keine vorbeigekommen, vielmehr, es waren keine geeigneten darunter. Entschuldigen Sie. Sie müssen nicht denken … Kommen Sie für einen Moment ins Haus. Ich bitte Sie sehr!«

Sie schaute mich erstaunt und schmerzlich an. Schweigend ging sie in die Stube zurück.

»Ich tue Ihnen wohl leid?« fragte sie.

»Nein, nicht deshalb. Verstehen Sie … Ich habe Angst um Sie, Sie werden es schwer haben. Wie wollen Sie sich durchschlagen?«

»Ich werde arbeiten!«

»Und wo?«

»Ich komme schon irgendwo unter. Zurück gehe ich nicht, und in den Ail fahre ich auch nicht. Ich werde arbeiten und leben.«

Ich schwieg. Was hätte ich ihr entgegenhalten können? Kränkung und Stolz trieben sie in die Ferne. Was weiter sein würde, daran dachte sie nicht. Leicht gesagt: »Ich werde arbeiten und leben.« So einfach ist das nicht. Doch man soll dem Menschen seinen Willen lassen.

Der Kleine wollte zu mir. Ich nahm ihn auf den Arm, gab ihm einen Kuß und dachte dabei: Ich würd dich am liebsten gar nicht fortlassen, so lieb bist du mir schon!

»Na, dann wollen wir aufbrechen«, sagte ich leise. Wir erhoben uns. Ich trug den Kleinen, blieb aber in der Tür noch einmal stehen.

»Arbeit für Sie würde sich auch bei uns finden«, begann ich. »Sie können hier arbeiten und leben. Wir hätten auch eine kleine Wohnung. Bleiben Sie doch! Wozu die Eile? Wegfahren können Sie immer noch. Überlegen Sie es sich.«

Anfangs wollte sie nicht, aber schließlich überredete ich sie doch. So blieben Asselj und Söhnchen Samat bei uns in der Straßenmeisterei.

Das Stübchen im Anbau war kalt, und ich bestand darauf, daß Asselj mit ihrem Sohn im Haus wohnte, während ich selbst in den Anbau zog. Mir genügte das vollkommen.

Seither führte ich ein anderes Leben. Scheinbar hatte sich nichts geändert, ich blieb nach wie vor allein, aber ich lebte auf, nach meiner langen Einsamkeit spürte ich wieder menschliche Wärme. Es war so etwas wie ein Erwachen. Freilich hatte ich auch vorher unter Menschen gelebt, aber es gibt eine Seite im Leben, die auch gemeinsame Arbeit, gegenseitige Hilfe und Freundschaften nicht ersetzen können. Ich hatte den Kleinen liebgewonnen. Meine ganze Freizeit verbrachte ich mit ihm. Ich konnte mir einfach nicht mehr vorstellen, wie ich zuvor gelebt hatte. Meine Nachbarn waren gute Menschen und Asselj und Samat zugetan. Wer mag schließlich Kinder nicht? Die warmherzige, aufgeschlossene Asselj lebte sich schnell bei uns ein.

Auch Asseljs wegen war mir der Kleine so teuer. Wenn ich es mir auch nicht sofort eingestand, so konnte ich es mir doch nicht länger verheimlichen: Ich liebte sie. Ich hatte sie sogleich von ganzem Herzen und fürs ganze Leben liebgewonnen. Die langen Jahre der Einsamkeit, mein ganzes Leid, alles Verlorene ging in dieser Liebe auf. Aber ich war nicht berechtigt, es ihr zu sagen, wartete sie doch auf ihn, ihren Mann. Sie wartete lange, obgleich sie es sich nicht anmerken ließ. Wenn wir auf der Straße arbeiteten, sah ich häufig, wie sie jedem durchfahrenden Wagen mit erwartungsvollen Augen entgegensah. Manchmal nahm sie ihren Sohn, ging zur Straße und saß dort stundenlang. Er aber kam nicht. Ich wußte nicht, wer er war und wie er aussah, ich stellte keine Fragen, und sie sprach nie darüber.

Die Zeit verging. Samat wuchs heran. Was war er für ein aufgewecktes, liebes Kerlchen! Ich wußte nicht, ob es ihm jemand gesagt hatte oder ob er es von sich aus tat, jedenfalls begann er mich Papa zu nennen. Sobald er mich sah, kam er angelaufen: »Ata! Ata!« Asselj lächelte versonnen, wenn sie es sah. Ich empfand Freude und Schmerz zugleich. Ich wäre gern sein Vater geworden, doch Asselj …

In jenem Sommer besserten wir die Straße aus. Eines Tages rief Asselj einem vorbeifahrenden Fahrer zu: »He, Dshantai, halt an!«

Der Wagen hielt. Asselj rannte hin. Worüber sie mit dem Fahrer sprach, weiß ich nicht. Plötzlich hörte ich sie schreien: »Das ist gelogen! Das glaube ich nicht! Mach, daß du wegkommst! Sofort!« Der Wagen fuhr weiter, Asselj stürzte nach Hause. Sie weinte.

Ich konnte nicht weiterarbeiten. Wer mochte dieser Fahrer gewesen sein? Was hatte er ihr gesagt? Zweifel und Vermutungen plagten mich. Schließlich hielt ich es nicht länger aus und ging nach Hause, aber Asselj ließ sich nicht blicken. Abends ging ich zu ihr hinüber.

»Wo ist denn Samat? Ich sehne mich richtig nach ihm!«

»Da sitzt er doch«, antwortete sie niedergeschlagen.

»Ata!« Samat kam auf mich zugelaufen. Ich wirbelte ihn durch die Luft, brachte ihn zum Lachen, sie aber saß traurig und in sich gekehrt da.

»Was ist passiert, Asselj?« fragte ich.

Sie ließ einen schweren Seufzer hören.

»Ich fahre weg«, antwortete sie. »Nicht etwa, weil es mir hier schlechtginge. Ich bin Ihnen sehr, sehr dankbar. Aber ich möchte weg, weit weg ...«

Sie war in einer solchen Verfassung, daß sie es tatsächlich fertiggebracht hätte, wegzufahren. Mir blieb nichts übrig, als ihr die Wahrheit zu sagen: »Nun, Asselj, ich habe kein Recht, dich zurückzuhalten, aber dann kann auch ich nicht länger hierbleiben, dann werde auch ich wegfahren müssen. Ich habe schon einmal einen verödeten Ort verlassen. Was soll ich dir viel erklären, du weißt es, Asselj. Wenn du wegfährst, ist es für mich das gleiche wie damals im Pamir. Überleg es dir, Asselj ... Und wenn er kommt und dein Herz dich zurückruft, so will ich euch nicht im Wege stehen, du bist jederzeit frei, Asselj.«

Ich nahm Samat auf den Arm und ging zur Straße. Lange wanderte ich mit ihm umher. Er begriff von alledem noch nichts, mein Kleiner.

Vorerst blieb Asselj. Aber was mochte in ihr vorgehen? Welchen Entschluß hatte sie gefaßt? In jenen Tagen wurde ich zum Schatten meiner selbst.

Eines Mittags trat ich auf den Hof und sah, wie Samat die ersten Gehversuche machte. Asselj hielt ihn fest, sie fürchtete, er könne fallen. Ich blieb stehen.

»Sieh mal, dein Sohn läuft schon«, sagte sie mir mit frohem Lächeln.

Wie hatte sie gesagt? Dein Sohn? Ich ließ den Spaten fallen, hockte mich hin und rief den Kleinen: »Tapp, tapp,

tapp, mein kleines Füllen, du! Na, komm her, komm her auf deinen kleinen Beinchen!«

Samat streckte mir die Ärmchen entgegen.

»Ata!« Auf unsicheren Beinchen kam er zu mir. Ich fing ihn auf, warf ihn in die Luft und preßte ihn an mich.

»Asselj«, sagte ich ihr. »Morgen feiern wir das Fest der zerschnittenen Fessel. Bereite eine Schnur aus schwarzer und weißer Wolle vor.«

»Gut.« Sie lachte.

»Aber es muß unbedingt schwarze und weiße Wolle sein.«

Ich schwang mich aufs Pferd und ritt zu befreundeten Viehzüchtern. Von dort brachte ich Kumys und frisches Fleisch mit, und am nächsten Tag luden wir die Nachbarn zu unserem kleinen Fest ein.

Ich stellte Samat auf die Erde, fesselte seine Beinchen mit der schwarzweißen Wollschnur, legte eine Schere daneben und sagte zu den Kindern, die am anderen Hofende standen: »Wer als erster bei Samat ist und die Fessel zerschneidet, erhält den ersten Preis. Die anderen bekommen die übrigen Geschenke. Eins, zwei, drei, los, Kinder!«

Wie beim Pferderennen rannten die Kinder los.

Nachdem die Wollschnur zerschnitten war, sagte ich zu Samat: »Nun, mein Söhnchen, lauf jetzt! Nehmt ihn mit, Kinder!«

Die Kinder nahmen Samat bei der Hand, und ich sagte hinter ihm her, ohne mich an jemand Bestimmten zu wenden: »Ihr Menschen! Mein kleines Füllen läuft jetzt über die Erde! Möge es ein schnellfüßiger Renner werden!«

Samat lief mit den Kindern mit, doch plötzlich drehte er sich um: »Ata!« – und plumpste hin. Asselj und ich stürzten zu ihm. Als ich den Kleinen aufhob, sagte mir Asselj zum ersten Mal: »Liebster!«

So wurden wir Mann und Frau.

Im Winter fuhren wir mit dem Söhnchen zu Asseljs Eltern in den Ail. Lange zeigten sie sich gekränkt, Asselj und ich mußten für alles Rede und Antwort stehen. Ich sagte ihnen die ganze Wahrheit, erzählte ihnen alles, was war. Und sie verziehen Asselj, verziehen ihr um des Enkels und unserer Zukunft willen. Unmerklich verging die Zeit, Samat wurde schon fünf Jahre alt. Asselj und ich lebten in bestem Einvernehmen, nur eins berührten wir nie, eins ließen wir unerwähnt. Es war gleichsam eine stillschweigende Abmachung: Jener Mann existierte nicht für uns.

Aber im Leben ist nicht immer alles so, wie man möchte! Vor kurzem ist er hier bei uns aufgetaucht.

Auf der Straße war ein Unfall passiert, mitten in der Nacht. Mein Nachbar und ich rannten hin, um festzustellen, was geschehen war. Ein Lastwagen war gegen die Begrenzungspfähle gefahren. Der Fahrer hatte ziemlich viel abbekommen, er war fast bewußtlos und zudem betrunken. Ich kannte ihn, konnte mich bloß nicht seines Namens entsinnen. Er hatte uns einmal aus der Patsche geholfen, indem er uns auf dem Paß abschleppte. Auf dem Dolon ist das kein Kinderspiel. Das hatte bis dahin noch niemand gewagt. Er war ein energischer, verwegener Bursche, damals hatte er mir sehr gefallen, er war ein Mann nach meinem Geschmack.

Bald danach hatte sich jemand mit Anhänger den Paß hinaufgequält. Er hatte es schon fast geschafft, als offenbar etwas schiefgegangen war. Der Anhänger war in den Straßengraben geraten, dort hatte ihn der Fahrer stehenlassen und war davongebraust. Damals dachte ich schon, ob das nicht jener verwegene Bursche war, und bedauerte, daß der Waghals sein Ziel nicht erreicht hatte. Doch bald darauf kamen laufend Wagen mit Anhängern über den Paß. Die Fahrer hatten ihre Fahrzeuge mit entsprechenden Zusatzvorrichtungen versehen, und sie taten recht daran.

Offen gestanden, im ersten Augenblick wußte ich nicht, daß er jener Mann war, den Asselj verlassen hatte. Doch auch wenn ich es gewußt hätte, hätte ich genauso gehandelt. Ich nahm ihn mit zu mir nach Hause, da wurde mir alles klar. Asselj brachte gerade Brennholz herein. Als sie ihn erblickte, fielen ihr die Scheite aus der Hand. Doch keiner von uns dreien ließ sich etwas anmerken. Die beiden taten, als sähen sie sich zum ersten Mal. Um so mehr mußte ich mich zusammennehmen, um ihnen nicht mit einer unüberlegten Bemerkung weh zu tun. Vielleicht würden sie wieder zueinanderfinden, und ich wollte ihnen nicht hinderlich sein. Die Entscheidung lag nicht bei mir, sie verband ihre Vergangenheit, und sie verband ihr Sohn, neben dem ich im Bett lag und den ich zärtlich streichelte und an mich drückte.

In jener Nacht tat keiner ein Auge zu, jeder hing seinen Gedanken nach.

Asselj konnte mich mit dem Sohn verlassen. Das war ihr Recht. Mochte sie ihrem Herzen und ihrem Verstand folgen. Und ich … Ach, nicht um mich ging es, die Entscheidung lag nicht bei mir, ich durfte ihnen nicht im Wege stehen …

Er ist auch jetzt noch hier, er fährt unsere Strecke. Wo ist er all die Jahre gewesen, was hat er gemacht? Doch das ist nicht wichtig … Das ist ihre Sache …

Ich kehrte mit Baitemir von dem Rundgang zurück. Es dunkelte. Über den firngekrönten Gipfeln des Tienschan lag das Abendgold der sinkenden Sonne. Dröhnend jagten Lastwagen an uns vorüber.

»So steht es also«, sagte Baitemir versonnen, nachdem er eine Weile geschwiegen hatte. »Ich kann jetzt nicht von zu Hause weg. Wenn Asselj gehen möchte, soll sie es mit reinem Gewissen tun, soll sie es mir offen sagen, dann will ich dem Sohn meinen Segen geben. Ich liebe ihn mehr als mein eigen Fleisch und Blut. Aber ich kann ihn ihnen nicht fortnehmen ... Deshalb fahre ich nirgendshin, und schon gar nicht in den Pamir. Das ist natürlich nicht für die Zeitung bestimmt. Das erzähle ich Ihnen einfach so, von Mensch zu Mensch.«

Statt eines Epilogs

Iljas und ich trennten uns in Osch. Er fuhr weiter in den Pamir, und ich machte mich an die Arbeit.

»Sobald ich ankomme, mache ich Alibek ausfindig und beginne ein neues Leben«, sagte er mir. »Denken Sie nicht, daß ich eine gescheiterte Existenz bin. Mit der Zeit werde ich heiraten, einen Hausstand gründen und Kinder haben, kurz, ein Leben führen wie alle andern. Auch Freunde und Kollegen werde ich finden. Nur eins wird mir fehlen, das, was ich für immer verloren habe ... Bis zu meinem letzten Tag, bis zum letzten Atemzug werde ich an Asselj und all das Schöne denken, das zwischen uns gewesen ist.«

Dann senkte er nachdenklich den Kopf und fügte nach kurzem Schweigen hinzu: »Am Tage meiner Abfahrt ging ich zum See. Ich stand auf der Anhöhe dicht am Wasser und nahm Abschied von den Bergen des Tienschan und vom Issyk-Kul. Leb wohl, Issyk-Kul, mein unvollendetes Lied! Wie gern würde ich dich mitnehmen mit deinem blauen Wasser und deinen gelben Ufern, aber das ist mir versagt, wie ich auch die Liebe der Liebsten nicht mitnehmen kann. Leb wohl, Asselj! Leb wohl, du meine Pappel im roten Kopftuch! Werd glücklich!«

Aug in Auge

Um die einzige Laterne der kleinen Bahnstation wirbeln dichte Schwärme nasser Pappelblätter zur Erde.

In dieser Nacht verloren die Pappeln ihr Laub. Schlank und rank wie Ladestöcke wiegten sie sich federnd im Wind, und das Rauschen ihrer hohen Wipfel erinnerte an fernes Meeresbrausen.

Dunkel war die Nacht in der Bergschlucht Tschornaja Gora. Doch noch undurchsichtiger war sie auf der kleinen Bahnstation am Fuße des Gebirges. Von Zeit zu Zeit erzitterte die Finsternis unter dem Licht und dem Donnern durchfahrender Eisenbahnzüge. Die Züge rollten davon, und wieder war es auf der Station dunkel und menschenleer.

Militärzüge fuhren nach Westen. Eben nahte wieder eine lange Kette verstaubter Wagen. Aus dem spaltbreit geöffneten Feuerloch der Lokomotive blitzte eine rote Flamme; die Puffer stießen aufeinander, und der Zug hielt.

Niemand stieg auf dem kleinen Bahnhof aus, niemand rief: Wie heißt die Station? Die Soldaten schliefen in den Wagen, erschöpft von der langen Fahrt. Nur die heißen Achsen ächzten noch leise.

Während der Bahnhofsvorsteher, seine Laterne schwenkend, in schweren Stiefeln zur Spitze des Zuges stapfte, steckte ein Wachposten den Kopf aus dem vorletzten Waggon. Hinter seiner Schulter blinkte ein aufgepflanztes Bajonett. In der Tür stehend, starrte er mit vorgestrecktem Hals in die Finsternis und lauschte. Aus der Schlucht wehte, wie immer, ein scharfer Wind; unten am Steilhang plätscherte müde ein unsichtbarer Fluß. Über das Gesicht des Postens glitt ein kaltes Pappelblatt, es war, als berühre die bebende Hand eines Menschen seine Wangen. Er prallte zurück und warf einen Blick ins Wageninnere. Dann sah er wieder hinaus. Keine Menschenseele, nur Nacht und Wind.

Einige Minuten später löste sich verstohlen ein Schatten von dem Waggon. Er huschte zu den Büschen am Bewässerungsgraben und verbarg sich darin. Ein durchdringender Pfiff ertönte. Der Mann im Gebüsch wollte aufspringen und flüchten, doch er zuckte sofort zurück und duckte sich. Der Stationsvorsteher hatte nur den Pfiff zur Abfahrt gegeben. Die Wagen stöhnten schwer auf, und der Zug machte sich wieder auf seinen weiten Weg. Dumpf dröhnten die Brükkenbogen über dem Fluß. Dann kam der Tunnel. Die Lokomotive brüllte lauthals zum Abschied.

Als das Echo in den Felsen verstummt war und sich die aufgeschreckten Dohlen in den Bahnhofsbäumen endlich wieder beruhigt hatten, richtete sich der Mann im Gebüsch auf. Er atmete laut und gierig, als wäre er lange unter Wasser gewesen.

Immer dumpfer und verhaltener klopften die Schienen im Takt der sich entfernenden Räder.

Laut ächzten die Pappeln. Von den Bergen wehte der Geruch herbstlicher Viehweiden.

Dunkle Nacht lag über der Schlucht Tschornaja Gora.

Seit Sejde geboren hatte, schlief sie so kurz und leicht wie ein Vogel. Sie hatte den Kleinen trockengelegt und saß nun beim Licht der Öllampe neben der Wiege. Ihre braune, volle Brust war entblößt und hing weich über dem Kinderköpfchen.

In einer Ecke des Raumes schlief die Schwiegermutter unter ihrer Bettdecke, über die sie noch einen Bauernmantel gebreitet hatte. Sie war alt und schwach und ächzte wie ein krankes Schaf. Ihre Kräfte reichten gerade noch aus, um zu Gott zu beten. Selbst im Traum murmelte sie: »O Schöpfer, in deine Hände befehle ich unser Schicksal!« Wenn Sejde zur Arbeit ging, behütete die Alte den Enkel. Das war immerhin eine Hilfe. Sie trug ihn auch aufs Feld hinaus, damit seine Mutter ihm die Brust gebe, doch ihr Atem ging röchelnd dabei, und ihre Hände zitterten. Es war schwer für sie, aber sie beklagte sich niemals. Wer sollte den Erstling ihrer einzigen Schwiegertochter denn hüten, wenn nicht sie?

Mitternacht war längst vorüber, und noch immer fand Sejde keinen Schlaf. Wer hätte gedacht, wer erwartet, daß solche Zeiten anbrechen würden? Es waren Wörter aufgekommen, die man früher nie gehört hatte: Deutscher, Faschist, Gestellungsbefehl. Im Ail verging kein Tag, an dem man nicht jemandem das Geleit gab. Mit Satteltaschen und Feldsäcken auf dem Rücken versammelten sich die Männer auf der Dorfstraße. Auf Fuhrwerken zusammengepfercht, riefen sie beim Abschied: »Nun hört schon auf zu weinen!« Die Wagen fuhren an, die Männer winkten mit ihren bunten Kirgisenkappen. »Kosch! Kajyr kosch! Auf Wiedersehen, lebt wohl!« Weinende Frauen und Kinder, zu einem Häuflein zusammengedrängt, standen auf dem Hügel, bis das Fahrzeug ihren Blicken entschwand; dann gingen sie schweigend auseinander.

Was sollte nun werden, was würde die Zukunft bringen? Würden die Männer aus dem Krieg zurückkehren?

Im vergangenen Sommer, als Sejde, die Tochter eines Hirten, in die Sippe ihres Mannes aufgenommen worden war, hatte an ihrem Haus noch viel gefehlt. Die Wände waren noch nicht ausgeschmiert und verputzt, das Dach war noch nicht mit Lehm übergossen. Wenn doch diese Tage noch einmal zurückkehrten! In ihrer Freizeit hatten sie an ihrem Haus gearbeitet, und vielleicht waren es vor allem diese Stunden gewesen, in denen sich Sejde in den Strahlen ihres kurzen Glücks gesonnt hatte. Sie erinnerte sich, wie das warme Wasser aus dem Aryk, dem Bewässerungsgraben, strömte und wie sie beide, ihr Mann und sie, den Ketmen schwangen und die Spreu mit gelber Erde vermischten. Die Beine bis zu den Oberschenkeln entblößt, standen sie im schmatzenden Lehm und kneteten ihn. Es war eine schwere Arbeit; Sejdes neues Satinkleid verlor in wenigen Tagen die Farbe, doch sie spürten keine Müdigkeit.

Auch ihr Mann war damals froh und zufrieden; er nahm seine Frau des öfteren bei den vollen braungebrannten Armen und zog sie an seine Brust oder trat ihr aus Übermut im Lehm auf den Fuß. Sejde riß sich los und lief ihm lachend davon. Wenn er sie fing, zeigte sie sich zum Schein ungehalten.

»Laß mich doch los, laß mich! Wenn deine Mutter uns sieht – schämst du dich nicht?« Dabei schlüpfte sie hinter seine Schultern und preßte für einen Augenblick ihre festen, geschmeidigen Brüste an seinen Rücken. »Genug, sage ich! Ach, wie du aussiehst, dein ganzes Gesicht ist voll Lehm!«

»Und du? Guck dich erst mal an!«

Und Sejde holte aus der kleinen Brusttasche ihres Beschmets, der achtlos im Schatten eines Baumes lag, einen kleinen runden Spiegel hervor. Der Spiegel war ihr ständiger Begleiter. Jedesmal, wenn sie sich verlegen von ihrem Mann losgemacht hatte, betrachtete sie darin glücklich ihr errötetes, lehmverschmiertes Gesicht. Aber Lehm schadet ja der Schönheit nicht – man braucht ihn nur abzuwaschen. Sejde lachte in den Spiegel, lachte vor Glück. Was taten ihr schon die paar Lehmspritzer!

Abends, nach einem Bad im Aryk, legte sie sich unter

dem Aprikosenbaum schlafen. Ihr Körper bewahrte noch lange den Duft und die Kühle des fließenden Wassers. Über ihr im dunklen Blau der Nacht schimmerte der schneebedeckte schartige Gebirgskamm wie mattes Perlmutt; im Luzernefeld hinter dem Aryk blühte frische, duftende Minze, und irgendwo im Gras ganz in der Nähe schlug eine Wachtel. Sejde war völlig von dem beseligenden Gefühl ihrer eigenen Schönheit und der Schönheit alles sie umgebenden Lebens gefangengenommen, sie schmiegte sich noch enger an ihren Mann und legte ihre Hand sanft auf seinen Hals. Was schmiedeten sie in jener Zeit nicht alles für Pläne! Sie würden das Haus fertigbauen und sich einrichten, sie würden Sejdes Eltern zu Gast laden, ihnen Geschenke machen. Das alles war das Glück. Die Zeit verging wie im Fluge – man merkte kaum, wie die Nacht den Tag ablöste.

Als sie die Hauswände mit Lehm verschmiert hatten, brach der Krieg aus. In aller Eile verputzten sie innen noch alles, dann wurden die ersten Dshigiten zur Armee geholt.

Niemals würde Sejde jenen Tag vergessen. Noch empfand sie den Trennungsschmerz so, als wäre es gestern gewesen. Der ganze Ail hatte die Einberufenen bis über die Ortsgrenze hinaus begleitet. Sejde hatte sich vor den Leuten geschämt und es nicht gewagt, sich von ihrem Mann so zu verabschieden, wie sie es gern getan hätte; sie war ja hier noch eine ganz neue Schwiegertochter. Sie hielt ihm nur linkisch die Hand hin und senkte den Blick, aus Angst, ihre Tränen zu zeigen. So gingen sie auseinander. Doch als die Dshigiten in der Steppe verschwanden, da fühlte sie plötzlich schmerzhaft, daß sie auf ihr Herz hätte hören und ihren Mann – vielleicht zum letztenmal – innig umarmen und küssen sollen. Welch bittere Vorwürfe machte sie sich da! Sie hatte es nicht einmal fertiggebracht, ihm etwas von ihrer stillen Hoffnung ins Ohr zu flüstern, daß sie schwanger sei. Nun war es zu spät. Was verloren ist, kehrt nicht zurück.

Längst hatte sich fern in der Steppe der Staub wieder auf die Straße gesenkt.

Seit der Zeit flossen die Tage träge und freudlos dahin. Alles, was Sejde beim Abschied unterdrückt hatte, bohrte jetzt wie ein Stachel in ihrer Brust; was sie auch tat, immer spürte sie die brennende, quälende Wunde.

Der Docht brannte nieder. Sie brachte es nicht über sich, dem Kleinen die Brust zu entziehen: Er war beim Saugen so schön eingeschlafen. Von Zeit zu Zeit bewegte er sich plötzlich, und dann begann er wieder behaglich zu schmatzen. Sejdes Gedanken entglitten in weite Ferne.

Da klopfte jemand behutsam an das Fenster zum Hof. Sejde hob erschrocken den Kopf und lauschte.
Nochmals das leise, abgehackte Klopfen.

Sie bedeckte rasch ihre Brust, streifte den Übermantel von den Schultern und ging mit leisen Schritten zum Fenster, wobei sie mechanisch ihr Kleid zuknöpfte. Durch die niedrigen Scheiben war nichts zu sehen, der Hof lag in tiefer Finsternis.

Sejde zog fröstelnd die Schultern zusammen. Der Schmuck in ihrem Haar gab einen leichten Klang.

»Wer ist da?« fragte sie argwöhnisch.

»Ich. Mach auf, Sejde!« antwortete eine heisere Stimme gedämpft und ungeduldig.

»Wer bist du denn?« fragte sie unsicher zurück, wich zur Seite und warf einen erschrockenen Blick auf die Kinderwiege.

»Ich, ich bin's! Sejde, mach auf!«

Sie neigte sich zum Fenster, schrie leise auf und stürzte, sich an den Kopf fassend, zur Tür.

Mit bebender Hand tastete sie in der Dunkelheit nach dem Riegel. Sie riß die Tür auf und sank dem vor ihr stehenden Mann lautlos an die Brust.

»Sohn meiner Schwiegermutter! Sohn meiner Schwiegermutter!« flüsterte sie nach altem Brauch, doch sie fand nicht länger die Kraft, sich zu beherrschen, und nannte ihn beim Namen: »Ismail!« Sie begann zu weinen. Was für ein Glück, was für ein unerwartetes Glück! Ihr Mann war lebendig und unbeschadet zurückgekehrt! Hier stand er, Ismail! Ein kräftiger Machorkageruch ging von ihm aus. Der Kragen seines Uniformmantels kratzte sie im Gesicht wie ein Roßhaarlasso.

Warum schwieg er? Vielleicht vor Freude?

Er atmete schwer und strich ihr wie ein Blinder tastend über Schultern und Kopf. »Komm ins Haus!« flüsterte er rasch. Er legte den Arm um sie und überschritt mit ihr die Schwelle.

Erst jetzt dachte Sejde an die Schwiegermutter. »Ach, ich bin wohl verrückt geworden! Mutter, Süjüntschü! Dein Sohn ist zurückgekehrt!«

»Scht!« Ismail hielt sie fest. »Warte! Wer ist im Haus?«

»Nur wir und dein Sohn in der Wiege!«

»Warte noch, laß mich erst verschnaufen!«

»Die Mutter wird gekränkt sein.«

»Später, Sejde!«

Sie konnte es immer noch nicht fassen, daß ihr Mann zurückgekehrt war, umarmte ihn ungestüm, preßte sich an ihn. In der Dunkelheit sahen sie einander nicht, aber mußten sie sich denn sehen? Sie hörte sein Herz unter dem Uniformmantel in kurzen, ungleichmäßigen Stößen schlagen. Es war kein Traum, sie küßte wirklich seine wetterharten, rauhen Lippen.

»Ich hatte solche Sehnsucht nach dir! Wann bist du angekommen? Haben sie dich ganz entlassen?« fragte sie.

Ismail nahm ihre Hände von seiner Schulter und sagte dumpf: »Ich komme direkt vom Bahnhof. Warte hier auf mich.«

Er ging auf den Hof und schlich, sich nach allen Seiten

umsehend, zum Schuppen. Nach einer Weile kehrte er mit einem Gewehr zurück. Er tastete mit dem Fuß nach dem Reisighaufen in der Ecke und schob die Waffe darunter.

»Was tust du?« fragte Sejde verwundert. »Stell es doch ins Zimmer.«

»Sprich leiser, Sejde!«

»Warum?«

Ohne auf die Frage zu antworten, nahm Ismail sie bei der Hand.

»Komm, zeig mir unseren Sohn.«

Fast jeden Abend schleppte Sejde in der Dämmerung von fernen, mit Steppengras und Salzkraut überwucherten Wiesen große Reisigbündel nach Hause. Lange lief sie auf kaum erkennbaren Schafspfaden über Berg und Tal, und wenn der Ail nicht mehr weit war, setzte sie sich auf eine Anhöhe, um zum letztenmal zu rasten. Sie lockerte den Strick über ihrer Brust, atmete erleichtert auf und lehnte sich mit dem Rücken an das Bündel. Es war schön, so zu sitzen, eine Minute lang alles zu vergessen und ruhig in den Himmel zu schauen. Unten im Ail ratterten Fuhrwerke, Reiterstimmen drangen von der Straße herauf. Der Wind trug den vertrauten Geruch von verbranntem Trockenmist, faulendem Stroh und geröstetem Mais heran. Doch heute fand Sejde nicht die gewohnte Ruhe. Aus der Ferne hallte der Pfiff einer Lokomotive herüber. Sejde erschrak; sie zog den Strick an, hob mit einem Ruck das Bündel von der Erde und ging unter seiner Last rasch weiter. Das Pfeifen der Lokomotive hatte sie an Ismails Flucht erinnert. Ein banges Gefühl kommenden Unheils preßte ihr die Brust zusammen.

Auf der Straße war sie darauf bedacht, niemandem zu begegnen, der sie anhalten könnte. Wenn doch die Mondnächte bald ein Ende hätten! dachte sie. Dann brauchte sie nicht jeden Tag Reisig zu schleppen und Ismail Essen in sein Versteck zu bringen. Gott mochte verhüten, daß plötzlich jemand Verdacht schöpfte! Die Frauen hatten sie schon mehrfach bedrängt, ihnen doch die Stelle zu zeigen, wo sie das Reisig holte. Aber sie konnte sie doch nicht mitnehmen, denn dort war Ismail. Tagsüber lag er in einer Höhle, in dunklen Nächten aber kam er nach Hause. Wenn er da war, verhängten sie die Fenster, verschlossen die Türen. Für alle Fälle hatte Sejde unter den Schlafpritschen eine Grube ausgehoben und sie mit einer Matte aus Steppengras und mit Schaffilz zugedeckt.

So lebten sie nun. Die alte Mutter konnte sich nicht an dieses Leben gewöhnen. Schwerhörig, wie sie war, lauschte sie angestrengt auf jedes Geräusch. Andauernd fuhr sie auf und sah Ismail aus verweinten roten Augen mitleidig und ängstlich an. Heimlich seufzend, schien sie zu sagen: Ach, du mein Sohn, mein armer Sohn!

Ismail erkundigte sich manchmal, was im Ail vor sich gehe, hörte aber nur mit halbem Ohr zu. Er fühlte sich nicht wohl in seiner Haut, saß meist schweigend und finster, mit hängenden Schultern da und starrte ungeduldig auf den kochenden Kessel. Sejde mußte ihm möglichst schnell etwas zu essen geben, damit er vor dem Morgengrauen seine Höhle wieder erreichte.

Sie hantierte hastig am Herd und machte sich ihre eigenen Gedanken. Ihr Mann tat ihr leid; sie fürchtete auch, ihn zu verlieren und mit der kranken Alten und dem vaterlosen Säugling allein zu bleiben. Ismail hatte sich sehr verändert. In der Höhle sah er keine Sonne, atmete er keine frische Luft; sein Gesicht war aschfahl, und auf seinen aufgedunsenen Wangen sproß ein struppiger Bart. Sein Blick war verzagt und hilflos wie der eines gehetzten Pferdes; dann wieder wurden seine Augen hart und schmal, die schwarzen Pupillen blitzten in verhaltener Wut, und seine Unterlippe, in die er die Zähne grub, erbleichte. Das Grauen packte einen, wenn man ihn ansah. In solchen Minuten vergaß Ismail sogar seinen Sohn auf dem Arm.

War das noch derselbe Ismail wie im vergangenen Sommer? Von der Sonne schwarzgebrannt, sehnig wie ein Kranich, hatte er gearbeitet, ohne die Hände auch nur einen Augenblick sinken zu lassen. Damals hatten sie das Haus gebaut. Damals war in ihrem Leben alles klar und einfach gewesen, nichts hatte sie gestört oder in Sorge versetzt. Sie brauchten nur zu leben und zu schaffen. »Wenn wir erst das Haus fertig haben, riegele ich unseren Hof mit einer Lehmmauer vor fremden Augen ab!« hatte Ismail oft gesagt und dabei ihr Anwesen voller Besitzerstolz betrachtet. Und nun war er ein Deserteur. Nun schlich er nachts heimlich in sein eigenes Haus. Und kaum war er da, trieb es ihn schon wieder weg.

Sejde bemühte sich, nicht daran zu denken. In den seltenen Nächten, wenn ihr Mann kam und, den Sohn auf dem Arm, vor ihr saß, war ihr einziger Wunsch, alles zu vergessen, alles, und wenigstens eine kurze Stunde wirklich glücklich zu sein.

Meinetwegen soll er ein Deserteur sein! tröstete sie sich, während sie den Teig auf dem Brett ausrollte. Ein Mann weiß schon, was er zu tun hat. Ismail sagt ja: »Jedem ist sein Leben lieb, und in diesem Krieg kommt nur der mit heiler Haut davon, der selbst für seinen Kopf sorgt.« Es steht mir nicht an, ihn zu belehren, sicherlich muß das alles so sein, er weiß es schließlich besser. Soll ich ihn denn mit eigenen Händen von mir wegstoßen? Nein, das kann ich nicht. Er sagt doch selbst: »Mag kommen, was will, ich halte meine Brust keiner Kugel hin! So gehört doch wenigstens jeder Tag mir, ich bin zu Hause! Was habe ich denn dort an der Front verloren, irgendwo am Ende der Welt? Unsere Vorväter haben diese Gegenden nicht mal im Traum gesehen.

Soll jeder tun, was er für richtig hält, ich jedenfalls brauche das nicht und will es auch nicht. Was ändert sich denn, wenn ich hingehe? Ich allein bezwinge den Feind nicht, die schaffen es auch ohne mich.«

Das stimmt sicherlich, sie werden es schaffen. Ismail allein macht den Staat nicht ärmer. Gut, er ist geflohen, na und? Niemandem schadet es etwas, wenn er sich in Sicherheit bringt, wenn er keine Lust hat, sich umbringen zu lassen! Wenn bloß erst der Winter überstanden wäre! Sie hatten wenig Mais im Haus, und die Zeit bis zum Frühjahr war lang. Den anderen Familien im Ail ging es nicht besser, das Volk lebte jetzt nicht so wie früher, das Brot war bei allen knapp. Ob es bis zum Frühjahr reichte, wußte niemand. Schwere Zeiten standen bevor.

Morgens war der Wermut an den Aryks mit flaumigem Reif bedeckt, und seine gefrorenen Samenkügelchen lagen wie gesät auf der Erde. Von Zeit zu Zeit fiel auch schon Schnee. Die Schafe liefen mit feuchtem Vlies umher, aus dem bräunlicher Dampf aufstieg wie aus einem Misthaufen. Elstern flogen dicht über ihnen und betrachteten frech ihre zottigen Flanken. Der Winter nahte, neblig, düster. Und das Ende des Krieges war noch nicht abzusehen, immer mehr junge Burschen gingen an die Front. Jetzt schickte man schon die allerjüngsten fort, die eben erst die Altersgrenze erreicht hatten, halbe Kinder noch, ganz ohne Flaum unter der Nase.

»Mein Gott, gestern noch sind sie barfuß umhergetollt, und heute sind sie plötzlich erwachsen! Da ziehen sie nun in den Krieg, ohne die Freuden des Lebens gekostet zu haben. Elender Deutscher, der Teufel soll dich holen!« sprachen die Greise und Greisinnen bekümmert und stießen zornig ihre Krückstöcke auf den Boden. Sie standen vor dem Hof, in dem Busa ausgeschenkt wurde. Hier kamen die Einberufenen zum letztenmal mit den Mädchen und den Kelins, den jungverheirateten jungen Frauen, zusammen. Pausenlos klappten die Türen der Stube, in der die Scheidenden mit trunkener Stimme sangen. Ihre Lieder griffen einem ans Herz. Aus ihnen klang Trauer und Entschlossenheit, trunkene Verwegenheit und Besinnung.

Die Alten wischten sich die Tränen von den Wimpern.

»Ach, ihr lieben Kinder, käme doch bald der Tag, an dem wir wieder eure Lieder hören!«

Auch Sejde saß unter den Burschen. Früh am Morgen war Dshumabai, ein jüngerer Bruder aus der Sippe ihres Mannes, angeheitert zu ihr gekommen.

»Mach dich fertig, Dshene. Wir haben Busa bestellt und wollen noch einmal lustig sein. Komm mit!«

Sejde wollte den Jungen nicht kränken. Trotzdem versuchte sie, ihm abzusagen. Sie mahlte gerade mit der steinernen Handmühle Talkan für Ismail. »Es paßt mir jetzt nicht, sei mir nicht böse. Ich begleite euch dann auf der Straße.«

»Wieso paßt es dir nicht? Du mußt doch mit mir Abschied feiern, mit deinem Kajyn! Nein, komm nur, schon wegen Ismail! Vielleicht steckt er gerade im heißesten Kriegsgetümmel! Wenn ich ihn an der Front treffe, sage ich ihm: ›Sie war selbst mit auf unserer Abschiedsfeier und läßt dich grüßen!‹ Bin ich denn schlechter als die anderen? Alle haben ihre Verwandten dabei, und ich?«

Sejde wußte nicht, was sie antworten sollte.

Dshumabai bemerkte ihre Verlegenheit. »Was ist denn? Schämst du dich? Aber, aber! Komm!«

Und nun saß sie also in der Stube und wagte nicht, den Blick zu heben, als hätte sie sich vor all den Jungen schuldig gemacht. Am liebsten hätte sie sich in den äußersten Winkel verkrochen. Sie preßte ihr Tuch vor den Mund und schwieg.

Wie teuer einem ein Mensch ist, fühlt man in ganzer

Schärfe erst bei der Trennung. All diese jungen Burschen, die jetzt lärmten, sich Scherzworte zuriefen und Lieder sangen, würden morgen dem Tod ins Auge schauen. Vielleicht waren sie einem gerade deshalb so lieb wie noch nie. Sie dachten in diesen Minuten weniger an sich, an ihr eigenes Schicksal, als an die Menschen, die im Ail zurückblieben. Sie wünschten ihnen zum Abschied Gesundheit und Glück, und sie wollten für sie etwas Großes, Schönes vollbringen, ja sogar ihr Leben hingeben.

Jetzt erhob sich Dshumabai von seinem Sitzkissen, hochrot im Gesicht und von der Busa in ausgelassener Stimmung. Wenn man ihn so sah, war er noch immer der unbeholfene, schlaksige Junge. Er nahm seinen Becher in die Hand, die Reihe war an ihm, zum Abschied ein Lied zu singen.

Einer seiner Brüder, Myrsakul, der Sänger, war unlängst von der Front zurückgekehrt. Er hatte einen Arm verloren und war jetzt Vorsitzender des Dorfsowjets. Seine Lieder wurden selbst von den kleinen Kindern gesungen, und wer sie hörte, dem griffen sie ans Herz.

Dshumabai sang ein Lieblingslied seines Bruders. Es hatte eine getragene, besinnliche Melodie.

He-he-he!
Sechzig Waggons auf einmal
zieht die geflügelte Lok.
Ich verlasse den Ail,
lebt wohl, meine Dsheneler!

Siebzig Waggons auf einmal
führt die Lok davon wie der Wind.
Ich verlasse den Ail,
lebt wohl, meine Dsheneler!

»Bravo, Dshigit!« riefen lobende Stimmen einmütig. »Sollst als Sieger heimkehren!«

Dshumabai hatte sich vor aller Augen verändert, er war rauher und männlicher geworden. Stolz reckte er die Schultern und blickte durch das Fenster auf die geliebten Berge; es schien, als habe er jetzt erst begriffen, daß der heimatliche Ail in einer Stunde bereits hinter ihm liegen sollte. Er sang weiter:

Wir fahren in weite Fernen,
doch unser Blick bleibt bei dir, Alatau!
Lang noch begleiten uns
deine blauweißen Schneefelder.

»Bravo, Dshigit!« rief man ihm zu. »Wo gibt es solche Berge wie unseren Alatau!«

Jetzt sangen alle, die Jungen, die Kelins und die Mädchen. Auch Sejde, bisher in ihre eigenen Gedanken versunken, vergaß in diesem Augenblick alles auf der Welt. Sie sah einen Militärzug jenseits des Tunnelberges durch die endlose kasachische Steppe rasen. Dichtgedrängt standen Dshigiten an den Türen der Waggons; sie sangen und winkten zum Abschied zu den blauweißen Schneehöhen des Alatau hinauf, die sich wie eine Karawane am Horizont dahinzogen. Immer weiter entfernten sich die Berge, bis sie im Dunst verschwanden. Sejde lief hinter dem Zug her, um ihn einzuholen; schließlich, als sie nur noch allein in der Steppe war, lehnte sie sich erschöpft an einen Telegrafenmast. Ihr Ohr vernahm sein Summen: Es war, als spiele jemand auf dem Komus die »Klage der Kamelstute«.

Gerührt von dem gemeinsamen Abschiedslied, hob Sejde vorsichtig den Kopf. Die Dshigiten rüsteten schon zum Aufbruch. Einige hatten Tränen in den Augen, andere lachten trunken, doch alle hielten sich tapfer. Sie wünschten einander laut, daß sie als Sieger zurückkehren mögen, und verhielten sich wie leibliche Brüder.

In Sejde erwachte ein Gefühl mütterlicher Liebe zu ihnen, sie empfand Mitleid, Schmerz und zugleich Stolz. Wenn sie ihnen doch helfen könnte! Sie stellte sich vor, sie würde jetzt aufstehen und vor aller Ohren sagen: Bleibt hier, Dshigiten! In der Blüte eurer Kraft wollt ihr den heimatlichen Ail verlassen. Aber ihr sollt leben! Laßt mich hingehen und für euch sterben!

In diesem Augenblick fiel ihr ein, daß sie heute noch Ismail den Talkan bringen mußte. Ismail erwartete sie. Und sie senkte wieder den Kopf; ihre Gedanken wanderten nach Hause. Der Talkan war noch nicht fertiggemahlen, das Kind noch nicht gestillt. Sie hatte sich zu lange hier aufgehalten. Die Dshigiten traten auf die Straße. Die Menschenmenge bei den Fuhrwerken geriet in Bewegung, strömte ihnen entgegen.

»Wir wollen sie segnen!« rief Barpy, der Pferdehirt, ein breitwangiger ergrauter Alter, mit überschnappender Stimme vom Sattel herab. Er zügelte sein Pferd und hob segnend die zitternden verarbeiteten Hände.

»Der Geist der Vorväter helfe euch! Kehrt als Sieger zurück! So sei es!«

Dann holte er mit der Reitpeitsche aus und sprengte davon, den kräftigen Hals gebeugt und mit zuckenden Schultern. Ein Mann darf seine Tränen nicht zeigen.

Unter dem Lärm der sich drängenden Menge rollten die Fuhrwerke bergab, und bald waren sie im Nebel verschwunden. Eine Zeitlang hörte man noch das Rattern der Räder auf der hartgefrorenen Straße und den Gesang der Dshigiten:

Ich verlasse meinen Ail,
lebt wohl, meine Dsheneler!

Die Frauen schluchzten untröstlich. Wer von den blühenden Jünglingen würde zurückkehren, wer in ferner, fremder Erde sein Grab finden? In leidvollem Schweigen standen die Menschen auf dem Hügel.

Als Sejde ihre bekümmerten Gesichter sah, sagte sie sich: Ich werde Gott nicht erzürnen, werde mich nicht länger damit quälen, daß mein Mann ein Deserteur ist. Wenn er nur lebt, wenn er nur außer Gefahr ist!

Als im Ail alle Stimmen verstummt waren, steckte Sejde den Beutel mit dem Talkan und einige Fladen unter ihren Übermantel. Sie nahm den Strick und die Sichel und machte sich über den Hinterhof heimlich auf den Weg, um Reisig zu holen. Nebel lag über den öden Talsenken und in den Hohlwegen. Eine bedrückende Stille herrschte, kein Rabe krächzte. Nur die Steppengrasbüschel, die sich mit ihren Wurzelballen fest an die Erde klammerten, fingen den schwachen Wind auf, jeder Halm zischelte leise wie eine Schlange.

Ängstlich im Nebel um sich blickend, eilte die junge Frau zu dem Menschen, der ihr am teuersten war und ihr am nächsten stand.

Schon seit dem Herbst machte Kurman, der Briefträger, um die beiden letzten Höfe der Straße einen Bogen. Er tat, als hätte er eine dringende Sendung zuzustellen, und gab seinem Pferd die Fersen.

Doch Totoi bemerkte ihn fast jedesmal. Sie hoffte schon nicht mehr auf einen Brief, trotzdem rannte sie vom Mörser, in dem sie gerade die Körner aus gestoppelten Ähren stampfte, weg auf die Straße und winkte ihm mit ihrer sehnigen, hageren Hand.

»He, Briefträger, ist nichts für uns dabei?« rief sie mit zaghafter, unsicherer Stimme.

Wenn ihre drei Jungen das hörten, schossen sie hinter der

Hofmauer hervor – sie spielten dort den ganzen Tag in der Sonnenglut – und rannten Hals über Kopf auf den Postreiter zu.

»Ein Brief, ein Brief von Vater!«

Ehe der alte Kurman zur Besinnung kam, umringten die Kinder schon sein Pferd und hängten sich an die Steigbügel.

»Wo ist der Brief?«

»Gib ihn mir!«

»Nein, mir, mir, Kurman! Ich will den Brief haben!«

»Ach, geht mir vom Halse, ich habe doch gar keinen Brief! Schockschwerenot! Was seid ihr bloß für Kinder!« schimpfte Kurman verwirrt. »Erst muß man doch sehen, was los ist, bevor man durch den ganzen Ail schreit!«

Die Kinder schnieften, starrten ungläubig auf seine dicke Tasche und wichen nicht vom Fleck. Sie warteten noch.

Kurman hatte Mitleid mit den barfüßigen kleinen Tröpfen und ärgerte sich selber, daß er keinen Brief hatte. Was sollte er ihnen nur sagen?

»Denkt ihr denn, ihr Bürschchen, ich habe euren Brief versteckt?« murmelte er und griff zum Beweis in seine Jacke, um dann die leere Hand vorzuzeigen. »Ihr glaubt mir nicht, was? Wenn es in meiner Macht stünde, ich würde euren Vater zwingen, jeden Tag dreimal zu schreiben, das wäre immer noch besser, als jetzt in eure Augen zu schauen. Heute habe ich nichts, aber ein andermal bringe ich bestimmt was. Wenn Gott will, bekommt ihr am Markttag einen Brief. Ich hab so was geträumt. Und jetzt lauft. Und sagt Sejde, für sie habe ich auch nichts, vielleicht bringe ich ihr auch am Markttag was.«

Der Alte rückte die abgetragene Kirgisenkappe in die faltige braune Stirn und ritt, unwillig den Kopf schüttelnd, weiter.

Unterdessen bog sein Pferd, der Gewohnheit folgend, schon wieder zu einem anderen Hof ab, in den der Postbote keinen Brief mehr bringen konnte. Er zog scharf am Zügel, das Pferd stolperte, und der erboste Briefträger schlug ihm mit der Peitsche über den Hals.

»Ach, du verteufelte Schindmähre! Verrecken sollst du! Ein schreckliches Pferd, bringt nichts als Unglücksnachrichten! Wenn ich einen Brief hätte, dann würde ich dir schon selber Beine machen!«

Jedesmal, wenn Sejde mit dem Reisig zurückkehrte, begegnete ihr Assantai, der jüngste Sohn ihrer Nachbarin Totoi, ein Knirps von sieben Jahren; er trug eine alte Jacke seines Vaters mit durchgescheuerten Ärmeln. Seine Augen waren erstaunlich rein und ausdrucksvoll, sein Blick naiv und ein wenig verträumt. Er lächelte, wobei er die schadhaften Vorderzähne entblößte. Assantai war der Liebling der Frauen, während die Männer mehr Gefallen an seinem älteren Bruder fanden, der ihm gar nicht ähnelte – er war hartnäckig und eigensinnig.

»Tante Sejde, von Onkel Ismail ist wieder kein Brief gekommen, und für uns auch keiner«, erklärte Assantai schuldbewußt lächelnd und schlug die Jacke übereinander, die wie ein Sack um seine schmächtigen Schultern hing. »Onkel Kurman sagt, er wird am Markttag einen bringen. Er hat so was geträumt!«

Unter der tief ins Gesicht gedrückten Hasenfellmütze sahen Sejde ein Paar zutrauliche Kinderaugen an. Dieser Blick versprach viel, selbst Unmögliches. Wenn der Junge gewußt hätte, wie sehr seine treuherzigen Worte Sejde bedrückten! Das große Bündel, das sie so lange geschleppt hatte, ohne sich zu schonen, lastete jetzt schwer auf ihrem Rücken, als hätte sie sich Steine aufgeladen. Bis zu ihrem Hof waren es nur noch wenige Schritte, doch sie mußte sich auf die niedrige Lehmmauer stützen, um nicht zu fallen. Zu Hause warf sie das Bündel auf die Erde. Mit herabhängenden Armen stand sie an die Mauer gelehnt, zu erschöpft, die

Haare zurückzustreichen, die an ihrem schweißfeuchten Gesicht klebten.

O Gott, wenn doch eine winzige Nachricht vom Vater dieser Kinder käme! dachte sie. Seltsamerweise hatte sie das Gefühl, daß es auch für sie eine Erleichterung sein würde, wenn die Nachbarin Totoi einen Brief von ihrem Mann bekäme.

Eines Nachts dachte sie an Assantais Worte, und plötzlich packte sie die Angst. Sie hatte Kurman schon lange nicht mehr nach einem Brief von Ismail gefragt. Dabei legte ihr Ismail immer wieder ans Herz, es zu tun. Das nächste Mal werde ich fragen! nahm sie sich vor, doch dann überlegte sie es sich wieder anders. Nein, ich frage lieber nicht!

Totois Hof lag nebenan.

Einmal spätabends, das Leben im Ail war schon verstummt, machte sich Sejde daran, für Ismail zu waschen. Sie arbeitete bis zum Morgengrauen, die Wäsche mußte über dem Feuer getrocknet werden. Am frühen Morgen ging sie nach Wasser. Als sie auf die Schwelle trat, verkniff sie die Augen. Über Nacht war dichter Schnee gefallen. Die trostlose, eintönige Weiße behagte ihr nicht. Sie empfand Übelkeit und Schwindel. Bin ich etwa schwanger? Sie wankte, der Eimer fiel zur Erde. Was werden die Leute sagen? Doch sogleich beruhigte sie sich. Nein, es konnte nicht sein. Das kam nur von der schlaflosen Nacht. Sie bemühte sich, die kurze Schwäche zu vergessen, und dachte an Ismail.

Wie wird ihm heute in seiner Höhle zumute sein? fragte sie sich, und ihr Herz zog sich traurig zusammen. Nun ist der Winter da, bald werden die Fröste einsetzen – wie wird es ihm dann in seinem Versteck ergehen?

Ja, der Winter kam mit Macht. Gestern war die Erde noch schwarz gewesen, heute zog sich eine frische Schneedecke vom Kamm der Berge bis herab ins Tal.

Graublau und frostklamm neigten sich die Weiden über die Aryks. Schwere, düstere Wolken trieben schlaff und träge dahin. Der Himmel schien sich herabgesenkt zu haben, die Welt war enger und kleiner geworden. Es schneite immer noch, und der stoßweise heranfegende Wind wirbelte die Flocken auf. Die Menschen waren noch nicht aufgestanden, niemand mochte so früh am Morgen in die Kälte hinausgehen.

Sejde stapfte mit gesenktem Kopf los und überlegte, wie sie Ismail die große bunte Filzmatte hinaufschaffen könnte, denn ohne sie würde er die Kälte nicht überstehen. Dann rissen ihre Gedanken plötzlich ab, sie erblickte Spuren im Schnee, die zum Fluß führten. Wahrscheinlich von Totoi, dachte sie, und da sah sie ihre Nachbarin auch schon, sie kam ihr mit zwei Eimern entgegen. Ihre Beine staken in großen schweren Stiefeln; sie war mager, hatte eingefallene Wangen und Falten um die Mundwinkel. Ihr derber Übermantel war auf Männerart mit einem festverknoteten Strick umgürtet. Als sie Sejde erblickte, stellte sie die Eimer auf die Erde, rieb die blaugefrorenen Hände aneinander und wartete auf sie.

»Hast du heute nacht nicht geschlafen? Deine Augen sind ja so eingefallen, und dein Gesicht ist ganz gelb!« sagte sie.

»Ach wo, ich habe nur Kopfschmerzen«, erwiderte Sejde. Dann fügte sie rasch hinzu: »Was soll ich denn in der Nacht anderes tun als schlafen?« Sie erschrak selbst über ihre Worte und fühlte, wie kalt ihr wurde. Vielleicht ist Totoi nachts draußen gewesen und hat gesehen, daß ich wasche? dachte sie. Gleich wird sie fragen! »Aber es stimmt, ich habe nicht geschlafen, der Kleine hat geweint«, versuchte sie ihre unbedachten Worte zu verwischen.

Totoi nickte verständnisvoll.

»Ja, ja«, sagte sie gedehnt, »du bist genauso allein wie ich! Deine Alte ist nur ein Schatten im Haus, sie kann nichts als am Herd sitzen. Gut, daß sie wenigstens nach ihrem Enkel sieht. Sie ist doch schon sehr hinfällig. Und deine Eltern sind weit weg. Ja, ja, so ist es im Leben, eins kommt zum anderen!« Totoi verstummte und sah die schweigende Sejde mitfühlend an. Sie tat ihr wirklich leid. Totois sonst so strenge, durchdringende Augen, über denen sich dicke Brauen wölbten, blickten jetzt weich und ruhig, mütterlich besorgt und weise.

Schon lange hatte Sejde sie nicht so gesehen. Sie muß in ihrer Mädchenzeit einmal schön gewesen sein! dachte sie. Assantai hat die schönen Augen von seiner Mutter!

Totoi seufzte tief und fuhr fort: »Kein Brief kommt, und man grämt sich zu Tode. Ja, das ist nun unser Los! Ich sitze mit drei kleinen Kindern da, und du hast nicht mal ein halbes Jahr mit deinem Mann gelebt. Ihr hattet gerade eure schönste Zeit, da kam der Krieg. Du hast deinen Sohn geboren, und der Vater hat ihn noch nicht einmal gesehen. Das ist natürlich bitter. Ach, alles wäre halb so schlimm, alles wäre zu ertragen, wenn ab und zu ein Brief käme! Und nun ist der Winter da. Meine Kinder haben nichts anzuziehen. Mais haben wir nur noch zwei Säcke. Was ist das schon für uns?« Sie machte eine zornige Handbewegung, unterdrückte die Tränen und griff mit hartglänzenden Augen nach den Eimern.

Erschrocken und doch auch erfreut, daß Totoi nichts ahnte, sah die verwirrte Sejde ihr nach. Sie hatte kein Wort der Erwiderung herausgebracht. Die Anteilnahme dieser kleinen Frau, ihr mütterliches Mitgefühl, ihre Tapferkeit und ihre Schwäche hatten Sejde gerührt, und gleichzeitig hatte sie das Gefühl, als habe Totoi, ohne es selbst zu wissen, sie angeklagt, ihr etwas vorgeworfen. Sie hatte gesagt, daß sie beide dasselbe Los trügen und Sejde also kein Recht habe zu murren. Sejde fand sich in ihren unklaren, einander widersprechenden Gefühlen nicht zurecht.

Was soll ich denn tun? dachte sie ratlos. Jeder hat sein eigenes Schicksal. Was einer Familie vorherbestimmt ist, das tritt auch ein. Wenn es das Glück will, werden Totois Kinder ihren Vater wiedersehen.

Baidaly, Totois Mann, war sein Leben lang Mirab gewesen. Nach Feierabend konnte man ihn noch bei der Arbeit sehen. Kraftvoll und selbstsicher schritt er über die Felder und lenkte das Wasser in die vorgesehenen Gräben. Die dunkelroten Spitzen des Klees leuchteten im Schein der untergehenden Sonne, und bei jedem Ausholen blitzte in Baidalys Händen der von der Erde blankpolierte Ketmen.

»Er versteht es, mit dem Wasser umzugehen, er hat goldene Hände!« sagte man von ihm im Ail. Er lachte schallend, wenn die Frauen sich an den Händen faßten und mit geschürzten Kleidern durch einen seiner sprudelnden Aryks wateten.

»He, was stellt ihr euch denn so an? Habt ihr Angst, das Wasser reißt euch weg? Dann fallt ihr sicher in meine Arme! Ich halt euch schon fest!«

»Wenn's deine Aryks doch wegschwemmte, du unersättlicher Teufel! Ersaufen sollst du drin!« antworteten die Frauen kreischend, die alle so alt waren wie er.

Höchst befriedigt, lachte er abermals schallend.

Wenn man sich dann umblickte, sah man ihn in der einbrechenden Dämmerung über die Felder schreiten, hochgewachsen, die kräftigen Schultern wiegend, ein wasserspendender Recke. Er merkte unbestellte Flächen an und entfernte sich immer weiter.

Einmal hatte Sejde bei ihren Nachbarn folgende Szene erlebt: Totoi hatte sich über irgend etwas geärgert und kratzte, die schmalen Lippen schmollend aufgeworfen, zornig mit dem Schaber auf dem Boden des großen Kessels. Baidaly bastelte Spielzeug für die Kinder. Ruhig sagte er:

»Du hast keinen Grund zu schimpfen, Baibitsche. Wir leben nicht schlechter als andere. Na, und hat vielleicht jede Familie drei Söhne? Du hast sie mir geboren, und einen anderen Reichtum brauche ich nicht. Da, sieh sie dir an, meine Prachtkerle, die uns Gott geschenkt hat!«

Von der Front hatte Baidaly oft nach Hause geschrieben, doch seit dem Herbst kamen keine Briefe mehr. Auch von Ismail kam keine Post. Und deshalb gab der Briefträger Kurman, wenn er vorbeiritt, seinem Braunen die Fersen, damit ihn von den beiden Höfen niemand sah. Er konnte doch nicht mit leeren Händen vor ihnen erscheinen! Er hatte das Gefühl, als müsse er eine Schuld zurückzahlen und habe kein Geld.

Dafür ließ sich jetzt Myrsakul, der Vorsitzende des Dorfsowjets, öfter sehen. Und allein dieser Umstand erschreckte Sejde zu Tode. Vielleicht hatte Myrsakul Verdacht geschöpft und wollte Ismail nachspüren? Doch in seinem Verhalten war bisher nichts dergleichen zu bemerken! Woher sollte er es auch wissen? Noch hatte keine Menschenseele im Ail eine Ahnung von Ismails Flucht. Ismail war sehr vorsichtig.

»Sejde, es sind trübe Zeiten, man kann den Leuten nicht trauen! Sieh zu, daß du zu niemandem ein Wort sagst!« warnte er sie jedesmal. »Selbst wenn mein Vater aus dem Grabe aufstünde, dürftest du's ihm nicht anvertrauen! Hörst du?«

Wenn Myrsakul durch den Ail ritt, kam er immer unter einem Vorwand zu ihnen herein. Vor seiner Einberufung zur Armee war er ein junger Dshigit gewesen. Die schwarze Karakulmütze hatte er forsch aufs Ohr gerückt getragen. Bei jedem Pferderennen war er dabeigewesen, und von seinem Komus hatte er sich nur selten getrennt. Im Ail galt er als der beste Sänger. Er dichtete und komponierte sogar Lieder. Als er von der Front zurückkehrte, hatte er nur noch einen

Arm, und man erkannte ihn kaum wieder, er war nicht mehr derselbe. Auch charakterlich hatte er sich verändert: Er zeigte sich schroff und jähzornig. Myrsakul glich einem vom Sturm verkrüppelten Baum: Seine linke Schulter hing herab, an seinem vorgestreckten Hals zeichneten sich tiefe Narben ab, und seine groben, unregelmäßigen Gesichtszüge traten jetzt noch schärfer hervor. Seine Augen blickten finster und durchdringend. In seinen Liedern besang er meist Fronterlebnisse; dabei klang seine Stimme bald rauh, gedämpft, bald zornig und leidenschaftlich. Wenn er sich hinreißen ließ, blitzten seine Augen wie die eines legendären Recken, und er schwenkte seinen einen Arm, als schlüge er die Saiten des Komus, den er nun nie mehr spielen konnte.

Gewöhnlich ritt er auf Totois Hof.

»Na, Totoi, wie geht's euch? Lebt ihr noch?« Dann blickte er aus den Steigbügeln über die hohe Trennmauer und rief Sejde von weitem zu: »Ist dein Kleiner gesund, Sejde? Dreh mir doch eine Zigarette von deinem Tabakvorrat. Und komm mal rüber zu deiner Nachbarin! Wir müssen was besprechen! Kannst nachher weitermachen!«

Er fragte niemals, ob die beiden Frauen Briefe von ihren Männern bekämen, um sie nicht unnötig in trübe Stimmung zu versetzen. Außerdem sah er immer selbst die Post für den Ail durch, er wußte also, wie es um jede Familie stand. Und trotzdem regte sich Sejde jedesmal auf, wenn er kam. Es schien ihr verdächtig, daß er nicht fragte, ob Ismail geschrieben habe. Sicherlich wußte er etwas, sicherlich unterließ er es nicht von ungefähr.

Sie drehte eine Zigarette aus dem Tabak, mit dem sie sich schon im Sommer versorgt hatte, rauchte sie an und ging zu ihrer Nachbarin hinüber, bemüht, ihre wachsende Angst mit aller Kraft zu unterdrücken. Als Myrsakul sie kommen sah, stieg er vom Pferd. Genußvoll den Rauch einziehend, führte er mit den beiden Frauen ein belangloses Gespräch über dieses und jenes.

»Einen guten Tabak hast du, Sejde!« lobte er einmal. »Davon mußt du Ismail in einem Päckchen was mitschicken. Dann wird er beim Rauchen an seine Heimat Talas denken. So einen Tabak wie bei uns gibt es nirgends.«

»Ja, das werde ich tun«, erwiderte Sejde mühsam. Sie hätte noch etwas sagen sollen, doch ihr fiel nichts ein. Ihr war, als müsse Myrsakul von ihrem Gesicht ablesen, welches Durcheinander in ihrem Hirn herrschte. Das ließ sie noch mehr erröten als vorher. Sie hüstelte zum Schein. »Pfui, was für ein scharfer Rauch, das zerreißt einem ja die Kehle! Was ist denn daran so schön?«

Obwohl sie nichts Unpassendes gesagt hatte, quälte sie sich die ganze Nacht. Hatte sie sich nicht verraten? Verhüte es Gott auch dieses Mal! dachte sie. Ich darf nicht rot werden, ich muß meine Stimme in der Gewalt behalten! Hat er etwas bemerkt? Ich bin selbst schuld, ich habe zuwenig Mut! warf sie sich vor. Und warum hat er das mit dem Päckchen gesagt? Zufällig oder mit Hintergedanken?

Ein andermal betrachtete Myrsakul die Bäume, die in Totois Garten am Aryk wuchsen, und tadelte die Besitzerin: »Baidaly hat die Bäume jeden Herbst beschnitten, aber ihr habt es dieses Jahr nicht gemacht. Dein Ältester kann doch schon zupacken! Die Äste müssen runter, sonst hört der Baum auf zu wachsen. Außerdem habt ihr gleich zusätzlich Brennholz.«

Totoi sah ihn ungehalten an und seufzte: »Meinetwegen brauchen sie nicht zu wachsen, ich werde keine Träne drum weinen! Was kümmern mich die Bäume? Die können einem auch nicht helfen! Wenn Baidaly nicht zu Hause ist, macht mir nichts Freude. Probier's doch mal: im Kolchos arbeiten, Ähren lesen, die Kinder ernähren. Sieh uns zwei Nachbarinnen an; von unseren Männern kommt kein Brief, keine Nachricht, Gott weiß, ob sie noch leben oder schon tot sind!« Sie wandte sich ab und biß sich auf die Lippe. »Und du erzählst uns was von Bäumen.«

Sejde erschrak und zog den Kopf zwischen die Schultern. Sie fürchtete, Myrsakul werde jetzt die ganze Wahrheit offenbaren. Vergleiche dich nicht mit ihr! würde er sagen. Ihr Ismail versteckt sich schon lange. Er ist hier, er ist geflohen! Ja, das schien ihr in dieser Minute unabwendbar.

Doch Myrsakul erwiderte etwas anderes. »Ich will dir mal was sagen, Totoi: Ein Baum kann einem sehr wohl helfen, nicht nur mit seinem Holz, sondern sogar mit seinem Schatten«, erklärte er ruhig. Plötzlich brauste er auf und schrie, als habe er schon lange vor, ihnen das alles ins Gesicht zu schleudern: »Hört doch auf mit eurem Altweibergeplärr! Kaum klappt's mal nicht mit der Post, schon fangt ihr an zu heulen! Macht euch lieber an die Spreu auf dem Druschplatz, die habt ihr einfach übereinandergeschüttet! Das ist Futter, und es verfault bis zum Frühjahr!

Wollt ihr, daß die Kinder keine Milch haben? Dafür reiße ich euch den Kopf ab! Wenn es eine allein nicht schafft, dann soll sie doch die Nachbarin zu Hilfe rufen! Ihr seid schließlich hier zu zweit, seid Nachbarinnen! Beide zusammen seid ihr doch einen Mann wert! Die russischen Frauen sitzen mit Gewehren in den Schützengräben, genau wie die Männer, ich habe es selbst gesehen, und ihr seid zu Hause und verliert den Mut, wenn mal keine Briefe kommen!«

Totoi schwieg und erwiderte kein Wort. Doch Sejde sagte, unerwartet für sie selbst: »Wir machen es. Noch heute werden wir die Äste absägen und die Spreu umschaufeln!« Vielleicht hätte sie sich nicht so schnell bereit erklären sollen? Aber diesmal trug sie gar keine Bedenken, sie sprach, wie ihr ums Herz war, einesteils, um das Gespräch von den Briefen abzulenken, und andererseits, weil sie sich für sich selbst und für Totoi schämte. Myrsakul sagte nichts weiter. Immer noch erregt und zornig, musterte er Sejde seltsam forschend und, wie es schien, wohlwollend. Dann schwang er sich aufs Pferd und ritt davon.

An diesem Tag, an dem Sejde ihrer Nachbarin in der Wirtschaft half, empfand sie eine unbewußte stille Freude. Sie war innerlich ruhig, als habe sie eine Schuld abgetragen. Schon lange hatte sie nicht mit so frohem Herzen und mit jenem Schwung geschafft, in dem man alles gleich auf einmal machen will und einem die Arbeit flott von der Hand geht. Übermütig scherzte sie mit Totois Kindern, die eher störten als halfen. Doch das ärgerte sie nicht. Sie hätte singen und laut lachen mögen. Nur wenn sie an Myrsakuls seltsamen Blick dachte, der ihr wie ein Stich ins Herz gegangen war, wurde sie plötzlich still, und ihre Arme sanken herab.

Warum hat er mich so angesehen? Argwöhnt er etwas? Aber vielleicht bilde ich mir das nur ein?

Und so blieb es. Jedesmal, wenn Myrsakul auftauchte, überkam Sejde Verwirrung und Furcht. Sie wartete immer darauf, daß er sagte: Wo ist dein Ismail? Wo versteckst du ihn? Und ihr Herz schlug so laut, daß sie fürchtete, er könnte es hören.

Wenn Myrsakul wieder weg war, lief sie nach Hause, schöpfte mit bebenden Händen eine Kelle voll eisigen Wassers und trank so hastig, daß sie sich verschluckte und sich die Brust bespritzte. Erst nachdem sie den unerträglichen Durst gelöscht hatte, vermochte sie ihre Gedanken zu sammeln.

Nein, er weiß nichts! entschied sie dann. Wenn er herkäme, um nachzuforschen oder mich zu verhören, würde ich es doch merken! Er fragt ja bloß, wie es uns geht, und reitet wieder weg. Und selbst wenn er etwas argwöhnt, von mir erfährt er nichts! Soll er mich tausendmal fragen, ich verrate Ismail nicht, niemals! Andere Frauen bitten Gott unter Tränen: Laß meinen Mann lebendig zurückkommen, weiter wünsche ich mir nichts! Liebe ich denn meinen Mann nicht auch, habe ich Gott nicht auch darum gebeten, schon unseres Sohnes wegen? Und Gott hat mir Ismail zurückgeschickt, damit ich selbst ihn behüte.

Mit Schneestürmen und klirrenden Frösten kam die kälteste Zeit des Winters. Eine ganze Woche lang ließ der Wind nicht nach, und der Schnee türmte sich zu steilen, dichten Verwehungen auf. Die steinhart gefrorenen Wege tönten unter den Füßen wie Metall.

Der Ail lag verödet, in eine windgeschützte Talsenke gekauert. Aus den tönernen Schornsteinröhren stieg Rauch, und darüber, in der trüben, fahlen Höhe, ragten schweigend und von eisigem Sturm umbraust die majestätischen Gipfel der Berge.

Das Leben wurde von Tag zu Tag schwerer.

In ihrer kalten Stube hockten an der Außenwand des Hauses die Hühner aufgeplustert und dicht zusammengedrängt in einer Ecke. Blinzelnd, die Augen halb geschlossen, betrachteten sie traurig die Menschen. Sie hätten mit Körnern gefüttert werden müssen, doch woher nehmen! Der Mais stand in der Nische hinter dem Ofen in einem großen hausgewebten Sack, der von Tag zu Tag mehr zusammensank, es schien, als würde der Mais allein vom Hinsehen weniger.

Um zu sparen, ging Sejde schon seit dem Herbst nicht mehr zur Mühle. Dort wollte man Korn fürs Mahlen haben, und da war es schon besser, zu Hause mit der Hand zu mahlen. So manche Nacht schlief sie nicht. Tagsüber ging sie arbeiten, und vom Abend an saß sie an der Handmühle. Wie heißer Zunder rauchte der schwere Mühlstein, wie Feuer brannten die zerschundenen Hände. Der stechende Schmerz im Kreuz trübte ihren Blick, doch sie verließ ihren Platz nicht. Ismail mußte morgen etwas zu essen haben! Sie siebte das Gemahlene durch, legte eine Handvoll für den Brei des Kindes beiseite und buk aus dem restlichen Mehl für Ismail Fladen. Sie selbst und die Alte waren mit der Kleie zufrieden, die im Sieb zurückblieb. Daraus kochten sie sich eine Suppe. Wie sollten da noch Körner für die Hühner abfallen? Wenn sie nur selbst bis zum Frühling durchkamen!

Sejde hielt die Hühner, um im Frühjahr Eier für den Jungen zu haben, doch sie hatte sich verrechnet. Es gab kein Fleisch. Wenn Ismail kam, kochte ihm Sejde ein Huhn. Und sie hätte ihm noch viel mehr Fleisch vorgesetzt, wenn ihr Geflügelbestand größer gewesen wäre. Alles, was im Hause war, alles, was sie ergattern konnte, hob Sejde für ihren Mann auf.

»Wir sind ja zu Hause, wir kommen zur Not auch mit Wasser aus!« sagte sie zu der Alten, die ohnedies bereit war, alles für ihren Sohn zu opfern. Trotzdem krampfte sich Sejdes Herz vor Scham und Mitleid zusammen, wenn Ismail nach Hause kam.

Das Gesicht mit einem schmutzigen Tuch verdeckt, einen schmierigen, abgewetzten Pelz über dem Mantel, verrußt wie ein Landstreicher, erschien er in stürmischen Nächten in der Tür. Sobald er ein wenig aufgetaut war, ging ein widerwärtiger Geruch von ihm aus.

Während Sejde über dem Feuer die Läuse aus seinem Hemd schüttelte, musterte sie ihn verstohlen und mitleidig und dachte verzweifelt: Ach, was macht die Kälte aus dir? Wenn du zu Hause wärst, ich würde jedes Stäubchen von dir fernhalten!

Er aber hockte am Feuer wie ein Kauz, mit trübem, bösem, gehetztem Blick. Sein Gesicht war von der Kälte rauh geworden wie ein Stück Filz.

Sejde begriff, daß er es schwer hatte, und sie bemühte sich, liebevoll zu sein und ihn mit Gesprächen zu zerstreuen. Mann und Frau müssen immer zusammenstehen in Not und Leid! redete sie sich zu. Was mir auch beschieden sein mag, ich muß es tragen. Wenn nur Ismail nichts zustößt. Es wird alles vorübergehen, wird wieder besser werden, ich muß durchhalten! Totoi ist allein mit ihren drei Kindern, sie hat nichts als eine Handvoll Talkan für jedes, und sie hält sich tapfer, läßt sich nichts anmerken!

Eines Tages, als Sejde von der Arbeit im Tabaklager zurückkehrte, holte Myrsakul sie an der Brücke ein.

»Warte mal, Sejde!« rief er ihr zu.

Es war nichts Verdächtiges in seiner Stimme, doch Sejde wurde sofort mißtrauisch. Sie erwartete das Schlimmste und schob rasch ihr Tuch vor die zitternden Lippen. Myrsakul ritt im Trab zu ihr heran, beugte sich vom Sattel und sah ihr starr ins Gesicht.

Er weiß es! dachte Sejde entsetzt. Bestimmt! Was zögerst du noch? So rede doch! Fast hätte sie es herausgeschrien, so quälend lange, so unverwandt sah Myrsakul sie an.

»Ich möchte dir als dein Verwandter etwas sagen, Sejde«, sprach er.

»Was denn?« fragte Sejde, doch sie hörte ihre eigene Stimme nicht. Hatte sie das laut gesagt oder nur gedacht?

»Aber was hast du denn?« fragte Myrsakul bestürzt, er ärgerte sich über seine Ungeschicklichkeit. Jetzt hatte er der Frau einen Schreck eingejagt; sie hatte ja keine Post von ihrem Mann, da konnte sie alles mögliche vermuten. Wie blaß sie geworden war! »Nein, hab keine Angst, es ist nichts Schlimmes. Ich wollte dir nur sagen: Morgen geben wir an die Familien der Frontkämpfer etwas Körnerfrucht aus. Es stehen aber nicht alle auf der Liste. Du auch nicht, Sejde. Ich denke, du hast dafür Verständnis und bist nicht beleidigt. Es kommen ja nur fünf oder zehn Kilo auf jede Familie, und da haben wir erst mal die Kinderreichen bedacht, solche wie Totoi. Reg dich also morgen nicht auf. Alle müßten etwas bekommen, aber woher nehmen?«

Sejde fiel ein Stein vom Herzen. »Na wennschon, dann eben nicht«, erwiderte sie gefaßt. Ich hab's nicht so nötig, das ist wahr, es ist besser, solchen zu helfen wie Totoi. Ich werde mich schon durchschlagen! wollte sie sagen, aber sie wagte es nicht, dazu reichte ihr Mut nicht.

Myrsakul legte ihre Worte jedoch auf seine Weise aus.

»Aber Sejde, sieh doch mal, denk nichts Schlechtes«, druckste er. »Ein andermal kriegst du auch was. Bestimmt! Das verspreche ich dir. Sag das auch der Alten, sonst wird sie knurren und sagen: Myrsakul gehört zu unserer Sippe, aber man hat nichts von ihm, obwohl er im Dorfsowjet ist! Ich würde gern etwas für meine Verwandten tun, aber du siehst ja selbst …«

Er überlegte, betrachtete die verschneiten Hütten des Ail und trieb sein Pferd an, zügelte es aber gleich wieder. Er wollte noch etwas sagen, konnte sich jedoch nicht dazu entschließen. Wieder sah er Sejde so seltsam an wie damals auf Totois Hof, doch diesmal unverhüllter. Ja, jetzt war es klar – Zärtlichkeit und Wohlgefallen lagen in diesem Blick, und seine Augen sprachen: Ich wußte, daß du mich verstehen würdest. Ich habe dir immer vertraut. Du bist die beste Frau der Welt, ich liebe dich. Schon lange liebe ich dich!

Sejde erschrak. In ihr Tuch gehüllt, blaß vor Furcht und Erregung, wich sie unwillkürlich zurück. In ihren weit geöffneten Augen stand starres Erstaunen. Sie war jetzt sehr schön.

»Ich gehe!« sagte sie leise, doch fest.

»Warte noch!« Myrsakul zögerte. Er griff nach dem Zügel und ließ ihn wieder fallen.

»Warte noch, Sejde!« wiederholte er. »Wenn es dir mal

zu schwer wird, dann sag es mir. Wenn dein Söhnchen was braucht, vielleicht für Brei, ich würde meinen Mantel verkaufen, um es zu besorgen.«

Sejde hörte zu und nickte schweigend. Sie wußte nicht, was sie denken sollte. Zwar empfand sie Dankbarkeit für Myrsakul, doch ihre Augen blickten kalt und abweisend: Rühr mich nicht an! Sieh mich nicht so an, ich habe Angst vor dir! Laß mich, ich will gehen!

Myrsakul senkte langsam die Lider, und als er, sich im Sattel aufrichtend, Sejde abermals ansah, waren seine Augen so wie immer. Mit gleichgültiger Stimme sagte er: »Nun geh, dein Sohn weint sicher schon nach dir!«

Sejde wandte sich brüsk um und mußte an sich halten, um nicht zu rennen. Als sie ein Stück weg war, blickte sie über die Schulter zurück. Sie blieb stehen. Mit gesenktem Kopf ritt Myrsakul am Ufer entlang, ohne sich umzusehen. Sein Pferd ging im Schritt, und er trieb es nicht an. Vielleicht weil er den Mantelkragen hochgestellt hatte, fiel jetzt besonders auf, wie mager er war, wie krumm er sich hielt und wie tief seine verkrüppelte, armlose Schulter herabhing.

Seinen Mantel will er verkaufen! Aber dann friert er doch! dachte Sejde, und plötzlich wallte etwas nie Gefühltes in ihrem Herzen auf, etwas wie heiße Zärtlichkeit und tiefes Mitleid. Sie hätte ihm nachlaufen, ihn anhalten, ihm ein freundliches Wort sagen und ihn um Verzeihung bitten mögen. Was findest du denn an mir, einer verheirateten Frau? Gibt es denn im Ail nicht genug hübsche Mädchen? Und du weißt nicht, daß mein Mann bei mir ist.

In ihrem Kopf ging alles wirr durcheinander. Das trockene Knirschen des Schnees unter ihren Füßen dröhnte ihr in den Schläfen. Bis zu ihrem Haus sah sich Sejde immer wieder erschrocken um, die bebenden Lippen hinter dem Tuch verborgen.

Eine schlimme Nachricht ging im Ail um. Die Frauen im Tabaklager tuschelten miteinander und verstummten bekümmert, wenn Totoi mit einem Tabakballen auf dem Rücken vorüberkam.

Eine der Frauen, mit schwarzem Kopftuch und noch nicht verheilten tiefen Kratzwunden im Gesicht, konnte sich nicht länger beherrschen und schluchzte laut: »Die unglücklichen Waisen! Möge gleiches Leid über die Deutschen kommen!«

Der Dorfsowjet hatte die Mitteilung erhalten, daß Baidaly bei Stalingrad gefallen war.

In der letzten Zeit hörte man bald da, bald dort die Klagerufe der Männer, die einen Anverwandten verloren hatten. »Mein Bruder! Mein Anverwandter!« riefen sie, im Sattel schwankend. Und zur Antwort tönte aus einer von Menschen umringten Hütte der herzzerreißende Trauergesang der Frauen. Sie saßen mit dem Rücken zur Tür, kratzten sich mit den Fingernägeln das Gesicht blutig und klagten:

Dein Zaum war aus Silber,
und du warst tapfer wie ein Löwe.
Nutzlos hängt nun der Zaum an der Wand,
und ein schwarzes Tuch umhüllt meinen Kopf.
Dein Sohn wird dich bei den Feinden rächen!
Ooooha, eeeh!

Bis Mitternacht, bis sie, heiser röchelnd, vor Erschöpfung verstummten, beweinten die Frauen die Gefallenen. Sejde war jedesmal schrecklich zumute, wenn sich die Menschen aus dem ganzen Ail versammelten, um im Hause eines Gefallenen Klagelieder anzustimmen. Sie scheute sich, den Leuten unter die Augen zu treten, und versteckte sich, ohne es selbst zu merken, hinter dem Rücken der anderen. An solchen traurigen Tagen wäre sie am liebsten davongelaufen, in die Berge oder an einen unbewohnten Ort, um dort in der Einsamkeit zu klagen, wo niemand sie sah und hörte.

Und nun war die Reihe auch an Totoi. Auch vor ihrem Hause würden die Menschen zusammenströmen, und Totoi würde laut jammern und sich das Gesicht mit den Nägeln zerkratzen, und ihre Jungen mußten, wie rechte Männer, den Gürtel festziehen, in den Hof gehen und, auf Stöcke gestützt, die Männer mit der lauten Klage empfangen: »Mein Vater! O mein Vater!«

Die arme Totoi, sie wußte noch nicht, welches Leid über ihrem Haupt schwebte. Die Nachricht von Baidalys Tod lag bei Myrsakul. Bei den Kirgisen ist es nicht üblich, von solchen Dingen sofort zu sprechen. Wann Totoi es erfahren sollte, mußten die Aksakale bestimmen. Zusammen mit der Gefallenenanzeige hatte die Kolchosleitung einen Brief von Baidalys Regimentskommandeur bekommen.

Er schrieb, Baidalys Einheit sei bei einem Angriff auf einem schmalen Streifen zwischen dem Wolgaufer und einem verminten Drahtverhau zusammengedrängt worden. Alles schien verloren. Die Leute seien von MGs niedergemäht worden, niemand habe gewagt, sich als erster dem Minenfeld zu nähern. Da sei Baidaly aufgesprungen und zum Stacheldraht gelaufen, Minen seien detoniert, und ein Durchgang wurde frei. Der Feind sei aus seiner Stellung vertrieben worden.

Nachdem die Aksakale diesen Brief gehört hatten, ehrten sie das Andenken ihres Landsmannes durch Schweigen. Lange saßen sie so und beteten.

»Ja!« seufzte schließlich der Postbote Kurman und zog seine Kappe wieder tiefer in die Stirn. »Er konnte mit dem Wasser umgehen, er hatte goldene Hände. Wo Baidaly das Wasser hinleitete, dort wuchs immer Brot. Ja, und nun? Seine Kinder haben mir oft den Weg versperrt und mir zugesetzt: ›Onkel Kurman, wann bringst du uns einen Brief von unserem Vater‹ Ich habe ihnen immer einen für den Markttag versprochen, und sie haben es geglaubt. Und wie ist es nun gekommen … Ja, ja, wie das Schicksal der Helden, so das Schicksal des Volkes!«

Myrsakul fragte die Aksakale um Rat, ob er Totoi den Tod Baidalys mitteilen solle.

»Wenn schon sein Vorgesetzter schreibt, daß er tot ist, dann besteht keine Hoffnung mehr«, erwiderten die Alten. »Aber hör uns an, Myrsakul. In so einer schweren Zeit, wo Totoi ihre Kinderchen noch wie junge Hunde zwischen den Zähnen trägt und sich abquält, damit sie nicht verhungern, wagen wir es nicht, ihr den Tod ihres Mannes mitzuteilen. Wenn nun ihre Arme erlahmen, was soll dann aus ihren Kindern werden? Nein, wir können ihr nicht die letzte Hoffnung nehmen. Es ist besser, wir verschieben es auf den Herbst. Wenn wir die Ernte eingebracht haben und die Menschen wieder ein bißchen satter sind, dann geben wir den Tod unseres Baidaly öffentlich bekannt und holen die Gedenkfeier mit allen gebührenden Ehrungen nach.«

Im Ail billigte man den Entschluß der Alten. Bis zum Herbst hatte niemand das Recht, von Baidalys Tod zu sprechen. Trotzdem weinten die Frauen im Tabaklager, wenn auch insgeheim, denn Totoi wußte ja nichts.

In der Nacht kam Ismail, und Sejde erzählte ihm vom Schicksal ihres Nachbarn. Ismail sagte nichts darauf und hob nur unbestimmt die Schultern. Gott mochte wissen, was er dachte. Vielleicht tat ihm Baidaly im Herzen leid, vielleicht auch nicht. War er denn umsonst geflohen, hütete er ohne Grund sein Leben? Baidaly hatte sich selbst auf eine Mine gestürzt. Nun, da war er eben umgekommen. Das war vorauszusehen gewesen. Nein, Ismails Gesicht blieb undurchdringlich, er sagte nichts.

Schweigend und mit großen, lauten Schlucken leerte er

eine volle Schale Suppe. Dann brummte er mürrisch: »Ist noch was da?«

Es wird ihm jetzt nicht danach zumute sein, um andere zu trauern! Schließlich hockt er Tag und Nacht in der Kälte, darf sich niemandem zeigen, und dazu kann er sich nur alle paar Tage mal satt essen! dachte Sejde zu Ismails Rechtfertigung.

Nachdem sie ihn hinausgeleitet hatte, konnte sie lange nicht einschlafen. Der Wind schleuderte wütend Graupeln ans Fenster, in der Nähe kläffte ein frierender Hund und heulte dann kläglich: »Suuuk! Suuuk!« Sejde überrieselte es kalt. Mit Grauen stellte sie sich vor, wie jetzt der eisige Wind über die hartgefrorenen Felder und durch die Steppengrasbüschel pfiff und Ismail einsam durch die Nacht zu seinem Versteck stapfte. Im selben Augenblick fing auch noch der Kleine an zu weinen. Sie schlief schlecht in dieser Nacht.

Am Morgen sprengte Kurman mit wehenden Pelzschößen auf den Hof. Ihm oblagen auch die Pflichten eines Gemeindeboten. »Sejde!« rief er aufgeregt und klopfte an die Tür. »Ein NKWD-Mann aus dem Kreis ist da, er möchte dich dringend sprechen! Mach dich schnell fertig!« Sejde lief auf das Klopfen hinaus und begriff sofort. Sie fragte gar nicht erst, warum man sie rufe. Schweigend preßte sie die Zähne zusammen. Ismail, Liebster, was soll jetzt werden? schoß es ihr durch den Kopf.

Da lief Assantai herbei. Er glaubte wohl, Kurman habe einen Brief von Ismail gebracht. »Süjüntschü, Tante Sejde, ein Brief von Onkel Ismail!« rief er froh, doch als er Sejdes bleiches Gesicht sah, verstummte er mitten im Satz und sah sie verlegen an. Er trat zur Seite und zog, vor Kälte oder weil er sich schämte, den Kopf zwischen die Schultern.

»Auch noch das Unglück!« brummte Kurman ärgerlich. Man wußte nicht, auf wen sich diese Worte bezogen, auf

Sejde oder auf den Jungen. Kurman wandte sich ab, versetzte dem Pferd einen Peitschenhieb und sprengte davon.

Sejde hätte nicht sagen können, wie sie zum Dorfsowjet gelangt war. Mit bebender Hand öffnete sie die Tür. Am Tisch saß ein Mann im Uniformmantel, eine Pistolentasche am Koppel. Sejde sah ihn nur verschwommen, ihr schwindelte der Kopf, und der Boden wankte unter ihren Füßen. Unterwegs hatte ihr ein schrecklicher Gedanke keine Ruhe gelassen: Sie werden Ismail ergreifen und abführen! Doch jetzt, in diesem Raum, war sie plötzlich zum Äußersten entschlossen. Ihre Furcht, ihr Kleinmut waren verflogen. Ich gebe Ismail nicht her! Ich gebe ihn nicht her! Wie einen Schwur hämmerte sie sich diese Worte ein. Ich gebe Ismail nicht her! Ich gebe ihn nicht her!

»Setzen Sie sich!« sagte der Bevollmächtigte des NKWD.

Sejde hörte ihn nicht.

»Setzen Sie sich«, wiederholte der Mann.

Wie im Traum tastete Sejde nach einem Hocker und ließ sich darauf nieder.

Nachdem der Bevollmächtigte die Fragen zur Person gestellt hatte, schrieb er lange, wobei er sie wiederholt prüfend ansah. Dann teilte er ihr mit, daß ihr Mann aus einem Zug desertiert sei und sein Gewehr sowie einige Patronen mitgenommen habe. »Wo ist er jetzt?« fragte er.

»Das weiß ich nicht, ich weiß überhaupt nichts«, antwortete Sejde.

»Seien Sie offen, wir finden ihn so oder so! Wenn Sie sein Bestes wollen, dann sagen Sie ihm, er soll sich freiwillig stellen. Sie müssen uns helfen.«

»Ich weiß von nichts. Man hat ihn in die Armee geholt, weiter ist mir nichts bekannt. Ob er geflohen ist oder nicht, weiß ich nicht.«

Was der Bevollmächtigte auch fragte, wie er auch auf sie einredete, sie antwortete auf alles kurz: »Das weiß ich nicht.« Und bei sich dachte sie: Ich bin doch nicht mein eigener Feind! Macht, was ihr wollt, schlagt mich tot, aber ich sage nichts!

»Ich weiß nichts!« beharrte sie.

Als das Verhör beendet war und sie zur Tür ging, mußte sie alle Kraft zusammennehmen, um sich aufrecht zu halten und nicht zu fallen. Vor dem Haus begegnete ihr Myrsakul. Er kam mit stürmischen Schritten von der Pferdekoppel und rauchte im Gehen eine Zigarette. Er sah schlecht aus. Sein Gesicht war eingefallen, matte Röte überzog seine Wangen; die eckig hervorstehende armlose Schulter zuckte unter dem schäbigen Uniformmantel, und die Kirgisenkappe saß dicht über seinen Brauen.

Als er Sejde erblickte, blieb er stehen. Er musterte sie mit einem herausfordernden Blick. »Warst du dort?« Er deutete mit dem Kopf auf die Tür. »Hast du's gesagt?«

»Was sollte ich denn sagen? Ich weiß von nichts«, antwortete Sejde.

»Ach so!« Myrsakul schwieg. Dann lachte er bitter auf, warf den Zigarettenrest weg, trat ihn mit dem Stiefel aus und hob brüsk den Kopf. »Denkst du vielleicht, du tust ihm einen Gefallen damit?« fragte er tadelnd. »Und dein Gewissen vor dem Volk? Wo hast du das gelassen? Wir alle, die Männer aus der Nachkommenschaft Dawlets, alle, die eine Kirgisenkappe auf dem Kopf tragen, wir sind gegangen, nicht einer ist zu Hause geblieben. Gott bewahre dich davor, daß du dich vom Volk entfernst, in guten wie in schlechten Tagen! Es ist eine Schande für uns alle! Verstehst du das? Antworte mir: Verstehst du das? Bring Ismail her, solange es noch nicht zu spät ist! Er soll dort kämpfen, wo alle stehen!«

Sejde preßte die zum Hals erhobenen Hände zusammen. Jedes Wort Myrsakuls drohte ihr das zu entreißen, was sie niemals preisgeben durfte. Noch ein Wort von ihm, und alles ist zu Ende; sie wird sich nicht mehr in der Gewalt haben, wird auf die Erde niederfallen und alles gestehen.

»Komm du mir nicht mit Gewissen!« schrie sie in höchster Erregung. Sie wußte keinen anderen Ausweg. Blind vor Verzweiflung und Wut, fiel sie über Myrsakul her: »Vielleicht ist er wirklich geflohen! Woher soll ich das wissen? Jedem ist sein Leben lieb, jeder sieht zu, wo er bleibt! Was willst du eigentlich? Ist er dir vielleicht im Weg? Hast du keinen Platz im Ail? Oder willst du, daß alle als Krüppel zurückkehren wie du?«

Myrsakul erstarrte. Sein Armstumpf hob sich krampfhaft und zog den leeren Ärmel aus der Manteltasche, sein Gesicht zeigte Schmerz und Zorn. Er rang lange nach Luft.

»Ich bin also deshalb als Krüppel zurückgekehrt, weil ich dümmer bin als dein Ismail?« Er wandte sich ab und senkte den Kopf, als suche er etwas auf der Erde. Dann lief er plötzlich auf Sejde zu, hob die Reitpeitsche und ließ sie auf ihre Schulter niedersausen. Sejde schrie nicht, sie wich nicht zurück. Die Peitsche pfiff über ihrem Kopf, doch sie starrte wie gebannt auf den Armstumpf, der im Rhythmus der Schläge in dem pendelnden Ärmel zuckte. Für den Bruchteil einer Sekunde sah sie Myrsakuls blutig gebissene Lippen und seine furchtbaren, vor Zorn brennenden Augen. Dann sah sie, wie er sich vergeblich bemühte, die Peitsche über seinem Knie zu zerbrechen. Und wieder baumelte der Armstumpf hilflos hin und her.

Weit ausholend, schleuderte Myrsakul die Peitsche auf das Hausdach. Danach lief er davon, den Mantelärmel in der Faust zusammengeknüllt und an die Brust gepreßt wie an eine blutende Wunde. Er lief, ohne sich umzublicken, durch Gärten, Schneewehen und Aryks. Die abgenutzte Kartentasche schlug kläglich an seine Hüften.

Fassungslos und entsetzt sah ihm Sejde nach. Erst jetzt fühlte sie, wie ihre geschlagene Schulter brannte. Die Kränkung würgte sie in der Kehle, sie hätte schreien und laut weinen mögen.

Dann ging sie im eisigen Wind die Straße hinunter, ohne etwas zu sehen. Der stiebende Schnee verklebte ihre trockenen, starren Augen, und sie stolperte über ihre eigenen Beine.

Ihre Gedanken brannten genauso wie die Striemen an ihrem Hals. Er hat mich geschlagen, er hat mich geschändet! Ich werde es Ismail sagen, er wird mich rächen! dachte sie immer wieder. Doch sogleich verwarf sie diesen Entschluß. Nein, ich werde es ihm nicht sagen. Er würde sofort in den Ail stürzen, und sie könnten ihn fassen. Ich will es lieber verschweigen und ertragen, aber in meinem Herzen werde ich es ihm niemals verzeihen, bis ans Ende meines Lebens nicht. Es heißt nicht ohne Grund: Der Bruder ist des Bruders Feind. Myrsakul haßt Ismail, weil er lebt und unversehrt ist. Wenn wir nur erst den Winter überstanden hätten! Sei verflucht, Myrsakul! Ich werde dir niemals mehr in die Augen sehen!

Zu Hause preßte sie ihr Gesicht an die hageren Knie ihrer Schwiegermutter. Sie umarmte die schweigsame, schicksalsergebene Alte und klagte ihr laut: »Myrsakul hat mich geschlagen, Mutter, er hat mich geschlagen!«

Sie weinte lange und untröstlich.

Undeutlich drang die stockende Stimme der Schwiegermutter an ihr Ohr: »O mein Kind, du unsere Ernährerin. Alle Hoffnung ruht auf dir, du bist unsere Stütze. Ich sehe alles, ich weiß alles. Mein Leben lang will ich für dich beten. Nimm diese Kränkung hin, schweig. Gott wird uns richten wie auch Myrsakul, der die Stammespflicht vergessen hat.«

In der Nacht paßte Sejde ihren Mann in einer Schlucht ab. Er kehrte wieder in seine Höhle zurück, ohne den Ail betreten zu haben.

Zum Frühjahr ging bei vielen Ailbewohnern das Korn zur Neige. Die letzten Reste wurden zusammengekratzt. Man sprach nur noch davon, daß doch die Kühe bald kalben und Gerste und Weizen bald reifen müßten. Gesagt war das leicht, aber die Zeit wurde lang, wenn man darauf wartete.

Im Frühjahr magert das Vieh ab, und die Knochen biegen sich, heißt es. Den Menschen ergeht es nicht besser. Sejde durchlebte ihre schwersten Tage. Seit ihrem Zusammenstoß mit Myrsakul kam Ismail nicht mehr nach Hause, er verließ seine Höhle weder bei Tag noch in der Nacht. Sejde ging Reisig holen und brachte ihm Essen; wenn es tagsüber nicht möglich war, dann in der Nacht. Sie ertrug alles, doch eins erfüllte sie mit ernster Besorgnis. Ismail wurde unersättlich. Wieviel sie auch brachte, er vertilgte alles bis zur letzten Krume. Und selbst wenn er sich satt gegessen hatte, blickten seine Augen hungrig und gierig wie zuvor.

»Habt ihr noch was zu Hause, oder muß ich vor Hunger krepieren? Verbirg mir nichts, sag mir die volle Wahrheit!« drang er in sie.

»Warum redest du so!« tadelte ihn Sejde. »Wenn du nur lebst. Für einen lebendigen Menschen findet sich immer ein Stück Brot.«

Sie stand jetzt im Morgengrauen auf und ging zum Druschplatz vom Vorjahr. Dort breitete sie eine Sackleinwand aus und warf darauf die liegengebliebene Spreu in den Wind. Sie schichtete auch das Stroh um und las jedes Korn heraus. Auf diese Weise brachte sie am Tag eine Tüte schrumpliger, armseliger Körner zusammen. In der Nacht mahlte sie die Ausbeute und buk daraus für Ismail Brot. Doch wie lange würde sie sich so durchschlagen können?

Sie hatte einen sehnlichen Wunsch: ein Kälbchen. Wollte Gott, daß die Kuh glücklich kalbte, dann war Milch da für Ismail und Butter.

Ismail hatte sich in sich selbst vergraben, er war völlig verwildert, als sei ihm die ganze Welt verhaßt. Meistens schwieg er stumpfsinnig. Sejde hörte nicht ein einziges freundliches Wort von ihm. Was ging in seinem Kopf vor? Woran dachte er? Und wenn er schon mal den Mund aufmachte, dann redete er vom Essen, und wahrscheinlich dachte er auch nur daran. Wenn die Rede auf Fleisch kam, lief ihm das Wasser im Mund zusammen, und er spuckte zornig aus. Manchmal erklärte er unvermittelt mit düsterer Miene: »Mein Blut ist kalt geworden, es ist viel Wasser drin. Sehr viel.«

Etwas Ungutes tauchte in der Tiefe seiner Augen auf, und wieder schwieg er hartnäckig. Woran dachte er in solchen Minuten? Es schien fast, als habe er den Verstand verloren.

Vielleicht hat er Sehnsucht nach seinem Sohn? dachte Sejde einmal. Am Tag darauf badete sie den Kleinen, zog ihm reine Wäsche an, wickelte ihn warm ein und trat mit ihm auf die Straße.

»Ich will meine Verwandten in der Kleinen Schlucht besuchen«, antwortete sie auf die Fragen der Nachbarinnen. Doch sie ging zu Ismail. An diesem Tag war sie glücklich. In den Ail kehrte sie erst vierundzwanzig Stunden später zurück.

Der Frühling kündigte sich zeitig an. Zum ersten Mal war schon am Morgen mildes Wetter. Der Schnee, der nur noch einer fadenscheinigen Wolldecke glich, schrumpfte zu unregelmäßigen Flecken zusammen, und von der Erde stieg Dampf auf. Durch das Tal zog ein warmer Hauch, und leise plätscherndes Tauwasser, das unter den zusammengesunkenen, mit Nässe vollgesogenen Schneewehen hervorrann, floß in die Aryks.

Vom alten Druschplatz am Rande des Feldes kam der

Duft warmen, abgelagerten Getreides. Dort wendete jemand das Stroh. Es war Sejde. Sie stopfte einen Sack voll Spreu, schleppte ihn auf eine Anhöhe und rief durch einen Pfiff den Schutzpatron der Winde. Wie Goldkörnchen im Sand suchte sie die Getreidekörner auf – eine ermüdende, langweilige Arbeit. Doch Sejde empfand sie nicht als Last. Was auch immer geschah, sie mußte Ismail bis zum Ende des Frühjahrs ernähren.

Wenn es doch bald richtig Frühling würde und der Sommer begänne ... So unterwirft sich der Mensch folgsam dem Kreislauf der Zeit in der Natur, nach dem Winter ersehnt er Wärme und neue Energie wie die Wiederkehr verlorener Freiheit, denn ist die im Winter abgestorbene Natur erst wieder erstanden, dann erwacht auch der Lebensmut neu. Aber Sejdes Erwartungen umfaßten weit mehr. Sobald man sich über den zu anderen Jahreszeiten ungangbaren verschneiten Gebirgspaß wagen konnte, öffnete sich ihnen der Weg zum Tschatkal, der Weg zur Rettung ihres Mannes und der ganzen Familie. Und sie begriff sehr gut, daß sich ihnen allen damit die einzige Möglichkeit bot, der schlimmen Lage zu entrinnen.

Unablässig dachte sie jetzt darüber nach, voller Hoffnung und Angst, wobei die Hoffnung überwog, und sie empfand Dankbarkeit für ihre Schwiegermutter, denn sie, die unter dem Los des Sohnes bitter leidende alte Beksaat, kam als erste auf diese Idee – sie brachte die jungen Leute auf den Gedanken, ins Tschatkal-Tal zu fliehen.

Ein Lied über einen Pferdedieb ging Sejde durch den Kopf, das sie früher manchmal im Ail gehört hatte, ein draufgängerisches, verwegenes:

Ich stehle mir ein Pferd
wie Glut aus dem Lagerfeuer
und fliehe damit ins Tal des Tschatkal
über Eis und Schnee ...

Nie hatte sie diesem schlichten Lied eine Bedeutung beigemessen, niemals hätte sie geglaubt, daß die Gegend um den Tschatkal für sie einmal das Gelobte Land, das ersehnteste Stück Erde auf der ganzen Welt sein würde.

Der in der selbsterwählten Gefangenschaft schon verwilderte und menschenscheu gewordene Ismail aber sah vor sich ein Licht aufleuchten – wie der Pferdedieb in dem Lied strebte er im Herzen über Eis und Schnee an den Tschatkal, nur dieser Gedanke beherrschte ihn noch.

Seine Mutter, die stille, kränkelnde alte Beksaat, lebte in diesem Winter versteckt wie ein Maulwurf in seinem Bau unter einem Erdhaufen, aus dem er nur selten hervorlugt, um nachzusehen, ob die Welt noch an ihrem Platz steht. Ihr Gefühl gebot ihr, in solcher Situation, in der es den desertierten Sohn vor den Menschen zu verbergen galt, nicht auszugehen, sich niemandem zu zeigen und unnötige Begegnungen und Gespräche mit den Nachbarn zu vermeiden. Ein anderes Verhalten konnte sie sich schwer vorstellen. Sie saß mit dem kleinen Enkel zu Hause, und mehr wurde von ihr auch nicht verlangt. Und vor allem – so war es am besten für ihren Sohn und seine junge Frau. Die beiden konnten auf sie zählen. Ohne sie wären sie der Lage nicht Herr geworden, hätte Sejde nicht das Kind zu Hause lassen und nach Reisig, das heißt zum Versteck ihres Mannes in den Vorbergen, gehen können.

Schon bevor Myrsakul mit der Peitsche über sie hergefallen war, hatte Sejde ihrer Schwiegermutter mehrfach eingeschärft, sich nichts anmerken zu lassen, falls jemand sie unversehens nach ihrem Sohn fragen sollte. Sie riet ihr, ein bißchen über das Schicksal zu klagen, ohne die Augen niederzuschlagen. Wie kann, sollte sie sagen, eine ungebildete alte Frau wissen, was in der heutigen Welt vorgeht? Seit Ismail zur Armee eingezogen und an die Front geschickt worden ist, haben wir keinerlei Nachricht von ihm. Ob seine Briefe irgendwo unterwegs verlorengehen – wer weiß. Ich bete zu Gott, sollte sie sagen, daß mein einziger lieber Sohn, mein einziger Nachkomme, am Leben bleiben und früher oder später zurückkehren möge. Ob ich es erleben werde, weiß Gott allein. Und so weiter in dieser Art.

Die alte Beksaat nickte dazu verständnisvoll. Ihre welken Wangen wurden feucht von unmerklich rinnenden Tränen, und sie sah so unglücklich, so klein, abgehärmt und gebeugt aus, daß Sejde nicht wußte, ob sie sie bemitleiden oder ihr ins Gewissen reden sollte.

»Aber was tust du denn, Ene, was sollen die unnützen Tränen? Erzürne Gott nicht!« tadelte sie ihre Schwiegermutter. »Wie es auch immer sein mag, freue dich, daß er lebt, wenn auch als Fahnenflüchtiger. So kann er doch in der Nacht auf ein Stündchen nach Hause kommen. Er hat es schwer, er muß frieren in Regen und Schnee, aber das ist immer noch besser, als dort im Krieg zu sein, wo so viele Menschen sterben. Er sagt doch selbst, dein Sohn: ›Ich will nicht in der Fremde meinen Kopf hinhalten. Warum soll ich in einer Gegend kämpfen, die ich nie gesehen habe und in der niemand aus meiner Sippe je gewesen ist? Wer den Krieg angezettelt hat, mag ihn auch selber führen. Ich warte ab, ich mache da nicht mit, und so werden wir's überstehen, so werden wir sehen.‹«

Das erklärte und wiederholte Sejde jedesmal, wenn sie zwangsläufig darüber ins Gespräch kamen, vor allem des Abends, sobald im Ail nacheinander die Lichter hinter den vereisten Fenstern ausgingen, die frierenden Hunde verstummten und sich einen behaglichen Platz für die Nacht suchten und jede Familie sich in ihrem Haus für sich allein um die niederbrennenden Feuer in den Öfen und Herden scharte, abgesondert von der Außenwelt bis zum nächsten Morgen, bis zum ersten Hahnenschrei und dem Muhen der Kälber. Es waren Stunden der völligen Selbstisolation aller gegen alle, und deshalb wurde an den Abenden mehr nachgedacht und mehr zu Herzen Gehendes durchlebt. Die alte Beksaat hörte gewöhnlich der jungen Frau schweigend zu, nachdem sie den Kleinen in den Schlaf gewiegt hatten und unwillkürlich wieder stets dasselbe erörterten – wie es weitergehen sollte und was ihnen wohl bevorstand. Die Schwiegermutter seufzte dabei tief, nickte schicksalsergeben zur Antwort, und wenn das Gespräch dann in unbestimmten Redewendungen wie »Kommt Zeit, kommt Rat« oder »Wir werden ja sehen« immer auf die gleiche Weise endete, vermochte die alte Frau ihre Sorge nicht zu verbergen. Hoffnungslos griff sie sich an den Kopf und flüsterte kaum hörbar mit blutleeren Lippen, als könnte jemand sie hören: »Ich habe Angst, Sejde, ich habe Angst. Was soll bloß daraus noch werden?«

Da verzweifelte auch Sejde im innersten Herzen, doch sie zeigte es nicht, sondern beherrschte sich gewaltsam.

»Beruhige dich, Ene, wozu schon vorher weinen? Es wird ja jetzt wärmer, bald taut der Schnee weg, die Erde trocknet, und dann ist's leichter für ihn wie für uns«, sagte sie fest, um nicht selber in Tränen auszubrechen. »Wir werden uns was ausdenken, wir sind doch lebendige Menschen, da wird uns schon was einfallen. Wenn nur im Ail keiner dahinterkommt! Paß gut auf, wenn dich einer fragt, sage kein Wort – ich weiß von nichts, und fertig.«

Sie verstummten, und jede dachte an dasselbe, keine sah einen Ausweg, keine wußte, wie es weitergehen sollte. Doch da sie Ismail erwarteten – er kam gewöhnlich gegen

Mitternacht –, machten sie sich an die Arbeit, um alles vorzubereiten, damit er etwas essen und sich aufwärmen konnte, ehe er in der Morgendämmerung den Ail wieder verließ. Vor seiner Ankunft ging Sejde, in den Schafspelz gehüllt, hinaus in den Hof, wo sie ihn hinter der Scheune abpaßte, um ihm zu sagen, ob alles in Ordnung war und er unbesorgt ins Haus kommen konnte. Sich umsehend und auf alle Geräusche lauschend, wartete sie voller Bangen auf sein Erscheinen und redete unterdessen in Gedanken mit den flimmernden Sternen und dem Mond in der Ferne über dem frostigen, verschneiten Gebirge. Nur ihnen durfte sie ihr schmerzendes Herz ausschütten, nur an sie sich mit der Bitte wenden, sofern sie sie auf wunderbare Weise hören und Einfluß auf das irdische Geschehen nehmen konnten, ihren Mann, ihren kleinen Sohn, die alte Frau und sie selbst vor denen zu schützen, die, wenn sie von Ismails Desertion erführen, sie allesamt gefesselt nach Sibirien in den Tod schicken würden. Erhört mich! flehte sie in ihrem Gebet zu den Sternen. Nur euch offenbare ich es. Ihr steht dort oben an eurem Platz, durch nichts bedroht, niemand verfolgt euch, ihr führt keine Kriege untereinander. Wir hier aber wissen uns nicht vor dem Krieg zu retten. So viele Menschen kommen darin um – unzählige. In unserem Ail gibt es schon keine Männer mehr, alle sind sie dort. Sie müßten in den Krieg, sagten sie, müßten kämpfen, und alle zogen los. Im Grunde seines Herzens will keiner sterben, und doch gehen sie alle. Warum ist das so? Und wenn mein Mann aus dem Transportzug geflohen ist, so hat er selbst so entschieden – jeder ist Herr über seinen Kopf, sagt er, es bleibt sich gleich, wo man zugrunde geht. So ist es, aber wie wird das enden? Deshalb flehe ich nun zu euch, den Sternen und dem Mond. Außer euch haben wir niemanden. Meine alte Schwiegermutter und ich denken schon an nichts anderes mehr. Und das Kind ist noch so klein, was soll mit ihm werden, es wird nicht gefragt. Aber auch sein Kinderdasein gerät durcheinander. Ich spreche darüber mit meinem Mann, doch er sagt nur immer wieder: ›Mein Los ist auch das eure. Wie war's denn, als wir geheiratet haben?‹ sagt er. ›Da haben wir einander geschworen, in Freud und Leid zusammenzustehen.‹ Dazu bin ich ja bereit. Nur, wie soll das Leben weitergehen? Wie lange wird dieser große schreckliche Krieg in den vielen Ländern noch dauern, wo alle zum Kämpfen hingetrieben werden? Wie lange kann man so leben wie wir jetzt, vor jedermann verborgen, und wenn es plötzlich rauskommt, was dann? Auch er tut mir leid, schon ganz verwildert ist er und einsam wie ein Wolf ohne Rudel. Es ist nicht leicht für ihn. Er hustet mächtig, ist erkältet. Und im Hause gehen die Vorräte zur Neige. Im Keller sind nur noch die Saatkartoffeln übrig. Sie keimen schon. Mit Mehl sieht's noch schlimmer aus. Da hüten wir jede Handvoll, Brot backen wir nur für ihn, wir selbst begnügen uns mit Maisbrei ... Im Kolchos hungern schon viele Familien. Sie schlagen sich irgendwie durch und warten allesamt auf den Frühling, warten, daß die Kühe kalben und Milch geben. Haben die Menschen eigentlich auch früher so schlecht gelebt? Man sagt, es habe schon immer viel Armut gegeben, aber einen solchen Krieg noch nie. Lieber arm sein, als fliehen zu müssen.

Wenn sich Ismail verspätete – er wartete manchmal, bis alle Fenster der Häuser dunkel waren, um nicht unversehens jemandem zu begegnen –, dann harrte auch Sejde geduldig und treuergeben hinter der Scheune aus, und die ganze Zeit über hing sie ihren Gedanken nach, richtete sie ihr Gebet an die Himmelslichter. Sie hörte erst auf zu grübeln und über so vieles nachzudenken, wenn Ismail endlich in der Dunkelheit auftauchte. Völlig durchgefroren, ging sie ihm entgegen, und alle eben noch angestellten Überlegungen waren vergessen. So führte sie ihn ins Haus. In der Morgendämmerung verschwand er wieder. Immerhin waren sie zusammengewesen, wenn auch nur für kurze Zeit.

Ismails Wäsche zu waschen war nicht weiter schwierig, aber die Männerhemden und die Hosen im Hof zum Trocknen aufzuhängen wagte Sejde nicht. Es hätte jemand hereinschauen und Fragen stellen können, und was sollte sie dann antworten? Deshalb trocknete die alte Beksaat die saubere Wäsche am Herd. Geduldig hielt sie in den Nächten die nassen Stücke lange über das glimmende Feuer.

Als sie wieder einmal so mit etwas zu Trocknendem in den schwachen Greisenhänden vor dem Herd saß, sprach sie weinend zu ihrer Schwiegertochter: »Sejde, ich wollte es dir schon lange sagen – es steckt etwas in mir drin, eine böse Krankheit. Immerfort habe ich Schmerzen in der Hüfte, wie ein Stein drückt es mich da. Beim Schlafen, beim Gehen, immer. Ich fühle meine Kräfte schwinden.«

»Aber warum hast du denn bis jetzt geschwiegen? Geht dir das schon lange so?« Es fiel Sejde erst jetzt auf, wie hinfällig die alte Frau geworden war, wie ihre Augen allen Glanz verloren hatten, und sie begriff, was es ihre Schwiegermutter gekostet haben mußte, das in ihr nagende Leiden schweigend und ohne Murren zu ertragen. Und sie geriet förmlich außer sich. »Ich habe das gar nicht gemerkt«, sagte sie schuldbewußt. »Wir müssen etwas dagegen tun, wenn es so ist.«

»Ach, was soll man da tun? Sag bloß Ismail nichts davon. Ihm auf keinen Fall. Du verstehst, das dürfen wir nicht. Deshalb habe ich auch geschwiegen. Er hat jetzt andere Sorgen.«

»Aber wieso denn? Irgend was müssen wir doch unternehmen!«

»Darum geht es mir nicht, Töchterchen. Mich quält vielmehr ein anderer Schmerz, den ich nicht mit mir nehmen kann. Die Schmerzen in mir werden mit mir vergehen. Aber wenn ich daran denke, was aus euch wird, wie ihr leben werdet, was ihr vielleicht noch erdulden müßt, er und du, daß ihr nirgendwo mehr den Blick heben könnt …« Die alte Frau weinte, zerknüllte das halbtrockene Wäschestück in ihren Händen, ihre vorstehenden mageren Schultern zuckten. Dann fuhr sie mit tränenerstickter Stimme fort: »Der Mensch kann nicht ohne seinesgleichen leben. Er ist nur dann ein Mensch, wenn er andere um sich hat. Ich kann meinen Kummer um ihn, meinen Einzigen, nicht verwinden; selbst wenn eine Frau eine Schlange gebiert, ist die doch ein Stück von ihr wie ihre Leber, das läßt sich nicht ablegen. Er ist für mich alles, seinetwegen habe ich auf der Welt gelebt. Aber das brauche ich dir nicht zu erklären. Du bist selbst Mutter. Ich will dir nur sagen: Sprich nicht mit deinem Mann davon, kein Wort. Und noch etwas. Du stehst mir näher, Sejde, als sonst jemand auf der Welt, ich werde sterben und zu Gott um dein Glück beten, um weiter nichts. Ich werde ihm sagen, daß ich mit allem zufrieden bin. Und daß ich auch in der anderen Welt nur um dies eine bitten werde. Aber manchmal denke ich: Warum werden wir so gestraft? Du weißt, wir stammen nicht von hier, wenngleich uns die Hiesigen längst als die ihren ansehen. Wir sind hierher übergesiedelt, weil jedes Kind starb, das ich zur Welt brachte. Mein Mann war nicht recht gesund, und nachdem wir uns beide hier niedergelassen hatten, kränkelte er vollends. Ich weiß nicht, was sich für uns eigentlich besserte. Zuvor hatten wir schon drei Säuglinge begraben. Dann ging ich mit deinem Ismail schwanger, dem vierten. Mein Mann sagte: ›Wir haben hier kein Glück, alle unsere Kinder sterben, laß uns in den benachbarten Ail umziehen, dort wohnen entfernte Verwandte von mir.‹ In meiner Angst, mein Kind womöglich abermals zu verlieren, war ich bereit, bis ans Ende der Welt zu gehen. So kamen wir seinerzeit hierher. Das Söhnchen wurde geboren, wir lebten uns einigermaßen ein, aber meinem Mann ging's immer schlechter. Er hustete stark, seine Lungen waren nicht in Ordnung. Fünf Jahre danach starb er. Und ich blieb mit unserem fünfjährigen Sohn allein. Nach der Totenfeier besuchten mich meine Brüder – du kennst sie nicht, hast sie nie gesehen.«

»Ich weiß. Du hast mir von ihnen erzählt. Sie sind ins Tschatkal-Tal umgesiedelt«, erinnerte Sejde sie.

»Ja, so ist es. Ich habe dich gebeten, mit niemandem darüber zu reden. Meine Brüder waren kräftige und fleißige Männer. Sie kamen also und sagten: ›Wir würden dich gern mehr in unsere Nähe holen, warum willst du hier als einsame Witwe mit deinem Sohn leben? Du bist noch nicht alt. Womöglich findest du wieder einen Mann. Das kann alles sein. Hier bist du allein, besser, du hast deine Brüder bei dir, falls jemand um dich wirbt. Zieh um, wir helfen dir, vielleicht ist dir dort das Schicksal günstig.‹ Und ich antwortete: ›Ich danke euch, meine Brüder. Ihr seid die Älteren, ich bin die Jüngere. Ich will auf euch hören, aber laßt mir Zeit. Die Jahrestotenfeier für meinen verstorbenen Mann möchte ich hier ausrichten, wo er begraben liegt, wie es sich gehört, und danach werden wir sehen. Wenn ihr sagt, ich soll kommen, ziehe ich mit meinem Sohn in euere Nähe.‹ Ja, Sejde, meine liebe Schwiegertochter, so hatten wir es mit meinen Brüdern verabredet, mit Ussenkul und Aryn. Aber ein Jahr später, nach der Totengedenkfeier, als ich schon meine Vorbereitungen traf, ging's mit der Kulakenverfolgung los. Da hatten sie natürlich anderes im Kopf als uns beide. Meine Brüder – Ussenkul wie auch Aryn – waren klug genug, rechtzeitig die Pferde zu satteln und über den Gebirgspaß zu verschwinden, eben ins Tschatkal-Tal. Mit ihnen siedelten auch ihre Familien dorthin über. Sie ließen sich nieder und leben seither dort. Der Paß über die Tschatkal-Berge ist nur im Sommer einen Monat lang für

Berittene oder Fußgänger offen, zu anderer Zeit könnte da nur ein Vogel durch, und auch der erfriert womöglich im Flug, ehe er die Gebirgskämme und Gipfelhöhen überwunden hat. Dorthin sind meine Leute geflohen, um nicht behelligt zu werden. Ich selbst war niemals dort, doch man hat es mir berichtet.«

Die alte Beksaat schwieg versonnen. Sie stocherte mit dem Schüreisen die Kuhmistglut im Herd auf und hielt dann wieder das Hemd ihres Sohnes zum Trocknen über die Glut. Ihre Augen waren nicht mehr feucht, offenbar hatte sie keine Tränen mehr.

O Gott, wenn sie bloß nicht stirbt! dachte Sejde erschrocken, während sie das blasse, ausgemergelte Antlitz ihrer Schwiegermutter betrachtete. Gar nicht gut sah sie aus – wie ein halbtoter Grashüpfer, den die Herbstkälte auf dem Weg niedergestreckt hat. Wenn sie nur am Leben bleibt! flehte Sejde erneut. Auch als Kranke kann sie doch leben! Was soll ich anfangen ohne sie?

In diesem Augenblick kam ihr eine vage Vermutung, die jedoch so unbestimmt blieb, daß Sejde den Gedanken nicht weiter verfolgte, sondern die alte Frau nur fragte: »Ja und, Ene, was wolltest du sagen? Du hast vom Tschatkal-Tal gesprochen.«

»Das sollst du gleich hören«, erwiderte die alte Beksaat. »Meine Brüder suchten also mit ihren Familien am Tschatkal Zuflucht, als hätten sie so eine Ahnung gehabt. In den fernen Bergen dort hat keiner über den anderen zu bestimmen. Die Berge sind die einzige Obrigkeit – wer sich einzuleben und Vieh zu halten versteht, der kommt zurecht, und wenn einer das nicht schafft, so ist niemand daran schuld, und er kann die Berge hinab weiterziehen zu den Usbeken. Meine Brüder machten sich auf Gedeih und Verderb davon, zu Hause aber richteten ihre Nachbarn, die ärmeren, alles zugrunde. Sie brachten nichts Nützliches zustande, obwohl sie sich das ganze Land angeeignet hatten. Und dann kam der Hunger. Ja, aber zuvor hatte man alle Bauern mit einer nur einigermaßen ordentlichen Wirtschaft als Kulaken verdammt und davongejagt. Wie mit dem Besen hat man sie aus jedem Ail hinweggefegt. Viele sind in Sibirien umgekommen. Aber meine Brüder haben es überlebt. Allerdings habe ich sie nie wiedergesehen. Sie sollen auch dort am Tschatkal wieder Fuß gefaßt haben und nicht schlecht dastehen. Unmittelbar vor dem Krieg sind wir einmal im Sommer, wenn du dich erinnerst, bei der Bahnstation auf dem Markt gewesen, und da trat ein Mann mit dunklem Gesicht und einer Wintermütze auf dem Kopf trotz der Hitze zu mir. Er kam vom Tschatkal und war einst selber einer der Hiesigen, die man zu Kulaken gestempelt hatte. Ja, und der überbrachte mir Grüße von meinen Brüdern. Wir haben nicht lange miteinander geredet, aber während du dir mit deinem Mann ein Kleid aussuchtest, erzählte er mir, daß meine Brüder Ussenkul und Aryn lebten und gesund seien, wenn auch natürlich inzwischen alt geworden. Sie gehören jetzt zu den Aksakalen dort am Tschatkal. Sie leben wohl nicht schlecht. Ich trug dem Mann auch meine Grüße auf. Und ich sagte ihm, daß ich meinen Sohn verheiratet hätte und nun eine junge Frau im Hause bei uns wohne, womit du gemeint warst.«

»Und was weiter? Warum erzählst du mir das alles, Ene?«

»Ja, warum. Weil ich über mein und euer Leben nachdenke. Mir scheint, es hat sich alles eingerenkt. Als meine Brüder an den Tschatkal gingen, blieb ich allein. Ich habe das Schicksal gemeistert, so schwer es mir auch fiel. Ich habe im Kolchos gearbeitet. Ich habe meinen Sohn großgezogen. Er wurde Traktorist und verdiente nicht schlecht. Und du tratest in unser Haus, meine Sonne. Unser Leben schien endlich gut zu werden, doch da kam der Krieg. Das weitere weißt du. Und nun denke ich: Wieviel Leid kann man doch ertragen! Mein ganzes Leben lang war das Schicksal gegen uns. Die Kinder sind gestorben, der Mann ist gestorben, die Brüder wurden als Kulaken enteignet, ich habe vom Morgendämmern bis in die Nacht im Kolchos gearbeitet, und nun bin ich alt und krank. Schlimmer als alles andere aber ist der Krieg; mein unglücklicher Sohn hat Fahnenflucht begangen, aber ich kann ihn nicht verdammen, er hat diesen Krieg nicht angezettelt, er will nicht umkommen, nun steckst du im Elend, und euer Kind, mein Enkelchen, das dort schläft wie ein Küken, was wird aus dem? Und niemand darf etwas erfahren, immer muß alles verborgen werden ...«

»Ja, du hast recht.« Sejde, die dabei war, im Licht der Lampe eine Schale Körner zum Mahlen zu verlesen, seufzte tief. »Wir sind also beide armselig dran, du und ich. Immerhin aber sitzen wir noch zu Hause im Warmen. Was empfindet wohl er dort in seiner Höhle? Ein Feuer kann er nicht anzünden, vor allem nicht in der Nacht, das würde man sehen. Du weißt, er ist nicht sehr gesprächig, die Männer sind ja so, sie behalten ihre Gedanken für sich. Aber neulich, ich habe es dir noch gar nicht erzählt, da sagte er, er sei über ein Feld gegangen, und das sei eben das gewesen, wo er zum ersten Mal mit dem Traktor gepflügt habe. Er habe damals gar nicht mehr vom Traktor runtersteigen wollen, und er habe fest geglaubt, daß er sein Lebtag so pflügen werde, damit das Korn gesät werden könne. Und nun sei er über dasselbe Feld geschlichen wie eine Maus, die Angst hat, es könnte sie von oben ein Vogel packen oder von der Seite ein Tier anfallen. Ja, das hat er gesagt.«

»Eben das meine ich«, sprach die alte Beksaat und wischte sich die Tränen mit dem Wäschestück weg.

»Warum haben wir ein solches Schicksal zu tragen? Wem tun wir denn was? Ich kann meinen eigenen Sohn nicht verdammen, aber ich kann euch auch nicht helfen, dir und ihm, ich bin krank, ein Stein liegt mir in der Hüfte – wäre ich jung und gesund wie früher, als ich mein Söhnchen mit meiner Milch nährte, würde ich dann zu Hause am Herd sitzen? Auf meinen Armen würde ich ihn über den verschneiten Paß tragen, durch den ewigen Schnee würde ich mit ihm in die Berge am Tschatkal gehen, wo jeder sein Leben selbst gestaltet und nur sich selbst die Schuld geben muß, wenn ihm das nicht gelingt. Dorthin sind unsere Leute geflohen, als die Kulakenverfolgungen einsetzten, und haben so ihren Kopf gerettet. Deshalb überlege ich mir manchmal, ob nicht auch ihr euch zum Tschatkal aufmachen solltet, wenn wir bis zum Sommer durchhalten. Nehmt das Kind und geht, dort findet ihr meine Brüder oder ihre Kinder, mich aber laßt hier, wo soll ich noch hin – ich bleibe zum Sterben.«

»Warte mal, Ene, warte!« rief Sejde. »An den Tschatkal, meinst du?« Der Gedanke stimmte sie froh, denn er war ihr auch selbst schon gekommen. »Nur laß es uns gründlich überlegen«, riet sie, und beide verstummten unwillkürlich. Die Schwiegermutter hielt wieder die Wäsche zum Trocknen übers Feuer, und die junge Frau verlas konzentriert die Weizenkörner. Erst nach einer Weile sprachen sie weiter. In derselben Nacht noch trug Sejde den Plan Ismail vor, als er nach Hause kam. Die Unterredung wurde zum wahrhaft bedeutsamen Ereignis. Ismail hatte das Gefühl, als öffne sich vor ihm plötzlich eine Tür in einer undurchdringlichen Festungsmauer. Es erschütterte und verwunderte ihn, daß seine Mutter und seine Frau zu Hause eine zuverlässige Lösung gefunden hatten, einen Weg zur Rettung, denn nun bot sich ihm eine Möglichkeit, der selbstgewählten Gefangenschaft zu entfliehen.

»Ja, das ist es! Wie seid ihr bloß darauf gekommen?« sagte er immer wieder erstaunt und begeistert. »Am Tschatkal leben also tatsächlich zwei leibliche Onkel von mir? Das ist ein Fingerzeig Gottes, er selbst hat es so gefügt, da gibt's nichts zu überlegen. Wir müssen jetzt bloß bis zum Sommer noch durchhalten; sobald der Paß offen ist, werden wir keinen Tag mehr verlieren, keine Stunde. Wieso ist mir das nicht selber eingefallen? Ich hab's einfach nicht mehr richtig gewußt. Ich erinnere mich nicht mal, wann das eigentlich war. Na ja, Mutter hat nicht darüber gesprochen, aus Angst hat sie es verheimlicht. Sie waren ja Kulaken. Und das ist gut so. Jetzt leben sie am Tschatkal, da soll sie mal einer aufspüren. Kulaken! Für den einen sind sie Kulaken, für den anderen nicht. Wenn wir erst am Tschatkal sind, werden wir uns durchfragen und von den Leuten erfahren, wo sie sich aufhalten, meine Onkel Ussenkul und Aryn! Ist es nicht so, Mutter? Oh, Gott sei Dank, daß du solche Brüder hast!«

Ismails Freude war grenzenlos. Noch war alles wie zuvor, noch herrschte kalter Winter, erst mußte mit Matschwetter und Regen der Frühling einsetzen, ehe es Sommer werden konnte, noch lag Schnee in den Vorbergen, noch toste nicht wildes Schmelzwasser vom Großen Gebirge herab, stürzten nicht bedrohliche Lawinen und Erdmassen auf die Wege, noch war nichts vorbereitet für den beschwerlichen Übergang, alles mußte erst in Angriff genommen werden, doch Ismail fand schon keine Ruhe mehr. Er sprang auf, trat ans Fenster, betrachtete ungeduldig den Himmel, an dem in der Richtung zum Tschatkal hin die Mitternachtssterne über den graublauen spitzen Gipfeln funkelten, und malte sich aus, wie wohl das Land am Tschatkal hinter den unzugänglichen Bergen beschaffen sein mochte; dann kehrte er an den Herd zu seinem inzwischen erkalteten Mahl zurück. Sonst war er immer nur auf die Schüssel mit dem Essen erpicht gewesen, er hatte dagesessen wie auf einer Beerdigung, doch jetzt war er förmlich verwandelt, seine Stimme klang wie einst in der Zeit vor dem Krieg, und sein Blick gewann wieder den alten Glanz. Gewiß war das nur in dieser Stunde so, nicht für lange, in ein paar Tagen schon würde er wieder in Schwermut verfallen, in dumpfer, unbändiger Wut auf den Krieg, den Winter, die Berge und die Kälte schimpfen und die ganze Welt verfluchen, er würde klagen, verächtlich vor dem Schicksal ausspucken und ernsthaft bedauern, kein Vogel zu sein, um auf Flügeln den Paß ins Tschatkal-Tal zu überwinden. Seine Frau und seine Mutter verstanden ihn und teilten seine Gefühle, sie wußten, was ihn jede Minute seines Deserteurdaseins kostete, denn jeder, der sich, um seinen Kopf zu retten, in eine solche Lage begibt, betritt im Grunde einen Weg, der so tödlich sein kann wie die Front. Dort töten ihn vielleicht die Feinde, hier unter Umständen die eigenen Leute ...

Die beiden Frauen, seine Mutter und seine Ehefrau, litten wie er unter seiner Not und seinem Unglück, sie wurden zu Opfern ihrer Treue und ihres Pflichtgefühls. Um ihn zu schützen, ertrugen sie das Schwerste und Erniedrigendste, das weit schlimmer war als Hunger und Kälte und sie am empfindlichsten traf – das Gerede der Leute und die Grausamkeit des Gesetzes. Sie wußten, daß die Nachbarn schon untereinander tuschelten und sich nur aus Mitleid mit ihnen, den ohne Schuld Schuldigen, den schutzlosen Alleinstehenden, zurückhielten, statt ihnen alles ins Gesicht zu sagen, wie sie es zu anderer Gelegenheit getan hätten. Auch daß der einarmige Frontsoldat Myrsakul, ein entfernter Verwandter, doch Vorsitzender des Ailsowjets, sich erlaubt hatte, die Hand gegen Sejde zu erheben und sie wütend und gekränkt mit der Peitsche zu schlagen, auch das nahmen sie beide schweigend hin und begruben es seinetwegen, Ismails wegen, in ihren schmerzenden, gepeinigten Frauenherzen. Dies alles wußten, durchschauten und ertrugen sie, und deshalb fühlten sie sich jetzt, nach dem kleinen Hoffnungsschimmer auf Ismails Rettung, erleichtert und glücklich wie nie zuvor.

Ismail aber schmiedete bereits Pläne für die Reise über den Paß zum Tschatkal, als könnte sie gleich am nächsten Tag vonstatten gehen. Seine Mutter und seine Frau stimmte es froh, denn da leuchtete ein schmales Stückchen Leben auf, die rettende Idee, zum Tschatkal zu fliehen, erfaßte sie alle. Im tiefsten Innern allerdings wußten auch die beiden Frauen, daß sich ein solches Vorhaben nicht so ohne weiteres verwirklichen ließ. Das alles war leicht gesagt, aber welche Gefahren auf den Reisenden in dem verschneiten Paß lauerten, wo nicht selten Menschen unter Lawinen begraben wurden oder in der Höhe und der Kälte nicht mehr atmen konnten, darüber vermieden sie zu reden. Und auch, wie es nach ihrer Ankunft im Tal des Tschatkal weitergehen würde, wußte allein Gott. In dieser Stunde jedoch gingen sie beide, als hätten sie es miteinander abgesprochen, bereitwillig auf Ismail ein und stimmten allen seinen Anregungen zu.

Am meisten bemühte sich dabei seine Mutter. Die alte Beksaat unterdrückte, sich überwindend, ihre Atemnot und gab sich den Anschein, als störten sie die unablässigen Schmerzen in der Hüfte nicht weiter, als leide sie nicht allzusehr; sie versuchte mit letzter Anstrengung, so zu sein wie immer, damit kein Schatten auf das Zusammensein fiel und die jungen Leute nicht durch ihre Klagen abgelenkt wurden, wobei sie im stillen Gott um Kraft bat bis zur Morgendämmerung, erst dann, nachdem ihr Sohn zu seinem Versteck aufgebrochen war, konnte sie sich wieder gehen lassen, weinen und stöhnen und laut Gott anflehen, ihren Leib nicht mit diesen Qualen zu peinigen, die ihr die Welt und den Verstand verdunkelten, sie zu erhören und sich in ihre Lage zu versetzen, da jetzt doch die ungünstigste Zeit für sie war, krank zu sein und womöglich gar nach heilkundigen Frauen oder einem Heiler zu schicken und unnötigerweise die Aufmerksamkeit Fremder auf ihr Haus zu lenken, die ungünstigste Zeit auch, sich ins Bett zu legen, solange das Schicksal ihres Sohnes an einem seidenen Faden hing. Und sie würde IHN, der sie oben in der Höhe erhören sollte, bitten, ihr, falls ihr der Tod beschieden war, doch noch eine kleine Frist zuzubilligen bis zu dem Tage, an dem ihr Sohn wohlbehalten den Paß zum Tschatkal bewältigt hatte. Danach mochte ER, in dessen Macht sie stand, ihre Seele zu sich nehmen, falls ihre unüberschreitbare Grenze erreicht war. Jetzt aber mußte sie um einen Aufschub bitten, und zwar nicht um ihrer selbst, sondern nur um ihres Sohnes willen und seiner jungen Frau, die ihr teurer war als sonst jemand auf der Welt. Hätte sie jemand nach ihrem Urteil über das Leben befragt, nach einer Erklärung, wozu man denn auf der Welt sei und was an diesem Erdendasein Gutes sei, so hätte sie, die alte Beksaat, die unglückliche, leidgeprüfte Mutter eines fahnenflüchtigen Sohnes, erwidert, daß sie froh und glücklich war, vom Schicksal mit einem Menschen wie ihrer Schwiegertochter, ihrer Sejde, beschenkt zu sein. Wenn ihr, der jungen Frau, das Glück versagt blieb, wenn sie ebenso elend dahinleben mußte, wozu diente dann überhaupt das Glück, welcher Frau wurde es dann überhaupt zuteil? Mit welchem Ziel irrte es unter den Menschen umher? Das Leben war schwer genug auf dieser Welt.

Derlei Gedanken überfielen die alte Frau. Einander herbeirufend, kreisten sie in dieser Nacht über ihr wie ein Schwarm sich zum Herbstflug sammelnder Vögel. Sie vermochte sie nicht zu vertreiben, der Schmerz in der Hüfte veranlaßte, ja zwang sie, über Dinge nachzudenken, die einem sonst nicht in den Kopf kommen. Jede Krankheit führt mit dem Menschen ein für andere nicht hörbares ständiges Gespräch. Die alte Beksaat nahm alle Kraft zusammen, um nicht merken zu lassen, was in ihr vorging. Doch als Ismail bei seinen Träumen und Entscheidungen darüber, auf welche Weise sie zum Sommeranfang die Übersiedlung an den Tschatkal bewerkstelligen würden, erklärte: »Wir gehen alle zusammen, die ganze Familie. Ihr müßt euch gut vorbereiten und alles bedenken«, da erwiderte sie: »Ich bin zu alt, Junge, geht ihr nur allein, ich bleibe hier. Ich werde für euch beten.«

Doch Ismail widersprach ihr energisch und aufrichtig.

»Aber Mutter, wie kannst du so was sagen! Wir lassen dich doch nicht zurück! Das kommt gar nicht in Frage. Ohne dich gehen wir nicht. Ich soll meine leibliche Mutter im Stich lassen? Das verstehe ich nicht. Auf meinem Rükken trage ich dich, wenn es sein muß, Mutter.«

»Möge Gott deine Worte hören, mein guter Junge. Ich würde mich ja selbst mit meinen letzten Kräften fortschleppen, wenn ich mich nicht so schwach fühlte. Ich bin alt und krank«, entgegnete Beksaat zaghaft, um ihren Sohn nicht allzusehr zu kränken. »Sonst brauchten wir gar nicht darüber zu reden. Natürlich wäre ich lieber bei euch, aber so sieht alles anders aus.«

»Ach, du meine ängstliche Ene! Ich verstehe dich, Ene, aber es ist noch zu früh, das zu entscheiden.« Sejde lächelte ihrer Schwiegermutter aufmunternd zu. »So Gott will, geht's dir bis dahin wieder besser. Du wirst schon sehen. Dann überlegen wir's uns noch mal und ziehen zusammen los. So können wir doch zu deinen Brüdern am Tschatkal sagen: Da sind wir, empfangt uns – wir bringen euch eure Schwester und wollen uns mit ihr bei euch ansiedeln.«

Alle lachten unwillkürlich über ihre Worte. Ismails Mutter aber begriff, daß ihre Schwiegertochter sie nur von ihrer Krankheit ablenken wollte. Ja, gewiß war es so.

Mit solchen gegenseitig Hoffnung spendenden und deshalb erleichternden Gesprächen verging die Nacht. Vor allem Ismail war in bester Stimmung. Zweimal nahm er den schlafenden Amantur auf die Arme, drückte ihn an sich, küßte ihn und flüsterte ihm zu: »Wir gehen mit dir an den Tschatkal, zu unseren Onkeln. Dort werden wir als Menschen leben wie alle anderen auch. Ich zähme dir ein Pferdchen, auf dem du durch die Berge reiten kannst. Das wird lustig, wenn deine Großmutter und deine Mutter einen Schreck kriegen, hm?«

Er legte schon im einzelnen dar, wie die Umsiedlung an den Tschatkal zu betreiben war.

»Natürlich müssen wir zunächst den Sommer abwarten, bis der Weg offen ist. Inzwischen können wir nur still im Verborgenen ausharren, damit niemand Verdacht schöpft. Dann aber geht es unverzüglich los. Dazu muß jedoch im voraus alles bedacht werden. Auf dem Paß wird noch Winter sein. Gelegentlich toben dort, wie es heißt, zu der Zeit sogar Schneestürme. Das bedeutet, wir brauchen warme Kleidung. Und vor allem Schuhe. Auf den steinigen Pfaden und in dem tiefen Schnee kommt man ohne festes Schuhwerk nicht weit. Das wäre das Ende. Außerdem müssen wir Nahrungsmittel für eine Woche mitnehmen. Reichlich Talkan, gekochtes und rohes Fleisch, dazu einen Kessel, Salz und Feuerholz. Oben auf dem Paß finden wir keins, da gibt's nur Schnee und Wind. Darüber habe ich schon viele Berichte gehört. Mutter hat recht – das Fleisch muß fett sein, mit Speck. Die Schafhirten ernähren sich nur davon. Sie wissen, wie man über den Paß kommt. Alles Gepäck, die Kleidung und Bettzeug für den Kleinen bringen wir in Tragsäcken unter. Zwei große Quersäcke müßten reichen. Die laden wir auf einen Esel. Und wo nehmen wir Esel her? Ja, richtig. Zwei brauchen wir. Mit dem einen befördern wir das Gepäck, der andere kriegt einen Sattel, auf dem Mutter mit dem Kleinen im Arm sitzen kann, mit Amantur. Wir beide gehen zu Fuß. Warte doch, Sejde, ich sage dir ja gleich, wie wir uns Esel beschaffen. Da kommt uns Gott selber zu Hilfe. Du hast vielleicht vergessen, was ich dir mal erzählt habe, nämlich, daß in der Talschlucht Koi-Tascha etwa zehn verwilderte Esel umherirren, von den Goldsuchern zurückgelassen. Wer weiß, was die Fremden gefunden haben, ob Gold oder was anderes, jedenfalls sind sie, als sie ihre Arbeit getan hatten, ohne ihre Esel wieder abgereist, wahrscheinlich mit der Eisenbahn. Nun laufen die herrenlosen Tiere seit dem Herbst dort herum, sie weiden Gras, rupfen an den Heuschobern und wühlen das vorjährige Stroh durch. Sicherlich haben auch schon andere sie gesehen, aber wer braucht denn einen Esel, es gibt ja genug im Ail. Ich werde hingehen und mir die beiden besten aussuchen, denen bringe ich Salz und gewöhne sie behutsam an mich. Und wenn es soweit ist, hole ich sie in der Nacht her. Dann laden wir auf und ziehen um Mitternacht in Richtung Tschatkal los, damit wir gegen Morgen schon ein gutes Stück vom Ail weg sind, je weiter, um so besser …

Bald krähten die Hähne in der Ferne und danach auch die der Nachbarn. Für Ismail wurde es Zeit aufzubrechen. Er machte sich bereit, beugte sich noch einmal über den Kleinen und sprach ein paar Worte mit seiner Mutter zum Abschied. Die Morgendämmerung kündigte sich bereits an. Doch im Ail schlief noch alles. Kalte Stille lag über der ganzen sichtbaren Erde. Und es schien schneien zu wollen – vom Westen her schwammen wie eine dichte dunkle Decke Wolken heran.

Sejde geleitete ihren Mann hinaus in den Hof und sagte dort zu ihm: »Höre, Ismail, wenn ich dich morgen nacht nicht hier erwarte, dann komm nicht ins Haus, sondern kehre sofort um.«

»Aber warum denn, was ist los?« fragte Ismail erschrocken.

»Ich glaube, Mutter ist sehr krank. Sie hat sich nichts anmerken lassen, damit du dir keine Sorgen machst. Aber sie braucht Behandlung. Ein Heiler muß sie sich ansehen. Was sollen wir anderes tun?«

»Ach, so sieht's aus«, sagte Ismail gedehnt. »Sie ist sehr krank, sagst du. Gut, ich werde mich danach richten. Gib ihr was ein. Vielleicht helfen Kräuter.«

Damit trennten sie sich. Sejde sah ihm noch lange nach. Er nahm den üblichen Pfad hinter den Häusern, ging an Satymkuls und Tante Totois benachbarten Höfen vorbei, bog dann zum großen Aryk ab und verschwand. Sejde stellte sich vor, wie er in der menschenleeren Öde, vom Steppengras verborgen, zu seinem Versteck in den Vorbergen schlich und sich dann schlafen legte, mit dem schweren Pelz zugedeckt. Diesmal allerdings war ihr etwas leichter ums Herz, da sie jetzt ein Ziel hatten, für das es sich zu leben lohnte – ihre Flucht zum Tschatkal.

Als sie jedoch ins Haus zurückkehrte, fiel buchstäblich schon an der Schwelle das lauernde Unheil über sie her – ihre Schwiegermutter lag wie bewußtlos da und stöhnte leise. Ihr Antlitz war totenbleich, ihre Augen waren geschlossen. Sejde stürzte zur ihr, kniete vor ihr nieder, umarmte sie und preßte sie an sich. Es ging der alten Frau denkbar schlecht. Während Sejde sie an sich drückte, fühlte sie, wie leicht ihre Schwiegermutter war, wie zerbrechlich und hager. Da war kaum etwas, woran sich die Seele noch klammern konnte. Ohne das ergraute Haar unter dem Kopftuch hätte man sie für ein Kind halten können. Sie atmete nur schwach. Sejde fürchtete sich, ihr in die Augen zu sehen, aus Angst, dort etwas Unabänderliches zu erblicken.

»Ene, Enekebai, beruhige dich! Gleich wird es dir wieder besser gehen, nur Mut! Ich helfe dir!« rief Sejde bestürzt. »Sag mir, wo es dir weh tut! Hier, ja? Was können wir da machen? Ich lege dir ein warmes Stück Filz auf und eine Packung aus heißen Körnern. Und einen Tee koche ich dir … Hab nur ein bißchen Geduld.«

Während sich Sejde hastig zu schaffen machte und das Feuer anblies, auf der Pfanne Maiskörner erhitzte und sie danach in einem Tuch der kranken Schwiegermutter als Kompresse auflegte, dachte sie fieberhaft nach, wie sie sich verhalten sollte. Sie hätte die Kranke unbedingt sofort einigen kundigen Leuten zeigen, ihren Rat einholen und vor allem den im Kreis bekannten Heilkundigen kommen lassen sollen. Doch die Anwesenheit fremder Leute im Haus barg Gefahren und konnte unvorhergesehene Folgen für Sejdes versteckten Mann haben.

Ismails Sicherheit blieb auf jeden Fall die Hauptsache. Ratlos schwankte die unglückliche Sejde in ihren Gefühlen zwischen der Sorge um ihren Mann und der um ihre Schwiegermutter hin und her. Ihre Gedanken nahmen bald diese Richtung, bald jene. Doch nachdem sie die alte Frau gebettet hatte und diese auf dem warmen Lager ein bißchen weniger stöhnte und ächzte, stand ihr Entschluß fest.

Es war bereits Morgen. Sejde stillte rasch den Kleinen und trug ihn hinüber zu ihrer Nachbarin Totoi, damit sie ihn zusammen mit ihren eigenen Kindern für eine Stunde oder zwei beaufsichtigte, sie selbst machte sich auf den Weg zu der alten Hebamme, die ihr ein Jahr zuvor bei der Geburt des Jungen beigestanden hatte, um deren Rat einzuholen. Die Hebamme versprach, mit einer ihr bekannten heilkundigen Frau vorbeizukommen, aber die beiden erschienen erst gegen Mittag, als Sejdes Geduld schon zu Ende ging. Außerdem äußerten die Besucherinnen lediglich ihre Anteilnahme. Sie saßen eine Weile da, stellten Fragen, tranken Tee, beschwichtigten die alte Beksaat mit guten Wünschen und rieten, Emtschi-Mussa zu holen, einen erfahrenen Heiler, der in dem kleinen Ail Artscha hinter dem Fluß wohnte. Wieder mußte Sejde ihre Nachbarin Totoi bitten, diesmal schon darum, herüberzukommen und sich an das Bett der Schwiegermutter zu setzen. Gottlob war Totoi dazu bereit, sie blieb bei der Kranken und dem Kleinen. Ihre eigenen Kinder brachte sie mit.

Sejde lief indessen teils auf der Straße, teils auf Nebenwegen in den Ail Artscha hinter dem Fluß zum Heiler Emtschi-Mussa. Zum Glück traf sie ihn auch an, und er versprach, gegen Abend zu kommen. Sejde eilte wieder nach Hause, durchschritt zum zweitenmal den im Winter seichten Fluß an der Furt, bis über die Knie im Wasser, dessen beißende Eiseskälte ihr in die Knochen drang. Nachdem sie rasch Strümpfe und Schuhe wieder angezogen hatte, rannte sie den Berg hinauf, um sich zu erwärmen, so daß ihr bald geradezu heiß wurde.

Auf dem ganzen Weg dachte sie daran, ob ER, nach dessen Willen alles auf der Welt geschah, sich wohl gnädig zeigen und ihre Schwiegermutter nicht sterben lassen würde, der es von Stunde zu Stunde schlechter ging. Aber nicht nur dieser Gedanke bereitete ihr Pein. Sie fragte sich auch, wie es jetzt weitergehen sollte, wo ihre Schwiegermutter krank lag, und zwar allen Anzeichen nach für lange Zeit, was mit dem Kind werden sollte, wenn sie es allein lassen mußte, und was aus ihrem Mann – er konnte ja nun womöglich nicht mehr nach Hause kommen, und sie konnte nicht zu ihm in sein Versteck in den Vorbergen. Ihr schwindelte der Kopf. Sie schickte die inbrünstigsten Gebete zu Gott, er möge ihre Schwiegermutter wenigstens soweit gesund werden lassen, daß sie sich wie früher bewegen und ein bißchen was im Haus tun, vor allem aber sich auf dem Rücken des Esels halten könne, wenn die ganze Familie eines schönen Tages die Reise in das ersehnte Tschatkal-Tal hinter den Bergen antrat, um dort frei und ohne Furcht zu leben. Sie sagte sich, daß ja schon viele Leute krank gewesen und wieder genesen seien. Sollte es nicht doch auch ihrer Schwiegermutter beschieden sein, wieder auf die Beine zu kommen? Wenn sie aber bettlägerig blieb, was würde dann aus der Übersiedlung zum Tschatkal werden? Sie konnte sie doch nicht allein der Willkür des Schicksals überlassen! Und wenn sie bei ihr bleiben mußten, wie würde es dann Ismail ergehen, der von Tag zu Tag mehr Gefahr lief, entdeckt zu werden – bald begannen ja die Frühjahrsarbeiten auf den Feldern, das Vieh wurde hinaus auf die Weide getrieben, so daß er nirgendwo mehr hin konnte, ohne daß ihn mal jemand sah, und dann war alles aus.

Schwere Gedanken bewegten Sejde, während sie rasch auf dem holprigen gefrorenen Boden dahinschritt, schwere und traurige Gedanken, die alle darauf abzielten, einen Ausweg aus der verzweifelten Lage zu entdecken.

Ihre ganze Hoffnung war jetzt Emtschi-Mussa. Der mit Kräutern und Milch kurierende alte Heuer war berühmt im Kreis. Nun betete Sejde zu Gott, ihn ein geheimes Mittel finden zu lassen, mit dem die alte Beksaat ihr Gebrechen in wenigen Tagen los wurde, so daß sie wieder imstande war, im Haus nach dem Rechten zu sehen, und sie des Nachts wieder Ismail empfangen konnten, um über die Reisevorbereitungen zu reden und die Tage zu zählen, bis es ihnen beschieden sein würde, sich alle zusammen mit den beladenen beiden Eseln zum Tschatkal aufzumachen.

Der alte Emtschi-Mussa kam gegen Abend, wie er versprochen hatte. Sejde war ihm entgegengegangen, sie erwartete ihn auf einer Anhöhe, damit er nicht erst lange nach ihrem Hof suchen mußte.

Schon von weitem erblickte sie seine auf einem kleinen grauen Esel sitzende Gestalt mit der großen Fuchspelzmütze, und sie flehte abermals zu Gott, alles für die Kranke zum besten zu wenden, die auf die Nachricht hin, daß Emtschi-Mussa in Person kommen werde, ein bißchen aufgelebt war, obwohl die Schmerzen in der Hüfte sie den ganzen Tag nicht verließen.

Emtschi-Mussa war ein kräftiger Greis mit dunklem Gesicht, gebogener großer Nase, weißem Bart und sehr aufmerksamem, scharfem Blick. In diesem Blick und in seiner Stimme lag seine Stärke.

»Warum stehst du denn hier in der Kälte, Töchterchen, ich hätte doch den Weg auch allein gefunden, ich kann ja jemanden fragen, wo das Haus der alten Beksaat steht«, sagte er in seinem tiefen Baß, als er bei Sejde angelangt war.

»Es macht mir nichts aus, keine Sorge, mir war nicht kalt«, erwiderte Sejde. »Wen soll unsereiner denn erwarten, wenn nicht einen Mann wie Sie, Emtschi-ata?« fügte sie leise hinzu, dem Alten zulächelnd.

»Na schön«, fuhr dieser fort, »dann führ mich mal. Wo ist Beksaat, die Arme, wie geht's ihr? Das ist schon ein rechtes Unglück. Der Sohn an der Front und sie krank, ringsum Kälte und Hunger ...«

Der alte Mann schaukelte im Sattel seines Esels, während sie sich dem Haus näherten; Sejde ging nebenher.

»Hast du von deinem Mann Nachricht?« erkundigte sich Emtschi-Mussa.

»Nein, schon lange nicht«, antwortete Sejde, und ihr wurde höchst unbehaglich zumute.

Der Alte schwieg und fügte dann hinzu: »Na ja, Krieg ist Krieg. Seinem Schicksal entgeht sowieso keiner.«

Was meint er damit? dachte Sejde, und sie kroch förmlich in sich zusammen in der bangen Erwartung einer weiteren Frage wie etwa: Stimmt es, daß dein Ismail desertiert ist?

Aber der Heiler sagte nichts. Sie waren indessen auf dem Hof angelangt. Sejde half Emtschi-Mussa aus dem Sattel und führte ihn ins Haus.

In der Tür blieb er noch einmal stehen. »Töchterchen, ich weiß, es ist schwer für dich«, sprach er leise und sah ihr eindringlich, ja streng ins Gesicht. »Wir wollen hoffen, daß alles gut ausgeht. Aber wenn ich sie untersuche und sage, womit sie behandelt werden soll – ich habe die Kräuter hier in meiner Tasche bei mir –, dann dringe nicht in mich und gib dich mit dem zufrieden, was ich von mir aus sage. Hast du mich verstanden?«

»Ja, Emtschi-ata, ich habe Sie verstanden.«

Bei seinem Eintritt lächelte Emtschi-Mussa der in der Ecke liegenden Kranken unter seinem grauen Schnurrbart hervor zu. »Da hast du dir ja was ausgedacht, Beksaat, zu so unpassender Zeit krank zu werden. Hättest du nicht noch ein bißchen warten können?«

Sejdes Schwiegermutter hatte nicht die Kraft, dem Heiler im gleichen Ton zu antworten. »Mir geht's schlecht, Emtschi-Mussa«, stöhnte sie mit größter Anstrengung. »Vielleicht weißt du eine Arznei dagegen.«

»Na, wir werden gleich mal sehen.«

Sejde stand schweigend in der Ecke, um nicht zu stören. Während Emtschi-Mussa am Bett der Kranken seine Arbeit tat, überlegte sie sich, daß sie wohl eine der alten Frauen im Ail oder aus der Nachbarschaft holen müsse, um in einer solchen Nacht nicht allein zu sein, und sie machte sich große Sorgen um Ismail, der nun nicht mal mehr in die Nähe kommen durfte. Das tat ihr bitter weh, sowohl ihres Mannes als auch ihrer Schwiegermutter wegen, die ihren einzigen Sohn nicht bei sich haben konnte, obwohl er sich nicht irgendwo in der Fremde aufhielt, sondern gerade eben eine halbe Wegstunde vom Ail entfernt.

Indessen prüfte Emtschi-Mussa mit konzentrierter Miene und zusammengezogenen Brauen den Puls der Kranken, als lausche er auf nur ihm wahrnehmbare Töne – in seinen derben, langen Fingern sah das Handgelenk der abgemagerten alten Beksaat aus wie das eines Kinderärmchens. Danach glitt seine Hand bald leicht tastend, bald die Finger eindrückend über ihren Leib und ihre Hüften, während er neben ihr schweigend über etwas nur ihm Bekanntes nachsann, und je länger er das tat, um so mehr verdüsterten sich seine Augen. Das entging Sejde nicht.

Sie stand in der Ecke neben dem Ofen und las gleichsam von weitem die Gedanken des Heilers von seinem Gesichtsausdruck und seinen Augen ab. Kälte beschlich ihr Herz. Immer besorgniserregender wurde das sich hinziehende Schweigen des alten Emtschi-Mussa. Sejde ahnte, was die Kranke selbst in diesem Augenblick empfand, die zu erraten versuchte, was auf sie zukam. Und auch an den dachte sie, ohne sich von der Stelle zu rühren, dessen Lage sie ständig bedrückte und ihr Leben verdüsterte – an Ismail. Wie mochte es ihm in diesem Augenblick ergehen, was beschäftigte ihn? Sicherlich machte er sich um seine Mutter Sorgen, aber was hätte sie tun sollen? Es ihm zu verschweigen hatte sie kein Recht.

Sie litt mit allen, um alle hatte sie Angst, sie war bereit, jegliches Unheil und alle Qualen auf sich zu nehmen, doch vor dem Tod, der sich bereits in den deutlicher hervortretenden Gesichtszügen ihrer Schwiegermutter ankündigte, war sie machtlos. Tränen stiegen ihr in die Augen, ihr Blick trübte sich, und es kostete sie große Anstrengung, sich in der Gewalt zu behalten.

Der alte Emtschi-Mussa brach nicht sofort auf, er bestieg nicht gleich seinen kleinen Esel. Es war schon dunkel, als er sich im Hof von Sejde verabschiedete.

»Bleib von jetzt an nicht allein im Haus«, sagte er zu ihr. »Mich erwartet nicht mehr.«

Sie verstand aus den Andeutungen, was er meinte. Als der alte Heilkundige des Kreises auf seinem Esel in der Dunkelheit verschwunden war, ohne sich noch einmal umgedreht zu haben, spürte sie die große Einsamkeit vor dem Angesicht einer stummen, unerbittlichen Macht, die in ihr Leben drang wie ein scharfer Wind ins Fenster. Unsichtbar und kalt trat es ins Haus. Sie folgte ihm, um zur Stelle zu sein und den neuen Kümmernissen nicht auszuweichen. Ihr stand jetzt bevor, die Rolle der handelnden, bestimmenden Person zu übernehmen. Und sie war entschlossen, zu Häupten ihrer Schwiegermutter zu sitzen bis zu deren letztem Atemzug, für sich selbst, für den Sohn und für die vor der Kulakenverfolgung zum Tschatkal geflohenen Brüder Ussenkul und Aryn. Für alle und alles nahm sie die letzte Pflicht der Lebenden vor der sterbenden Schwiegermutter auf sich. Während sie ins Haus trat, machte sie für sich eine Entdeckung: Der Tod konnte von den Menschen nur Fügsamkeit empfangen, nichts anderes.

Von diesem Augenblick an wich Sejde keinen Schritt mehr von der Seite ihrer sterbenden Schwiegermutter. Die abgearbeitete alte Frau erlosch langsam und verlor mehr und mehr die Gabe der Rede; alle Energie zusammennehmend und schwer atmend, sah sie ihre Schwiegertochter klagend an, sie wollte ihr noch etwas sagen – das Verborgenste und Wichtigste vielleicht, etwas, was sich ganz zuletzt, ganz am Ende des Lebens offenbart, nie früher –, aber sie fand nicht die Kraft dazu, überdies waren auch schon viele Menschen im Haus, die von den Nachbarn erfahren hatten, daß die alte Beksaat im Sterben lag. Die Leute kamen still und gingen betrübt wieder hinweg; mitfühlend, ihre Anteilnahme in tiefen Seufzern bekundend; manche erledigten auch ohne viel Aufhebens im Hause etwas, was in solchen Fällen vorsorglich getan werden mußte – sie holten Holz, brachten eine Schüssel Mehl oder eine Scheibe Speck, borgten bei den Nachbarn Geschirr aus und warfen Stroh in den Hof.

Es ging bereits auf Mitternacht. Sejde erleichterte von Zeit zu Zeit mit einem auf einem kleinen Löffel dargereichten Schluck Wasser die letzten Stunden und Minuten ihrer Schwiegermutter. Die sterbende Beksaat wußte, daß die ihr zugemessene Lebensfrist ablief, deshalb wollte sie unter Aufbietung all ihrer verbliebenen Kräfte sprechen, aber das gelang ihr schon nicht mehr, und so versuchte sie mit den Augen zu reden. Diese Blicke, die als qualvolles Sichaufbäumen des schwindenden Geistes für Sekunden durch den Schleier des Vergessens und den Todesnebel drangen, sprachen zu Sejde von vielem, was nur sie beide wissen konnten. Und niemand hörte ihre gemeinsame Klage zum Abschied, ihr trauriges Lied darüber, daß ihr Vorhaben zusammenbrach wie ein nicht in Erfüllung gegangener Traum, daß sie nun nicht mit der ganzen Familie zum Tschatkal übersiedeln würden, so sehr sie es sich auch gewünscht und ausgemalt hatten, daß der Sohn und seine Frau nicht mehr die Mutter ihren als Kulaken gebrandmarkten, jetzt abgeschieden am Tschatkal lebenden Brüdern zuführen konnten, die sie nun niemals wiedersehen würde. Am meisten betrübte es Sejde, daß sie ihre alte Schwiegermutter nicht auf den Esel setzen und ihr den eingewickelten kleinen Enkel in die Arme geben würde, um sich in dunkler Nacht auf den Weg zu machen. Nein, daraus wurde jetzt nichts mehr. Die Aussicht war dahin, mit der Mutter gemeinsam die Schikama-Nacht vor dem Erstürmen des Passes über die Tschatkal-Höhen zu erleben, sich während einer Ruhepause in Fels und Schnee an einem kleinen Feuer zu wärmen und die Berggeister über den Flammen zu beschwören, ihnen gnädig zu sein und sie auf dem Gebirgspfad vor dem Untergang zu bewahren, da sie ja niemandem Böses taten und nur deshalb über den Paß wollten, weil Ismail fahnenflüchtig war und deshalb dem Gesetz und der Strafe entrinnen mußte. Seine Begleiterinnen aber, seine Mutter und sein Eheweib, erfüllten nur ihre Frauenpflicht, für all die Ihren zu leiden und Unbilden zu erdulden.

Damit endete das letzte Lied – denn wenn der Tod die Zukunft bestimmt, legt man keine Strecke mehr zurück, trinkt man kein Wasser mehr am Wege, sieht man leibliche

Brüder am Tschatkal nicht wieder, kann ihnen nicht mehr mitteilen, weshalb und wie man selber nachgekommen ist.

So verstrich diese gramvolle Nacht zu Häupten der Schwiegermutter.

In die vielen Gedanken, die Sejde bewegten, stahl sich hin und wieder auch die Sorge um ihren Mann. Was machte er, ihr Ismail? Wie mochte ihm zumute sein, da seine Mutter starb und er nicht zu ihr gehen konnte, sich nicht sehen lassen durfte? Warum war das alles so? Nur weil er auf seine Art leben wollte und das Gesetz, eine Abmachung der Menschen, es anders befahl. Aber die Macht war auf seiten des Gesetzes der Mehrheit, und er floh vor dem Gesetz. Deshalb wollten sie ja zum Tschatkal, wo ihn niemand kannte und bevormundete.

Er ging in dieser Nacht wie immer denselben gut einstudierten Weg, anfangs unterhalb der Steilhänge des Vorgebirges, dann durch das Steppengras im trockenen Tal und am Feldrand entlang bis zu dem Abhang, von dem aus im Mondlicht schon der Ail mit seinen Dächern, Schornsteinen und erleuchteten Fenstern zu sehen war. Von dort bewegte er sich mit hellwachen Sinnen hinter den Gärten auf seinen Hof zu, ständig lauschend und sich umsehend.

Auch diesmal hielt er auf dem letzten Wegstück sorgsam Augen und Ohren offen, dennoch wurde er immer aufgeregter und unsicherer, je mehr er sich seinem Anwesen näherte. Etwas war anders als sonst und weckte seinen Argwohn, doch was, das mußte er erst herausfinden. Eine seltsame Bewegung im Haus und leise, nicht zu verstehende Stimmen mahnten ihn zur Vorsicht, und er ging nicht weiter, sondern blieb unter der Pappel vor Tante Totois Garten stehen. Sein Atem ging plötzlich schneller, obwohl ihn das Laufen nicht angestrengt hatte, und es dauerte lange, bis er sich ein wenig beruhigte. Doch sein Herz klopfte weiter, es spürte ein Unheil voraus. Offenbar hatte Sejde recht gehabt – es ging seiner Mutter nicht gut.

Dieser Gedanke brachte ihn vollends aus der Fassung. Er stöhnte verhalten, an den Stamm der Pappel gepreßt. Als er weiter lauschte, gewann er bald Gewißheit – auf dem Hof herrschte ein Kommen und Gehen, jemand sprach, Leute waren im Haus. Das bedeutete Schlimmes. Mit dem Herzen war Ismail bereit, auf der Stelle hinüberzulaufen, die Versammelten auseinanderzustoßen, sie durch sein wildes Aussehen und unerwartetes Erscheinen zu erschrecken, vor seiner vielleicht im Sterben liegenden Mutter niederzufallen und ihre erkaltenden Hände zu küssen, ihr in Tränen aufgelöst seine Reue darüber zu zeigen, daß sie seinetwegen leiden mußte wie nie eine Mutter zuvor, sich so dem Wehklagen hinzugeben, daß alles auf der Welt im Dunkel verschwand und in alle Winde verstreut wurde – der Krieg, der mit blutigem Wahnwitz Länder und Staaten erfaßte, und er selbst, der es gewagt hatte, sich diesem Frontschicksal zu entziehen, und dafür jetzt in Angst, Elend und Erniedrigung dahinvegetieren mußte. Ja, ja, ja – weinen und heulen wollte er, bis sich ihm die Sinne verdüsterten, bis Sejde ihn von dem tränenfeuchten schmutzigen Fußboden aufhob, ihm das verweinte Gesicht abwischte und ihn zur Seite zog, wo er in Schlaf sinken, sich auflösen und für immer verschwinden konnte, so daß es niemand mehr wagte, ihn beim Arm zu nehmen und zu fragen: Warum bist du nicht an der Front?

Doch die Vernunft ließ diese Anwandlungen von Kleinmut bald wieder abflauen. Ismail rührte sich nicht von der Stelle; bei aller Reue und Selbstanklage ging er doch nicht so weit, sich den Leuten auf eine so törichte Weise auszuliefern, auch wenn seine Mutter im Sterben lag. Er tröstete sich damit, daß seine Mutter ihm vergeben werde und daß sie in ihren Gebeten gewiß selbst bat, er möge sich nicht in Gefahr begeben, sondern weggehen und sich keinesfalls sehen lassen. Ich muß sofort von hier weg, ehe es zu spät ist! sagte er sich, aber auch dazu reichte seine Entschlossenheit nicht. Im Gegenteil, eine unüberwindliche Anziehungskraft packte und zwang ihn, sich Schritt für Schritt dem Haus zu nähern. Hinter der Scheune hielt er schließlich an, und hier hörte er die Schritte und Stimmen der Leute schon ganz deutlich.

Jemand hustete, jemand goß Wasser aus einem Eimer. Pferdehufe klapperten, und ein Mann fragte: »Wie sieht's aus, Myrsakul? Schlecht, wie?«

»Ja, wenig Hoffnung«, erwiderte der Angeredete. Dann klirrte ein Steigbügel, der an etwas Metallenes schlug, und das Hufgeräusch entfernte sich vom Hof.

Ismail erkannte in Myrsakul einen entfernten Verwandten, den er lange nicht gesehen hatte, jedenfalls zum letztenmal mit zwei gesunden Armen, und jetzt, hieß es, hatte er einen Arm an der Front verloren, weshalb man ihn Tscholok Myrsakul nannte, den einarmigen Myrsakul. Er war Vorsitzender des Ailsowjets. Na und? Er hatte nur noch einen Arm, man mußte sich mal vorstellen, wie es sich da lebte. Er, Ismail, wollte keinen Arm verlieren und schon gar nicht seinen Kopf. Dafür bezahlte er, dafür büßte er und mußte dauernd auf der Hut sein.

Besser, er hätte sich nicht auf den Hof geschlichen und nicht erlauscht, was dort vorging. Nun war er völlig verstört. Und es blieb ihm nichts anderes übrig, als still umzukehren. Es war schon weit nach Mitternacht, als er ein letztes Mal auf den Ail unten im Tal zurückschaute – alles lag im Dunkeln, nur an einer Stelle leuchteten noch immer zwei Fenster nebeneinander. Das war sein Haus, und in diesem Haus starb seine Mutter.

Früh am nächsten Morgen eilte er abermals auf versteckten Pfaden zum Ail. Seine Erregung vom Vorabend hatte sich noch nicht gelegt, es zog ihn sofort wieder in den Ort zu seinem Haus, obwohl er sich die Frage, was er dabei gewinnen und auf welche Weise er damit etwas erreichen wollte, selbst nicht hätte beantworten können. Trotzdem ging er.

Ein kalter Tag kündigte sich an. Steter Wind wehte von den Bergen herab. Ismail mußte den Kragen seines Pelzes hochklappen und die Mütze tiefer ziehen. So lief er in seinen gewaltigen Stiefeln einsam dahin, die Hände in den Taschen, und sein Blick verriet Schmerz und Besorgnis.

An dem Abhang, von dem aus gewöhnlich der Ail zu sehen war, hielt er inne und legte sich, hastig atmend, hinter einen Strauch, um, soweit die Sicht es erlaubte, Ausschau zu halten, was im Ail vorging. Aber er konnte nichts richtig erkennen. Rauch stieg über den Dächern auf, die Stimmen der Kinder bei der Schule klangen gedämpft herauf, Pferde wieherten, Hunde bellten. Doch ihn verlangte es in erster Linie danach, zu erfahren, was bei ihm zu Hause, auf seinem Hof geschah, und eben das konnte er nicht ausmachen. Immerhin glaubte er eine gewisse Betriebsamkeit und mehrere hin und her laufende Menschen wahrzunehmen. Er hätte näher herangehen müssen, um sich ein klareres Bild zu machen, aber zu einem solchen Risiko konnte er sich nicht entschließen. So harrte er, im Gebüsch versteckt, bis Mittag aus, zitternd vor Kälte, finster lauschend und vergebens nach unten starrend. Schließlich begab er sich in seinen Schlupfwinkel zurück, doch gegen Abend bezog er, sich böse umschauend, erneut denselben Beobachtungsposten. Diesmal fühlte er instinktiv, daß seine Mutter gestorben war – die aufgeregten Stimmen im Hof und jammernde Klagerufe zeugten davon, daß der Tod sein Werk getan hatte, und zwar in der Zeit, als er, Ismail, in seiner Höhle gewesen war, wo er einen kleinen Nahrungsmittelvorrat und sein Gewehr aufbewahrte.

Es bestand kein Zweifel. Der Lebensweg seiner Mutter war zu Ende. Die Erkenntnis wälzte sich wie ein schwerer Stein auf seine Seele. Er lag hinter dem Strauch wie ein niedergestrecktes wildes Tier.

Bei Eintritt der Dunkelheit, schon am späten Abend, erreichte Ismail die im Winter hügeligen Gärten des Ails, und von dort schlich er zu der Pappel, unter der er in der Nacht zuvor gestanden hatte. Hier blieb er regungslos stehen. Die letzte Ungewißheit schwand – seine Mutter war tot. Im Hof brannte ein Feuer, wahrscheinlich sollte in dem großen Kessel Wasser heiß gemacht werden. Mehrere Stimmen drangen an Ismails Ohr, darunter auch wieder die des einarmigen Myrsakul. Er gab Ratschläge, traf Anordnungen und bekam Antwort. Berittene trafen ein und entfernten sich wieder. Das alles bedeutete, daß die Beerdigung tags darauf stattfinden sollte. Am Morgen würde man alles vorbereiten, die Tote beweinen und die Gebete verrichten und gegen Mittag die Aufgebahrte zum Friedhof am Berghang oberhalb des Ails tragen. Erst jetzt fiel es Ismail ein, daß ja vorher eine Grube ausgehoben werden mußte. Wer hatte das gemacht? War sie schon gegraben, oder hatte man sich das bis morgen aufgehoben? Er beschloß, auf seinem Rückweg in den Friedhof hineinzugehen und nachzusehen, ob die Grube fertig war. So stand er verloren unter der Pappel, im Innersten getroffen und bedrückt.

Dann schlich er sich leise am Ortsrand entlang in Richtung des großen Friedhofs am Berg. Er lief auf gut Glück im Dunkeln drauflos und trat mal in tiefe Löcher, mal stolperte er über irgend etwas, doch das lag vor allem daran, daß sein Blick durch die aus seiner Brust aufsteigenden Tränen getrübt war.

Auf dem alten Friedhof am Berg war er so lange nicht gewesen, daß er sich nicht erinnerte, wann er ihn zum letztenmal betreten hatte. Es fiel ihm ein, daß er vor dem

Krieg nach dem Traktoristenlehrgang anfangs auf einen pferdebespannten Grasmäher gesetzt worden war und einmal die Wiese am Friedhof zu mähen hatte. Damals war er in der Mittagshitze, nachdem er die Pferde ausgespannt hatte, zusammen mit den anderen Burschen auf Wachtelfang gegangen. Diese Vögel suchten ihr Futter auf dem Friedhof, wo noch dichtes Gras stand, da natürlich niemand wagte, zwischen den Gräbern zu mähen. Daran dachte Ismail jetzt, an jene sorglosen Sommertage, an die duftenden Gräser, die zirpenden Heuschrecken, die selbstvergessen am Himmel oder auch auf der Erde singenden Vögel, an die Sonne, die so strahlte, daß man sie gar nicht sah, und an die wie ein honigsüßer Trank berauschende Luft. Wäre ihm damals in den Sinn gekommen, daß er dereinst wie ein gehetztes Tier in einer finsteren Winternacht über den Friedhofshang schleichen würde, brennende Kränkung im Herzen, Angst und Haß auf alles, das ihn in diese Lage gebracht hatte? Er konnte kaum glauben, daß dies noch derselbe Ort war. Im matten Mondlicht hoben sich die Grabhügel schwarz vom Schnee ab. Kalte, öde Einsamkeit herrschte ringsum. Die Grube für Ismails Mutter war bereits fertig, sorgsam ausgehoben. Man sah es sofort an der frischen Lehmaufschüttung neben dem gähnenden Loch.

Gute Menschen hatten das also übernommen. Die Beerdigung würde demnach morgen mittag stattfinden.

Ismail trat an das künftige Grab seiner Mutter und stand dort lange gesenkten Hauptes, den Blick starr in die dunkle Tiefe gerichtet. Wäre er imstande gewesen, sich selbst den Tod zu geben, hätte er sich am liebsten in die Grube hineingelegt, um dort zu sterben und tags darauf zusammen mit seiner Mutter begraben zu werden. Aber sich selbst zu töten war ebenso schwer, wie mit einer Schuld vor die Menschen hinzutreten.

Am nächsten Morgen machte er sich abermals auf den

Weg zum Ail. Ihm war kalt gewesen in seiner Höhle, er lief langsam, zog fröstelnd die Schultern zusammen und hustete hinter der vorgehaltenen Hand. Diesmal schlug er gleich die Richtung zum Friedhof ein, denn er hatte vor, wenn er der Grablegung seiner Mutter schon nicht unmittelbar beiwohnen konnte, doch wenigstens von ferne zu beobachten, wie andere sie beerdigten. Unterwegs entdeckte er eine geeignete lange Bodensenke, die es ihm ermöglichte, den Trauerzug unbemerkt zu begleiten und zugleich dicht genug an den Friedhof heranzugelangen.

Er verbarg sich zwischen ein paar großen Findlingssteinen in der Nähe und wartete.

Die Zeit verstrich langsam. Jetzt, nachdem er sich etwas beruhigt und sich mit dem Vorgefallenen abgefunden hatte, erinnerte sich Ismail seines letzten Zusammenseins mit seiner Mutter, seiner Frau und seinem Sohn. Zwei Tage und zwei Nächte waren seitdem vergangen, doch es schien eine Ewigkeit her zu sein. Am meisten bekümmerte ihn jetzt, daß die geplante Flucht an den Tschatkal gleich mit einem Rückschlag begann, so daß alles, worauf er gebaut hatte, neu überdacht werden mußte. Wenn er mit seiner Frau und seinem Sohn am Tschatkal ankam, was sollte er dann seinen Onkeln, den Brüdern seiner Mutter, zum Tod und zur Beerdigung ihrer Schwester sagen? Würden sie ihn verstehen?

Er sah die Begräbnisprozession schon von weitem. Eine Menge Leute, viele zu Pferd oder auf einem Esel, kamen aus einer Seitenstraße, wie er es erwartet hatte. Der Zug bewegte sich langsam und feierlich den Hang hinauf, voraus auf einer von zwei Pferden getragenen Bahre der Leichnam der Verblichenen, in eine dicke Filzdecke gewickelt. Das war alles. Kein naher Verwandter begleitete die alte Beksaat auf ihrem letzten Weg.

Worüber die ihr folgenden Ailbewohner sprachen, war

Ismail nicht vergönnt zu erfahren. Die Prozession näherte sich immer mehr der Stelle, von der aus er beobachtete. Frauen waren keine in dem Trauerzug, das wäre ungebührlich gewesen, denn in diesen Gegenden gingen die Frauen nicht mit auf den Friedhof, sie blieben zu Hause, um die vom Grab zurückkehrenden Männer mit Trauerklagen zu empfangen.

Der Sitte gemäß hätte Ismail die berittenen Verwandten nach der Beerdigung vom Friedhof führen und im Hause der Dahingegangenen als erster die Totenklage anstimmen, laut jammern und sich heulend an den Sattelbogen seines Pferdes lehnen müssen, während Sejde zur Antwort langgezogen ein Gedenklied für die Verstorbene sang … Aber das war ihnen nicht beschieden in ihrer Lage zwischen den Mühlsteinen des Gesetzes und des Loses eines Fahnenflüchtigen.

Jetzt scharte sich die Menge auf dem Friedhof um die am Vorabend geschaufelte Grube. Ismail verfolgte von einem nahen Hügel aus, auf dem er sich versteckte, wie die Bestattung vor sich ging. Allem Anschein nach traf Myrsakul die nötigen Anordnungen. Er kam von den angebundenen Pferden zum Grab, und alle machten ihm Platz.

Die Verstorbene wurde in der Filzdecke von der Bahre gehoben und an den Rand der Grube gelegt. Lange lauschten die einen großen Kreis bildenden Umstehenden auf die Gebete des Mullahs, wobei sie mitunter einzelne Sätze gemeinsam wiederholten, was sich anhörte wie das Summen in einem Bienenkorb. Danach geriet die Menge wieder in Bewegung, der Leichnam wurde in die Grube hinabgelassen und das Grab rasch zugeschaufelt.

Alles das beobachtete Ismail von weitem schweigend und biß sich die Lippen blutig.

Als die Leute den Friedhof verlassen hatten und sich dort niemand mehr aufhielt, doch noch ehe die Stimmen der sich Entfernenden verhallt waren, ging Ismail hinab zum Grab seiner Mutter. Mit verstörter Miene trat er mühsam näher, das Gesicht in die zitternden Hände geschmiegt. Dann sank er auf den frischen Hügel nieder und umschlang mit den Armen die feuchte Erde, schluchzend, röchelnd in verzweifelter Klage. Schwerlich hätte jemand verstehen können, was er stammelte, wen oder was er verfluchte, während er vor bitterem Gram und Zorn nach Luft rang, ähnlich einem um den Verstand gebrachten einsamen Wolf. Dann plötzlich brüllte er wie ein Betrunkener mit überlauter Stimme: »Mutter, Mutter, leb wohl! Leb wohl! Verfluche mich! Verfluche mich in jener Welt! Verfluche den Krieg! Verfluche ihn! Verfluche ihn! Verfluche den Krieg!«

Er verstummte für eine Minute, als überdenke er etwas, und schrie dann drohend und voller Zorn: »Ich hasse euch! Ich räche mich, an euch allen räche ich mich! Niemanden verschone ich!«

Es dauert gar nicht mehr lange, der Frühling ist ja schon da! Ich habe viel erduldet, nun werde ich es auch noch ganz durchstehen! dachte Sejde, während sie die Körner von einer Hand in die andere rieseln ließ. Wenn ich nur Ismail durchbringe! Gut, daß man im Ail erzählt, er verstecke sich nicht hier, sondern auf der kasachischen Seite, bei seinen Leuten. Mögen sie bei dem Glauben bleiben! Wir verkaufen das Kalb und verschwinden zur Nachtzeit aus dem Ail, gehen weg, ja, weg von hier.

Die laue Frühlingsluft machte trunken. Und es war schön, zu träumen und zu vergessen, was einem das Herz schwer machte.

Am Abend, als Sejde Talkan mahlte, kam Assantai herüber. Der Junge war in der letzten Zeit merklich abgemagert. Er hatte Schatten unter den Augen, und aus den aufgekrempelten Ärmeln der väterlichen Jacke ragten dünne Ärmchen.

»Mama schickt mich, ich soll Feuer holen«, sagte er, verlegen von einem Fuß auf den anderen tretend, mit einem schrägen Blick auf das Häufchen Talkan neben dem Mühlstein.

Kinder sind Kinder. Wen rührt nicht der unschuldige Blick eines Kindes, der flehend verrät, daß es Hunger hat! Sejde füllte die kleine hohle Hand mit Talkan. Der Junge warf den Kopf zurück, schüttete alles auf einmal in den offenen Mund und schnaufte höchst zufrieden. Er wollte Sejde danken, ihr etwas Gutes sagen, und lächelte sie mit seinen talkanbeschmierten Lippen zutraulich an.

»Tante Sejde, wenn unsere Kuh kalbt und Mama uns Erstmilch kocht, dann bringe ich eurem Amantur ein bißchen. Er kann doch schon essen, nicht? Erstmilch schmeckt gut, wie Quark!«

»Du mein lieber Junge, mögen deine Wünsche in Erfüllung gehen!« Sejde zog ihn gerührt an sich und küßte ihn auf die Augen. »Gott wird es geben, daß ihr Erstmilch habt und auch Sahne, wenn nur erst die Kuh gekalbt hat. Und dann bringst du unserem Jungen was, er hat ja schon Zähne!«

Sie dachte daran, daß Totoi und ihre Kinder immer noch nichts vom Tod ihres Ernährers wußten, daß sie immer noch auf Briefe warteten. Ihr war, als könne der Junge ihre Gedanken erraten, und sie fragte beiläufig: »Geht es deiner Mutter besser? Ich glaube, sie ist gestern nach Wasser gegangen.«

»Heute liegt sie wieder, der Kopf tut ihr weh. Ich wollte zu Hause bleiben, um ihr zu helfen, aber sie hat es nicht erlaubt, sie sagt: ›Wenn du nicht in die zweite Klasse versetzt wirst, dann schimpft Vater, wenn er zurückkommt.‹«

»Na, und ob! Natürlich schimpft er. Stell dir vor, er kommt nach Hause, und du …«

Der Junge senkte seine langen Wimpern und ließ einen recht unkindlichen verzweifelten Seufzer hören.

»Was ist denn das? Wie kann man denn so seufzen!« rief Sejde. »Euer Vater kommt wieder, du darfst nicht so seufzen, das ist nicht schön!«

Später, nachdem der Junge mit einem Stück Glut gegangen war, saß sie lange vor der Mühle, die Hände kraftlos im Schoß. Der Seufzer des Jungen hatte sie erschüttert. Er war noch klein, aber er verstand schon alles.

Armes Waisenkind! dachte sie bedrückt. Und Totoi ahnt es natürlich auch, sie schweigt nur. Was soll sie auch tun, die Ärmste? Versuche mal einer, drei Kinder ohne Vater durchzubringen! Der Kolchos hilft ein bißchen, aber nur gerade so viel, daß sie nicht Hungers sterben. Neulich hat Totoi vom Speicher einen halben Sack Hafer nach Hause gebracht, immerhin besser als gar nichts. Ihre einzige Hoffnung ist jetzt die Kuh. Sie muß bald kalben, aber es zieht sich immer noch hin, offenbar ist sie im vergangenen Sommer zu spät zugekommen. Totoi schimpft ja oft morgens auf dem Hof. »Du verdammtes Biest!« schreit sie. »Wie lange sollen wir denn noch warten, wann willst du endlich kalben? Die Kinder sind schon ganz heruntergekommen, sie brauchen Milch, aber dich kümmert das nicht, du stehst nur herum und frißt!«

Es stimmt schon: Wenn sie erst mal Milch haben, dann ist es nicht mehr so schlimm. Aber wie wird das Leben bei ihnen jetzt weitergehen? Totoi kränkelt in letzter Zeit. Schade um Baidaly. Er hat sich selbst auf die Mine geworfen, er hat gewußt, daß es sein Tod sein würde, und es trotzdem getan. Das hat ihm sein gutes Herz eingegeben. Schicksal. Nun gut, irgendwie werden sie weiterleben, die Kinder werden heranwachsen. Natürlich ist es schwer. Jeder hat sein Päckchen zu tragen, sie das ihre und wir das unsere. Wir gehen ja an den Tschatkal, vielleicht wird es dort leichter. Einmal hat Totoi mich so nebenbei gefragt: »Stimmt es, daß Ismail geflohen ist?« Was sollte ich ihr antworten? »Ich weiß nicht, vielleicht; hier bei uns war er jedenfalls nicht.« Ob sie es geglaubt hat? Hauptsache, er gerät Myrsakul nicht unter die Augen. Myrsakul kennt kein Mitleid, er ist ein Feind! Gott bewahre uns vor Myrsakul!

Lange saß Sejde noch so da, in schwere Gedanken versunken. Sie wurde von Minute zu Minute unruhiger. Der unkindliche Seufzer des Jungen und seine hungrigen, bittenden Augen gingen ihr nicht aus dem Kopf. Ein Vorgefühl kommenden Unheils quälte sie. Sie trat hinaus auf den Hof. Das Wetter hatte sich gegen Abend verschlechtert. Naßkalter Wind trieb vom Westen her Wolken heran, die düster am Himmel dahinzogen. Die Berge waren schon nicht mehr zu sehen. Der Mond lief gegen den Wind an, doch er traf immer wieder auf Wolken, die ihn behinderten. Manchmal verschwand er völlig, dann wieder schimmerte er matt hinter einer dunklen Wolkenschicht hervor. Es wird bald wieder schneien. Was Ismail wohl jetzt macht?

Am nächsten Morgen ging Sejde nach Wasser. Die Wolken bedeckten schon den ganzen Himmel. In großen Flocken fiel nasser Frühjahrsschnee. Sie trat eben aus der Gartentür, da hörte sie in Totois Hof Geschrei und weinende Stimmen. Auf der Straße sprengten Reiter im Galopp durch den Schneematsch. Was mag dort geschehen sein? dachte Sejde bestürzt. Sie warf die Eimer hin und lief hinüber. Die Totenklage für Baidaly sollte doch erst im Herbst sein! Hatte etwa jemand geplaudert?

Sie rannte um die Mauer herum und in den Hof. Erschüttert blieb sie stehen. Totoi löste sich aus der lärmenden Menge. Ihre Haare waren zerzaust, ihr Mantel, den sie nur halb angezogen hatte, schleifte auf der Erde. Sie lief zur

Stalltür und schrie durchdringend, sich an die Brust schlagend: »Hier, liebe Leute, hier, seht her: Jemand hat das Schloß abgerissen und sie weggeführt! O dieses Unglück, Gott hat mich gestraft!«

Jemand schrie laut, um das Stimmengewirr zu übertönen: »Hast du sie gestern abend selbst angebunden und die Tür zugeschlossen?«

»Aber natürlich, liebe Leute, mit meinen eigenen Händen! Ich habe sogar ihr Euter befühlt, es war schon was drin. Die Kinder sind nur noch Haut und Knochen, wir haben so sehnlichst auf die Milch gewartet! Wie sollte ich da nicht für unsere gute Kuh sorgen, obgleich ich krank war! Die Hände müßten mir doch verdorren!«

Als Sejde begriffen hatte, was geschehen war, erschrak sie zutiefst. Sie dachte daran, wie Assantai am Abend zuvor zu ihr gekommen war und wie er von der Erstmilch gesprochen hatte, auf die er gewartet hatte wie auf ein Wunder im Märchen. Noch jetzt sah sie ihn vor sich, abgemagert, mit dünnem Hals, in der Wattejacke seines Vaters, die zerlumpten Ärmel aufgekrempelt. So hatte er dagestanden und sie mit seinen talkanbeklebten Lippen zutraulich angelächelt.

Wer kann so etwas tun, welch niederträchtiger Schuft? dachte Sejde empört. Nasse Schneeflocken fielen auf ihr Gesicht, rannen ihr den Hals herunter, doch sie stand wie angewurzelt. Sie sah, wie sich Totois Kinder heulend an den Mantel ihrer Mutter hängten. Der Kleinste war offenbar aus dem Bett auf den Hof gerannt. Er lief seiner Mutter in dem Schneematsch barfuß nach und schrie voller Angst: »Mama, Mama!«, doch Totoi schien ihn nicht zu bemerken; sie irrte wie besessen im Hof umher und schrie mit heiserer, überschnappender Stimme: »Wenn Baidaly zu Hause wäre, hätte es kein Dieb gewagt, in den Hof einzudringen! Verflucht sei ein Haus ohne Mann!«

Das Kind wird sich zu Tode erkälten, es ist ja schon ganz blau! dachte Sejde. Sie wollte eben zu ihm eilen und es auf den Arm nehmen, doch da trat Kurman aus der Menge. Er hielt den Kleinen fest, warf schweigend einen Blick auf die roten, mit Schnee und Schmutz behafteten Kinderfüße und band rasch seinen Gürtel auf. Dann hüllte er den Jungen in seinen Mantel, wärmte ihn in seinen Armen und nahm ihn mit sich. Jemand hob den zur Erde gefallenen Gürtel auf und wischte ihn sorgsam mit dem Ärmel ab. Als Kurman an Sejde vorbeiging, sah sie, wie er das Kind an seine Brust drückte und es mit seinem Atem wärmte.

»Wir nehmen euch alle drei in unsere Häuser auf, wir ernähren euch und ziehen euch groß, ihr sollt nicht verlassen sein!« sagte er vor sich hin. Sein nasser Bart zitterte, in seinen Augen standen Tränen.

Fast der ganze Ail war in Totois Hof versammelt. Eine unerhörte Tat! Zwar war es auch früher vorgekommen, daß man aus einem Hof Kühe oder Schafe gestohlen hatte. Doch diesmal waren die Leute nicht nur zusammengelaufen, weil ein Stück Vieh verschwunden war, sondern weil der Dieb an das Heiligste für jeden Ailbewohner gerührt hatte. Wer hatte es gewagt, sich an Baidalys verwaister Familie zu vergreifen?

Die Menschen auf dem Hof schwiegen bedrückt, doch im Herzen eines jeden klangen Verwünschungen auf. Myrsakul war schon mehrmals vor dem Hof hin und her geritten, hatte sich in den anderen Straßen umgesehen und kehrte schließlich mit dem Pferdehirten Barpy zurück. Wie ein Wirbelwind sprengte er in den Hof, mit wehendem Mantelärmel, die Zügel straff anziehend.

»Los, ihr Leute, macht euch bereit!« schrie er. »Wer kein Pferd hat, geht zu Fuß! Durchkämmt alle Hohlwege und Schluchten! Wir müssen die Kuh, müssen den gemeinen Hund von Dieb finden!«

»Wahr gesprochen!« riefen die Menschen von allen Seiten. »Er kann nicht weit sein! Wenn er die Kuh schon geschlachtet hat, wird sich das Fleisch finden, wenn nicht, dann hat er sie bestimmt in einem alten Kurgan versteckt!«

»So muß es sein! Durchsuchen wir alle Kurgane!«

Auf der Straße rief Myrsakul alle Frontkämpfer zu sich.

»Leute, ihr seid Soldaten. Hört zu: Ihr setzt euch aufs Pferd und erkundet die Straße zur Stadt!«

»Wir sind bereit, aber wir haben keine Pferde!«

»Nehmt sie euch aus dem Kolchosstall!« befahl Myrsakul.

»Der Vorsitzende wird sich eher aufhängen, als uns Pferde für so einen langen Ritt zu geben! Die werden jetzt fürs Pflügen geschont!«

»Er soll uns den Buckel runterrutschen!« schrie Myrsakul erbost. Sein Armstumpf fuhr in die Höhe und bewegte den Mantelärmel. »Ihr sattelt sofort die Pferde, ich übernehme die Verantwortung!«

Mit den anderen zusammen machte sich auch Sejde auf die Suche. Hinter dem Ail schwärmten die Leute nach allen Seiten aus. Wie ein Geier über den Hals des Pferdes gebeugt, verschwand Myrsakul hinter einem Hügel, und Barpy, der Pferdehirt, sprengte in entgegengesetzter Richtung davon, die Pelzmütze tief in das grimmige breitwangige Gesicht gezogen.

Da kam Sejde plötzlich ein schrecklicher Gedanke: Wenn sie nun Ismail fanden? Sie wunderte sich, daß ihr das nicht früher eingefallen war. Wie von Sinnen lief sie auf die fernen, steppengrasüberwucherten Wiesen zu.

Nebel wälzte sich als weißlicher dünner Dampf durch die Talgründe, zu schwach, sich von ihnen zu lösen und aufzusteigen. Das Erdreich gab unter Sejdes Füßen nach, der nasse Schnee durchtränkte ihre Kleider, die immer schwerer auf ihren Schultern lasteten.

Wie ein Vogel, der sein Nest bewacht, irrte sie durch das

Steppengras, ängstlich darauf bedacht, daß niemand auf Ismails Versteck aufmerksam wurde. Verloren und armselig lief sie umher und beobachtete scheu, ob jemand auftauchte oder ihr nachkam.

O Gott, wende auch diesmal das Unheil von uns ab, laß sie vorübergehen! bat sie den Himmel, die Hände an die Brust gedrückt. Sag mir, was ich tun soll! Wenn sich die Kuh anfände zum Glück dieser Kinder, dann würden die Leute in den Ail zurückkehren! O Schöpfer, gib den Waisen die Kuh zurück, ich bitte dich, ich bin auch eine Mutter, ich habe auch einen Sohn, ich bitte dich um meines Sohnes willen!

Von einer Anhöhe zur anderen lief Sejde, durch Hohlwege und Schluchten, schreckliche Verwünschungen gegen den Dieb ausstoßend. Bald beherrschte sie nur noch ein Gedanke: Wenn man jetzt die Kuh fände, dann würden die Leute in den Ail zurückkehren. Das war die einzige Rettung, der einzige Ausweg. Also mußte die Kuh gefunden werden, und zwar so schnell wie möglich, jede Minute war kostbar.

Mit neuer Kraft lief sie weiter. Sie blickte hinter jeden Steppenbusch, hinter jede Bodenfalte, sie kroch durch Dornen und zerriß sich das Kleid. Doch nirgends waren Hufspuren einer Kuh zu sehen. Da tauchten im Nebel die schwarzen Umrisse eines alten zerfallenen Kurgans auf. Vielleicht war die Kuh dort versteckt? Halt, was war das? Stand da nicht eine? Ja, ja, in der Tat, es sah ganz so aus! Eine kleine schwarzgescheckte Kuh! O ja, mein Gott, sie ist es!

Die plötzlich aufwallende Freude benahm Sejde den Atem. Sie blieb stehen, die Beine versagten ihr den Dienst. Gleich laufe ich auf den großen Hügel und rufe allen Leuten zu, sie sollen in den Ail zurückkehren! schoß es ihr durch den Kopf. Dann führe ich die Kuh auf Totois Hof und binde sie im Stall an! Hoffentlich ist sie es wirklich. Oder bilde ich es mir nur ein?

Sie rannte zu dem Kurgan und stand da wie vom Schlag gerührt. Sie sah keine Kuh, sondern nur ein Stück Lehmmauer. Noch immer strich der Nebel schlaff und träge über die Erde. Auf die zerfallene Lehmmauer fiel der Frühjahrsschnee; er legte sich dicht auf verschrumpfte alte Kletten und setzte den zarten Stengeln des eben erst ans Licht tretenden jungen Grüns feine weiße Häubchen auf.

Als Sejde am Abend auf müden Beinen in den Ail zurückwankte, stand die schiefe Kuhstalltür in Totois Hof noch immer weit offen, und dahinter gähnte traurige Leere.

Zu Hause schrie der Kleine aus vollem Halse. Wahrscheinlich hatte er den ganzen Tag geweint. Er verdrehte die Augen, daß man nur das Weiße sah, sein Atem wurde von krampfhaftem Schlucken unterbrochen. Und zu allem Übel gaben Sejdes harte, übervolle Brüste lange keine Milch, sosehr sie auch tastete und drückte. Sie fühlte sich abgespannt und völlig erschöpft, ihre Wangenmuskeln zog ein Krampf zusammen wie bei einem Pferd, das man abgesattelt und die Nacht über schweißnaß in den Wind gestellt hat.

Sejde konnte sich nicht aufraffen, den Ofen zu heizen, und in ihrem Herzen war es genauso kalt und unbehaglich wie im ganzen Haus. Die Müdigkeit lähmte ihre Glieder. Sie bettete ihren Sohn schlecht und recht in die Wiege und sank, ohne sich auszuziehen, auf den Fußboden.

In der Nacht erwachte sie durch ein Klopfen am Fenster. Beinahe hätte sie in ihrer Schlaftrunkenheit gerufen: »Wer ist da?«, doch sie begriff noch rechtzeitig, daß es Ismail war. Sie erschrak noch mehr. Mein Gott, reitet ihn denn der Teufel, daß er gerade heute kommt, wo so eine Aufregung im Ail herrscht?

Sie sprang auf, öffnete die Tür und flüsterte hastig: »Schnell, es steht schlecht im Ail!«

Rasch schob sie den Riegel vor und führte Ismail im Dunkeln ins Zimmer. Sie verhängte das Fenster und wollte eben die Ölleuchte anzünden, als sie etwas Schweres mit dumpf klatschendem Geräusch zu Boden fallen hörte. Im selben Augenblick überlief es sie eiskalt. Ihr war, als sei ein Stück ihres Herzens auf den Fußboden gefallen. Zitternd kauerte sie nieder; ihre Hand glitt suchend umher, ertastete etwas Weiches. Es war ein Sack mit Fleisch.

»Also du warst es!« schrie sie unterdrückt. Ein Krampf preßte ihr die Kehle zu.

»Still!« Ismails Augen blitzten in der Dunkelheit grünlich auf, er trat näher, und sein schwerer Atem traf ihr Gesicht. »Schweig, das geht dich nichts an!«

Sie schwieg. In ihrem Kopf drehte sich alles, als hätte jemand sie grob vor die Brust gestoßen. Sie saß auf dem Fußboden und stützte sich auf beide Arme, um nicht vornüber zu fallen. In diesem Augenblick hatte sie nur einen Wunsch: aus dem Hause zu rennen, schreiend davonzulaufen, um nicht zu sehen, nicht zu wissen, daß es auf der Welt solche Menschen gab. Doch ihr fehlte die Kraft, sich zu erheben. Selbst zum Schreien fehlte ihr die Kraft.

Sie kam erst wieder zu sich, als Ismail dumpf rief: »Was sitzt du denn da unten, mach Licht!«

Sie rührte sich nicht.

»Mach Licht, sage ich!«

Ismail beugte sich nieder und sah, daß Sejde auf den Knien zu ihm kroch.

»Hättest … hättest lieber unsere Kuh abstechen sollen!«

»Bist du verrückt?« Ismail packte seine Frau an der Schulter und zerrte sie zu sich empor. »Schwatz kein dummes Zeug, du hast mich nicht zu belehren! Wenn es im Leben nur noch Wölfe gibt, dann muß man eben selbst ein Wolf sein! Jeder sieht zu, wo er bleibt! Hauptsache, man füllt sich den eigenen Bauch. Was kümmern dich die andern? Und wenn du verreckst vor Hunger, es hebt niemand auch nur den Löffel zu deinem Mund. Jeder sorgt für sich selbst. Wer seine Zähne gebraucht, der hat auch zu essen!«

Sejde erwiderte nichts.

Ismails Hand glitt von ihrer Schulter, tastete nach dem Kragen ihres Kleides und zerrte daran. Er schüttelte seine Frau derb; sein Atem roch nach halbrohem, nicht fertiggebratenem Fleisch.

»Warum schweigst du denn, he? Ich frage dich: Warum schweigst du? Wenn ich unsere Kuh geschlachtet hätte, woher hättest du dann die Milch für den Jungen genommen? Oder sind dir fremde Kinder lieber als dein eigenes? Und wie sollen wir ohne Kuh bis an den Tschatkal kommen? Denkst du daran oder nicht? Jetzt sind die Tage schon gezählt, die wir noch warten müssen, und du willst, daß ich in meiner Höhle vor Hunger krepiere! Oder stehen dir andere Menschen näher als ich? Den ganzen Winter habe ich in der Kälte gezittert, jetzt ist Schluß! Ich werde stehlen, ich werde rauben, ich bin nicht aus der Armee geflohen, um hier einzugehen wie ein Hund! Ich bin kein Idiot und habe nicht die Absicht zu verrecken!«

Draußen krähte ein Hahn. Es war Zeit zum Aufbruch. Ismail trat ans Fenster und lauschte, die Zigarette in der hohlen Hand. Dann redete er weiter: »Hast du die Sprache verloren? Versteck das Fleisch und koch es in der Nacht. Die Knochen vergrabe im Schuppen, aber tief genug, damit die Hunde sie nicht auswühlen!«

Er zog noch einmal an der Zigarette; ein unheimlicher rötlicher Schein fiel auf den unteren Teil seines Gesichts und ließ ein Paar nasse Lippen und raubtierhafte Nüstern aus der Finsternis hervortreten. Dann warf er die Kippe auf den Fußboden, trat sie aus und verließ den Hof.

Je heller es vorm Fenster wurde, um so unverwandter starrte die grauhaarige junge Frau nach draußen. Sie schien zu beobachten, wohin sich die nächtliche Finsternis vor dem Licht des aufsteigenden Tages zurückzog. Einen Arm über die Wiege gelegt, blickte Sejde regungslos aus dem Fenster. Dort, hinter dem kleinen Fensterchen, lag die Welt, der Ail, da waren die Menschen. Unter ihnen lebten Kurman, Totoi mit ihren drei Kindern, der einarmige Myrsakul und Ismail. Ja, Ismail auch. Nein, du bist ihnen nicht gleich. Wer das Volk in der Not im Stich läßt, wird, ob er will oder nicht, zu seinem Feind! Ich habe es nicht verstanden, dich davor zu bewahren, und ich hätte es auch nicht gekonnt!

Sejde stand auf. Sie band die Windeln zusammen, zog den Übermantel an und schlang einen Strick fest um ihre Hüften wie ihre Nachbarin Totoi.

An der Tür blieb Sejde stehen und überlegte. Der Kleine schlief nichtsahnend auf ihren Armen; nur wenn eine Träne der Mutter auf sein Gesicht fiel, runzelte er die Stirn und drehte das Köpfchen. Dann hob sie den Sack mit dem Fleisch vom Boden auf, warf ihn über die Schulter und überschritt entschlossen die Schwelle.

Sejde ging auf einem kaum sichtbaren Schafspfad durchs Steppengras. Ihr folgten Myrsakul zu Pferd und zwei Soldaten mit Gewehren.

Vor zwei Stunden hatte der Kommandeur der Militärwache am Tunnel den beiden Soldaten befohlen, in die nahe Siedlung zu gehen und sich dem Vorsitzenden des Ailsowjets zur Verfügung zu stellen. Sejde befand sich auf dem Weg in die Kleine Schlucht, zu den Hirten. Sie würde nie mehr in den Ail zurückkehren.

Die Soldaten sprachen leise miteinander.

»Hör mal, ist das die, der man die Kuh gestohlen hat?«

»Sieht ganz so aus.«

»Sie muß den Dieb aufgespürt haben. Ein Prachtweib! Aber warum in aller Welt schleppt sie das Kind mit?«

»Wer weiß? Sie kommt mir ein bißchen sonderbar vor, weiß Gott! Vorhin hat der Vorsitzende zu ihr gesagt: ›Setz dich aufs Pferd mit deinem Kind!‹ Aber sie hat kein Wort geantwortet, hat sich umgedreht und ist losgegangen. Scheint ihren Stolz zu haben!«

Der Trupp erreichte eine steile Schlucht, an deren Hängen Gestrüpp und wildes Weidengebüsch wuchsen. Sejde stieg hinab und blieb an einer Wegbiegung stehen.

»Dort drüben, hinter den Büschen!« Sie zeigte mit der Hand hin, und alles Blut wich aus ihrem Gesicht. Ohne sich bewußt zu werden, was sie tat, band sie ihr Kopftuch auf, setzte sich hin und gab dem Kind die Brust.

Die Soldaten gingen vorsichtig hinter Myrsakul her. Als sie sich dem Gebüsch näherten, wollte Myrsakul absitzen. Da rief vor ihm eine Stimme: »He, Myrsakul! Zurück! Ich habe nichts zu verlieren, nimm dich in acht! Ich lege dich um! Verschwinde!«

»Hände hoch! Ergib dich!« rief Myrsakul und trieb sein Pferd vorwärts.

Durch die Schlucht hallte ein Schuß. Sejde sprang auf. Sie sah, wie Myrsakul vornüber auf den Hals des Pferdes fiel, wie sich seine Hand krampfhaft an die Mähne klammerte und der Stumpf des anderen Armes hilflos im Mantelärmel zuckte. Dann wurde sein Körper schlaff, und er stürzte wie ein Sack zur Erde.

Im selben Augenblick eröffneten die Soldaten das Feuer. Ismail antwortete mit rasch aufeinanderfolgenden Schüssen. In den Bergen dröhnte das Echo.

Plötzlich schrie einer der Soldaten entsetzt: »He, Frau! Wo willst du denn hin? Zurück! Zurück, sage ich! Er bringt dich um!«

Den Sohn auf dem Arm, mit herabrutschendem Kopftuch, ging Sejde auf das Gestrüpp zu, in dem sich Ismail versteckt hielt. Sie ging ruhig und sicher, als drohe ihr keine Gefahr.

Ihre Lippen waren zusammengepreßt, ihre Augen weit geöffnet, und ihr Blick war fest. Eine gewaltige innere Kraft ging von ihr aus – der Glaube an Gerechtigkeit und an ihr eigenes Gewissen. Schritt für Schritt näherte sie sich dem Schilf. Die Soldaten waren ratlos. Sie wußten nichts anderes zu tun, als ihr nachzurufen: »Zurück! Kehr um.«

Doch Sejde achtete nicht auf die Rufe, als hätte sie sie gar nicht gehört.

Minutenlang lastete eine in den Ohren klingende tiefe Stille auf den Bergen ringsum. Die hinter Felsbrocken verborgenen Soldaten, Myrsakul, der, seine eine Hand krampfhaft geballt, lang ausgestreckt auf der Erde lag, die überhängenden Felsen, die fernen Berggipfel, alles war in gespannter Erwartung erstarrt. Jeden Augenblick konnte ein Schuß krachen und die Frau mit dem Kind auf dem Arm töten.

Ein Windstoß durchbrach die furchtbare Stille. Er strich über das Gebüsch, schlug Sejde ins Gesicht und riß das Tuch von ihren Schultern. Doch auch jetzt zuckte kein Muskel in ihrem Antlitz. Zorn und Entschlossenheit führten sie weiter vorwärts. Den Kopf hoch erhoben, ihren Sohn an die Brust gedrückt, folgte sie dem Ruf einer großen Pflicht.

»Halt! Halt!« riefen die Soldaten verzweifelt.

Die Gewehre fest in den Händen, stürzten sie ihr nach. Da sprang Ismail aus dem Gebüsch. Er trug seinen zerrissenen grauen Uniformmantel. Von seinem qualvoll verzerrten, unrasierten Gesicht rann schmutziger Schweiß. Schnaubend vor Wut, hob er das Gewehr zum Schlag. So kam er drohend auf seine Frau zu.

Der Abstand zwischen ihnen wurde immer kleiner. Jetzt standen sie einander dicht gegenüber, Aug in Auge. Doch Ismail erkannte die frühere Sejde nicht wieder. Die grauhaarige, barhäuptige Frau, die ihm, ihren Sohn auf dem Arm, so furchtlos entgegentrat, war eine andere, ihm fremde, und es schien ihm plötzlich, als stehe sie in ihrem Leid hoch, unerreichbar hoch über ihm, als sei er ohnmächtig und armselig vor ihr.

Er wankte, schleuderte den heranlaufenden Soldaten das Gewehr vor die Füße und hob die Hände.

Adat: Gewohnheitsrecht der islamischen Völker
Agai: ehrerbietige Anrede für einen älteren Mann, wörtlich: der ältere Bruder
Ail: kirgisisches Dorf
-ake: ehrerbietige Anrede für einen älteren Mann
Aksakal: ehrerbietige Anrede für einen älteren oder höherstehenden Mann, wörtlich: Weißbärtiger
Alatau: Gebirge in Kirgisien
Apa: Mutter
Aryk: Bewässerungsgraben
Ata: Vater
Baibitsche: ehrerbietige Anrede für eine ältere Frau
Beschmet: Halbrock
Busa: Getränk aus gegorener Hirse mit Zimt und Ingwer
Dastorkon: Tischtuch, auch Festtafel
Dshene: Frau des älteren Bruders. Plural: Dsheneler
Dshesde: Mann der älteren Schwester
Dshigit: junger Bursche
Dubal: Einfriedung kirgisischer Gehöfte, oftmals eine Lehmmauer
Ene: Mutter
Enekebai: Mütterchen
Jurte: kuppelförmiges Filzzelt
Kajyn: jüngerer Bruder aus der Sippe des Mannes
Kelin: jungverheiratete junge Frau
Ketmen: eine Art Hacke
Komus: kirgisisches dreisaitiges Zupfinstrument
Kosch!: (Kosch! Kajyr kosch!) kirgisischer Abschiedsgruß
Kulak: Großbauer
Kümbös: steinernes Kuppelgrab
Kumys: alkoholhaltiges Getränk aus geronnener Stutenmilch
Kurgan: vorgeschichtliches Hügelgrab
Kurkurëu: kirgisischer Fluß, wörtlich: der Tosende
Machorka: grober Tabak
Mirab: Bewässerungstechniker
Mulla: mohammedanischer Gelehrter, Richter

Namas: fünfmal täglich zu verrichtendes islamisches Gebet
Saman: mit Stroh vermischte Lehmstücke
Schikama: das Kräftesammeln vor einer Bergbesteigung
Süjüntschü: Geschenk für eine gute Nachricht
Talas: kirgisischer und kasachischer Fluß
Talkan: gemahlenes, geröstetes Korn
Tandyr: neben dem Haus in die Erde gebauter Ofen mit runder Öffnung, in dem Fladen gebacken werden
Tschatkal: Fluß in Kirgisien
Tschu: kirgisischer Fluß
Wachthügel: Anhöhe, die einen Rundblick über die gesamte Umgebung gewährt. Die Bezeichnung stammt aus der Zeit, als die Kirgisen sich gegen Überfälle nomadisierender Stämme zu verteidigen hatten.

Editorische Notiz

Dshamilja: Übersetzung nach der Werkausgabe *Čingiz Aitmatow, Sobranie Sočeninenij v trech tornach, tom pervyi, 1982.*

Du meine Pappel im roten Kopftuch: Die kirgisische Originalausgabe erschien 1970 unter dem Titel *Кызыл жоолук жалжалым.*

Aug in Auge: Die russische Originalausgabe erschien 1958 unter dem Titel *Licom k licu.* 1989 erweiterte der Autor den Text.